TASCABILI GIUNTI

Susanne Goga

I misteri di Chalk Hill

Traduzione di
Lucia Ferrantini

GIUNTI

Titolo originale:
Der verbotene Fluss

www.giunti.it

Via Bolognese 165 – 50139 Firenze – Italia
Via G. B. Pirelli 30 – 20124 Milano – Italia

Prima edizione tascabile: giugno 2016

Per confutare l'affermazione che tutti i corvi sono neri
non è necessario dimostrare che nessuno lo è;
basta trovarne uno bianco; ne basta uno.

William James

Prologo

Quella notte la luna sembrava sbiadita. La donna camminava sul prato ancora umido per la pioggia, sfiorando l'altalena appesa all'olmo per poi scomparire tra gli alberi che circondavano la casa come guardie silenti. Il vestito strusciava per terra, l'orlo era sporco di fango e i sassolini le pungevano i piedi scalzi, ma lei avanzò incurante, spalancò la porta di ferro che si apriva nel muro di cinta, e come un automa seguì il sentiero inoltrandosi nella foresta.

Il silenzio era assoluto, come se tutti gli esseri viventi si fossero nascosti per sfuggire alla luce pallida della luna. Poi un fruscio… forse un topo che guizzava tra le ultime foglie d'autunno. Per il resto, solo i suoi passi sul terreno morbido.

Si avvolse la sciarpa intorno alle spalle, mentre sulla corteccia liscia degli alberi si allungavano ombre sinistre. Conosceva ogni angolo di quel bosco, lo aveva sempre considerato casa sua. Ogni cespuglio sembrava chiamarla, ogni svolta del sentiero le era familiare. Eppure quella notte c'era qualcosa di diverso.

Si girò. Aveva sentito un rumore, ma vide solo le ombre dei tassi nodosi, i rami tesi verso di lei come braccia contorte. Tra quegli alberi c'era forse qualcuno, nascosto, che la stava seguendo? Tese l'orecchio… niente. Cercò di respirare con calma e di dare ai suoi passi il ritmo del respiro, uno dietro l'altro. Ormai era quasi arrivata.

All'improvviso scivolò su una foglia umida e fu sul punto di cadere, ma riuscì ad aggrapparsi a un albero, mentre il cuore le batteva all'impazzata. Strinse i denti e per un attimo chiuse gli occhi: sentiva i piedi freddi, la gelida umidità che le saliva alle caviglie, lungo i polpacci, fino alle ginocchia…

Eppure si costrinse a proseguire. Era il suo bosco, fin da quando era bambina. Le era stato sempre amico, non doveva avere paura di lui. Appena gli alberi si diradarono, si fermò e fece un respiro profondo. Sollevò la testa e guardò in alto, verso il cielo, verso la luna. Poi allargò le braccia, come ad accogliere la notte.

1

Dover, settembre 1890

Charlotte Pauly era in piedi sul ponte della nave, lo sguardo oltre l'acqua grigia, verso un luccichio biancastro che affiorava tra la nebbia. A poco a poco i contorni sfumati assumevano tratti più definiti, svelando una catena di scogliere bianche, incoronata dall'erba verde brillante. La costa sembrava troncata di netto, come da un colpo d'ascia: non digradava dolcemente verso il mare, ma terminava a picco sul vuoto. Charlotte s'immaginò quel lembo di terra crollare, sprofondando tra i cavalloni.

Quelle scogliere bianche non la inquietarono, anzi sembravano darle il benvenuto nel Paese straniero che presto sarebbe diventato la sua casa. Charlotte respirò profondamente per placare il tumulto di emozioni contrastanti che lottavano dentro di lei: aspettative, tensione, nostalgia, determinazione, dubbi. La terra che si era lasciata alle spalle la attirava indietro e allo stesso tempo la spingeva avanti. La Germania era e rimaneva la sua patria, era lì che aveva vissuto fino ad allora, e il pensiero di non tornare per molto tempo, di non sentire più quella lingua familiare, si allungava sul suo cuore come un'ombra. D'altra parte, però, gli ultimi mesi le avevano lasciato ferite che in quella terra non sarebbero mai guarite. La ricerca di un posto di lavoro in Inghilterra, l'addio alla famiglia, le valigie e la prenotazione della traversata per Dover erano stati gesti necessari, un taglio netto, ma meno straziante di una separazione lenta e dolorosa.

Sua madre non aveva mostrato la minima comprensione per quella scelta. «Bambina mia, ma cos'è successo?»

Charlotte aveva scosso la testa, nient'altro.

«Non puoi andare via solo perché sei infelice o insoddisfatta del tuo lavoro, è insensato. Avresti potuto cercarti un altro posto qui in Germania. In Baviera, magari. Dicono che Monaco sia molto bella, avresti potuto accompagnare i tuoi alunni sulle Alpi o in Italia...»

Per evitare altre domande scomode, Charlotte aveva replicato che per lei era un bene collezionare esperienze all'estero, in modo da poter insegnare meglio l'inglese ai suoi allievi in futuro.

«Ma chi ha bisogno dell'inglese, oggigiorno? La lingua della buona società è il francese!» aveva risposto la madre. «Se vuoi fare carriera, invece di sposarti come le tue sorelle, potresti farlo qui in Germania. Non sta bene che una giovane donna vada all'estero da sola. E con un buon lavoro può sempre capitare che qualche giovanotto come si deve...»

Prima che potesse terminare la frase, Charlotte si era chiusa la porta del salotto alle spalle. Nei giorni seguenti la madre aveva tentato più volte di farle cambiare idea, rinfacciandole di essere senza cuore a lasciare sola una vedova. La ragazza era riuscita a ignorare il senso di colpa pensando che in fondo entrambe le sorelle vivevano a due passi dalla casa materna. Ed era partita. Anche se le dispiaceva che si fossero lasciate in quel modo, sapeva che era inevitabile.

«Che bel panorama, non smette mai di stupire... non trova?» disse una profonda voce maschile accanto a lei.

Charlotte riemerse dai suoi pensieri e guardò l'uomo apparso all'improvviso al suo fianco. A parte i folti baffi ingialliti dal tabacco, aveva un aspetto curato. Si era tolto il cappello, come al cospetto di una vera signora.

«Lei vive in Inghilterra?» domandò Charlotte.

«Proprio così. Lasci che mi presenti... William Hershey, commerciante. Sto tornando da un viaggio molto lungo e molto lontano.» Indicò la terra alle loro spalle, alludendo alla Francia, all'Europa e chissà a quale altro angolo di mondo. «Ma niente tocca il mio cuore come la vista di queste scogliere. Posso?» Sollevò la mano destra, in cui teneva una pipa. Charlotte annuì.

«Sì, è molto bello, davvero.»

«E lei da dove viene? Se mi permette la domanda...» Aspirò più volte, fino a quando la pipa non iniziò a tirare, poi buttò il fiammifero oltre il parapetto. «Sento un leggero accento. Olanda? Scandinavia?»

«Charlotte Pauly. Vengo dalla Germania.»

«Oh, la Germania, incantevole. Capito spesso nella sua terra, a Berlino, Hannover o Amburgo. Un ottimo popolo con cui fare affari, parsimonioso e ironico. Amburgo mi piace moltissimo: il porto, l'eleganza, lo stile di vita raffinato... Anche Berlino, a suo modo, è impressionante, benché poco accogliente. Maestosa, ma un po' fredda, se capisce cosa intendo. Sarà il rigore prussiano...»

«Io ci ho lavorato per un po'» replicò Charlotte.

«Lavorato?» Mr. Hershey sembrò stupito, come se solo in quel momento avesse capito che Charlotte non era una signora.

«Come istitutrice, in una famiglia.»

«Capisco, una specie di governante.»

Per un attimo lei ebbe l'impressione di cogliere una leggera nota di disprezzo in quel commento. Ma era abituata allo snobismo, e rispose con calma: «Prima di tutto, io mi considero un'insegnante. In Germania il concetto di governante è legato a un'educazione rigida e conservatrice che, a mio avviso, non rispecchia quello che faccio. Molti genitori impongono ai propri figli regole di comportamento asfissianti, che rischiano di soffocarli. Ecco, io non lavoro così».

Mr. Hershey la sorprese con una fragorosa risata. «Ma bene, Miss Pauly, molto bene. Una donna che dice quello che pensa.»

«Non dovrebbero farlo tutte?»

«Mmm... a me sembra che la maggior parte venga educata a fare l'esatto contrario» rispose lui altrettanto diretto. «Io, da parte mia, ho solo figli maschi, con i quali è tutto più flessibile. Anzi, l'insolenza viene considerata addirittura indice di un carattere forte, una qualità da incoraggiare. Lei come si comporta con i suoi protetti, se mi è lecito chiedere?»

Charlotte sorrise. Un uomo curioso, ma tutto sommato simpatico. «Be', io cerco di educare le ragazze alla sincerità e alla cortesia. Ma ci sono situazioni in cui un'eccessiva sincerità può ferire. Insegnare loro a riconoscerle e a mantenere un certo tatto è uno dei miei compiti più importanti, oltre a impartire delle nozioni, ovvio.»

L'uomo si tolse di nuovo il cappello. «*Chapeau*, Miss Pauly. Lei è una donna intelligente. Sarò sincero: in realtà sono ben felice che io e mia moglie abbiamo avuto solo maschi, con cui è tutto molto più facile. Scuola, sport, qualche zuffa per imparare a imporsi... Due sono entrati nell'azienda di famiglia, il terzo ha preso la via del mare. Presto avrà il suo brevetto di capitano. Poche smancerie, ognuno fa il suo lavoro e si guadagna da vivere.»

«Sa, in Germania ho dato lezioni anche a dei ragazzi» commentò Charlotte esitante. «Ecco, ripensandoci, sono state tutte esperienze positive... se uno li sa prendere nel modo giusto, anche i maschi lavorano sodo e danno soddisfazioni. Da noi è inconsueto mandare i ragazzi in collegio a otto anni, al contrario che in Inghilterra. Qui mi occuperò di una bambina.»

«Posso chiederle in quale zona lavorerà?»

«Nel Surrey, vicino a Dorking» rispose Charlotte.

«Oh, le colline del Surrey! Che bel paesaggio, ci sono angoli incantevoli, boschi mai tagliati dai tempi di Cromwell. Può ritenersi fortunata.» Lanciò un'occhiata al porto di Dover, sovrastato dal maestoso castello, sempre più vicino. «Allora le auguro ogni bene e spero che si troverà a suo agio, nella nostra terra» disse, e se ne andò togliendosi per l'ennesima volta il cappello.

Di nuovo sola, Charlotte guardò verso la costa e pensò a quante persone, prima di lei, dovevano aver compiuto quella traversata, chissà con quali intenzioni e speranze: monaci devoti che volevano diffondere il cristianesimo tra i pagani inglesi; guerrieri normanni su navi di legno, pronti a conquistare la terra oltre le bianche scogliere; soldati francesi, commercianti olandesi, riformatori, fuggiaschi. Zattere, barche a remi, velieri, chiatte e battelli a vapore, una catena infinita che aveva traghettato da una sponda all'altra della Manica persone, merci e armi. Charlotte chiuse gli occhi cercando di immaginarsi come potesse essere stato il canale secoli addietro, una strisciolina d'acqua, ma pur sempre pericolosa: non tutte le navi, infatti, giungevano a destinazione. Ottocento anni prima, per esempio, lì era affondata la nave dell'erede al trono della Corona inglese. Per non parlare delle flotte da guerra, avanti e indietro per lo stretto alla conquista dell'altra sponda, all'apparenza facilmente raggiungibile e vicina.

E lei, cosa stava cercando lei, in Inghilterra? Chi si metteva in viaggio verso un mondo sconosciuto di solito lo faceva per lasciarsi qualcosa alle spalle. Continuare a lavorare in Germania le sarebbe piaciuto, ma il bisogno di un nuovo inizio era stato più forte: evitare di incontrare le vecchie facce berlinesi, vivere lontano da sguardi che giudicano e bocche che sparlano. Aveva scelto un lavoro in campagna, proprio adesso che si era abituata alla grande città, perché fosse tutto diverso.

Charlotte sospirò e raddrizzò le spalle, la faccia contro il vento. Una nuova terra, un nuovo inizio. Una vera avventura.

Sull'edificio della stazione ferroviaria, nelle immediate vicinanze, svettava una graziosa torretta in stile italiano. Charlotte aveva trovato un facchino che portasse fin là le valigie pesanti. C'era un gran viavai nei pressi del porto. Navi di ogni dimensione attraccate ovunque, vaporetti e vecchi velieri, carri che venivano caricati e scaricati, persone che salivano a bordo di carrozze in attesa, un treno merci che si era appena fermato, con un fischio, sulla banchina adiacente. Le orecchie furono travolte da un vortice di parole inglesi che avevano un suono completamente diverso dalla pronuncia delle sue insegnanti. Del resto, quella non era un'aula di scuola, ma la realtà. Dove la straniera, la cui lingua non era compresa da nessuno, era *lei*.

Prima di cadere nello sconforto, strinse a sé la borsa proteggendola dalla calca, e accelerò il passo per stare dietro al facchino. Gli diede qualche penny, che lui si mise in tasca annuendo per poi scomparire tra la folla. Charlotte guardò l'ingiallito manifesto delle partenze appeso dentro una teca di vetro.

Il segretario di Sir Andrew Clayworth, membro del Parlamento e suo futuro datore di lavoro, le aveva inviato una lettera con indicazioni precise. Da Dover doveva prendere il treno per Dorking, nella contea del Surrey, dove sarebbero venuti a prenderla in carrozza. Treni e traghetti erano ben collegati, non avrebbe aspettato molto, ma notò con preoccupazione che sarebbe comunque arrivata a Dorking con il buio.

Il treno era previsto per le cinque e mezzo, ed era in ritardo. Altri passeggeri in attesa iniziarono ad agitarsi, fumavano, continuavano ad alzare gli occhi verso l'orologio o ricontrollavano il cartellone delle partenze. Le ombre si allungarono e un frescolino autunnale spazzò via gli ultimi scampoli di quel tiepido pomeriggio di settembre. Una raffica di vento arrivò sulla banchina sollevando un mucchietto di foglie e facendo vacillare i cappelli delle persone assiepate.

Alle sei e otto minuti comparve il capostazione, con la sua divisa elegante, e passando tra la gente annunciò che, a causa di un incidente nei pressi di Dover, quella sera il treno non sarebbe partito. Una carrozza era rimasta incastrata nei binari: per sgomberare il passaggio e ripristinare la linea ci sarebbe voluto fino a notte inoltrata.

Charlotte restò immobile sulla banchina, imbambolata. Alcuni passeggeri se ne andarono con una semplice alzata di spalle, altri continuavano a guardarsi intorno titubanti.

Deglutì. La cosa più importante era mantenere la calma. Doveva trovare un alloggio per la notte e prendere il primo treno il mattino successivo. Non c'era modo di avvertire il suo datore di lavoro. O forse... con un telegramma? Ma l'ufficio postale probabilmente era già chiuso...

«Miss, posso aiutarla in qualche modo?»

Charlotte descrisse la situazione al capostazione, e l'uomo annuì comprensivo. «Sì, l'ufficio postale ha già chiuso. Ma il telegramma non sarebbe arrivato in tempo comunque, se la destinazione, come dice, è un po' fuori Dorking. La cosa migliore è che si prenda una stanza. Il primo treno, domani, è alle otto e mezzo. Può usare lo stesso biglietto.»

«Grazie, molto gentile» disse Charlotte riprendendo coraggio. «Potrebbe consigliarmi una pensione con camere... a buon mercato?»

Lui sorrise. «Sì, Miss. Che buffa coincidenza: ho una sorella, vedova, che abita qui vicino al porto e affitta camere ai viaggiatori. Nel prezzo è compresa anche una bella colazione.»

«Grazie, la ringrazio moltissimo» ripeté Charlotte. Poi diede un'occhiata ai bagagli.

«Prenda solo quello che le serve... se vuole può lasciare le valigie qui in stazione, le metto sotto chiave.»

L'uomo non volle sentire ulteriori ringraziamenti, scrisse su un foglietto il nome e l'indirizzo della sorella e accompagnò Charlotte fuori dall'edificio per indicarle la strada.

Rimasta sola, sospirò pensando che la carrozza di Sir Andrew l'avrebbe aspettata a Dorking invano. Essere inaffidabile già all'arrivo non era certo un buon inizio; sperava solo che il cocchiere venisse a sapere del treno annullato. Si morse un labbro, gli occhi le bruciavano per le lacrime.

Come per magia, proprio in quel momento il sole si aprì un varco tra le nuvole, illuminando le scogliere dall'altra parte del porto. Il grigiore del castello brillò di una luce dorata. Charlotte restò senza fiato a osservare le imponenti mura orlate da torrette, che da lontano apparivano così solide, inespugnabili, come se l'epoca dei cavalieri non fosse mai finita.

Raggiunta la casetta in mattoni rossi indicatale dal capostazione, Charlotte sbatté il batacchio della porta dipinta di verde, vicino alla quale si apriva un ampio bovindo da cui filtrava un flebile raggio di luce.

Mrs. Ingram, una robusta donna di mezza età, aprì con il fiatone, come se avesse appena sceso le scale di corsa. Si sistemò una ciocca di capelli sfuggita alla crocchia e guardò Charlotte con aria interrogativa.

«Buonasera Mrs. Ingram. Le porto i saluti di suo fratello. Il mio treno è stato annullato, e mi ha detto che forse potrebbe avere una camera per me.»

Mrs. Ingram la squadrò con un'occhiata severa. «Viaggia da sola?»

«Sì, domani proseguo per il Surrey.»

«Non è di queste parti?»

Charlotte scosse la testa e si presentò.

«Tedesca? Ma allora ha alle spalle un lungo viaggio.» La donna parve ammorbidirsi. «Entri, prego. Martin è un uomo di cuore. Mi manda sempre i passeggeri in difficoltà.»

Il corridoio aveva un buon profumo, di cera per pavimenti e limone. Mrs. Ingram indicò una porta. «Lì verrà servita la colazione, dalle sette alle otto e mezzo. La sua stanza è di sopra.»

Charlotte s'informò sul prezzo, ma quella cifra in scellini e penny le diceva ben poco, per cui dovette sforzarsi di calcolare il cambio. Tutto sommato un prezzo onesto.

«Si paga in anticipo» aggiunse la donna, così l'altra aprì subito la borsa, tirando fuori i soldi dal portamonete.

«Purtroppo stasera non posso offrirle più nulla da mangiare, perché attendo visite. Le mostro la stanza e poi le indicherò la strada per una piccola locanda qui vicino, adatta anche a una donna che viaggia da sola. Lì potrà consumare un pasto caldo.»

Charlotte seguì la padrona di casa, che la guidò, alla luce di una lampada a petrolio, su per una scala stretta. La casa era pulitissima, ma buia. Le pareti erano rivestite di legno, le tappezzerie e i mobili alternavano toni marroni e verde scuro, tanto che sembrava di essere in mezzo a un bosco. Mrs. Ingram aprì una porta e lasciò entrare la sua ospite. La camera aveva una finestra con vista sul porto, era ordinata ma buia come il resto della casa. Perfino i quadri alle pareti, raffiguranti paesaggi autunnali, erano perfettamente abbinati all'atmosfera.

Charlotte era lieta di aver trovato un alloggio economico. «Va benissimo, Mrs. Ingram, la ringrazio molto. Sì, andrò a mangiare qualcosa prima di ritirarmi.»

La padrona di casa la riaccompagnò di sotto e, dall'ingresso, le indicò una casa che distava nemmeno cento metri. «Vede, è lì, è vicinissimo... Un'ultima cosa: quando torna, sarò impegnata. Le lascio la chiave sotto questo vaso; per favore faccia piano quando sale.»

Charlotte ringraziò ancora una volta e si avviò verso la locanda.

Come previsto da Mrs. Ingram, la accolsero senza troppe domande, le offrirono un posto vicino al camino e la servirono con rapidità e premure. Ordinò un ottimo pasticcio di carne e verdure e un bricco di tè e, una volta sazia, si appoggiò allo schienale per godersi qualche attimo di tranquillità.

Se qualche mese prima le avessero detto che si sarebbe cercata un impiego all'estero e avrebbe attraversato da sola la Manica, non ci avrebbe mai creduto. Trasferirsi dal paesino del Brandeburgo in cui era nata in una città come Berlino era stato già un passo coraggioso, ma era nulla a confronto di quel salto nel vuoto.

Dopo aver pagato, Charlotte s'infilò la giacca e si avviò verso casa di Mrs. Ingram. La gonna fu sferzata da un vento freddo, mentre in lontananza, sulla superficie del mare, i gabbiani garrivano... Nonostante la stagione, era stata una traversata relativamente tranquilla. In caso di tempesta probabilmente avrebbe rinunciato.

Il castello troneggiava come un'ombra scura sulla città. Charlotte si ripropose di tornare lì in estate e fare una passeggiata lungo le scogliere: la vista sul canale sarebbe stata magnifica. Forse con il bel tempo avrebbe potuto vedere addirittura la Francia.

Arrivata a destinazione, recuperò la chiave sotto il vaso e aprì la porta, ma mentre iniziava a salire le scale un rumore la fermò. Veniva dalla stanza sul davanti, quella con il bovindo affacciato sulla strada.

Charlotte non voleva origliare, ma avvertiva suoni così strani che non poté fare a meno di tendere le orecchie.

Udì una voce di donna, una specie di cantilena che sembrava una preghiera. Aveva un che di inquietante e Charlotte sentì il cuore accelerare i battiti mentre saliva un altro gradino. Il mormorio diventò più forte, ora poteva distinguere qualche frase: «Parla con noi», «Ti stiamo chiamando»... Fissò la porta con sospetto: quanto avrebbe desiderato poterla trapassare con lo sguardo.

Quelle voci non le piacevano per niente, e tutto a un tratto l'idea di trascorrere la notte lì le sembrò molto meno invitante. Forse poteva salire di sopra in punta di piedi, prendere la borsa e andarsene – sì, ma dove? – oppure uscire e cercare di dare un'occhiata attraverso il bovindo, nella speranza di calmarsi. Così tornò verso l'ingresso quasi senza respirare, sgattaiolò fuori e si appoggiò alla parete per dare una sbirciatina. Le tende erano tirate, ma trovò uno spiraglio da cui si intravedeva parte della stanza.

Il salotto era simile al resto della casa, gli stessi mobili scuri. Vedeva solo Mrs. Ingram seduta a un tavolino, di spalle, insieme a un'altra signora. L'ambiente era illuminato da tre candele bianche poggiate sul tavolo. Entrambe tenevano un dito su un bicchiere rovesciato, che si trovava in mezzo a loro, sul piano. La sconosciuta aveva gli occhi chiusi e stava muovendo le labbra.

Che fosse... una seduta spiritica? Charlotte ne aveva sentito parlare, ma non aveva mai visto niente di simile con i suoi occhi. A Berlino non era una pratica diffusa, di sicuro non presso i suoi datori di lavoro, gente concreta e pragmatica. Continuò a osservare, affascinata e incuriosita, ma non riusciva a vedere se il bicchiere si stesse muovendo. Poi sentì dei passi in strada e fu costretta a rientrare in casa di corsa. Fece un respiro profondo, salì di sopra e chiuse a chiave la porta.

Nell'oscurità, cercò la lampada a petrolio che aveva intravisto sul tavolo e la accese con un fiammifero. Si tolse la giacca e si sfilò gli stivali. Nonostante il lungo viaggio, era troppo turbata per mettersi a dormire, così si mise seduta sul letto e pensò allo strano rituale a cui aveva assistito. Mrs. Ingram le era sembrata un tipo con i piedi per terra, cosa che rendeva ancora più stupefacente il fatto che avesse organizzato una seduta spiritica. O forse in Inghilterra era un passatempo abituale come l'uncinetto e le carte?

Poi le venne in mente di aver notato in corridoio la foto di un uomo distinto con la barba grigia, la cornice ornata di un velo da lutto. Che la vedova stesse cercando di stabilire un contatto con il defunto marito? Quel pensiero attenuò un po' lo stupore, ma l'idea che Mrs. Ingram stesse tentando di attirare lo spirito di un morto in quella casa la fece rabbrividire. Se poco prima l'episodio le era sembrato quasi divertente, adesso la prospettiva di dormire da sola in quel luogo sconosciuto la intimorì.

Si diede una scrollata, come per liberarsi di quella paura irrazionale, e tirò fuori la lettera inviatale da Sir Andrew Clayworth.

Chalk Hill, luglio 1890

Gentilissima Miss Pauly,
sono lieto di sapere che siamo giunti a un accordo e che accetta volentieri l'incarico di istitutrice di mia figlia Emily. Adesso non le resta che chiarire con il mio segretario tutte le formalità e le questioni pratiche.
La attendo con ansia e, affinché possa iniziare il suo lavoro con la dovuta preparazione, le racconterò alcune cose su mia figlia. Emily ha appena compiuto otto anni. È una bambina affettuosa e ubbidiente, che dà grandi gioie a tutte le persone che la conoscono. Adora disegnare e fare piccoli lavoretti con la carta. Ha mostrato un certo talento musicale e suona il pianoforte da un bel po' di tempo. Finora purtroppo nessuna delle insegnanti che ha avuto ha soddisfatto le mie aspettative, per questo ho apprezzato moltissimo le sue eccellenti referenze. Il ricamo e il cucito non rientrano tra le sue occupazioni preferite, ma spero che sotto la sua guida esperta questo possa cambiare.

Emily gode adesso di buona salute, cosa di cui sono molto grato, visto che per molto tempo non è stato così. Ora che il peggio sembra passato, può finalmente praticare sport, attività che considero molto importante anche nell'educazione femminile. Quindi è mio desiderio che nella sua giornata trovino spazio passeggiate, partite di croquet e quant'altro. Oltre a tenere il corpo in movimento, questi passatempi servono anche a scacciare idee strampalate e fantasticherie infantili, e contribuiranno a fare di Emily una ragazza forte e pragmatica, capace di affrontare qualunque situazione.

Come le ho già detto, mia moglie, nonché l'ottima madre di Emily, dalla scorsa primavera non è più tra noi. La sua dipartita è stata un duro colpo e da allora la nostra casa è come oscurata da un'ombra. Tuttavia, spero che con la sua amorevole severità e la varietà dei suoi insegnamenti lei possa aprire alla bambina la strada verso il futuro.

Sarò lieto di illustrarle tutte le regole e le consuetudini della nostra casa quando arriverà qui a Chalk Hill. Come da accordi, una carrozza verrà a prenderla alla stazione.

Le auguro un buon viaggio.

Cordiali saluti,

Sir Andrew Clayworth

Charlotte posò la lettera e si appoggiò alla testiera del letto. *Piuttosto formale*, pensò, *ma tutto sommato gentile*. La descrizione della figlia non preannunciava niente di allarmante, sembrava una qualunque bambina di otto anni. Il fatto che fosse triste per la morte della madre, scomparsa da pochi mesi, era del tutto naturale; con i giusti metodi e la dovuta accortezza sarebbe riuscita a farle superare quel brutto periodo.

Rimise la busta nella borsa, quindi si sciacquò il viso, asciugandosi con una salvietta che profumava di lavanda. Si svestì e sciolse i capelli biondo cenere, per poi ravviarli con lunghi ed energici colpi di spazzola. Intanto fissava la sua immagine riflessa nello specchio: occhi grigi, naso dritto, bocca armoniosa. Non era una bellezza appariscente, ma era sempre stata soddisfatta del suo aspetto. Ripose la spazzola e scosse i capelli: da bambina voleva portarli sempre sciolti, opponendosi alla madre e alla sua stupida fissazione per le trecce. Appena restava in camera da sola con le sorelle, scioglieva le trecce e scuoteva la testa fino a quando i capelli non svolazzavano liberi. Elisabeth e Frieda ridevano come matte e lei pensava alla poesia di Annette von Droste-Hülshoff.

Son quassù, in alto, sul balcone della torre,
lambita dagli stridii degli stormi,
e come una menade lascio che il vento
mi scompigli i capelli svolazzanti.

Queste prime righe le erano sempre piaciute molto di più delle ultime, che le davano un'idea di sconfitta.

Devo star seduta come una bambina ammodo,
e solo in segreto posso sciogliere le mie trecce,
come farfalle nel vento.

Charlotte diede un'ultima occhiata alla sua immagine nello specchio. Sì, era in Inghilterra. Era arrivata.

2

Il mattino seguente, Mrs. Ingram le servì un'abbondante colazione: uova strapazzate, pancetta, pesce affumicato, pane tostato e imburrato, e un grosso bricco di tè caldo con il latte.

Charlotte si gustò il pasto osservando il salotto intorno a lei con aria furtiva. Stava mangiando allo stesso tavolo dove, poche ore prima, aveva avuto luogo quella strana seduta spiritica. Osservò la padrona di casa dare l'acqua alle piante, ma non ebbe il coraggio di fare domande, perché avrebbe dovuto ammettere di averla spiata.

«Il castello è davvero imponente» disse invece. «Se avessi più tempo, lo visiterei volentieri.»

«Alcune persone vengono a Dover apposta. Ma immagino ci siano castelli anche in Germania.»

Lo disse con una nota di disprezzo, come se le fortezze tedesche non potessero competere con quelle inglesi, cosa che risvegliò subito il suo spirito di contraddizione.

«Ma certamente! Una volta ho avuto il piacere di risalire il Reno insieme alla famiglia presso cui insegnavo allora. Un paesaggio da favola, davvero: una fortezza dopo l'altra, alcune su isolette in mezzo ai flutti, altre su scogliere a picco sul fiume. E i vigneti, sui declivi soleggiati… una zona bellissima.»

«Mmm…» si limitò a replicare Mrs. Ingram. «A me piacciono moltissimo le nostre fortezze. Il castello di Dover sorveglia il nostro porto da secoli, nessuna nave nemica è mai approdata qui» continuò, tamponando con un panno le foglie delle piante appena annaffiate.

Charlotte tornò alla sua colazione, stupita di quel campanilismo. Probabilmente Mrs. Ingram non aveva mai messo il naso fuori dall'Inghilterra, ma era comunque convinta che non esistesse Paese più bello del suo. Charlotte si era riproposta di osservare tutto con obiettività, evitando di fare continui paragoni con la sua patria. Alcune cose sarebbero state peggiori, altre migliori, molte del tutto estranee, ma era proprio questo che la entusiasmava: voleva vedere quanto possibile, collezionare impressioni, incontrare persone nuove.

Finita la colazione, si congedò da Mrs. Ingram. Erano l'una di fronte all'altra, in corridoio: l'anziana la scrutò a lungo e poi scosse la testa in modo enigmatico.

«Mrs. Ingram, che c'è?» domandò Charlotte stupita, sistemandosi il cappello. «Qualcosa non va?»

«No, no, tutto bene... Solo che... È stata solo un'impressione.» Fece un movimento rapido con la mano. «Le auguro buon viaggio.»

Eppure, mentre si avviava verso la stazione, Charlotte continuò a sentire lo sguardo della donna alle spalle.

Il cielo si era rabbuiato, aveva iniziato a piovigginare. Charlotte si era alzata presto, in modo da poter inviare un telegramma a Sir Andrew Clayworth per comunicargli il suo arrivo con un giorno di ritardo. Sperò di non dover aspettare troppo a lungo a Dorking, visto che il tempo stava peggiorando.

Mentre ringraziava di nuovo il capostazione per l'aiuto, lui sembrò quasi scusarsi per la pioggia, come se la colpa fosse sua. «È strano, in realtà nelle ultime settimane c'è stato quasi sempre il sole» spiegò.

Charlotte lo guardò stupita, poi le venne in mente che in Inghilterra il tempo era sempre un valido argomento di conversazione. «Forse in compenso l'autunno sarà più clemente.»

«Glielo auguro di cuore, Miss,» disse lui annuendo «così potrà conoscere la nostra terra in circostanze ottimali. Il suo treno arriverà a momenti. Buon viaggio.»

«Grazie ancora, è stato gentilissimo. E porti i miei saluti a sua sorella.» Si chiese se l'uomo fosse a conoscenza delle sedute spiritiche di Mrs. Ingram e all'improvviso la paura provata la sera prima la fece sorridere: lei non era proprio il tipo da credere a quel genere di cose. Ripensandoci, quella vedova che cercava di richiamare in vita il marito dall'aldilà le fece quasi pena.

Un facchino portò le sue valigie nello scompartimento. Charlotte si affacciò al finestrino e salutò ancora il capostazione, finché il treno si mosse e lentamente scivolò fuori dalla stazione in una nuvola di vapore. Diede un'ultima occhiata al maestoso castello e al grigiore sconfinato del Canale della Manica, poi si sedette appoggiandosi allo schienale, con lo sguardo rivolto al finestrino per osservare il paesaggio, reso ancora più verde e rigoglioso dalla pioggia. Per un po' il treno proseguì lungo la costa, accompagnato dal canale, quindi dopo Folkestone i binari svoltarono verso l'entroterra.

Una zona perlopiù pianeggiante, qualche collinetta, immense radure, paesini con casette a traliccio e grandi chiese in pietra grigia: in mezzo a quel paesaggio, il treno sfilava come un corpo estraneo. Molti campanili erano quadrati e con i loro merli ricordavano i torrioni delle fortezze medievali. Le pecore pascolavano sotto il cielo infinito. Charlotte osservò incuriosita una serie di buffe costruzioni: torrette rotonde, con tetti conici in ardesia che culminavano con una punta, bianca e storta.

Si rivolse a un signore anziano, dal colletto bianco come un ecclesiastico, e gli chiese cosa fossero quelle strane costruzioni.

L'uomo, che si presentò come il reverendo Horsley, sorrise.

«Miss, sono essiccatoi per il luppolo. Le foglie fresche vengono raccolte, sparpagliate e poi seccate su un fuoco. E infine portate ai birrifici.»

«Che carini, mi ricordano i cappelli degli gnomi» osservò Charlotte.

Il reverendo le chiese da dove venisse, e poi aggiunse: «Anche nella sua terra avrete senz'altro qualcosa di simile. Ho sentito dire che fate un'ottima birra».

Continuarono a chiacchierare, e il tempo volò. Lui si complimentò per la sua pronuncia e per la scelta coraggiosa di lavorare all'estero. «È un vantaggio per i nostri bambini avere insegnanti stranieri: favorisce il dialogo tra i popoli. Molta gente crede che quest'isola sia il centro del mondo. Un pizzico di modestia in più non guasterebbe, anzi sarebbe doverosa per un buon cristiano. Come dice l'Antico Testamento: "L'orgoglio dell'uomo ne provoca l'umiliazione, l'umile di cuore ottiene onori".»

«Io sono molto felice di aver trovato questo lavoro in Inghilterra. Non è stato facile, qui ci sono molte istitutrici.»

«Sono convinto che avere una governante tedesca o francese accresca il prestigio di una famiglia. E che entrambe le parti possano trarne beneficio. Per non parlare dei bambini, che hanno la fortuna di imparare una lingua straniera da una persona madrelingua. E poi dicono che le istitutrici tedesche siano molto portate per la musica.»

«Lei è molto gentile, reverendo» rispose Charlotte. «Le sue parole mi danno coraggio. Spero che a Chalk Hill sarò accolta con lo stesso calore.»

Il reverendo ebbe un attimo di esitazione. «Ha detto "Chalk Hill"?»

«Sì, la casa di Sir Andrew Clayworth, il parlamentare. Lo conosce?»

Il reverendo annuì. «Sì... una storia molto triste la sua. Ma comunque» si sfregò le mani, come a voler chiudere un capitolo, «"sia che viviamo, sia che moriamo, siamo dunque del Signore" dice san Paolo ai Romani. Bisogna voltare pagina e guardare avanti.»

Charlotte annuì, ma quella strana osservazione la rese pensierosa.

A Dorking un facchino prese le sue valigie e le portò fuori dall'edificio. Quando il treno ripartì fischiando, mentre il reverendo la salutava un'ultima volta dal finestrino, ebbe l'impressione che dietro di lei si fosse chiusa una porta. Da quel momento in poi poteva contare solo su se stessa, non c'era più ritorno.

Davanti alla stazione non trovò nessuna carrozza ad aspettarla. Si guardò intorno indecisa, ma le poche persone in giro non fecero il minimo caso a lei. Non osò rivolgersi a nessuno e pensò che sarebbe stato difficile trovare un altro angelo custode come il capostazione di Dover. Con tutti quei bagagli non poteva nemmeno allontanarsi per chiedere informazioni su come raggiungere Chalk Hill. Poteva solo aspettare, non aveva scelta.

Si accorse di avere fame. Ormai era passato diverso tempo dalla colazione, ma in quella situazione non poteva certo andare a cercare un ristorante o un forno.

Rimase davanti alla stazione, le valigie di fianco e la borsa stretta al corpo, a osservare il viavai della gente. All'angolo notò un albergo chiamato "Star and Garter", e fu da lì che vide avvicinarsi la salvezza. Un giovane stava spingendo un carrettino verso la stazione, strillando: «Panini con l'uvetta! Panini al prosciutto! Anguille in gelatina! Tutto freschissimo!».

L'idea di mangiare anguille in gelatina a quell'ora, per strada, le sembrò piuttosto stramba, ma un panino al prosciutto poteva concederselo. Fece un cenno al giovane e ne comprò uno, contando attentamente le monetine.

Il ragazzo si diede un colpetto sul cappello. «Grazie Miss!» e se ne andò alla ricerca di altri viaggiatori affamati.

Charlotte addentò il panino con avidità. Che la guardassero pure, in quel momento la sua fame era più forte di qualunque senso delle convenienze. Era così concentrata sul cibo che non fece caso alla carrozza che si stava fermando proprio davanti all'edificio. All'improvviso da dietro le giunse una voce maschile che la fece sussultare. Si girò e arrossì rendendosi conto di avere ancora la bocca piena.

Davanti a lei c'era un uomo sulla cinquantina, con un'elegante divisa marrone e un cappello di tweed. Intorno al collo, un fazzoletto rosso. Il suo viso irsuto sembrava ruvido, ma amichevole.

«Miss Pauly?»

Charlotte annuì e finalmente riuscì a mandare giù il boccone.

«Io sono Wilkins, il cocchiere che la porterà a Chalk Hill. Sono venuto ieri, ma mi hanno detto che il treno da Dover era stato cancellato.»

«Sì, esatto. Ho passato la notte lì e spedito un telegramma stamattina. Spero sia arrivato.»

Wilkins si strinse nelle spalle. «Di questo non so nulla. Sir Andrew mi ha mandato qui contando sul fatto che avrebbe preso il primo treno stamattina. Queste sono le sue valigie?»

Indicò le due borse, e Charlotte annuì. Dopo averle caricate nel portabagagli della carrozza, l'uomo la aiutò a salire. «Qui c'è una coperta, in caso avesse freddo...»

Parlava in dialetto, tanto che Charlotte dovette sforzarsi per capire, però aveva modi molto cortesi. Si guardò intorno un'ultima volta e si accomodò a bordo.

La famiglia Clayworth non viveva a Dorking, ma in un villaggio vicino chiamato Westhumble.

«Poco più di un miglio» spiegò il cocchiere dalla cassetta. «Se lo desidera, posso farle fare un giro della zona.»

«Volentieri.»

Charlotte fu contenta di poter vedere i dintorni e continuò a osservare il paesaggio, mentre Wilkins imboccava la strada provinciale. Dorking era un piccolo centro molto grazioso, che presto avrebbe conosciuto meglio. Se Chalk Hill era così vicina, ogni tanto avrebbe potuto fare delle gite in paese con Emily. A quell'età i bambini sono molto legati alla propria casa e di solito non amano stare in mezzo alla gente, ma lei riteneva un errore assecondarli. A suo avviso era meglio imparare fin da piccoli ad avere a che fare con le persone e a collezionare esperienze utili per il futuro. Certo, considerata anche la recente malattia di Emily, non aveva in mente di sottoporla a lunghe marce, ma una gita a Dorking o una passeggiata nel bosco erano più che fattibili.

Charlotte si affacciò al finestrino, entusiasta, mentre la carrozza abbandonava il centro abitato inoltrandosi in un paesaggio ancora più verde e selvaggio.

«Questa è la strada che porta a Londra» spiegò Wilkins. «Ma la mattina Sir Andrew preferisce prendere il treno, è più comodo e veloce. La carrozza la usiamo solo per muoverci nei dintorni.» Charlotte ebbe l'impressione di cogliere una nota di dispiacere in quest'ultima osservazione.

«E laggiù cosa c'è, un fiume?»

«Sì, il Mole, che sfocia nel Tamigi.»

«È un luogo adatto per le passeggiate?»

«Certo» disse Wilkins dopo qualche attimo di esitazione. «I sentieri lungo le rive sono molto pittoreschi.»

Charlotte pensava già alle passeggiate con Emily.

«Miss, guardi a sinistra!»

Ma non vide nulla a parte l'imbocco di una strada.

«Quella è la North Downs Way, una delle strade più antiche d'Inghilterra. È la via che usavano un tempo i pellegrini per andare da Winchester a Canterbury. Salendo verso destra porta a Box Hill, un'altra meta ideale per le escursioni.»

Di fronte ai nomi di quelle antiche città, con le loro celebri cattedrali, Charlotte provò un certo timore reverenziale. C'era così tanto da scoprire, e lei sperò che nonostante il lavoro a tempo pieno – almeno per i primi tempi non erano previste vacanze – prima o poi avrebbe avuto occasione di visitarle.

La carrozza ondeggiò verso sinistra seguendo l'indicazione per Westhumble. Attraversarono dei binari, e Wilkins spiegò: «Vede, Miss, anche noi abbiamo una stazione, ma i treni non arrivano fino a Dover, bisogna per forza cambiare a Dorking».

Poco prima della stazione svoltarono a destra. Tutto intorno si stendevano foreste sconfinate, che avevano già indossato la loro calda veste autunnale rosso-bruna. In lontananza, su una collina, si ergeva una grande casa signorile dalle mura di un bianco candido.

«Miss, siamo quasi arrivati. A destra ci sono Nicols Field e Beechy Wood, oltre la foresta scorre il Mole. Sì, è un posto bellissimo, in tutte le stagioni. Lassù, invece, s'intravede Norbury Park, una casa che ha più di cento anni.»

La Crabtree Lane era una strada lunga e stretta, costeggiata da eleganti ville con vasti giardini. Oltre le alte mura di pietra s'inarcavano i rami di enormi alberi, come a proteggere i singoli possedimenti dalla strada. Sì, era un bel posto, pensò Charlotte, sarebbe stata bene.

Wilkins svoltò a destra in un cancello, e il calesse entrò scricchiolando su un vialetto di ghiaia. Charlotte allungò il collo per vedere la casa. Quando spuntò, dietro i cespugli, trattenne il fiato.

Era una costruzione in mattoni dall'aspetto straordinariamente imponente, sormontata da un ampio frontone decorato da tralicci bianchi e neri. Le finestre erano enormi e facevano pensare a stanze molto luminose. La cosa più bella, però, era la torre rotonda che si ergeva a un angolo dell'edificio, degna di un castello. A sinistra, separata dal resto, c'era una rimessa. La tenuta era circondata da alti alberi e aveva un aspetto a dir poco incantevole, molto inglese.

«Miss, benvenuta a Chalk Hill!» Wilkins la aiutò a scendere e, mentre lui era alle prese con le valigie, la porta si aprì e comparve una donna in abito nero accollato, i capelli grigi raccolti in una crocchia. Non le venne incontro, restò immobile sulla soglia e squadrò Charlotte, che fu presa dall'angoscia: quella donna aveva qualcosa di respingente, a cominciare dalla postura.

Ma se c'era una cosa che aveva imparato negli anni era che non doveva mostrarsi vulnerabile, né con i padroni né con gli alunni, tanto meno con la servitù. Le persone avvertono subito certe fragilità e ne approfittano per attaccare. Quindi raddrizzò le spalle e si avviò decisa verso l'ingresso.

Finalmente l'altra fece un passo avanti e abbassò appena lo sguardo. «Piacere, sono Mrs. Evans, la governante di Sir Andrew. Lei dev'essere Miss Pauly, vero?» Pronunciò il cognome all'inglese, *Poooly*, con una "o" infinita, a cui Charlotte avrebbe dovuto abituarsi.

«Sì.»

«Spero che nonostante il ritardo abbia fatto buon viaggio.» Si spostò di lato per farla passare.

«Grazie.»

Charlotte entrò e si guardò intorno nell'ampio ingresso, ammirando la raffinatezza degli arredi: la porta d'entrata era a vetri colorati, il pavimento a mattonelle bianche e nere, splendenti; sulla sinistra si notavano le grandi scale che conducevano al piano superiore, la cui ringhiera in legno di quercia color miele era stata appena lucidata; le pareti, tappezzate di rosso, rendevano l'ambiente caldo e accogliente, e il grande specchio con la cornice dorata dava all'ingresso un aspetto ancora più imponente. Proprio in quel momento il sole fece capolino tra le nuvole, filtrò attraverso il vetro della porta e disegnò sul pavimento un prisma colorato. Charlotte si sentì mancare il fiato.

«Wilkins porterà le sue valigie di sopra. Immagino che lei desideri mangiare qualcosa.»

«Grazie, volentieri.» Non poteva certo presentarsi dicendo di aver mangiato un panino per strada!

La governante la condusse verso un corridoio, che dall'ingresso portava alla cucina e alle altre stanze di servizio. Mrs. Evans aprì la porta di una piccola sala da pranzo e la invitò a sedersi, poi se ne andò.

Charlotte avrebbe voluto chiedere quando avrebbe conosciuto il padrone di casa e la figlia, ma la donna era sparita troppo in fretta, come per liberarsi il prima possibile di un incarico sgradito. La posizione di un'istitutrice non era mai facile: non apparteneva né alla servitù né al ceto dei padroni; le veniva concesso di mangiare con i signori, ma spesso all'altro capo del tavolo, in mezzo ai bambini, o addirittura in un tavolo separato insieme ai suoi protetti. Il più delle volte doveva sopportare sia la condiscendenza del datore di lavoro, sia l'ostilità dei domestici.

Charlotte lo sapeva, e aveva imparato a difendersi: in quel momento, però, da sola in quella casa sconosciuta si sentiva insicura. Si alzò per avvicinarsi alla finestra che dava su uno splendido giardino. Nessuna aiuola recintata, ma tante chiazze variopinte di crisantemi, gerbere e astri, che sembravano unirsi in un enorme mazzo. Tutt'intorno, un folto tappeto verde, ai piedi di alberi centenari. Era ancora immersa nel paesaggio quando sentì bussare alla porta. Entrò una giovane cameriera con un vestito nero, su cui spiccavano il grembiule e la cuffietta bianchi. Poggiò un vassoio sul tavolo facendo un inchino.

«Benvenuta, Miss. Io sono Susan. Se adesso vuole accomodarsi...»

Sul vassoio c'era un piatto di arrosto freddo e verdure sott'olio, insieme a pane tostato, burro e un bricco di tè.

«Se ha bisogno di altro, per favore suoni.» Fece un altro inchino e si voltò verso la porta.

«Susan, sapresti dirmi se Sir Andrew è in casa?» si affrettò a chiederle Charlotte.

«No, Miss, non c'è, torna stasera. Oggi pomeriggio c'è una seduta in Parlamento.»

«E Miss Emily?»

«Miss Emily è in visita al reverendo a Mickleham. La conoscerà appena torna.» E scomparve.

Charlotte non aveva un grande appetito ma si costrinse a mangiare lo stesso, assaporando con calma ogni boccone. Il silenzio, nella sala, era così perfetto che le sembrava di sentire addirittura i battiti del proprio cuore.

Dopo un'eternità – o almeno fu questa la sua impressione – oltre la porta risuonarono dei passi ed entrò Mrs. Evans seguita da Susan. «Ha finito di mangiare, Miss Pauly?»

«Sì, grazie, buonissimo.» Spinse il piatto di lato e si alzò.

Con un solo gesto, allo stesso tempo aggraziato e imperioso, la governante indicò la porta. «Se vuole seguirmi... le mostro la sua stanza.»

Ricondusse Charlotte verso l'ingresso e poi su per le scale, al primo piano, con un passo così veloce che la ragazza non ebbe il tempo di ammirare gli arredi delle sale. Di nuovo la turbò il silenzio: perfino il suono dei suoi passi era attutito dai tappeti orientali.

L'esile figura della governante si muoveva con eleganza, tenendosi la gonna con una mano. Con i suoi stivaletti da viaggio e il tailleur di lana, Charlotte si sentiva goffa.

Giunte sul pianerottolo, Mrs. Evans indicò una porta a sinistra. «Questa è la camera di Miss Emily. Subito a destra c'è l'aula in cui le farà lezione. Le stanze di Sir Andrew invece sono al piano terra.» Passò oltre senza mostrare a Charlotte i locali, e aprì una porta nascosta dalla tappezzeria all'altro capo del corridoio. Da lì una scala a chiocciola in pietra saliva verso il piano di sopra. A intervalli regolari, la luce entrava da piccole finestre che ricordavano le feritoie dei castelli medievali.

Mrs. Evans salì. La stanza di Charlotte si trovava proprio in quella torretta d'angolo che aveva colpito la ragazza al suo arrivo. La governante aprì una porta e la lasciò entrare. Sospirando di stupore, Charlotte ruotò su se stessa per abbracciare con lo sguardo quella stanza meravigliosa. Era rotonda, luminosa grazie alle svariate finestre, arredata con mobili su misura. Sul pavimento c'era un tappeto sottile dall'elegante fantasia, e alle pareti acquerelli colorati, probabilmente paesaggi dei dintorni. Sul letto era posato un drappo azzurro, e accanto si trovava il lavabo con un bricco, una ciotola di porcellana bianchissima e un portasciugamani. C'era anche un piccolo scrittoio, con un calamaio e un plico di fogli.

In quella stanza accogliente e luminosa, le sue due valigie scure sembravano corpi estranei.

«È bellissima, Mrs. Evans. Mi troverò molto bene.»

Lo sguardo della governante restò impassibile. «Da qui potrà raggiungere in un attimo l'aula e la stanza di Miss Emily.»

«Sì, certo.»

Charlotte si guardò intorno ancora una volta. «Questa stanza… sembra così vissuta. E arredata con molto amore.»

«Era la stanza da ragazza di Lady Ellen Clayworth. È cresciuta qui… questa era la casa dei suoi genitori.»

Charlotte aspettò, nel caso la donna volesse raccontarle qualcos'altro sulla defunta padrona di casa. Mrs. Evans, però, disse soltanto: «Adesso è meglio che vada, così potrà disfare i bagagli con calma. Verrò a chiamarla più tardi».

Charlotte restò immobile fino a quando la porta non si chiuse e i passi si allontanarono sulle scale. Fece un altro giro su se stessa per ammirare ancora la sua nuova stanza: più bella di così non avrebbe potuto essere.

Tuttavia trovava strano che il padrone di casa l'avesse assegnata proprio a lei, un'estranea, visto che era un luogo molto legato al ricordo della moglie. O magari lo aveva fatto di proposito per scacciare gli spiriti?

Scosse la testa. Era quello che aveva visto a Dover a suscitarle pensieri così assurdi?

Si avvicinò a una finestra e guardò fuori: da lì si vedeva la strada per la quale erano arrivati, mentre le altre finestre erano affacciate sull'enorme giardino e sulla foresta.

Charlotte si allontanò dal vetro e iniziò a disfare le valigie. Non ci volle molto: appese i vestiti nell'armadio, sistemò gli oggetti sul cassettone, ordinò su un ripiano i libri di scuola che aveva portato con sé e poggiò sul comodino una foto dei genitori e delle sorelle. Poi si sedette sul letto e si mise in attesa, nel silenzio più assoluto. A un tratto sentì un rumore di ruote sulla ghiaia e si avvicinò alla finestra. Non riuscì a vedere la persona che stava scendendo dalla carrozza, probabilmente Miss Emily di ritorno dalla sua visita al reverendo.

Cercò di leggere un po', ma quel silenzio la demoralizzava, così prese in mano il diario al quale ogni tanto, senza regolarità, affidava i suoi pensieri. Seduta allo scrittoio intinse la penna nel calamaio.

Oggi sono arrivata a Chalk Hill. Ancora non so dire molto sulla famiglia con la quale vivrò. Il cocchiere è un gran chiacchierone, la governante fredda e severa, la cameriera amichevole, ma sembra avere molta paura della governante.
La casa è arredata con gusto e il paesaggio è meraviglioso, ma da quando sono arrivata ho come l'impressione che su ogni cosa regni uno strano silenzio. È vero che Lady Clayworth è mancata da poco, ma non sono certa che il manto di imperturbabilità che sembra avvolgere queste stanze sia dovuto al lutto. Ma forse mi sto facendo travolgere da idee assurde perché sono qui da sola in questa torre, come le principesse delle favole.
Già, le favole. Ho portato una raccolta dei fratelli Grimm, scrittori eccezionali, anche se il mio ultimo datore di lavoro non ne aveva una grande considerazione. Però ho pensato che se la mia alunna deve imparare il tedesco, forse con i Grimm sarà più facile, invece che con i soliti esercizi di dettato e grammatica. Inizierò con qualcosa di semplice, per esempio la favola della pappa dolce, per poi passare a storie più complesse e spaventose.
Scrivendo il mio umore è migliorato, e guardo fiduciosa all'incontro con la famiglia.

Sentì dei passi, e mise giù il pennino. Qualcuno bussò.

«Sì?»

Era Susan. «Se potesse scendere, Miss Pauly… Miss Emily è pronta.»

«Grazie, vengo subito.»

Charlotte si guardò allo specchio e si spazzolò i capelli. Poi si chiuse la porta alle spalle e seguì Susan di sotto. La domestica la condusse in quella che Mrs. Evans le aveva indicato come "l'aula".

Mentre Charlotte entrava il cuore le batteva forte: conoscere una nuova allieva era sempre un'emozione: una bambina del tutto sconosciuta con cui da quel momento avrebbe trascorso gran parte della giornata, per cui sarebbe stata un'insegnante ma anche un po' una madre. Dette un'occhiata veloce alla sala – lavagna con gessetti e cancellino, due banchi con leggio, un tavolo più grande per l'insegnante, una cartina dell'Inghilterra e una del mondo, una libreria piena di volumi e altro materiale –, e osservò attentamente la bambina, in piedi davanti al primo banco, gli occhi pieni di aspettativa.

Emily Clayworth aveva i capelli castano scuro, con ricci un po' selvaggi che parevano ribellarsi a qualunque fermaglio. Portava un vestito celeste con un grembiule bianco. Quando la bambina alzò gli occhi, Charlotte restò senza fiato: erano i più azzurri che avesse mai visto, anzi, dell'azzurro più azzurro che ci fosse in natura. Aveva ciglia lunghe e scure come quelle delle bambole, e lentiggini che spiccavano sul pallore del viso. Era una bambina fuori dal comune, Charlotte lo capì fin dal primo istante.

«Ciao Emily, io sono Fräulein Charlotte Pauly, la tua nuova istitutrice. Da adesso in poi sarò io a farti lezione, tuo padre te lo avrà detto.» Fece un passo verso di lei e le porse la mano. «Piacere di conoscerti!»

La mano di Emily era leggera e fredda, era come toccare una farfalla. «Piacere mio, Fräulein Pauly. La devo chiamare "Fräulein" o "Miss"?»

Charlotte rifletté qualche secondo. «Tu cosa preferisci?»

Adesso fu la bambina a riflettere. «Be', il mio papà ha detto che avere un'istitutrice straniera è una cosa speciale. Quindi preferisco chiamarla "Fräulein", così tutti capiranno subito che è tedesca.»

«Risposta acuta, Emily.» Charlotte guardò Susan, rimasta sulla porta. «Adesso puoi lasciarci sole, grazie.»

La ragazza fece un inchino. «Benissimo, Miss. Vi chiameremo per il tè.»

Ma quando la porta si chiuse, Charlotte notò una sorta di insicurezza nella nuova alunna. Sorrise e la invitò a prendere posto a uno dei banchi. «All'inizio ti parlerò in inglese, tranne che nell'ora di tedesco, ovviamente. Renderà le cose più facili.»

La bambina sembrò stupita.

«Che succede?»

Emily esitò e fissò il pavimento.

«Coraggio, puoi dirmelo.»

«Mi hanno detto... il reverendo Morton, ma anche papà e la mia *nanny*... che le istitutrici sono molto severe.»

«E quindi?» domandò Charlotte con dolcezza.

Emily tacque, ma alzò gli occhi verso la porta, per timore o forse in cerca di aiuto.

«Non devi avere paura di me» disse Charlotte in tono amichevole, facendo un altro passo verso di lei.

Emily si morse un labbro. «Invece un po' paura di lei ce l'ho. Papà ha detto che adesso le cose diventano serie e che il tempo di giocare è finito. Adesso devo imparare e diventare una signora.»

«Certo, devi imparare molte cose e diventare una signora, ma non succederà da un giorno all'altro. Faremo tutto con calma. E se t'impegni e fai i compiti per bene sarai una bravissima alunna, ne sono sicura. Finora chi ti ha fatto lezione?»

«Prima Miss Pike. Ma adesso non c'è più.»

«E cosa hai imparato, con lei?»

«A leggere, scrivere e a fare i conti.» Esitò. «Avrebbe dovuto insegnarmi anche a suonare il piano, ma non era abbastanza brava. Perlomeno, così ha detto papà, e l'ha licenziata. Poi è venuta Miss Fleming, ma anche lei non è rimasta molto, perché non sapeva insegnarmi le lingue straniere. E poi papà ha trovato lei. Attraverso un'agenzia di Londra, così ha detto.»

Probabilmente non erano istitutrici professioniste, pensò Charlotte, magari perfino senza diploma. Aveva letto che in Inghilterra, a differenza della Germania e soprattutto della Prussia, non c'erano molte scuole di formazione per insegnanti.

«Papà ha detto che avere un'istitutrice tedesca è una cosa veramente speciale, e lui vuole solo il meglio per me.»

«Be', io il piano lo so suonare, t'insegnerò il tedesco e il francese, e naturalmente anche la matematica, il disegno, il cucito e il ricamo. E sì, sono severa, ma so essere anche gentile, se ti comporti bene e sei diligente.»

La bambina guardò per terra. «Allora sono contenta che sia venuta lei» sussurrò in un tono di voce così flebile che Charlotte lo percepì appena.

A un tratto, le venne in mente un'altra cosa. «Prima parlavi di una *nanny*... era la tua tata?»

Emily la guardò stupita. «È ancora la mia tata. Lo è da quando sono nata.»

Era una cosa che Charlotte non aveva considerato. Di solito la tata se ne andava prima che arrivasse l'istitutrice. Era un cambiamento importante, il momento in cui i bambini abbandonavano la fase della prima infanzia e del gioco spensierato; e i maschi, in Inghilterra, lasciavano anche la casa dei genitori. «Quindi vive ancora qui con voi?»

Emily annuì. «Sì, la mamma è morta, e papà ha pensato che fosse meglio non passassi troppo tempo da sola. Quindi *nanny* è rimasta. Ma non dorme più nella stanza accanto alla mia. Perché io sono grande e posso dormire da sola.»

«Capisco.» Charlotte decise di fermarsi lì, non voleva subissare la piccola di domande già il primo giorno.

Proprio in quel momento, bussarono alla porta. «Prego.»

Una ragazza con il viso tondo e i riccioli biondi entrò nella stanza. «Io sono Nora, la tata. Sono venuta a prendere Emily per il tè» disse in un tono apertamente ostile.

Che scortesia, pensò Charlotte d'istinto, dispiacendosi subito dopo per quel pensiero. Probabilmente Nora era una semplice ragazza di campagna, la cui aria ingenua era accentuata dalle gote rosse e dai boccoli ai lati del viso. Tuttavia il tono in cui le si era rivolta era stato inopportuno, perché Charlotte era l'istitutrice e quindi, nella gerarchia della casa, superiore a una semplice tata.

Emily fece un passo verso di lei, esitò e poi guardò Charlotte. «E Fräulein Pauly non beve il tè con noi?»

«Certo, Emily.» La tata fissò Charlotte con una punta di irritazione. «Miss, ci segua.»

Poi si voltò, prese Emily per mano e si avviò giù per le scale.

Charlotte le seguì con un sospiro. In fondo era pur sempre un inizio.

3

Clerkenwell, Londra, dicembre 1888

Thomas Ashdown appoggiò sul foglio la penna stilografica e si passò una mano tra i capelli. Sospirò. Era rimasto seduto alla scrivania a scrivere per tre ore; sentiva le articolazioni irrigidite e i muscoli doloranti. Si alzò, allungò gli arti e si avvicinò alla finestra. Era ancora presto, ma il giardino era già avvolto da un crepuscolo invernale. Poggiò la testa contro il vetro, i lunghi capelli scuri gli caddero davanti al viso. Sentiva il cuore pesante. Lucy lo aveva lasciato nell'inverno precedente, in un periodo dell'anno che comunque si ricollega alla perdita e alla caducità della vita e che per lui era diventato ancora più difficile da sopportare. Fece un respiro profondo per dominare i suoi sentimenti, ma la tentazione di voltarsi era troppo forte.

Era più di una tentazione; era come se una mano lo afferrasse per un braccio e lo costringesse a girarsi, a guardare dietro di sé, l'angolo vicino alla porta dove Lucy sedeva spesso a cucire mentre lui lavorava alla scrivania. La loro vicinanza era così profonda che lei sceglieva di mettersi lì solo per stargli vicino. Non parlavano, ognuno era concentrato sulla propria occupazione, ma era un silenzio piacevole, non c'era bisogno di parole per mostrare quanto fossero uniti.

Lucy era morta, ma ogni tanto aveva la sensazione che fosse ancora lì, e non poteva fare a meno di girarsi di colpo per controllare se davvero ci fosse. Restava paralizzato, come in quel momento, sentiva il cuore battere all'impazzata e la schiena bruciare come se fosse stato appena colpito da un fulmine. *Girati, Tom... perché non mi guardi?*, sembrava chiedere lei.

Perché tu non ci sei, rispose lui con il pensiero.

Ma come puoi dire questo? Io ti vedo! Sei alla finestra, come fai sempre quando cerchi le parole giuste per continuare il tuo lavoro. Girati e guardami, è facile.

La tentazione fu così forte che dovette stringere i denti per non urlare. Strinse i pugni, deglutì e andò alla porta, senza voltarsi verso l'angolo. Poi chiamò la domestica.

Il minuto che impiegò Daisy a raggiungerlo gli sembrò un'eternità. Entrò e fece un inchino. «Desidera qualcosa, signore?»

«Un tè, per favore.»

«Subito, Sir.»

Quando la porta si fu richiusa, finalmente Tom guardò quell'angolo. C'era ancora la poltrona, con il tavolino, la lampada e il cestino per il materiale da ricamo.

Ma era vuota. Com'era ovvio che fosse.

Tom si riavvicinò alla scrivania e rilesse quello che aveva scritto quel giorno: una recensione su uno spettacolo teatrale e altri due articoli per due quotidiani. In realtà stava anche lavorando a un libro, iniziato due anni e mezzo prima e mai concluso.

Perché si era dedicato proprio a Shakespeare, che gli ricordava di continuo Lucy? Erano andati così tante volte insieme a teatro o a sentire conferenze su quell'argomento. Era un libro sulle figure femminili del famoso drammaturgo e a ogni parola che metteva nero su bianco sentiva la voce di Lucy... sagace e ironica. *Tom, Ofelia è una donna debole, come fai a non rendertene conto? Io, al posto suo, farei una bella predica ad Amleto e gli farei passare la voglia di tutti quei capricci, invece di rassegnarmi al mio destino.* Era fatta così: tutta d'un pezzo, piena di energie e di senso dell'umorismo.

Più che un'Ofelia, una Beatrice, quella di *Molto rumore per nulla*.

Sentì un groppo alla gola, e quando arrivò Daisy con il tè si limitò ad annuire. Stava per mandarla via quando la ragazza gli porse una busta. «Sir, è appena arrivata questa per lei.» Poi se ne andò, in silenzio.

Il profumo speziato del tè invase la stanza. Tom si riempì la tazza, la zuccherò e si sedette con la lettera su una poltrona a orecchioni vicino alla finestra.

Era John Hoskins, un suo vecchio compagno di college di Oxford.

> Mio caro Ashdown,
> spero che tu possa perdonarmi le parole forti che sto per usare, ma sono stanco di assistere alla tua fuga dal mondo e dai tuoi amici. Ti siamo tutti vicini con il pensiero e non vediamo l'ora di riaverti tra noi... come critico teatrale spietato e divertente, ma soprattutto come amico.
> La mia amata Sarah la pensa allo stesso modo e desidera invitarti qui da noi il prossimo fine settimana, in modo che tu esca finalmente dal tuo studio. Qui da noi a Oxford potrai rincontrare vecchi conoscenti, Sarah ha preparato un programma intensissimo... che ovviamente può essere rivisto e corretto se non hai voglia di mostre e conferenze e preferisci andare a passeggio o bere una birra al pub.

Tom saltò le frasi successive, con le novità sui conoscenti, e poi... si fermò impietrito.

> Pensa che la sorella di Sarah, Emma, che hai conosciuto qui da noi, è diventata una spiritista. Di recente ha partecipato a una seduta, a Londra, rimanendo molto impressionata dal medium.

A quanto pare, l'uomo è stato davvero capace di entrare in contatto con i defunti, che gli hanno raccontato cose incredibili. Io resto molto scettico, ma Sarah è tentata di accompagnare la sorella a una seduta. Ho cercato di dissuaderla dicendo che simili sciocchezze non sono degne di lei, ma senza successo.

Tom credeva moltissimo nella possibilità di esplorare l'animo umano, ma non ai fenomeni soprannaturali o ai fantasmi. Sì, conosceva storie di persone che avevano sentito avvicinarsi la morte o di orologi che si erano fermati nel momento in cui era deceduto un familiare. Egli stesso aveva un ricordo dell'infanzia che non aveva mai dimenticato.

Era un giorno d'estate, lui era seduto in giardino vicino alla nonna, stavano mangiando ciliegie appena colte. Se lo ricordava perché ne aveva mangiate troppe e dopo gli era venuto un terribile mal di pancia. All'improvviso un'amica della nonna aveva iniziato a correre impazzita per il paese e messo a tutti una gran paura dicendo che suo figlio era morto in un incidente. Il ragazzo, che non viveva più lì da tempo, era apparso nella sua stanza e aveva preso congedo da lei, in un modo che non era in grado di descrivere, senza dire neanche una parola. La nonna di Tom aveva cercato di calmare l'amica, ma non le aveva creduto. Due giorni dopo, la donna in questione aveva ricevuto una lettera in cui le comunicavano che il figlio, ingegnere in una fabbrica nel Nord dell'Inghilterra, era deceduto a causa di un'esplosione insieme ad altre quattro persone.

Tom aveva ripensato spesso a quel pomeriggio, alle ciliegie deliziose e al terribile mal di pancia, ma soprattutto a quella incredibile storia. Allora gli era sembrato assolutamente sensato e coerente che il figlio avesse detto addio in una maniera che si sottraeva a qualunque spiegazione razionale. Crescendo, non ne era stato più così convinto. Troppo inverosimile, troppo melodrammatico.

> La faccenda è diventata poi ancora più complicata: la mia adorata Sarah, infatti, è preoccupata per sua sorella che qualche tempo fa ha perso il fidanzato in un incidente e ora spera di entrare in contatto con lui attraverso questo medium, Belvoir, o come diavolo si chiama. Emma ha grosse aspettative ed è sempre più presa da questa storia, cosa che mi inquieta molto. Ecco, in questa situazione il tuo buonsenso ci sarebbe di grande aiuto.

Tom non riuscì a continuare, sui suoi occhi era sceso un velo. Ricordava fin troppo bene quel giorno di sette mesi prima in cui aveva imboccato la stessa strada della cognata di John.

Quando Lucy era morta, in lui si era rotto qualcosa, e con esso anche lo scetticismo di ferro con cui fino a quel momento aveva affrontato questioni come l'aldilà e i fantasmi. All'inizio l'aveva sentita ancora così presente, a casa, da avere la sensazione di toccarla. Udiva i suoi passi, la voce, ne sentiva il profumo, vedeva strusciare l'orlo della sua gonna contro lo stipite di una porta. Di notte si svegliava e allungava il braccio nel letto, perché aveva sentito il suo respiro. Per settimane aveva dormito sul piccolo divano nello studio, per scacciare quelle suggestioni.

Tuttavia, una sera si era sentito così disperato al punto da cercare un medium a Islington. Aveva letto sui giornali di una donna, piuttosto famosa, e aveva trovato l'articolo sufficientemente credibile. La seduta, però, era stata terribile.

Tom aveva seguito le indicazioni, portando con sé alcuni oggetti di Lucy, attraverso i quali la medium avrebbe stabilito il contatto: un guanto, una spazzola e una collana. La donna aveva toccato gli oggetti a lungo, cosa che già lo aveva un po' irritato, poi era sprofondata in una specie di trance e aveva iniziato a parlare con uno strano tono di voce, acuto e troppo forte, che non assomigliava per niente a quello della moglie defunta. E gli aveva recapitato messaggi così generici che avrebbero potuto venire in mente a chiunque. Non ci voleva alcun talento soprannaturale, infatti, per capire che Tom sentiva la mancanza della moglie; il presunto spirito gli aveva detto che doveva farsi forza e guardare avanti.

Era stata una scena dozzinale e insopportabile, e lui ripensandoci se ne vergognava, anche se non lo aveva raccontato a nessuno.

Guardò la lettera tra le sue mani: sapeva benissimo che passava troppo tempo da solo e di essere stato troppo brusco con diversi amici. Ripiegò il foglio e lo rinfilò nella busta. La decisione ormai era presa.

4

Chalk Hill, settembre 1890

Fu uno strano appuntamento per il tè. Charlotte era seduta con Nora ed Emily in sala da pranzo, il tavolo apparecchiato con porcellane finissime. L'intero ambiente era arredato con estremo gusto. Nei delicati motivi floreali delle tende e delle imbottiture si vedeva una mano femminile, probabilmente quella della signora appena scomparsa. Una cameriera, che si presentò come Millie, servì mini-sandwich al cetriolo e dolcetti con crema e marmellata di lamponi. Prima di servirsi, Emily guardava sempre Nora.

«Sì, ma solo un paio» rispose la tata senza cercare di coinvolgere Charlotte nella conversazione. Si stava comportando da insolente... o, più semplicemente, vedeva in lei una rivale riguardo all'affetto della bambina e alla sua posizione all'interno della casa?

«Sei stata malata?» domandò Charlotte alla piccola senza guardare Nora.

Emily scosse la testa e si servì un pasticcino. «Adesso non più Fräulein Pauly, ma devo fare attenzione a quello che mangio, per non ammalarmi di nuovo.»

«Capisco.» Sir Andrew glielo aveva scritto nella lettera.

«Emily è una bambina delicata. Non può fare sforzi eccessivi» disse Nora controvoglia, come se quella spiegazione le costasse fatica.

«Certo che no.» Charlotte bevve un sorso di tè, aveva un profumo delizioso. «Tu conosci Emily da quando è nata?»

«Sì.»

Charlotte soffocò un sospiro; non poté fare a meno di sperare che Sir Andrew rinunciasse ai servizi della tata non appena lei e la bambina si fossero abituate l'una all'altra. Non avrebbe potuto sopportare a lungo quei monosillabi e quella palese ostilità.

«Emily, vivete in un posto bellissimo. Faremo molte passeggiate, così potrai mostrarmi tutto.»

Stavolta Emily rispose senza guardare Nora. «Volentieri, Fräulein Pauly. Ci sono tante cose da vedere.»

«Potremmo raccogliere foglie e farle seccare in un album. Da bambina lo facevo sempre» propose l'istitutrice sentendosi addosso lo sguardo penetrante di Nora.

«Sì, è una bella idea. Potrei regalare l'album a papà per Natale.» Poi si girò verso la porta, come se fosse sicura che suo padre fosse lì. «Dovrebbe tornare a momenti. Sarà felice di conoscerla, sono sicura.»

Forse "felicità" non è proprio la parola giusta, quando si tratta della prima volta in cui un datore di lavoro incontra una persona appena assunta, pensò Charlotte divertita, ma la bambina lo aveva detto con buone intenzioni.

«Se tuo padre è d'accordo, inizieremo con le lezioni già domattina. In via del tutto eccezionale alle dieci, invece che alle nove, perché devo sistemare le mie cose nell'aula e preparare tutto. E poi d'ora in avanti faremo sempre colazione insieme.»

Nora si alzò di scatto, la sedia quasi si capovolse, Emily la guardò spaventata, si alzò anche lei e le poggiò una mano su un braccio, un gesto di complicità che Charlotte registrò con attenzione. Doveva evitare che Emily si sentisse contesa tra lei e la tata, che in fondo la conosceva da una vita. La cosa migliore era che parlassero a quattr'occhi, per superare ogni divergenza una volta per tutte. Il suo soggiorno a Chalk Hill non doveva iniziare con cattivi presagi.

Nora restò immobile mentre il suo sguardo oscillava tra Emily e Charlotte; la vena le pulsava sul collo come unico segno di vita. Poi deglutì e abbassò la testa. «Sveglierò Miss Emily per tempo. Adesso congedati che devi fare ancora qualche lavoretto di cucito. Sai quanto ci tiene tuo padre.»

Charlotte sentì quanta fatica stesse facendo la tata per dominarsi. Doveva essere cauta. «Certo, sono d'accordo. I lavori di cucito sono importanti, anche se non a tutte le bambine riescono facili. Tu come te la cavi, Nora? Sei brava?»

La tata esitò. «Io... be', nel lavoro a maglia e nei rammendi me la cavo bene. Nel ricamo, invece, un po' meno.»

«Bene, allora tu continua con le cose che sai fare meglio, del ricamo con Emily me ne occupo io.»

Nora si limitò ad annuire, ma dall'improvviso rossore sulle guance Charlotte capì che non si aspettava un atteggiamento così amichevole. Diede a Emily una leggera spinta, la bambina si mise davanti alla nuova istitutrice e le strinse la mano.

«A domani, Fräulein Pauly. Le auguro una bella serata.»

Tornata nella sua stanza nella torre, Charlotte passò in rassegna i libri e i quaderni che aveva portato con sé. L'aula le era sembrata ben attrezzata, e non vedeva l'ora di iniziare a fare lezione a Emily. Era contenta anche di aver colto l'occasione di inviare a Nora un messaggio di pace. Quando era saltata su, aveva temuto che potesse fare una scenata davanti alla bambina. Con la sua prudenza Charlotte voleva proteggere non solo Emily ma anche se stessa, perché se Sir Andrew Clayworth avesse scoperto che c'era già stata una lite tra la tata e la nuova istitutrice prima ancora che lui la conoscesse, la cosa non le avrebbe giovato affatto. Il suo rispetto Charlotte doveva ancora guadagnarselo, mentre Nora lavorando lì da diverso tempo già godeva della fiducia del padrone.

Si accomodò su una poltrona con un sospiro. Non era facile

inserirsi in una nuova casa e capire com'erano i rapporti tra i vari membri, di chi ci si poteva fidare e a chi era meglio non dare troppa confidenza.

D'altra parte, però, era andata lì proprio per mettere alla prova se stessa. Non doveva mostrarsi debole, doveva apparire sicura di sé e usare la propria esperienza. E tutto sarebbe andato per il meglio.

Bussarono, e lei rispose con voce decisa: «Sì, avanti... prego!».

«È tornato Sir Andrew» disse Susan facendo capolino. «Desidera riceverla adesso e la invita a cenare con lui, stasera.»

«Grazie, arrivo subito.» Charlotte aspettò che la porta si fosse richiusa, si lavò di nuovo viso e mani e si aggiustò l'acconciatura. Poi, con passo sicuro, si avviò giù per le scale a chiocciola.

Un bell'uomo: fu questa la prima cosa che pensò, una cosa sorprendente e inopportuna. Di solito Charlotte non faceva molto caso alle apparenze, aveva già conosciuto molti uomini e sapeva bene che a un bell'aspetto non sempre corrispondeva un buon carattere. Quindi prima di dare un giudizio su una persona, aspettava di conoscerla meglio. Quanto a Sir Andrew, era ancora tutto da vedere. Che fosse bello, si vedeva subito: rasato con cura e con riccioli biondi ben pettinati sulla fronte; vestito in maniera elegante, ma non troppo severa; si alzò dalla sedia per accogliere Charlotte con movimenti aggraziati e sicuri di sé.

«Fräulein Pauly, è un grande piacere, per me, conoscerla.» Le porse la mano e la invitò a sedersi su una sedia davanti alla propria scrivania. Si trovavano nella biblioteca, piena di alti scaffali con libri dall'aspetto molto prezioso. In un angolo vicino alla finestra Charlotte notò, con sorpresa, un microscopio e altri apparecchi simili sistemati su un tavolino. Le pareti erano piene di attestati e diplomi che lì per lì non riuscì a leggere, ma non c'era nessun oggetto personale come foto o ricordi.

Appena lei prese posto, anche lui si sedette e unì le punte delle dita delle mani.

«Spero che il viaggio non sia stato troppo spiacevole. Mi rincresce che abbia dovuto passare la notte a Dover. Purtroppo le ferrovie inglesi non sono sempre affidabili. Anch'io a volte sono stato costretto a pernottare a Londra per la soppressione del treno per Dorking.»

«Non si preoccupi, ho trovato una sistemazione adeguata e sono potuta ripartire subito, stamattina. Il viaggio è andato bene.»

Lui per un momento tacque, e lei sentì il suo sguardo gelido addosso. Era lo stesso sguardo con cui esaminava i suoi minuscoli esseri al microscopio? E che esseri erano? Piante, animali o parti del corpo umano? Certo, era un hobby singolare, per un deputato...

«Ha già conosciuto mia figlia?» In realtà non era una domanda, ma un'affermazione che nascondeva una buona dose di aspettative.

«Sì, mi è sembrata una bambina molto educata, non vedo l'ora di iniziare a farle lezione. Mi ha raccontato di aver avuto già due istitutrici...»

Sir Andrew si schiarì la voce. «Sì, è così. Ma erano insegnanti di passaggio che dovevano solo prepararla all'arrivo di quella vera e che, tra l'altro, non si sono dimostrate all'altezza del compito.»

Charlotte attese, nel caso volesse aggiungere ancora qualcosa, ma lui tacque.

«Nella sua lettera ha scritto che Emily in passato è stata spesso malata. La tata, prima, ha fatto riferimento a problemi di stomaco. Le sarei molto grata se potesse spiegarmi a cosa devo fare attenzione, in modo da non mettere a rischio la salute della bambina.»

Per un attimo Sir Andrew ebbe un fremito d'ira, ma si ricompose quasi subito e sorrise. «Mia figlia gode di una salute di ferro. Nora era presente quando è stata male in passato ed esagera con le attenzioni. È sempre così con le tate. Ma lei non si lasci influenzare.

Come le ho detto nella lettera, non ci sono particolari cautele da adottare. Anzi, io sono favorevole al fatto che Emily prenda una boccata d'aria dopo essere stata seduta in aula per ore.»

Charlotte annuì. C'era una domanda che le premeva, ma forse era troppo presto per porla. Per un momento esitò, poi prese la sua decisione.

«Posso domandarle se Nora, in quanto tata, resterà?»

Sir Andrew la scrutò. «Perché?»

«Be', in base alle mie esperienze, a volte la convivenza tra tata e istitutrice può creare dei problemi. Possono nascere contrasti su chi e quando si debba occupare dei bambini. E io penso che loro non dovrebbero vivere questo clima di contrasto.»

Sir Andrew aspettò un po' a rispondere, e Charlotte ebbe il timore di essersi spinta troppo oltre. «Fräulein Pauly, forse la sua domanda è un po' precoce.» Lo disse in un tono gentile, ma piuttosto gelido. «Mia figlia ha passato un periodo bruttissimo. La morte della madre è stata un duro colpo per tutta la famiglia. Quindi non voglio imporle troppi cambiamenti, non tutti insieme. Per ora non ritengo giusto separarla da Nora. Quando si sarà abituata a lei e alla nuova situazione, ci ripenserò. Fino ad allora, dovrà cercare di avere con Nora un rapporto che sia il più armonioso possibile.»

A quelle parole Charlotte dovette deglutire e trattenere sulla punta della lingua la replica che le era venuta in mente: nella gerarchia domestica l'istitutrice era sopra alla tata, quindi Nora doveva impegnarsi per una convivenza pacifica perlomeno quanto lei. Deglutì ancora una volta e prima di rispondere contò fino a dieci tra sé e sé.

«Certo, Sir Andrew. Il benessere di Emily ha la precedenza su tutto. Come le ho già detto, non vedo l'ora di iniziare con le lezioni, e farò tutto il possibile per andare d'accordo con Nora.»

Lui annuì soddisfatto. «Bene, allora su questo ci siamo chiariti.

Qualche altra indicazione: quando sono a casa, mangeremo insieme a Emily. Se abbiamo ospiti, deciderò di volta in volta se lei e mia figlia avrete il piacere di sedervi con noi. Mi aspetto resoconti regolari sui progressi di Emily e su eventuali difficoltà, insieme ai suggerimenti per superarle.» Fece una pausa, come se stesse scorrendo un elenco nella mente. «L'aula è sempre a sua disposizione. Su richiesta può usare anche la biblioteca, ma non come soggiorno, solo per consultare libri o prenderli in prestito.»

Charlotte annuì. I suoi modi essenziali non lasciavano spazio per alcun commento.

«Può andare a passeggio con mia figlia ogni volta che vuole. Ma Emily deve uscire sempre accompagnata. Vedrà, è una zona bellissima.»

«Sì, ho trovato davvero incantevole quel che ho visto dal treno e dalla carrozza. Wilkins mi ha parlato anche dei sentieri lungo il fiume Mole.»

Sir Andrew ebbe una reazione così fulminea che in seguito Charlotte non fu più sicura di cosa avesse visto. Aveva avuto un sussulto o si era solo appoggiato allo schienale? Era stato un fremito di rabbia, o addirittura ira, quello che gli aveva visto sul volto? Tuttavia, lui si ricompose subito, e disse con la massima calma: «Fräulein Pauly, temo che dovrà cercarsi altri posti. Il fiume a volte è imprevedibile. Emily non andrà a passeggiare sulle sue rive». Il tono non ammetteva repliche.

«Certo, mi atterrò alle sue indicazioni.»

«Lo spero.»

All'improvviso Charlotte ebbe l'impressione che le pareti della biblioteca si stessero avvicinando, come se gli scaffali fossero soldatini che marciavano tutti in riga verso di lei. Si sentì in gabbia. Avrebbe voluto alzarsi e andarsene, invece guardò quel bell'uomo negli occhi, gelidi ma tutto sommato rilassati.

«Bene...» Si alzò piano. «Vogliamo accomodarci a tavola?»

La sua voce era tornata gentile e premurosa, come se avesse già dimenticato quel breve malumore. Charlotte, invece, fu sollevata di lasciare la biblioteca.

Sir Andrew le fece strada verso la porta della sala da pranzo.

«Se può scusarmi un istante, torno subito.»

Lei entrò, si avvicinò alla finestra e lo vide andare verso la rimessa.

A cena chiacchierarono tranquillamente, senza alcun accenno alle future mansioni di Charlotte. Parlarono delle attrazioni di Berlino e di Londra, della traversata della Manica e delle condizioni meteorologiche dell'ultima estate. Sir Andrew fu amichevole e coinvolgente, e Charlotte si chiese se la strana reazione di poco prima, se la fosse solo immaginata.

Alla fine le fornì anche la spiegazione per il microscopio intravisto in biblioteca. Era uno studioso amatoriale di botanica e stava imparando a usarlo, raccontò. A Londra andava spesso al Museo di scienze naturali.

«Interessante» disse Charlotte. «Anche a Berlino ne hanno aperto uno, l'anno scorso. Se dovesse capitare l'occasione di andare a Londra, mi piacerebbe molto visitarlo.»

Per la prima volta Sir Andrew fece un sorriso, che si estese fino ai suoi occhi perspicaci. «È un palazzo, una cattedrale del sapere. Ha aperto da soli nove anni, ma è già un posto imperdibile. C'è anche la collezione botanica di Sir Joseph Banks, che ha preso il mare insieme al capitano Cook.»

Charlotte si stupì di quella trasformazione repentina. Il suo datore di lavoro raccontò con occhi luccicanti della fauna del Surrey e dei fossili scoperti negli ultimi decenni nel Sud dell'Inghilterra.

A sua volta, lei gli disse della raccolta di foglie che intendeva fare con Emily. «Solo se non lo avete ancora fatto, ovvio.»

Lo sguardo di lui si abbuiò, e lei capì di aver commesso un passo falso. Nelle famiglie che potevano permettersi un'istitutrice, infatti, le madri delegavano gran parte delle mansioni educative... cosa che, a maggior ragione, valeva per i padri, i quali spesso vedevano i figli solo la sera o quando c'erano ospiti.

«Certo che potete farlo, Fräulein Pauly, se non va a discapito delle altre materie. Nella formazione di una ragazza, infatti, hanno la precedenza le lingue, la musica e i lavori di cucito.»

«Naturalmente. Lo faremo quando avremo finito con il resto.»

Dopo mangiato Sir Andrew si congedò e si ritirò nella biblioteca a fumare, mentre Charlotte si avviò verso la sua stanza. Ai piedi delle scale, però, sentì una voce, debole ma irritata, provenire dall'ala della servitù e si fermò. Fu una specie di *déjà vu*: come se fosse di nuovo a casa di Mrs. Ingram, un piede sul primo gradino, a origliare le strane voci che arrivavano dal salotto. Anche stavolta, restò immobile. «Che esagerazione, sbraitargli contro in quel modo.» Di più non riuscì a sentire, ma poi intercettò il nome "Wilkins". E le tornò in mente che Sir Andrew prima di cena era scomparso nella rimessa.

Si addormentò senza problemi. Il silenzio e le fatiche del viaggio la fecero crollare quasi subito.

Tuttavia, verso le due fu disturbata da alcuni rumori al piano di sotto. Non molto forti, ma abbastanza per svegliarla.

Passi, voci soffuse. Piano piano scese le scale e spiò attraverso la porta che divideva la scala a chiocciola dal corridoio. Nessuno. Poi vide che la porta della stanza di Emily era solo accostata, e si avvicinò.

Udì un mormorio rassicurante, una donna. «Calma, va tutto bene, è stato solo un incubo. Rimettiti giù, è tutto a posto.»

Probabilmente Emily aveva fatto un brutto sogno e Nora la stava consolando. Sollevata, Charlotte tornò di sopra.

5

L'indomani, quando Charlotte scese per la colazione, Sir Andrew stava già uscendo. Le fece un saluto veloce, ma amichevole, e scomparve nel grigiore mattutino.

Charlotte si sedette. Millie arrivò con un vassoio d'argento e lo poggiò su una piastra riscaldata, poi sollevò il coperchio. Conteneva una sostanziosa colazione a base di uova e pancetta, che sarebbe bastata anche per due persone.

«Ma dov'è Miss Emily?»

Millie, che stava per abbandonare la sala, si voltò. «Sta facendo colazione con Nora nell'aula.»

Charlotte si sentì avvampare. «Sei sicura?»

La domestica si morse un labbro, come se quella domanda le fosse sgradita. «Lo fanno da quando... da quando Lady Ellen non c'è più. E sì, sono sicura, gli ho portato da mangiare dieci minuti fa.»

«Grazie, vai pure.» Charlotte annuì, e la cameriera se ne andò.

Le era passato l'appetito, ma aveva una lunga giornata di lavoro davanti, aveva bisogno di energie. Si arrabbiò con se stessa per non essere stata chiara sul posto in cui lei ed Emily avrebbero dovuto fare colazione insieme. Così Nora non avrebbe potuto dire che la facevano sempre nell'aula, e che pensava che lei le avrebbe raggiunte lì.

Charlotte mangiò un toast con il burro, uova e pancetta, e bevve numerose tazze del tè, forte e aromatico, servito insieme al cibo.

Non aveva senso abbassarsi ai giochetti della tata. Avrebbe finito di mangiare con tutta calma, poi sarebbe andata nell'aula e avrebbe chiarito la cosa con Nora.

Poi le tornarono in mente gli strani rumori della notte precedente... l'aveva svegliata il pianto di Emily o un grido, non era in grado di dirlo. A ogni modo, doveva essere stato forte, per arrivare fin su alla torre. Anche Nora lo aveva sentito, pur dormendo al piano di sopra.

Si pulì la bocca con un tovagliolo e stava per alzarsi da tavola quando Mrs. Evans bussò alla porta.

«Buongiorno Miss Pauly» disse nel suo solito tono sobrio. «Spero che abbia dormito bene.»

«Sì, grazie.»

«A che ora devo mandarvi lo spuntino di metà giornata in aula? Finora è stato sempre all'una.»

«All'una va benissimo.» Esitò un solo attimo, poi aggiunse: «Da domattina io ed Emily faremo colazione insieme qui in sala da pranzo. Se ne occupa lei?».

La governante inarcò un sopracciglio, ma annuì. «Certamente, Miss Pauly.»

Poi si voltò e abbandonò la sala.

Charlotte tornò soddisfatta nella sua stanza. Erano ancora le nove e mezzo, aveva un po' di tempo per leggere. Poi preparò il materiale per la giornata e si avviò verso la classe. Ma la trovò vuota.

Charlotte fece un intenso respiro, poi si guardò intorno e controllò in corridoio. Sentì delle voci, provenienti dalla stanza di Emily, proprio lì accanto. Bussò ed entrò. La bambina era seduta davanti alla toeletta; Nora, alle sue spalle, le stava facendo le trecce. Nonostante la rabbia, Charlotte non poté fare a meno di notare quanto fosse carina la stanza. Mobili bianchi, lenzuola e tende celesti, graziosi quadretti di animali e paesaggi alle pareti, bambole e un grande cavallo a dondolo con una sella in vera pelle. In un angolo, una casa di bambole a tre piani, con tanto di stanze arredate di tutto punto, anch'esse con estremo gusto.

«Buongiorno Emily. Dobbiamo iniziare. Ti aspetto in classe.»

La bambina cercò di ruotare gli occhi di lato, finché Nora le teneva fermi i capelli aveva la testa immobilizzata. «Dobbiamo rifare le trecce. Io ci ho provato da sola, ma a colazione si sono sciolte.»

Nora restò in silenzio.

Charlotte fece un passo all'interno della stanza. «Per favore, Emily, tu intanto vai, io ti raggiungo subito.» Nora lasciò la treccia, appena finita, e la bambina, percependo la tensione, obbedì.

«Nora, vorrei chiarire alcune cose. Da domani Emily farà colazione con me in sala da pranzo. E, prima della colazione, dev'essere pronta, vestita e pettinata. Occupatene tu, non c'è problema, ma alle otto e un quarto in punto la aspetto a tavola.»

Guardò la tata in attesa di una risposta, ma lei continuava a fissare il pavimento. Dopo la sua offerta di pace del giorno prima Charlotte sperava di aver compiuto il primo passo verso una convivenza serena, ma Nora sembrava ostinata come all'inizio.

«Non è facile separarsi da una bambina che si conosce da così tanto tempo, mi rendo conto. Voglio pensare che l'assenza alla colazione di stamattina sia stata solo frutto di un malinteso. Tu continuerai a vedere Emily con la stessa frequenza di prima, ma lei ha bisogno di una routine fissa, scandita dalle lezioni. Sono sicura che suo padre è del mio stesso parere.»

A sentire nominare il padrone di casa, il volto della tata si adombrò.

«Sì, Miss Pauly» disse con un filo di voce per poi uscire dalla stanza.

Charlotte la seguì con lo sguardo. Non era stata proprio una vittoria.

Nell'aula, Emily aveva già preso posto a un banco e la guardò impaziente.

Charlotte prese posto al tavolo di fronte e congiunse le mani. «Tanto per cominciare… come stai?»

La bambina la guardò sorpresa. «Bene, grazie.»

«Stanotte ho sentito dei rumori provenienti dalla tua stanza, e mi sono alzata per vedere cosa fosse. Ma c'era già qualcuno con te.»

Emily annuì, ma non disse nulla.

«Era Nora?»

«Sì, non va bene?» La sua voce sembrava incerta.

«No, certo che va bene» disse Charlotte in tono calmo. «Hai avuto un incubo?»

Emily annuì di nuovo.

«Ti succede spesso?»

L'alunna continuava a dondolarsi sulla sedia, evidentemente a disagio per quelle domande. Charlotte non voleva essere troppo invadente.

«Va bene, allora iniziamo. Per favore, aiutami.» Andò verso l'angolo in cui c'erano varie cartine. «Ce n'è anche una dell'Europa?»

«Credo di sì» rispose Emily evidentemente sollevata. Con un dito scorse le mappe arrotolate e ne indicò una piena di polvere. «Questa, penso. Non l'abbiamo ancora mai usata.»

Poi Charlotte le chiese di mostrarle su una cartina dell'Inghilterra i fiumi e le città più importanti. Le sue conoscenze geografiche erano buone, e a ogni risposta corretta faceva un sorriso raggiante. Ma appena lei srotolò quella dell'Europa e la appese, la piccola ammutolì.

«Sull'Europa dobbiamo ancora lavorare» disse.

Emily fissava il pavimento, ma Charlotte, con un dito sotto il mento, sollevò il suo viso finché non riuscì a guardarla negli occhi. «Lezione numero uno. Non sapere qualcosa non è un crimine. Il problema è adagiarsi sulla propria ignoranza.»

Dopo questo episodio lavorarono tranquille e quasi non si resero conto del tempo che passava. Emily era molto partecipe, ma non parlava di sua iniziativa. Per questo Charlotte fu ancora più sorpresa quando la bambina, all'improvviso, le chiese: «Fräulein Pauly... è bello, il posto da dove viene lei?».

Charlotte annuì. «Bellissimo. Io vengo dai dintorni di Berlino, un piccolo paese del Brandeburgo. È una terra grande e piatta, con tante foreste e poderi maestosi.»

«Cosa sono i poderi?»

«Grandi fattorie che a volte sembrano piccoli castelli» spiegò Charlotte. «La cosa più bella, però, è la foresta della Sprea.» Le raccontò dei bracci del fiume e dei canali che si dipanavano come una rete nel bosco, di acque così calme che le chiome degli alberi vi si riflettevano dentro come in uno specchio magico.

«Ma lei sembra triste» osservò Emily senza troppi fronzoli, e Charlotte la guardò ancora più stupita.

«Sì, forse ho un po' di nostalgia, ma è normale. Qui, però, ho già visto un po' della vostra natura inglese e trovo bella anche questa. Spero di conoscerla meglio.»

Emily esitò. «Io... io sono stata quasi sempre qui, perché spesso sono stata malata. Ma papà ha detto che presto mi porterà con sé a Londra.» Le brillavano gli occhi. Sembrava non facesse molte cose con il padre, per questo dovevano apparirle ancora più preziose.

«Sì ma adesso stai di nuovo bene, no?» azzardò la domanda Charlotte.

«Sì sì, sto molto meglio. Riprendiamo?»

«A che punto sei in matematica?»

Erano impegnate con il tedesco, quando bussarono alla porta. Davvero era già ora di pranzo? Charlotte guardò l'orologio e vide che effettivamente erano passate tre ore. Richiuse il libro e mise via la bacchetta con cui aveva indicato a Emily i vocaboli scritti sulla lavagna.

«Da domani proveremo a fare un po' di conversazione. Adesso però riprendiamo le forze per il pomeriggio.»

Millie arrivò con arrosto freddo, pane e verdure sott'olio, frutta e formaggio.

Mangiarono in silenzio, ma Charlotte osservò la ragazzina. Era molto taciturna, forse addirittura un po' depressa, e si chiese se dipendesse dalla notte inquieta o dal clima di ostilità tra lei e Nora, che di sicuro aveva colto.

«E tu, sei triste?» le chiese infine.

La bambina scosse la testa e proseguì a mangiare.

«Possiamo parlare, basta non farlo con la bocca piena» disse dolcemente. «Insomma, con me non è vietato.»

«Mi racconta qualcos'altro della Germania?»

Charlotte la scrutò. Per la sua età, aveva un incredibile talento nell'eludere le domande senza sembrare scortese. Mentre gli altri bambini spesso la travolgevano con le loro storie, lei era molto riflessiva e sembrava soppesare con attenzione ogni parola. E quando non voleva rispondere a una domanda, la aggirava cambiando argomento, invece di ostinarsi a tacere.

«Bene. Conosci le favole dei fratelli Grimm?»

«Sì, un paio, me le raccontava...» All'improvviso Emily si fermò, si spense, lo sguardo fisso verso il piatto.

«Sì?»

La bambina si riprese da una specie di trance e la guardò spaventata. «Cosa?»

«Mi stavi dicendo chi ti raccontava queste favole...»

Emily si strinse nelle spalle e abbassò gli occhi. Charlotte provò in un altro modo.

«Comunque... ti sono piaciute?»

«Alcune sì. Altre le ho trovate un po' paurose. Quella con la testa di cavallo per esempio no, non mi è piaciuta.»

«Intendi *La piccola guardiana di oche*» disse Charlotte. «Sì, quella fa venire proprio la pelle d'oca! Ma forse non ti ricordi la fine, perché in realtà la fine non fa paura.»

«Sì, ma il resto è brutto» continuò Emily, e Charlotte non la contraddisse. I bambini avevano una specie di sesto senso per le cose paurose, e lei si ricordò di come, da piccola, avesse paura del cavallo decapitato.

Charlotte non insisté, si limitò a prendere atto che Emily era riuscita ad aggirare la sua domanda un'altra volta.

Il pomeriggio fecero una breve passeggiata, perché la bambina aveva bisogno di tempo per abituarsi alla nuova, faticosa routine. Emily chiese se poteva venire anche Nora, ma la tata aveva approfittato del tempo libero per fare visita ad alcuni parenti a Mickleham.

Charlotte ne fu sollevata.

«Perché non mi racconti qualcosa di questo posto?» disse alla ragazzina appena uscirono dalla villa per imboccare la Crabtree Lane.

«Volentieri!» Molti bambini erano contenti, quando potevano spiegare o insegnare qualcosa agli adulti.

«Vede quella casa laggiù?» Emily indicò un palazzo in mezzo a un giardino cinto da mura. «Quel posto si chiama Camilla Lacey, è stato costruito da una scrittrice e io lo trovo bellissimo.»

Charlotte si fermò e osservò l'edificio con le piccole finestre piombate e il tettuccio spiovente sopra l'ingresso. Sì, era proprio carina, e il giardino nella bella stagione doveva essere un paradiso.

Emily avanzò di un paio di passi. «Però il posto più bello è questo.» Si fermò e indicò verso destra, dove le mura terminavano in un arco in pietra. Il punto più alto era decorato con un motivo a scacchi di pietre grigie e color sabbia e coronato da un tetto. A dir la verità, fin troppo sofisticato per una costruzione così semplice.

«Io mi immagino sempre che questo ingresso porti a un castello» disse Emily eccitata. «E di entrarci su una carrozza trainata da due cavalli bianchi.» All'aperto, la bambina sembrava più libera, continuava a saltellare da una parte all'altra indicando ora questo ora quello.

«Una volta ci siamo entrati davvero, con papà. Ma è passato un sacco di tempo. Anche dentro è bello, ma non un castello delle favole, ecco.»

«Ti va di iniziare a raccogliere foglie per il nostro album?» domandò Charlotte quando proseguirono. «Ancora non è stagione, ma potremmo già trovare qualcosa.»

Un attimo dopo, Emily era già entrata in azione, alla ricerca di esemplari particolarmente colorati sotto gli alberi.

«Una volta pressati, però, avranno un altro aspetto, diverso da questo, vero?»

«Purtroppo sì. Ma possiamo incollarli e poi tu ci scrivi sotto il nome. Così farai una bella sorpresa a tuo padre.»

«Sì, non vedo l'ora!» Emily prese le foglie per i piccioli, e così sembravano un mazzo di fiori rosso bruni. Aveva le guance rosse, e gli occhi luccicanti.

«Se vuole, le mostro la cappella in rovina… Ma bisogna camminare un po'.»

«Una cappella in rovina? Che bello, adoro le rovine!»

«Davvero? Ma sono tutte rotte!»

Charlotte rise. «Be', alcune persone le trovano romantiche, perché ricordano tempi lontani. Pensa che in passato la gente a volte costruiva rovine finte, insomma edifici che sembravano già vecchi e un po' distrutti dal passare degli anni.»

Emily si fermò e la guardò scettica. «Ma che senso ha costruire una cosa nuova facendola sembrare già vecchia?»

«Be', sai, siete stati proprio voi, gli inglesi, a iniziare.»

La bambina sgranò gli occhi. «Che strano, io ho sempre pensato che una cosa è bella solo se è... intera.» Poi guardò l'istitutrice con espressione insicura, come se avesse detto una stupidaggine.

«Hai ragione, non ha molto senso.» Charlotte pensò di approfittarne per spiegarle qualcosa del Romanticismo. E le raccontò, a misura di bambina, del desiderio di castelli incantati e tempi remoti, della ricerca di un fiore blu introvabile e dell'amore per la natura. Ogni tanto Emily faceva delle domande, tutte intelligenti, e a un tratto si ritrovarono immerse in una conversazione così fitta che quasi non si accorsero del paesino che stavano attraversando.

«Quando avrai imparato un po' di tedesco, leggeremo un paio di poesie di questo periodo.»

«Ma leggeremo anche poesie in inglese, vero?»

«Certo. Me le leggerai tu, così sentirò qual è la pronuncia giusta.»

Emily la guardò orgogliosa e sorpresa. «Dice sul serio?»

Charlotte pensava che fosse importante infondere sicurezza nei suoi giovani alunni, e incentivarli in quello che sapevano fare bene. Alcune insegnanti non avrebbero mai ammesso che un bambino potesse esser loro superiore in qualcosa, ma secondo lei era sbagliato.

«Ovvio che sì.»

«Ma lei parla bene l'inglese.»

«Grazie. Ma da quando sono qui ho capito che ho ancora molto da imparare.»

All'improvviso Emily si fermò e indicò a sinistra. «Ecco, lì c'è la cappella.»

Al centro di un prato, circondato da un semplice recinto di

legno, comparve un solitario frontone in pietra grigia. Che fossero i resti di una chiesa, si capiva solo dall'apertura della finestra tondeggiante. Poco più in là c'erano altri frammenti di muro, probabilmente l'altro capo dell'edificio.

«Sai a quando risale?»

Emily rifletté. «Non esattamente, ma è la costruzione più vecchia del paese, credo sia del Medioevo.»

«Riesci a immaginarti come fosse, prima, questo posto? Io lo faccio sempre quando ho di fronte una rovina o un edificio vecchio» disse Charlotte. «Chiudi gli occhi e immagina un cavaliere con il suo scudiero al seguito, o un mercante con il carretto pieno di campanellini per attirare le persone.» Diede un'occhiata a Emily, che aveva gli occhi chiusi.

«Sì, li vedo.»

«E adesso arriva un monaco con un libro di preghiere, sta andando verso la cappella, il saio marrone struscia sull'erba bagnata. Poi allunga una mano verso la porticina di legno e la apre. Nella cappella fa freddo, c'è odore d'incenso...»

«Cos'è l'incenso, Fräulein Pauly?» chiese Emily riaprendo gli occhi.

Charlotte glielo spiegò, e la bambina arricciò il naso. «Mmm... secondo me è più una puzza che un odore, no?»

«Be', ad alcune persone piace.» Charlotte notò un'ombra lunga sul prato, e si rese conto di quanto fosse tardi. Erano uscite da più di un'ora.

«Torniamo indietro, presto sarà buio.»

Sulla via del ritorno incontrarono un uomo in abito scuro, il viso segnato dalle intemperie, che salutò Emily amichevolmente. Si fermò per presentarsi.

«Piacere, sono il reverendo Morton, il parroco della comunità di Mickleham. Ma nella mia diocesi rientra anche Westhumble.»

«Charlotte Pauly, la nuova istitutrice di Chalk Hill. Piacere di conoscerla.»

«Mr. Morton, glielo avevo detto, no?» intervenne Emily. «Fräulein Pauly mi insegnerà il tedesco, e poi suona benissimo il piano.»

In teoria Charlotte avrebbe dovuto rimproverarla, perché si era intromessa in un discorso tra adulti, ma il reverendo le accarezzò i capelli.

«Sì sì, piccolina, mi ricordo. E sono contento di conoscerla così presto.»

«Emily è una guida bravissima» disse Charlotte sorridendo.

«Sì, immagino le abbia mostrato anche la nostra cappella in rovina. Purtroppo è stata abbandonata verso la metà del XVI secolo, un periodo infelice per la nostra chiesa. Ma mi sto adoperando perché le mura vengano restaurate, in modo che restino almeno per noi.» Si fermò. «Così lei suona il piano. Quanto bene, se mi permette la domanda?»

«Abbastanza per insegnarlo ai bambini» replicò prontamente Charlotte.

Il reverendo sorrise. «Allora forse una volta la inviterò a una delle nostre serate musicali a Mickleham; sono molto amate dalla nostra comunità. È un modo per promuovere le arti in questa zona un po' isolata.»

«Se il mio lavoro me lo consentirà, parteciperò volentieri» rispose Charlotte, alla quale l'uomo era risultato subito simpatico.

«Fantastico, Fräulein Pauly. Spero si troverà bene nella nostra comunità. E tu, Emily imparerai sicuramente un sacco di cose dalla tua nuova insegnante.»

La bambina sorrise. «Sir… un giorno posso tornare a vedere i suoi coniglietti?»

«Certo che puoi. Puoi venire per il tè con Fräulein Pauly. E potrai anche prendere in mano gli animali e accarezzarli. Adesso purtroppo devo andare, c'è un malato che mi aspetta...»

Annuì e si avviò; Charlotte e la sua allieva tornarono indietro lungo Crabtree Lane. Arrivate all'ingresso di Chalk Hill, Wilkins venne loro incontro.

Stava per salutarlo, ma lui si limitò ad annuire e poi proseguì veloce per la sua strada, quasi a evitarla.

Cenarono insieme a Sir Andrew. Charlotte osservò con attenzione come si relazionavano padre e figlia, voleva farsene un'idea. Quello che vide quasi le straziò il cuore.

Appena lui apriva bocca per parlare, la bambina lo guardava piena di aspettative. Afferrava le posate con una tale forza che quasi le nocche diventavano bianche, ma lui sembrava non vederla nemmeno. Charlotte cercò di coinvolgerla nella conversazione e raccontò quanto fosse stata brava a mostrarle i dintorni, ma Sir Andrew pareva interessato solo ai suoi risultati scolastici.

«Capirà che ancora non sono riuscita a farmi un quadro generale» spiegò. Ma perché dovevano parlare di quelle cose in presenza della bambina? «Però posso dirle che sua figlia ha voglia di imparare ed è molto volenterosa. Credo che insieme lavoreremo bene.»

«Ottimo» disse l'uomo, e poggiò il tovagliolo di lato. «La settimana prossima, sabato, avremo ospiti. La pregherei, dopo cena, di suonare il piano per noi.»

Non era una proposta amichevole, come quella ricevuta qualche ora prima dal reverendo. Era un ordine. Qualcosa dentro Charlotte si ribellò all'ovvietà con cui Sir Andrew disponeva di lei; del resto, però, poteva rientrare nei compiti di un'istitutrice. Quindi annuì.

«Se potesse dirmi che genere di musica preferisce...»

«Decida lei, Fräulein Pauly» aggiunse in un tono da cui si capiva che i suoi pensieri erano già da tutt'altra parte.

Guardò Emily. La bambina era seduta con il capo chino, fissava il piatto davanti a sé, quasi intonso. Le fece pena, e si domandò il perché di quella freddezza da parte del padre. Forse era il dolore per la morte della moglie a frapporsi tra lui e la figlia? A impedirgli di trattarla con gentilezza e amore? La bambina gli ricordava ciò che aveva perso per sempre?

Poco dopo bussarono, e Nora entrò per prendere Emily e portarla a letto. La tata diede una rapida occhiata a Charlotte, in cui l'istitutrice intuì un vago senso di trionfo, come se volesse dirle: *adesso appartiene di nuovo a me*. Restò in piedi dietro a Sir Andrew, che stampò a Emily un gelido bacio sulla fronte. «Buonanotte.»

Nora condusse la bambina verso la porta, ma Emily si girò e tornò verso la sua nuova insegnante. Fece un inchino e disse: «Buonanotte Fräulein Pauly. Grazie per la bella giornata».

Charlotte sorrise e sentì gli occhi di Sir Andrew su di lei. «Mi sembra che abbiate iniziato bene.»

«Sua figlia è una bambina gentile e assennata» replicò. Poi si fece coraggio e aggiunse: «Sir Andrew, la scorsa notte ho sentito che Emily ha avuto un incubo. Se permette la domanda, succede spesso? Lo chiedo in modo da poter essere preparata, il giorno successivo, qualora a lezione sembri distratta o stanca».

Il silenzio nella sala si fece impenetrabile, e Charlotte pensò di non ricevere alcuna risposta. Poi però lui la guardò inarcando un sopracciglio. «Le ho già detto che mia figlia, in passato, è stata spesso malata. Questo e il fatto di aver perso la madre sono un grosso peso, per lei. Quindi sì, ogni tanto capita che abbia degli incubi.»

Charlotte non si lasciò scomporre. «Ma infatti non era un rimprovero. Penso solo che sia utile che io sappia il più possibile sulla mia alunna, in modo da poter fare attenzione a eventuali difficoltà.»

«E io credo sia utile che un bambino sia sempre attento e diligente, e non venga incoraggiato a usare piccole debolezze come scuse per impegnarsi meno.»

Charlotte sospirò e guardò il proprio piatto. Aveva solo pochi secondi per decidere. Se avesse detto schiettamente quello che pensava, la sua permanenza in casa Clayworth si sarebbe conclusa il giorno successivo. Ne valeva la pena? Cosa avrebbe pensato Emily della nuova istitutrice licenziata dopo solo un giorno? Era un rischio che non poteva correre. Ma come doveva reagire a quei modi gelidi?

Deglutì e rifletté un istante. «Non è mia abitudine tollerare scuse. Ma per esperienza so che il deficit di sonno e le notti inquiete possono essere molto nocivi. Per questo ho chiesto. Non certo perché abbassi le aspettative che ripongo in sua figlia.»

Lui sembrò soddisfatto della risposta e annuì, mentre si alzava per ritirarsi nella biblioteca.

Anche Charlotte si alzò, ma attese che il padrone fosse uscito dalla sala. Non le andava che lui potesse sentirsi in dovere di tenerle aperta la porta.

Quella sera restò sveglia a lungo. I nuovi stimoli e le tensioni percepiti tra gli abitanti di quella casa l'avevano messa in agitazione. Compreso lo strano comportamento di Wilkins, che quando era venuto a prenderla in carrozza era stato così loquace e gentile.

Si tirò su, accese la luce e prese un libro per distrarsi, ma dopo poche pagine, nella mente iniziarono ad accavallarsi parole e voci diverse da quelle che leggeva, distogliendola dalla lettura. Così lo richiuse e lo appoggiò sul comodino.

Finalmente si addormentò, ma fu svegliata bruscamente da uno strano sogno di cui ricordò un unico passaggio: un uomo, simile a Sir Andrew, in uno studio, chino su un microscopio, che parlava di nervature, clorofilla e luce solare. Tuttavia, quando si girò verso di lei, il volto che Charlotte vide fu un altro, un volto che non voleva vedere mai più.

In affanno, cercò di ricordarsi il resto del sogno, ma, come spesso capita, le era rimasta in mente solo quella scena, e anche questa presto sbiadì in uno schizzo indecifrabile.

6

Boars Hill, Oxford, gennaio 1889

I tre passeggiavano con cappotti, sciarpe e cappelli, ma il freddo non impedì loro di fermarsi sul prato coperto di brina e di godersi la vista mozzafiato sul panorama circostante. In lontananza Oxford si ergeva nella limpida aria invernale come un'isola incantata tra i campi leggermente imbiancati.

«Che torri incredibili... sono belle in qualunque stagione» disse l'uomo magro dai capelli scuri indicando le sagome di arenaria dorata. «Il tempo, qui, sembra essersi fermato. Da quando eravamo studenti, non è cambiato niente.»

Il suo accompagnatore rise. «Oh, Tom, questo lo credi solo tu. Il progresso non si ferma da nessuna parte, anche se avviene dietro mura antichissime.»

«Però hai ragione, sono bellissime, soprattutto da lontano» disse la donna congiungendo le mani. Le guance erano arrossate dal freddo.

Proseguirono lenti, l'erba gelata scricchiolava sotto i loro piedi. Nonostante le temperature proibitive erano saliti sul Boars Hill, per ammirare la celebre vista sulla città.

«Potremmo tornare quest'estate, e fare un bel pic-nic» aggiunse la signora rivolta a Tom. «Oh, sono così felice che tu sia venuto! Non dev'essere facile, per te, ritrovare la pace, a Londra.» Lo scrutò.

«Be', ci vuole assai più di un contesto adatto... ma è vero, qui a Oxford ritrovo una calma che spesso a casa mi manca» ammise lui sorridendo. «Purtroppo non sono riuscito a venire prima. Per il Natale c'è stato così tanto da fare, e poi sono andato da mio padre a Warwick. È tuttora in pena per me, quindi non ho potuto fare a meno di passare le feste con lui.»

«Come sta?»

«Benissimo, direi. Sono venuti anche mia sorella e i miei fratelli, con i figli, grazie al cielo non tutti lo stesso giorno, altrimenti i miei nervi non avrebbero retto. Ma è stato bello rivederli tutti.»

Tom era arrivato il giorno precedente, dopo aver consegnato gli ultimi articoli. Forse lì a Oxford sarebbe riuscito ad andare avanti anche con il libro su Shakespeare. Quel posto aveva su di lui un effetto rigenerante e aveva portato con sé il manoscritto pieno di speranze. Stava addirittura meditando di mostrarlo a John Hoskins: anche se non era un esperto di letteratura inglese avrebbe comunque potuto giudicare se era scritto bene. Questa opera sarebbe stata una cosa diversa dalle sue critiche teatrali, che erano sì conosciute e molto amate, ma legate a un momento.

La sera precedente era trascorsa in allegria. Il pasto preparato dalla cuoca era stato eccellente e dopo cena erano rimasti seduti a lungo intorno al camino, bevendo vino e chiacchierando di qualunque cosa. Tom aveva osservato compiaciuto quanto Sarah e John fossero amorevoli con i loro bambini. Avevano mangiato con loro, suonato qualcosa, e poi Sarah aveva letto loro una favola della buonanotte. Sì, erano proprio una bella famiglia.

«Come sta tua sorella?» domandò l'ospite mentre proseguivano sulla neve. «A dicembre John mi aveva scritto che eravate preoccupati per il suo attaccamento a un medium.»

Percepì l'ansia sul volto di Sarah. «Non bene. Addirittura peggio che nei mesi immediatamente successivi alla morte di Gabriel. È già stata più volte da questo Belvoir. Non fa più nulla senza prima consultarsi con lui. E io proprio non capisco cosa ci trovi, in quell'uomo.»

«In lui nulla, ma ormai è dipendente dalle sue profezie» intervenne bruscamente John. «Ho visto una foto sul giornale: un tipo mingherlino dall'aspetto esotico, che francamente è impossibile prendere sul serio.»

«John! Non è divertente, proprio per niente!» disse Sarah in tono di rimprovero. «Quell'uomo va smascherato... è solo un ciarlatano!»

«Be', a quanto pare un ciarlatano credibile» controbatté il marito. «Io ho sempre considerato tua sorella una persona ragionevole, ma ormai è del tutto preda di questa follia. Il fatto che tutto a un tratto il mondo intero si metta a fare le sedute spiritiche e i tavolini traballino non cancella le leggi della natura! Pensate a Madame Blavatsky e alla sua teosofia... una truffa colossale!»

«La fai facile, tu» disse Sarah indignata. «Tu consideri tutto da un punto di vista razionale e a volte dimentichi che gli esseri umani non hanno solo un cervello, ma anche un cuore. Emma non è più la stessa, da quando non c'è più Gabriel. Non dimenticartelo.»

Tom sapeva che il fidanzato di Emma Sinclair era morto in un terribile incidente stradale. Una carrozza lo aveva investito in mezzo alla strada trascinandoselo dietro per un bel pezzo. «Be', un colpo del genere non è facile da mandare giù, in così poco tempo» disse a un certo punto. Poi si fece istintivamente in disparte: non a causa dell'accesa discussione sorta tra la coppia di amici, che conosceva fin troppo bene, ma perché il discorso stava prendendo una piega che non gli piaceva.

I due continuarono a discutere, finché John si fermò improvvisamente e lo guardò. «Tom, perdonaci... siamo proprio stupidi e... assolutamente privi di tatto.»

Sarah gli poggiò una mano sul braccio, ma lui la scansò con dolcezza.

«Non fa niente. Riassumendo, nonostante le vostre opinioni divergenti siete entrambi preoccupati perché credete che quell'uomo si stia approfittando di Emma per guadagnare soldi e per procacciarsi, grazie alla sua raccomandazione, altri clienti. Dico bene?»

Sarah annuì. «Sì, è come se non vivesse più nel presente, ma nell'attesa di queste maledette sedute sperando di ricevere notizie da parte di Gabriel. Non è sano. Ma lei non vuole neanche parlarne e non accetta nessun tipo di critica riguardo a Belvoir. John non vuole che io l'accompagni...» Rivolse al marito uno sguardo interrogativo.

Lui si strinse nelle spalle. «Io non ritengo opportuno incentivare quel ciarlatano nelle sue riprovevoli attività.»

«Però se ci vado potrei vedere quello che fa, io sarei obiettiva, non mi farei abbindolare dai suoi trucchetti» replicò la donna, ma il marito continuava a scuotere la testa.

Tom notò che l'umore, tra i due, era cambiato, che quella divergenza di opinioni rischiava di diventare un vero litigio. Quindi, senza rifletterci troppo, all'improvviso disse: «Lasciate che vada io».

Sarah e John lo guardarono interdetti.

«Dici sul serio?» domandò Sarah. «Oh, Tom... non ti nego che, facendolo, aiuteresti moltissimo Emma, e anche noi. Te ne sarei eternamente grata.»

«Però prima preferirei dargli un'occhiata senza tua sorella. Mi faccio un'idea e, qualora lo giudicassi un truffatore, potrete usare me come testimone per convincerla a lasciar perdere.»

All'improvviso fu attraversato da un pensiero inquietante: e se quel medium avesse tentato di coinvolgerlo, di richiamare in vita i suoi spiriti? Si morse un labbro. Forse la sua offerta era stata un po' precipitosa. Ma ormai non poteva più tirarsi indietro.

«Tom, cos'hai? Ci hai ripensato?» domandò Sarah preoccupata.

«No, no. Stavo solo pensando che... Sarah, cosa fa esattamente questo Belvoir? Cerca di stabilire un contatto con i defunti o fa anche... dell'altro?»

«Ah, è capace di fare di tutto» replicò lei quasi divertita. «Far fluttuare nell'aria tavoli e sedie, far scrivere gli spiriti sulle lavagne...» Poi, all'improvviso, parve cogliere il punto. «Forse è proprio questa cosa della lavagna che dovresti vedere.» Rivolse al marito un'occhiata di incoraggiamento.

«Sì, Tom, se te ne occupassi tu, te ne saremmo proprio grati. Se lo giudicassi un truffatore, potresti scrivere qualcosa al riguardo sul giornale ed esporlo al pubblico scherno. Convincerebbe anche Emma, ne sono sicuro.»

«Sì» confermò Sarah. «Buona idea.»

Probabilmente avete ragione, pensò Tom. Tutto a un tratto, però, la vista di quei campi innevati aveva perso qualunque tocco di magia.

7

Chalk Hill, settembre 1890

C'era qualcosa di diverso quella mattina. Quando Charlotte rientrò nell'aula – era tornata in camera a prendere un libro – Emily era già seduta al banco. Charlotte si guardò intorno, ma non notò niente di strano. Quindi si sedette e iniziò con un dettato.

Emily era chinata sul quaderno, immobile, gli occhi concentrati sul foglio.

Charlotte si alzò e continuò a dettare passeggiando per l'aula. Diede un'occhiata al giardino, che negli ultimi giorni si era coperto di un manto bruno-arancio, e vide i rami scossi da una folata di vento e una pioggia di foglie secche. Quando si girò, notò quattro macchie chiare sul pavimento, un po' dietro i piedi del banco.

Si avvicinò. Emily alzò gli occhi, ma appena incrociò quelli dell'istitutrice li riabbassò all'istante.

Senza quel movimento, avrebbe creduto che fosse un caso, una disattenzione della donna delle pulizie. Invece non c'erano dubbi: la sua alunna aveva avvicinato il proprio banco a quello della maestra.

Emily, forse, voleva mandarle un messaggio. Cercava la sua vicinanza? Ormai si era fatta un'idea della bambina, ma sotto molti aspetti il suo comportamento restava ancora un mistero.

«Fräulein Pauly?» disse a un certo punto la piccola guardandola con aria interrogativa. Charlotte aveva smesso di dettare.

«Scusami, mi sono distratta. Ecco: "Si diresse verso la porta che conduceva alla stanza adiacente".»

«Che significa "adiacente"?»

«È un modo più ricercato per dire "vicino".»

Charlotte proseguì, ma aveva la testa da un'altra parte.

Emily invece era sempre diligente, si sforzava di fare tutto per bene, fin troppo. Era così ligia al dovere che ogni tanto Charlotte si augurava un accenno di resistenza o un commento sfacciato. Certo, i bambini docili e collaborativi erano il fine ultimo di ogni buona educatrice, ma Charlotte sentiva la mancanza di quell'energia esuberante che aveva riscontrato in tutti i ragazzini dell'età di Emily. La voglia di saltare in piedi e schizzare verso la finestra quando una nuvola, all'improvviso, oscura il cielo... o i gridolini e i calcetti sotto il banco per la smania di mettersi il cappotto e precipitarsi in giardino... insomma quelle cose che, in base alla sua esperienza, si facevano a otto anni.

Parlarne con il padre di Emily era escluso, ovvio; non avrebbe mai capito perché l'insegnante si lamentasse di un'alunna troppo diligente. Forse era il dolore per la perdita della madre. Alcuni bambini soffrivano in silenzio, senza lacrime, e rivelavano con atteggiamenti un po' remissivi che c'era qualcosa che li torturava.

«Rileggi quello che hai scritto, e poi portami il quaderno.»

Emily obbedì e si avvicinò alla cattedra. Mentre porgeva il quaderno a Charlotte, disse un po' titubante: «Fräulein Pauly, mi è venuta un'idea».

«Dimmi.»

«Potremmo chiedere a Wilkins se un giorno ci porta un po' in giro, così le potrei mostrare i dintorni!»

Charlotte accolse il suggerimento entusiasta. In quei primi giorni avevano passato molto tempo a casa e lavorato di buona lena; un po' di aria fresca avrebbe fatto bene a entrambe. L'unico problema era che Wilkins aveva sempre quello strano atteggiamento nei suoi confronti. Forse Sir Andrew lo aveva richiamato all'ordine dopo che lui era andato a prenderla alla stazione. Sì, ma perché?

«Va bene, Emily, ci penso.»

Finita la lezione Charlotte andò nella grande cucina, con il pavimento di mattonelle bianche e nere e gli utensili luccicanti alle pareti, e chiese di Mrs. Evans. Quest'ultima entrò dalla stanza accanto con gli occhiali da lettura in mano e appena vide l'istitutrice nell'ala della servitù spalancò gli occhi sorpresa.

«Mrs. Evans, mi piacerebbe che uno dei prossimi giorni Wilkins ci portasse a fare una piccola gita, in modo che Emily possa mostrarmi i dintorni.»

Vide la cuoca, le mani immerse fino ai gomiti nell'impasto del pane, lanciare una tanto rapida quanto indecifrabile occhiata alla governante.

«Glielo chieda lei» replicò Mrs. Evans guardando fuori dalla finestra. «Lo vedo in cortile.» Aprì la porta sul retro e chiamò il cocchiere.

Wilkins si avvicinò a passi lenti e restò fermo sulla porta senza guardare l'istitutrice.

«Wilkins, Miss Pauly deve farti una domanda.»

«Sì?» Gli occhi sempre incollati ai piedi.

Lei formulò la sua richiesta, e lui prese a rigirarsi il cappello tra le mani.

Charlotte ebbe l'impressione di vedere affiorare un accenno di sorriso sulle labbra della governante. «Allora, va bene?» insisté quindi con il cocchiere.

«Certo, Miss. Può andare bene domani... verso le due?»

«Benissimo Wilkins. Allora a domani.»

Lui annuì e girò i tacchi senza ulteriori commenti.

«Ma cosa gli è preso?» scappò detto alla cuoca mentre si scostava una ciocca di capelli dalla fronte sudata.

Mrs. Evans la guardò con aria severa. «Non capisco di cosa

stai parlando.» Poi si rivolse a Charlotte: «Dovrebbe comunque metterne al corrente Sir Andrew. Ha sempre piacere di sapere cosa faccia Emily durante il giorno».

«Certo. Non era mia intenzione fare la gita senza il suo permesso» rispose la donna prima di abbandonare la cucina.

Nella stanza si respirava una certa tensione, ma Charlotte proprio non riusciva a capire il motivo dello strano comportamento del cocchiere. Ancor meno il perché la governante avesse ignorato il suo atteggiamento sgarbato. Ma non si sarebbe lasciata intimorire.

La serata trascorse tranquilla. Sir Andrew diede il suo assenso alla gita e poi tornò a parlare degli ospiti di sabato.

«Ho invitato qualche amico, diverse personalità del mio ambiente, venti persone in tutto. Mangeranno con noi, mentre Emily cenerà di sopra con Nora. Poi mia figlia scenderà a salutarli, prima che lei suoni il piano. Scelga lei cosa suonare.»

Charlotte annuì. «Certo, Sir Andrew.»

L'uomo si schiarì la voce, come se volesse aggiungere ancora qualcosa, ma tacque. Poi guardò oltre il proprio calice di vino. «Cosa mi dice di Emily?»

«Sono molto soddisfatta» rispose Charlotte all'istante. «È una bambina volenterosa e diligente, impara molto in fretta.» Poi, pensando alla sua eccessiva disciplina, si zittì.

«Sì?»

«No, niente.»

Charlotte ebbe l'impressione di intravedere un fremito di sospetto nel suo sguardo, ma lui non fece ulteriori domande, anzi le augurò la buonanotte e si ritirò nel *fumoir*.

Lei salì e bussò alla porta della camera di Emily. La bambina era seduta su una sedia, Nora le stava pettinando i capelli. «Nora, avrei bisogno di parlare con Emily da sola.»

La bambinaia non si scompose. «Ancora un paio di spazzolate e abbiamo finito.»

«No, voglio parlarle *subito*.»

La spazzola continuò a muoversi lungo la chioma scura della bambina lasciando intravedere una mantellina chiara.

«La signora, che Dio l'abbia in pace, diceva sempre che le spazzolate devono essere cento, non una di più, non una di meno.»

Nella camera si fece silenzio. Nora si fermò e Charlotte la fissò con sguardo penetrante. Era la prima volta, dal suo arrivo, che la madre di Emily veniva nominata. Lo sguardo si spostò verso la bambina, immobile sulla sedia. Ma le dava le spalle ed era impossibile vedere la sua espressione.

«Se l'ha detto lei, finisci pure» disse Charlotte. «Torno fra poco.»

Uscì e si chiuse la porta alle spalle. Poi camminò avanti e indietro per cinque minuti, prima di rientrare nella camera. Emily era già a letto, le lenzuola tirate fino al mento, i capelli sparpagliati come una corona sul cuscino. Nora raccolse i suoi vestiti e poi uscì rapidamente.

Charlotte si avvicinò e guardò la bambina, i cui occhi non rivelavano alcuna emozione.

«Emily, sai che sabato suonerò il piano per gli ospiti di tuo padre, vero?»

La bambina annuì.

«Ho pensato che potremmo suonare un pezzettino a quattro mani. Te la senti?»

Emily la guardò insicura. «Ma non ho provato il brano nemmeno una volta.»

«Non è difficile. Prendiamo una cosa che sai già fare e io la modifico un po'. Purtroppo mi è venuto in mente soltanto ora, altrimenti avremmo già iniziato a provare. Ma credo che sarebbe una bella sorpresa per tuo padre.»

La vide combattere con se stessa. Il pensiero di dare una gioia al padre sembrava tentarla, ma anche farle paura. Si morse un labbro e poi, con un filo di voce, disse: «E se sbaglio?».

«Be', succede anche alle migliori pianiste. Però sono certa che tuo padre sarà contento che tu abbia avuto il coraggio di suonare davanti a un pubblico.»

«Va bene. Tanto lei sarà seduta accanto a me tutto il tempo, no?»

«Certo.» Non voleva convincerla a tutti i costi; ma forse in questo modo avrebbe sciolto un po' il gelo con cui Sir Andrew trattava la figlia.

«Allora buonanotte, Emily.»

Charlotte era quasi sulla porta, ma poi si girò un'ultima volta nell'esatto momento in cui la bambina aprì la bocca per chiamarla.

«Fräulein Pauly?»

«Sì?»

«Glielo proibirà, a Nora?»

Charlotte si voltò verso di lei. «Proibire cosa?»

Emily deglutì. «La spazzola.»

Charlotte la guardò sconcertata. «Perché dovrei proibire a Nora di spazzolarti i capelli?»

«Perché… perché lo faceva… e noi non dobbiamo…» Ammutolì.

Charlotte sospirò. La tensione che stava attraversando quel corpicino era palpabile, si sentiva nell'aria. Tornò a sedersi sul bordo del letto.

«Lo faceva tua madre, e Nora non dovrebbe fare nulla che te la ricordi. È così?»

Emily girò la testa di lato e annuì.

«Non dirò nulla a tuo padre.» Quelle parole la calmarono immediatamente.

«Nora crede che glielo dirà.»

La donna si sforzò di non perdere la calma. «Lei vuole solo il meglio per te. Ma non mi conosce per niente e non può sapere come mi comporterò. Capisci?»

Emily annuì e si girò su un fianco, nascondendo definitivamente il volto.

Charlotte le augurò di nuovo buonanotte e scivolò piano verso la porta.

Uscita, si diresse decisa verso la stanza di Nora, all'ultimo piano, insieme a quelle del resto della servitù. Appena bussò arrivò subito una flebile risposta: «Prego». Entrò e la bambinaia la guardò interdetta: «Sì?».

«Ho bisogno di parlarti.»

«Miss, stavo per mettermi a letto.»

«È questione di pochi minuti» replicò Charlotte inflessibile; chiuse la porta e vi poggiò le spalle.

«Tu hai detto a Miss Emily che io ti avrei proibito di spazzolarle i capelli?»

Nora arrossì e abbassò gli occhi.

«Ma come ti viene in mente di metterla contro di me? In questo modo le fai solo del male. Dici di volere solo il suo bene, ma se mi screditi ai suoi occhi otterrai l'esatto contrario.» Tacque per qualche momento, poi tirò fuori il suo ultimo asso dalla manica. «Nora, forse dovresti riflettere su chi, tra noi due, è più indispensabile qui. Buonanotte.»

Charlotte aveva già in mano la maniglia, quando la donna chiese: «Lo dirà a Sir Andrew?».

«No, non gli dirò nulla» rispose Charlotte senza nemmeno girarsi.

Uscì nel corridoio e sbatté la porta dietro di sé.

Quei modi sgarbati non erano da lei, ma in qualche modo doveva farsi valere in quella casa. Così raddrizzò le spalle e iniziò a scendere le scale. Prima di aprire la porta che conduceva alla torre, sentì dei bisbigli di sotto. Si fermò. Erano Millie e Susan.

«Ha detto Ella che Mrs. Evans ha fatto finta di niente. E Wilkins è rimasto di sasso» – una pausa, come se la donna stesse imitando un'espressione del viso, e l'altra ridacchiasse – «e non ha detto nulla.»

«Sempre per quello che è successo con il padrone?»

«Certo. Gliene ha dette di tutti i colori, tuoni e fulmini, io ero dietro la porta e ho sentito tutto! Wilkins era a pezzi, balbettava... E solo perché ha accennato a delle passeggiate lungo il Mole...»

Charlotte le sentì allontanarsi e si avviò verso la sua torre, pensierosa.

Nella notte si scatenò un temporale, tanto che Charlotte quasi non sentì quel grido. I rami frustavano le finestre, la pioggia picchiava contro i vetri con un rumore di grandine. Si svegliò e tentò di guardare fuori, ma l'oscurità era impenetrabile. Si avvolse una sciarpa intorno alle spalle e iniziò a camminare per la stanza, perché non voleva restare a letto insonne. Era già inquieta, a causa di quella strana conversazione tra Millie e Susan.

Quindi era vero, Sir Andrew aveva davvero sgridato il cocchiere... ma perché? Sì, durante il tragitto Wilkins le aveva parlato della possibilità di andare a passeggiare lungo il fiume... ma cosa c'era di così deplorevole, in questo?

La pioggia diminuì un po', Charlotte stava per infilarsi di nuovo sotto le coperte quando sentì un rumore. Aprì la porta della stanza e tese le orecchie. Eccolo di nuovo!

Scese le scale di corsa verso la stanza di Emily. Non si era sbagliata. Da dentro sentì dei singhiozzi.

Aprì la porta e accese la lampada a gas.

La bambina era rannicchiata nel letto, gli occhi serrati, la coperta tirata fino al mento, come se volesse nascondercisi sotto.

Charlotte si avvicinò piano piano, non voleva spaventarla. «Ehi, che succede?» domandò. Poi si sedette sul letto.

La piccola non si mosse.

Charlotte allungò una mano e le accarezzò i capelli, umidi e sudati. «Hai avuto un incubo?»

Lei annuì, un movimento quasi impercettibile.

All'improvviso Charlotte si rese conto di quanto facesse freddo lì dentro. Un battente della finestra era aperto, le tende si gonfiavano nel vento. Voleva alzarsi per chiudere, ma una manina spuntò da sotto la coperta. «No!»

«Va bene.» Si tolse le pantofole e prese posto vicino a Emily, che si era tirata su e appoggiata alla testiera. Le accarezzò i capelli, fino a quando i singhiozzi non si acquietarono. Diventava sempre più freddo, ma Charlotte restò dov'era fino a quando la piccola non si calmò del tutto.

«Cos'hai sognato?»

Sulle prime la bambina non rispose. Poi, con un filo di voce disse: «La mamma».

Charlotte sentì il cuore accelerare. All'inizio nessuno osava menzionare la defunta, quel giorno invece era già la seconda volta che veniva nominata. Che fosse stata la storia della spazzola a provocare quell'incubo?

«Hai voglia di raccontarmi?»

Proprio in quel momento si udirono dei passi dietro la porta.

«Chi è?»

Nora fece capolino. «Pensavo che…»

«Tutto a posto, solo un incubo» spiegò Charlotte. «Ci penso io.»

La bambinaia esitò, poi annuì e richiuse la porta.

«Emily, hai voglia di raccontarmi?» ripeté Charlotte.

Un lungo silenzio, lunghissimo, tanto che Charlotte pensò che la bambina si fosse riaddormentata.

«Era qui, seduta sul mio letto.»

«E tu hai avuto paura?»

Emily si strinse nelle spalle. «Sì. Perché non lo so. Era tutto così... così vero. Come se fosse qui sul serio. Ma è morta!»

«Hai ragione.» Charlotte si alzò lentamente. «Emily, rimettiti giù. Chiudo la finestra. Perché l'hai aperta? Fuori c'è il temporale!»

«Non l'ho aperta io!» disse la bambina con voce molto assonnata.

«Forse ti è passato di mente, oppure lo hai fatto mentre eri già in preda al sonno» replicò benevola l'istitutrice.

«No, dico sul serio» mormorò Emily.

Charlotte chiuse fuori dalla stanza quel tempo da lupi e lanciò alla bambina un'occhiata amorevole, poi tirò anche le tende. Stava per avviarsi verso la porta quando lo sguardo le cadde vicino al letto, per terra. Si chinò e toccò il tappeto. Una macchia di umido. Si annusò le mani. Acqua, era solo acqua.

Poi controllò un'ultima volta la bambina già addormentata e tornò nella torre.

8

La mattina successiva, a colazione, Charlotte non disse nulla dell'incubo. Osservò la sua alunna con grande attenzione, ma anche lei si comportò in modo del tutto naturale. Che non fosse stata del tutto sveglia, quella notte, e avesse dimenticato tutto? Certo, poteva essere che non avesse voglia di parlarne, cosa che Charlotte doveva rispettare.

Dopo essere tornata in camera ci aveva messo parecchio a riaddormentarsi. Ai bambini ogni tanto capita di dormire male, soprattutto a quelli che hanno subito una grave perdita, come Emily, ma c'era stato qualcosa di strano, quella notte. Tanto per cominciare la finestra aperta. Aveva chiesto a Nora, la quale aveva risposto sdegnata che mai e poi mai in una notte del genere avrebbe aperto la finestra, e Charlotte le aveva creduto. Che fosse stata davvero Emily? Era l'unica spiegazione possibile. Se era così, allora forse soffriva di sonnambulismo, e di notte bisognava tenerla d'occhio, evitare che mettesse in pericolo se stessa.

Poi c'era la strana macchia di umido sul tappeto. Era stata la pioggia entrata dalla finestra aperta? Ma in un punto così lontano? Forse Emily aveva bevuto qualcosa rovesciando il bicchiere, oppure si era bagnata le mani, che poi avevano sgocciolato all'interno...

Charlotte cercò di ricomporsi. Fra pochi minuti sarebbe iniziata la lezione ed Emily non doveva capire che era preoccupata.

«Ha smesso di piovere» disse la bambina posando la sua tazza.

Sì, il tempo era migliorato, tra gli alberi si era fatto largo un timido sole, la giornata prometteva bene.

«Siamo fortunate, con la nostra gita. A lezione la prepareremo un po'» spiegò Charlotte. «Parleremo di cosa possiamo vedere in autunno nella natura, e tu mi racconterai qualcosa di questa zona. Forse dopo potremo anche andare a bere un tè da qualche parte.»

Il volto di Emily s'illuminò. «C'è una sala da tè a Dorking, è molto carina. Ci sono stata una volta con la zia Maggie, la sorella di papà.»

Le guance della bambina avevano ripreso colore, i suoi occhi si erano accesi.

«Viene a trovarvi spesso?»

Emily s'incupì. «No, io vorrei vederla più spesso, ma... papà ci ha litigato.»

«Oh, mi dispiace. Ma forse faranno pace, no? Raccontami un po' di lei.»

Si alzarono, sistemarono le sedie e salirono su nell'aula.

Una volta chiusa la porta, la bambina disse: «È bravissima a cavallo. Un'amazzone, ha detto papà una volta. Mmm... Fräulein Pauly... che cos'è un'amazzone?».

«Le amazzoni sono donne guerriere dei miti dell'Antica Grecia, bravissime a usare arco e frecce, e anche la spada.» Il fatto che secondo la leggenda avessero un solo seno perché l'altro veniva bruciato per impugnare meglio l'arco, Charlotte se lo tenne per sé.

Emily sgranò gli occhi. «Sta dicendo che combattevano veramente, come gli uomini?»

«Sì, erano fortissime.»

La ragazzina sembrava impressionata, e Charlotte decise che presto le avrebbe fatto leggere qualcosa al riguardo.

«Tua zia, quindi, dev'essere proprio brava, a cavallo...»

«Sì, pensi che ha dei cavalli suoi. Una volta con... una volta sono andata a trovarla e lei mi ha fatto cavalcare un grande pony. È stato bellissimo!»

Charlotte aveva notato quel breve tentennamento, ma non disse nulla.

«E poi beve come una spugna» aggiunse la bambina portandosi subito una mano davanti alla bocca.

A Charlotte costò una gran fatica restare seria. Emily doveva aver sentito quell'espressione dalla servitù, ovvio.

«Mi scusi, non si dice» aggiunse un attimo dopo. «E non sta bene ripetere a pappagallo quello che dicono gli altri.» La bocca, però, ora mostrava un sorriso.

Era incredibile con quanta rapidità Emily riuscisse a dimenticare un ricordo doloroso e ridere di qualcos'altro, pensò Charlotte sentendosi d'un tratto vicinissima alla sua alunna. L'ammirava per il suo coraggio. Sembrava cavarsela quasi sempre da sola, ma forse solo perché non poteva confidarsi con nessuno.

Dopo quel breve momento di svago tornarono alla lezione, e Charlotte mostrò a Emily le forme delle foglie in un libro preso in biblioteca. Lei doveva indicare quelle che riconosceva e scrivere il nome degli alberi ai quali appartenevano. «Così poi potrai confrontarle con quelle che abbiamo raccolto e che ancora raccoglieremo.»

Più tardi si esercitarono al pianoforte nel brano che avrebbero suonato il sabato successivo, e riuscì benissimo. Emily fu molto attenta e apprese molto in fretta, anche se ogni tanto era troppo impaziente. Charlotte sentì l'inquietudine che ribolliva dentro la bambina, percepibile solo da un leggero dondolio del piede o dal movimento della mano che sfiorava i capelli. Alla fine richiuse il piano.

«Va già bene, domattina riproviamo.»

«Sì ma solo dopo che papà se ne sarà andato, no? Ha detto che domani farà un giro di visite ai suoi elettori qui intorno e uscirà più tardi.» Lo disse con un tono titubante, come se non avesse capito bene che cosa il padre facesse tutto il giorno.

«Non ti preoccupare, sabato sarà una sorpresa» la rassicurò Charlotte per poi cancellare la lavagna.

Era di spalle rispetto alla bambina, quando si sentì tirare una manica. Era Emily, dietro di lei, lo sguardo fisso a terra.

«Grazie» disse in un sussurro quasi impercettibile.

«E di cosa?» domandò Charlotte.

«Per stanotte.» Poi si girò, come se non volesse parlarne più.

Per fortuna anche dopo pranzo il tempo resse. Wilkins aveva preparato per loro due coperte calde, visto che la carrozza era aperta davanti e ai lati, e in quel periodo dell'anno poteva fare parecchio freddo.

Il cocchiere le accolse con gentilezza, ma non parlò più dello stretto necessario. Era tutta un'altra persona rispetto all'amabile ciarliero che era andato a prenderla in stazione.

Lei ed Emily avevano preparato un itinerario, lo avevano scritto su un foglio e consegnato al cocchiere. Passarono di nuovo davanti alla cappella in rovina e proseguirono nel dolce paesaggio autunnale. Ogni tanto Charlotte diceva a Wilkins di fermarsi e chiedeva a Emily di scendere e provare a identificare un albero.

«È divertente» disse la bambina con le guance arrossate tornando in carrozza per la quinta volta. «Fräulein Pauly, lì dietro c'è Polesden Lacey, dovrebbe proprio vederlo.»

Wilkins imboccò una strada di campagna, la carrozza iniziò a oscillare.

«Miss, è una scorciatoia!» disse sopra la spalla. «Altrimenti dovremmo attraversare tutto il paese e fare il giro dell'intera tenuta!»

Ne valse la pena. La casa spuntò davanti a loro all'improvviso. Se si poteva chiamare "casa", pensò Charlotte divertita. L'edificio, verniciato di giallo, era meravigliosamente simmetrico. Il blocco principale, con un portico dominato da una torretta a cipolla, era incorniciato da due ali che terminavano con due balconcini semicircolari, innumerevoli finestrelle guardavano incuriosite il verde circostante come occhietti ammiccanti.

«Che bel castello» disse Charlotte.

«Sì, quasi come nelle favole» aggiunse Emily. «Una volta ci sono stata. Dentro è bello quasi quanto fuori.»

«Tuo padre conosce i proprietari?»

La bambina annuì. «Ma io ero ancora piccola.» *Come se adesso fossi una vecchia signora*, pensò Charlotte reprimendo un sorriso.

«Forse papà un giorno potrebbe portarla con sé, così potrà vedere il giardino. È bellissimo. Lui ci va a volte a raccogliere le sue piante.»

Charlotte rimase di nuovo stupita dalle innumerevoli sfaccettature della personalità di Sir Andrew. Tanto freddo e distaccato, quanto appassionato del suo hobby. Un uomo che si dedicava a qualcosa con tale devozione e slancio non poteva essere totalmente antipatico.

Dopo che ebbero ammirato in lungo e in largo Polesden Lacey, Wilkins tornò indietro e proseguì verso est.

«Miss, questa è la North Downs Way, gliel'ho già mostrata una volta» spiegò. «La più antica strada dell'Inghilterra, ricorda?»

«Il reverendo Morton mi ha raccontato che un tempo ci passavano i pellegrini diretti a Canterbury» intervenne Emily orgogliosa. «E, ancora prima, i cacciatori dell'Età della Pietra.»

«A primavera faremo una bella escursione» propose Charlotte. «Ci portiamo i viveri e una coperta e camminiamo fino a quando non crolliamo.»

Gli occhi di Emily scintillarono.

Raggiunsero la provinciale, sulla destra presero la strada che andava verso Dorking. Wilkins accostò dall'altro lato, senza però scendere dalla cassetta. Poi, con il frustino, indicò dritto davanti a sé. «Laggiù, oltre il fiume e le foreste, c'è Box Hill.»

«Una volta ci sono stata con papà e con il reverendo» disse Emily. «Da lassù si può vedere lontanissimo. È stupendo!» Lo sguardo anelante puntato verso quell'altura.

«Ecco, forse a primavera potremmo andare lì!» fece Charlotte dando un'occhiata al Mole, che scorreva tra gli alberi. Poi si voltò verso Wilkins, sempre seduto sulla cassetta, il frustino di traverso sulle ginocchia. «C'è un ponte, qui?»

Lui indugiò; Charlotte pensò che non avrebbe mai risposto.

«Sì, c'è, ma non è vicinissimo. E ci sono delle pietre lisce, che quando si bagnano diventano pericolose, c'è il rischio di scivolare e...»

Charlotte sentì Emily avvicinarsi a lei e la guardò preoccupata. «Hai freddo?»

La piccola si limitò a scuotere la testa.

«Wilkins, prosegua pure.»

Coprì le spalle di Emily, che rimase in silenzio con lo sguardo all'esterno, come per nascondere la faccia.

Il fiume, ha a che fare con il fiume, pensò Charlotte. Il padre le aveva proibito in maniera tassativa di andare a passeggiare lì con la figlia. E adesso quell'improvvisa paura quando Wilkins... cos'è che aveva detto, Wilkins?

C'è il rischio di scivolare e...

Apparvero le prime case di Dorking, e Charlotte si sentì sollevata. Wilkins, come da programma, le stava portando dritte alla meta: la sala da tè. La strada principale non era lastricata, ma c'erano comunque delle vie sicure su cui passeggiare e ammirare i negozi, era illuminata e aveva un aspetto molto invitante.

Al passaggio della carrozza dei Clayworth alcune persone salutarono, e Wilkins ricambiò con un colpo di frustino sul cappello. Emily guardava di nuovo davanti a sé, sulle sue guance era tornato il rossore.

«Ecco, è lì!» esclamò indicando una graziosa casetta celeste con grandi finestre sporgenti, il cui ingresso era dominato da un cartello in metallo a forma di teiera. Wilkins si fermò, saltò giù e le aiutò a scendere.

«Miss, a che ora devo passare a riprendervi?» domandò l'uomo.

Charlotte rifletté. «Tra un'ora. Anzi no, facciamo un'ora e mezza, così Emily e io avremo il tempo di fare un giro nei negozi.»

L'uomo si rimise il cappello, risalì sulla cassetta e se ne andò. Charlotte e la bambina entrarono nella sala da tè, dove c'era profumo di dolci appena sfornati. Alle pareti erano appesi quadri di paesaggi della zona, i tavoli erano coperti da belle tovaglie e decorati con candele. Sembrava il salotto di una casa privata, caloroso e accogliente.

Una donna anziana con una cuffietta bianca venne loro incontro, il più veloce possibile considerata la sua corporatura abbondante.

«Benvenute.» Si fermò e poi guardò meglio Emily. «Ma noi ci conosciamo già! Tu sei la figlia di Sir Andrew Clayworth, di Westhumble.»

Emily annuì e fece un inchino. «Sì, madam. Sono stata qui una volta con mia zia e la mia bambinaia.»

«Sono contenta che tu sia tornata! Mi scusi...» Si voltò verso Charlotte, «Ada Finch. Gestisco la sala da tè insieme a mia sorella Edith. Edith, vieni a vedere chi è venuto a trovarci!» strillò a una signora ancora più anziana, in piedi dietro al bancone.

La donna si avvicinò e salutò a sua volta le ospiti. Esteriormente era l'esatto contrario della sorella, alta e magra, ma non meno cordiale. «Oh! La piccola Miss Emily di Chalk Hill!»

«Lei è la mia nuova istitutrice, Fräulein Pauly, viene dalla Germania» annunciò Emily orgogliosa.

«Molto lieta» disse la Miss Finch più rotonda. «È un grande piacere per noi averla qui. Allora, cosa vi portiamo?»

«Prima falle accomodare» la riprese con dolcezza la Miss Finch più magra.

Nel frattempo gli altri ospiti si erano voltati a guardare le nuove arrivate, come se fossero una specie di attrazione, cosa che mise un po' a disagio Charlotte. Si sedettero a un tavolo in un angolo da cui potevano vedere l'intera sala.

«Vuoi andare a dare un'occhiata alla vetrinetta, così scegli?» domandò alla bambina.

Lei scosse la testa. «No, so già cosa voglio. Uno *scone* con crema e marmellata di fragole. Anzi, dovrebbe provarlo anche lei!» aggiunse un po' timida.

«Io vado a dare un'occhiata» replicò Charlotte, e si avviò verso il bancone, dove le si aprì una vista da leccarsi i baffi: diversi tipi di dolci e torte e ciotoline piene di marmellata di fragole e di crema densa.

Miss Edith la guardò raggiante. «Se c'è qualcosa che non conosce, chieda pure, che le spiego volentieri.»

«Emily mi ha consigliato gli *scones*.»

«Be' sì, quelli sono una specialità inglese che dovrebbe provare. Ne vuole assaggiare uno?»

«Volentieri, grazie. Due, uno per me e uno per Emily. Con il tè.»

Miss Edith ebbe un attimo di esitazione e poi chiese: «Se permette la domanda… è molto che sta dai Clayworth?».

«Meno di una settimana.»

«Spero che si trovi bene, qui da noi.»

«Finora quello che ho visto mi è piaciuto, grazie. Con la bella stagione dev'essere ancora più incantevole.»

«Sì, in quel periodo vengono moltissime persone, qui a Dorking. Per strada c'è un gran viavai, e si vedono più forestieri che locali. Una manna dal cielo per i nostri affari, ovvio...» Sorrise. Poi guardò oltre le spalle della donna, e il volto all'improvviso si fece serio. Charlotte si girò.

Vicino a Emily c'era una donna; stava parlando alla bambina, che aveva un'espressione supplichevole.

«La vecchia Tilly Burke» mormorò Miss Edith. «Meglio che torni al tavolo.»

Charlotte si affrettò, e l'anziana si fece subito da parte. «Posso chiederle chi è lei?» domandò in tono severo per poi poggiare un braccio intorno alle spalle della piccola. Stava tremando.

«Tilly Burke. Non le faccio niente.»

«La prego di andarsene. Non vede quanto è turbata?» ordinò in un tono che stupì Emily.

L'anziana si guardò intorno, ma nessuno sembrava badare a lei. La crocchia si era sciolta e i suoi capelli grigi erano scompigliati. Non portava il cappello e aveva il cappotto abbottonato storto. Nella mano sinistra, nodosa, teneva un bastone con un pomello nero lucido; l'impressione era che se non ci si fosse appoggiata sarebbe caduta.

Le sorelle Finch stavano osservando la scena da dietro il bancone.

«La piccola è triste.»

«La prego, adesso vada» ripeté Charlotte decisa.

«Ma è triste. Come la sua mamma. Anche lei era sempre triste. E poi è andata al fiume.»

Emily saltò in piedi gridando e si precipitò verso la porta, aperta proprio in quel momento da un signore che stava entrando. L'uomo d'istinto allungò le braccia e raccolse la bambina intimorita, prima che arrivasse Miss Ada a consolarla accarezzandole i capelli.

Nel frattempo la sorella era andata da Tilly Burke e l'aveva presa per un braccio. Poi l'aveva trascinata verso l'uscita e spinta fuori. «Non torni mai più!»

A quel punto anche Charlotte raggiunse la piccola e la ricondusse al tavolo. Gli altri avventori tenevano lo sguardo fisso sulle tazze e sui piattini davanti a loro per non sembrare impiccioni.

Charlotte ed Emily si sedettero, e le sorelle Finch si affrettarono a portare tè e biscotti, che sistemarono sul tavolino con particolare cura.

«È solo una povera pazza» sussurrò Ada Finch. «Dice cose a vanvera, cerca disperatamente persone che la stiano ad ascoltare.»

Charlotte annuì grata, ma non fece commenti. Versò il tè alla piccola, ancora tremante, aggiunse latte e zucchero e le passò il piattino con lo *scone*. Le era passato l'appetito, ma per dare il buon esempio iniziò a mangiare. Era davvero squisito. Il biscotto, non troppo dolce, insieme alla marmellata e alla crema assumeva un gusto delicatissimo.

«Mangia, Emily, vedrai che ti sentirai subito meglio» disse.

Emily tagliò lo *scone* con il coltello esitando e lo sommerse di crema e marmellata. Poi però riappoggiò la mano accanto al piatto. «Non ce la faccio.»

«Certo che ce la fai.»

Alla fine dette un morso, poi un altro, fino a quando non si convinse e il tè le scaldò il cuore.

Charlotte doveva assolutamente sapere cosa si nascondesse dietro quella scena assurda. Su Chalk Hill e sulla famiglia Clayworth aleggiava un segreto, ormai era chiaro, ma non poteva sopportare l'idea che chiunque incontrasse ne sapesse più di lei.

«Chi era quella donna che ti ha fatto tanta paura?»

Emily guardò il piatto, come se la risposta fosse posata lì. «Prima, tanto tempo fa, ha lavorato per la mamma. Era la sua tata. E dopo anche.»

«Capisco. Vive qui vicino?»

«Sì, un po' fuori Mickleham. In una vecchia casa. Una volta siamo andate a trovarla. Ma a me lei non piace.»

«La incontri spesso?»

Annuì. «Sì, è sempre in giro a parlare con persone che non vogliono ascoltarla.»

Charlotte rifletté se fosse giusto approfittarsi di quella momentanea vulnerabilità con ulteriori domande. Ma come poteva aiutarla se non sapeva nulla della sua famiglia?

«È vero che la tua mamma spesso era triste?»

Emily si strinse nelle spalle.

«E cosa significa che poi è andata al fiume?»

Aveva esagerato, Emily era impallidita e aveva serrato la bocca come per chiudere le parole dentro di sé.

«Va bene, non ne parliamo più. Vuoi mangiare ancora qualcosa? No? Allora adesso pago e usciamo a fare due passi.»

Al bancone, Miss Edith Finch la guardò preoccupata. «Sta meglio, la piccola Emily? Non la faremo più entrare, quella vecchiaccia… fa solo danni.»

«Ha lavorato per la famiglia della madre di Emily?»

«Sì, ma molto tempo fa. Con il passare degli anni è andata sempre più in confusione, non hanno più potuto tenerla. Gli Hamilton, i genitori di Lady Hellen, in quel periodo hanno lasciato Chalk Hill alla figlia e al marito e per motivi di salute si sono trasferiti a Jersey. Da quanto ne so, adesso non ci sono più. Ma la vecchia Tilly è rimasta qui.»

Charlotte la scrutò.

«Posso farle una domanda, in confidenza?»

«Certo, chieda pure, mia cara. È brava con la bambina, la stavo osservando.»

«Di cosa è morta, Lady Ellen?» Lo disse sottovoce, in modo che nessuno potesse sentirla. Perché non stava bene che un'istitutrice facesse domande in una sala da tè sul passato dei suoi datori di lavoro.

Miss Finch sospirò. «Una storia molto triste. È annegata nel Mole.»

9

Londra, marzo 1889

Tra il pubblico, riunitosi in semicerchio intorno a un semplice tavolino di legno, si sollevarono mormorii di tensione. Gli specchi alle pareti erano stati coperti con dei teli e le tende della finestra erano chiuse, per creare la giusta atmosfera. Nella sala faceva un caldo soffocante, ma la padrona di casa aveva insistito per tagliare fuori il mondo esterno, che avrebbe potuto disturbare la concentrazione del medium.

Mrs. Burton salutò i presenti. «Gentili signore ed egregi signori, Mr. Charles Belvoir, il famoso medium, vi darà oggi una prova dei suoi straordinari poteri. Si è già esibito nel Continente e negli Stati Uniti dimostrando a un pubblico entusiasta il suo grande talento. Io sono stata incaricata di comunicarvi che Mr. Belvoir è disponibile anche per sedute più intime, per chi desiderasse stabilire un contatto con i propri defunti o recapitare loro un messaggio. Vi preghiamo inoltre di mantenere la calma per non mettere a rischio la dimostrazione. Adesso dovreste tirare fuori le lavagnette che avete portato con voi e poggiarle su questo tavolo, controllando che siano intonse.»

Le sei persone presenti – tre uomini e tre donne – si alzarono una dopo l'altra e ognuna di loro posò una lavagnetta sul tavolo a cui avrebbe preso posto il medium. Lavagnette semplici, come quelle che usano i bambini a scuola. Mrs. Burton aggiunse una scatoletta piena di gessetti colorati, dopo averla mostrata al pubblico.

In quello stesso momento, nella stanza a fianco, Charles Belvoir si guardò per l'ultima volta allo specchio e si passò una mano tra i capelli corvini, dall'aspetto quasi mediterraneo. Era un uomo alquanto basso, con un pizzetto che gli conferiva un'aria mefistofelica. Prese una lavagnetta e una cassetta di legno, uscì dalla stanza e bussò alla porta di quella accanto. Mrs. Burton aprì mentre feceva cenno al pubblico di tacere.

«Egregi signori, ecco a voi Mr. Charles Belvoir!»

Gli spettatori applaudirono tiepidamente, e Belvoir si inchinò.

Poi Mrs. Burton lo condusse al tavolino, lui si sedette, posò i palmi sul piano e abbassò la testa concentrato.

Di lì a poco nella sala si diffuse un forte e opprimente profumo orientale, e Tom Ashdown soppresse un ghigno sarcastico: patchouli, ovvio.

Mrs. Burton indicò ancora una volta con un gesto teatrale Belvoir per poi lasciargli definitivamente la scena, mentre lei prese posto su una sedia con uno schienale altissimo in un angolo.

Il medium si schiarì la voce. «È un onore, per me, potervi presentare stasera diversi esperimenti con le lavagnette. Grazie alla forza del pensiero cercherò di rispondere alle vostre domande per iscritto sulle lavagnette, senza che io abbia accesso a esse, oppure solo tenendole in mano. Comunque, voi potrete vedere tutto.»

Le indicò e poi le sollevò una per una per mostrarle di nuovo al pubblico, ancora intonse. «Non ci sono trucchi, miei cari, sono semplici tavolette di ardesia.»

Poi indicò la cassetta di legno che si era portato dietro e la aprì. Non era una cassetta vera e propria, ma altre due lavagnette, con il retro in legno, accoppiabili e richiudibili grazie a una cerniera e a un lucchetto. Anche queste, intonse.

«Caro pubblico, adesso tocca a voi. Cosa deve scrivere, lo spirito?»

Tom Ashdown si appoggiò allo schienale e accavallò le gambe. Era venuto per dare un'occhiata al famoso medium in cui la sorella di Sarah Hoskins, Emma Sinclair, riponeva tanta fiducia. L'aveva conosciuta alcuni mesi prima a Oxford in occasione di una visita ai suoi amici storici, ancora incapace di superare la morte del fidanzato. Quell'incontro lo aveva impressionato. Era disperata, e stravedeva per questo Charles Belvoir; non parlava d'altro. Le preoccupazioni di Sarah e John, quindi, gli erano sembrate fondate. La sorella sperava che Emma potesse ricominciare a vivere, guardare al futuro, ma le sedute con il medium continuavano a respingerla verso il passato.

Prima di entrare, Tom era stato assalito dal dubbio di star commettendo un terribile errore. A parte la pessima esperienza con la medium di Islington, non ne sapeva quasi nulla di quel mondo. Forse a convincerlo era stato il disprezzo per persone che cercavano di arricchirsi sfruttando la disperazione altrui. Ancora sentiva la vergogna del momento in cui aveva abbandonato la seduta con la coda tra le gambe invece di chieder conto alla medium e pretendere i suoi soldi indietro, per poi arrabbiarsi moltissimo con se stesso. Forse aiutare una persona che era nelle sue stesse condizioni ponendo fine a quel salasso lo avrebbe fatto sentire meglio.

«Una citazione di William Shakespeare» disse la donna dall'aria intelligente e i capelli legati in una crocchia seduta vicino a Tom. «Da *Come vi piace.*»

«Benissimo» replicò Charles Belvoir. «Prego, si avvicini.»

La donna, secondo Tom all'incirca a metà della quarantina, si alzò e si mosse verso il tavolo. Quindi Belvoir prese in mano la lavagnetta che aveva portato lui. «La terremo in mano insieme sotto il tavolo, io da una parte, lei dall'altra.» Si guardò intorno. «Silenzio, prego.»

Ci vollero alcuni minuti prima che si sentisse un rumore di

graffi. Tom cercò di individuare eventuali movimenti al di sotto del tavolo, ma la lampada poggiata sopra, metteva la zona in ombra.

Pochi secondi dopo, con un gesto teatrale Belvoir tirò fuori le lavagnette e le porse alla donna. «Prego, legga. Ad alta voce.»

«"Tutto il mondo è un teatro e tutti gli uomini e le donne non sono che attori"» lesse alzando la lavagna in modo che tutti potessero vederla.

La sala fu attraversata da una serie di mormorii, e Mrs. Burton applaudì, piano.

«Impressionante, non c'è che dire» commentò la donna. «Adesso però potrebbe scrivere una cosa sulla mia, di lavagna?»

Mr. Belvoir ebbe qualche attimo di esitazione. «Certo, qual è?»

La donna la indicò.

«Bene. Stavolta la terremo sotto il tavolo, insieme come prima, e chiederemo un messaggio.»

I due la presero per i quattro angoli, nella sala si fece silenzio. Gli spettatori non osavano nemmeno respirare. Tom non perse d'occhio la lavagna nemmeno per un istante, ma il rumore di graffi di prima non arrivò, e non comparve nessuna scritta.

Alla fine Belvoir mise giù la lavagna e si prese la testa tra le mani. «Scusate, ma oggi ho avuto una giornata molto impegnativa. Una seduta con un cliente molto esigente, che ha voluto parlare con lo spirito della madre per più di due ore. Vi prego di perdonarmi, ma capirete che il successo di un medium dipende dalle condizioni di quest'ultimo e dalla disponibilità del mondo soprannaturale.»

Tom restò scioccato da tanta sfacciataggine, mentre Mrs. Burton e gli altri quattro ospiti accanto a lui parvero allo stesso tempo comprensivi e disorientati. Solo la donna seduta al tavolino inarcò un sopracciglio scettica.

Seguirono altre dimostrazioni in cui sulla lavagna richiudibile del medium comparvero dei messaggi, dopo che Belvoir vi aveva inserito dentro alcuni gessetti colorati. Nel complesso, i giochi di prestigio – perché di questo si trattava – assomigliavano a quelli di un mago di uno spettacolo di varietà. Tom cercò di tenere sotto controllo le lavagne, ma le abili mani di Belvoir, le sue osservazioni per distrarre la platea, le ombre della stanza e sotto il tavolo contribuivano a disturbare la sua concentrazione. Non sarebbe stato in grado di dire come esattamente quell'uomo riuscisse nei suoi trucchi, ma era sicuro che ci fossero, insomma che in alcun modo fosse capace di stabilire un contatto con l'aldilà.

Sarah Hoskins aveva ragione a temere per la salute mentale della sorella, ecco cosa le avrebbe detto, la prossima volta che si fossero incontrati. Emma Sinclair doveva assolutamente smettere di frequentare quell'uomo.

Al termine della serata applaudì per cortesia, ma non riuscì a sopprimere un ghigno di scherno.

La donna che si era seduta al tavolino con il medium se ne accorse e sorrise. «Sir, non l'ha convinta, vero?»

Tom scosse la testa, quindi uscirono nel corridoio, dove recuperarono cappotti e cappelli. «Proprio per niente. E lei che ne dice?»

«Usciamo» rispose, dopo che lui l'ebbe aiutata con il soprabito.

Era una tiepida serata d'inizio primavera. Si incamminarono, ma la donna si fermò quasi subito e gli porse la mano. «Piacere, Mrs. Eleanor Sidgwick.»

«Thomas Ashdown, molto lieto.»

«Il famoso critico teatrale?» domandò lei interessata. «Leggo sempre i suoi articoli. Grazie a lei mi sono risparmiata un sacco di delusioni.»

«Be', però spero che non abbia rinunciato a nulla solo a causa del mio giudizio. Insomma, i gusti sono gusti, e ognuno ha i suoi.» Si schiarì la voce. «Posso chiederle cos'è che non mi ha voluto dire, prima, quando eravamo ancora dentro?»

Lei sorrise, i suoi tratti severi si ammorbidirono. «Ha mai sentito parlare della *Società per la ricerca psichica*?»

Lui scosse la testa e la guardò incuriosito. «Mi racconti.»

«Facciamo un pezzo di strada insieme?»

«Volentieri.»

«È una società che si dedica allo studio scientifico dei fenomeni soprannaturali» spiegò. «Da anni cerchiamo di smascherare ciarlatani e imbroglioni e di distinguere tra loro e i soggetti che potrebbero avere autentici poteri soprannaturali.»

Tom fece un respiro profondo per digerire quelle parole. «Quindi lei crede che potrebbero davvero esistere fenomeni soprannaturali come i fantasmi o la chiaroveggenza?»

«Diciamo che non lo escludiamo a priori» rispose la donna annuendo. «Della nostra società fanno parte filosofi e scrittori, ma anche scienziati. Persone di ampie vedute che si domandano se esistano cose che non sono spiegabili solo in base alle leggi della natura.»

Prima di replicare Tom si prese del tempo, non voleva contraddire subito Mrs. Sidgwick, ma nemmeno abbandonare il suo scetticismo così presto.

«Quindi?» Lei lo guardò con aria interrogativa e il sorriso che le affiorò sulle labbra lo incoraggiò a rispondere.

«Insomma è... molto strano. La scienza ha dovuto spazzare via così tanti pregiudizi ed errori, le persone sono morte bruciate sul rogo. E proprio adesso che la ragione è finalmente riuscita a prevalere, lei vuole dimostrare l'esistenza dei fantasmi?»

La donna non sembrò affatto offesa. «È proprio questo il nostro scopo: la dimostrazione scientifica di poteri che vanno al di là delle possibilità di comprensione dell'intelletto umano. Esistono davvero fenomeni che non sono così facili da spiegare come le dimostrazioni di un Belvoir qualunque.»

«Cosa sa di lui?» domandò Tom.

«Be', sta avendo molto successo con le sue sedute. Stasera lo ha visto un po' sottotono, di solito è più bravo.»

«Più bravo a imbrogliare, intende?»

«Sì, secondo me sì. Ma sto ancora raccogliendo materiale per un articolo da pubblicare sulla rivista della nostra società. Posso chiederle, invece, perché lei se ne interessa?»

Erano talmente presi dalla conversazione che non facevano nemmeno caso alla direzione in cui stavano camminando. Tom raccontò dei problemi di Emma Sinclair, senza farne il nome, ed Eleanor Sidgwick annuì comprensiva.

«Sì, può davvero essere pericoloso, quando una persona diventa dipendente da un medium. Anche per questo ci impegniamo a smascherare i truffatori ed evitare abusi.»

Per un po' proseguirono in silenzio. Poi Tom le rivolse un'occhiata prolungata, seppur prudente, che lei avvertì.

«Che c'è? Se ha domande chieda pure!»

«Mmm... Ecco, mi chiedevo come mai fosse sola...»

Eleanor Sidgwick rise. «Sono vicepresidente del Newnham College di Cambridge, insegno matematica. So badare a me stessa.»

Tom si sentì avvampare. «Mi perdoni.» In una situazione simile Lucy gli avrebbe rivolto un'occhiataccia, pensò.

«Ma no, Mr. Ashdown, non c'è motivo per cui debba sentirsi a disagio. Anche molte donne trovano strano quello che faccio. La strada verso la parità dei diritti è ancora lunga.»

Tom sentì che il pensiero di Lucy aveva fatto svanire il suo buonumore. Era stata una serata così stimolante che per qualche ora si era concesso di dimenticare, ma all'improvviso i ricordi erano tornati, di prepotenza.

Mrs. Sidgwick fraintese il suo silenzio e aggiunse: «Mio marito è tra i cofondatori del college. Anche lui è membro della *Società*, e questo rende tutto molto più facile... mi riferisco al mio lavoro in ambiti così interessanti, ovvio». Nella sua voce c'era una tenerezza che in un certo senso smentiva quello che aveva appena detto. Poi assunse un'espressione meditativa. «Mr. Ashdown, lei quindi è uno scettico che sa scrivere in maniera eccellente. È fantastico.»

«In che senso?» domandò lui sorpreso.

«Noi accogliamo con piacere qualunque tipo di sostegno, e mi sembra che lei guardi allo spiritismo con un atteggiamento perspicace e oggettivo. Se potesse descrivere le nostre ricerche in maniera avvincente ma imparziale... be', ecco... per noi sarebbe un grande guadagno. Non tutti gli scienziati hanno il talento della scrittura.»

«Ma io non ne capisco quasi nulla» replicò lui deciso, e si concesse una innocente bugia. «Io... per me era la prima volta, stasera.»

«Sarà, ma ho come l'impressione che abbia un certo occhio per queste cose. Su, mi dica cosa ha visto, e pensato, lì dentro.» Il tono di Mrs. Sidgwick, per quanto amichevole, non ammetteva repliche. Che usasse lo stesso tono anche con le sue studentesse?

«Be', tanto per cominciare credo sia significativo che sulla sua lavagnetta non è apparsa nessuna scritta. Quindi probabilmente quella che il medium si era portato dietro era, in qualche modo, predisposta, insomma truccata. E poi mentre ci veniva scritto sopra voi la tenevate *sotto* il tavolo. E quel rumore di graffi... ecco, mi è sembrato un po' troppo forte, come se dovesse essere sentito *per forza*.»

«Infatti.» Lei lo guardò piena di aspettative.

«La zona sotto il tavolo era buia. Mi sono sforzato, ma non sono riuscito a vedere nulla, insomma se facesse qualcosa con i piedi o con le gambe. Dietro di lui c'era una tenda. La lampada sul tavolo era messa in modo che illuminasse soltanto il piano.»

«Continui.»

Tom ci stava prendendo gusto, e accelerò il passo, seguito da Mrs. Sidgwick.

«E poi ogni tanto diceva delle frasi come... come per distrarre la platea. Una volta ha chiesto a quella Mrs. Burton di prendere qualcosa dalla stanza a fianco e questo ha disturbato l'attenzione del pubblico. Io ce l'ho messa tutta, ma non sono sicuro di non aver mai perso di vista il tavolino.»

Mrs. Sidgwick si fermò e gli porse una mano sorridendo. «Mr. Ashdown, benvenuto nella *Società per la ricerca psichica.*»

10

Chalk Hill, settembre 1890

Charlotte voleva evitare che Sir Andrew venisse a sapere del brutto incontro nella sala da tè, perché temeva che avrebbe proibito loro altre uscite. Per calmare Emily, dopo la merenda avevano fatto un giro per negozi, fra cui una merceria in cui erano esposti bei filati e modelli per ricamo. Charlotte si era ricordata che Sir Andrew dava molta importanza ai lavori di cucito e aveva fatto scegliere a Emily un modello da ricamare.

La bambina ne aveva scelto uno a foglie e fiori da usare come regalo di Natale per il padre. Ne sarebbe stato contento.

Sulla via del ritorno, in carrozza, all'improvviso Emily era scoppiata a piangere. Charlotte ce l'aveva messa tutta per farla calmare prima che rientrassero a Chalk Hill; non voleva che in casa la vedessero tornare con la piccola in lacrime. In quanto a Wilkins poteva solo sperare che non dicesse niente.

Una volta arrivati, spedì subito Emily di sopra, nell'aula, e pregò Susan di mandar loro la cena lì. Per fortuna Sir Andrew avrebbe cenato fuori, così le disse la cameriera, e sarebbe stato più facile tenerlo all'oscuro dello stato di agitazione della figlia.

Emily era piuttosto stanca dopo quella giornata lunga e piena di colpi di scena, e mangiò appena. Poi Charlotte chiamò Nora e la pregò di portare la piccola a letto.

La tata fu contenta di potersi occupare di lei e rivolse all'istitutrice un'occhiata di gratitudine. «Miss, non si preoccupi, ci penso io.»

«Buonanotte Emily, domani riproviamo il nostro pezzo al pianoforte.»

«Sì, Fräulein Pauly. Buonanotte.» Emily si avvicinò e per qualche attimo poggiò la testa sul petto di Charlotte, poi si allontanò, altrettanto rapida.

L'istitutrice scese e trovò Mrs. Evans nella stanzetta vicino alla cucina in cui la governante svolgeva le mansioni amministrative. Era minuscola e arredata soltanto con un tavolo, un *secrétaire*, una sedia e una piccola cassettiera. Entrò, e la donna alzò la testa stupita.

«Sì?» Si tolse gli occhiali e li posò su un libro contabile aperto.

«Vorrei parlarle a quattr'occhi» disse Charlotte guardando oltre le spalle della donna verso la cucina.

«Allora chiuda la porta, così nessuno ci disturberà.» Allungò una mano verso uno sgabello e lo avvicinò all'ospite. «Prego, si sieda.» Non stava nella pelle dalla curiosità, era evidente.

«Oggi Emily e io siamo andate a Dorking e abbiamo bevuto il tè dalle sorelle Finch» iniziò Charlotte titubante. Appena raccontò dello spiacevole incontro con Tilly Burke, il volto di Mrs. Evans si fece più serio.

«Ecco, mi piacerebbe sapere cos'è successo esattamente a Lady Ellen» spiegò. «Capisce che posso lavorare con Emily, ed educarla nel giusto modo, solo sapendo cos'è che la opprime. Che stia soffrendo si vede subito. Ma l'incontro con questa Tilly Burke l'ha proprio scioccata.»

«E perché ne parla con me?» domandò Mrs. Evans gelida.

Dopo una simile uscita, Charlotte dovette sforzarsi di mantenere la calma. «Perché lei forse conosce meglio di chiunque altro questa casa e questa famiglia, mentre io fino a un paio di giorni fa non sapevo nemmeno il nome della signora. Perché non voglio disturbare Sir Andrew, né causargli ulteriori sofferenze. Perché queste cose che non so complicano il mio lavoro. E perché nonostante sia qui da poco mi sono già affezionata alla bambina e desidero aiutarla.»

Mrs. Evans restò in silenzio, chissà se avrebbe più risposto. Charlotte si costrinse a restare seduta tranquilla, anche se avrebbe tanto voluto alzarsi e scappare via. C'era qualcosa di umiliante, in quella situazione.

Alla fine la governante parlò. «Capisco. Però così mi mette in una situazione difficile. In questa casa è proibito parlare di Lady Ellen, è stato Sir Andrew a vietarcelo. La sua morte, infatti, è stata un colpo durissimo per lui e la figlia, quindi anche pronunciare il suo nome non è gradito.»

«A me non interessano i pettegolezzi» replicò Charlotte, che ormai aveva pienamente riacquistato la sua compostezza. «Ma ripeto, non sapere cosa abbia passato Emily e cosa la faccia soffrire complica il mio lavoro. Se la situazione non cambia, mi vedrò costretta a rinunciare a questo incarico.»

In realtà non era sua intenzione minacciare Mrs. Evans in quel modo, ma poi si rallegrò della propria temerarietà. Mrs. Evans si era sempre mostrata superiore facendola sentire nuova, lì in casa. Tuttavia, di certo non avrebbe mai voluto avere sulla coscienza il fatto che l'istitutrice appena arrivata dalla Germania si licenziasse così presto.

La donna sospirò. «Va bene, le racconterò cos'è successo. Ma la prego di mantenere il massimo riserbo con Sir Andrew. Non voglio rischiare di perdere il mio lavoro.»

«Certo» la rassicurò Charlotte.

«Lady Ellen è annegata nel Mole lo scorso marzo. Una notte è uscita di casa ed è andata al fiume. Poco più a valle hanno trovato la sua sciarpa color avorio, impigliata in un ramo. In quei giorni il torrente era in piena, aveva piovuto moltissimo. Non c'era nessuno lì intorno che potesse vederla o aiutarla.»

Tacque.

«Quindi è stato un incidente?» Charlotte lo chiese in un tono di voce esageratamente alto, per quella piccola stanza.

«Così pare» rispose Mrs. Evans con estrema rigidità.

«Dev'essere stato un colpo tremendo» disse Charlotte, pur sembrandole un commento insulso. «Ed Emily sa cosa è successo?»

Mrs. Evans annuì. «Le è stato raccontato quello che non poteva non sapere.»

Charlotte sospirò. Di più non avrebbe ottenuto. Forse Nora avrebbe potuto aggiungere qualche dettaglio. Era una ragazza facile da influenzare, e forse con qualche gentilezza sarebbe diventata più loquace.

«Spero solo che non incontreremo più quella vecchia» spiegò Charlotte. «Sarebbe un peccato se, qui intorno, ci fossero altri posti che per Emily costituiscono una minaccia. Limiterebbe molto le nostre passeggiate.»

Mrs. Evans ovviamente aveva capito benissimo cosa intendesse. «Be', dal fiume dovrebbe comunque tenersi alla larga.» E con questo considerò il discorso chiuso.

Charlotte stava per andarsene quando la governante guardò il piatto sul *secrétaire* e prese una lettera.

«Ah, è arrivata posta per lei. Scusi, me ne sono ricordata solo adesso.» Passò alla donna l'involucro di una costosa carta color crema.

Charlotte lo prese in mano stupita, ringraziò e uscì dalla stanza. Tornando verso la torre guardò la lettera e si fermò sgomenta.

Una volta in camera, si lasciò cadere sul letto. Poi si rigirò la busta tra le mani, a lungo, prima di decidersi finalmente ad aprirla.

La vista di quella calligrafia a lei così familiare fu una pugnalata al cuore. Fece qualche respiro profondo fino a quando non le fu passata la tachicardia. Come aveva fatto a scoprire il suo nuovo indirizzo? A chi lo aveva chiesto? A sua madre? O all'agenzia che le aveva procurato quel posto a Chalk Hill?

> ... Sento il bisogno di esprimerti ancora una volta il mio profondo rammarico per quanto accaduto. Tutto ha congiurato contro di noi... Non passa un solo giorno in cui non pensi a te e non conservi la tua immagine nel cuore... Come sai, il fatto che tutta la colpa sia ricaduta su di te si deve a mia madre. Rinnovandoti la mia più completa devozione...

Fu come se qualcuno avesse riaperto un sipario sul passato, e Charlotte all'improvviso rivide l'elegante villa di Grunewald in cui aveva fatto da istitutrice a Luise e Caroline von Benkow. Si ricordò di quel giorno d'estate in cui i raggi del sole danzavano sulle pareti e qualcuno aveva bussato sfacciatamente alla porta dell'aula: le ragazzine erano schizzate in piedi vedendo quel ragazzo con la sua elegante uniforme.

«Friedrich!» avevano strillato saltando al collo dell'ufficiale, prima di presentarlo tutte orgogliose alla loro istitutrice.

Il tenente Friedrich von Benkow era alto, biondo e di bell'aspetto, ma non era questa la prima cosa che Charlotte aveva notato quel giorno. No, era il luccichio dei suoi occhi, le piccole rughe appena accennate e quella bocca che sembrava sempre sorridere.

«Ah! Non sapevo che la mamma nascondesse nell'aula un simile gioiello!» aveva esclamato con noncuranza, e Charlotte si era sentita avvampare.

Poi era arrivato il veto della ragione, che l'aveva messa in guardia, con una voce flebile ma ostinata, dal cercare di conquistare quell'uomo. Ma lui compariva sempre più spesso: a lezione, durante il tè o le ore di danza delle bambine. E a un certo punto i sentimenti avevano preso il sopravvento sulla ragione.

Il sipario si richiuse. Charlotte si alzò e con le mani si scrollò la gonna, come se dovesse pulirla dal contatto con quella busta e da quelle parole apparentemente concilianti. E capì quanto fosse stato fondamentale accettare quel nuovo posto.

Quella lettera non avrebbe mai ricevuto risposta.

11

Arrivò il sabato, Emily sembrava rilassata e riposata. Provarono di nuovo il pezzo al pianoforte, che a ogni ripetizione diventava più scorrevole.

«Lo esegui molto bene» la lodò Charlotte.

«Stasera sicuramente sarò nervosissima» disse Emily guardandola insicura.

«Prova a immaginarti che siamo solo io e te. Dimentica le persone intorno. Pensa che suoniamo per noi, e verrà benissimo, vedrai.»

Emily annuì ma si chinò sulla tastiera con le guance arrossate prima di ricominciare da capo.

Per fortuna quando Sir Andrew entrò chiedendo di parlare con l'istitutrice avevano appena finito. L'uomo fece un rapido cenno alla bambina, prima che uscisse dalla stanza.

«Negli ultimi giorni ci siamo visti molto poco. Spero che la gita sia andata bene» esordì avvicinandosi alla finestra e incrociando le mani dietro la schiena.

«Sì, ho avuto modo di conoscere un po' i dintorni, ed Emily mi ha spiegato molte cose» rispose Charlotte gentile, continuando a osservarlo con la coda dell'occhio. C'era qualcosa di strano, nel tono di Sir Andrew.

«Lei sa che deve tenermi al corrente dello stato di salute ed emotivo di mia figlia.»

Charlotte deglutì. «Certo.»

«Be', quindi… c'è qualcosa che deve dirmi?»

Ma dove voleva arrivare? Che avesse saputo dell'incontro con Tilly Burke e dei pianti di Emily? Ma da chi? Wilkins non avrebbe mai voluto dare simili preoccupazioni al proprio datore di lavoro.

«Tornando, Emily era un po' agitata» disse. Forse qualcuno della casa l'aveva vista piangere. «Ha pianto. Ma niente di grave, davvero. Credo che fosse per il porcospino morto che abbiamo trovato sul ciglio della strada» mentì Charlotte. «Ho cercato di consolarla.»

«Un porcospino morto?»

Annuì. «Di solito i bambini empatizzano molto con gli animali e vederli soffrire li fa stare male.»

«Perché non mi sta dicendo la verità?» sbottò Sir Andrew cogliendola del tutto impreparata. Lo sguardo insistente. «Non avete trovato nessun porcospino morto. Ho appena parlato con Wilkins e non mi ha detto niente del genere. Ha detto che Emily è scoppiata a piangere senza motivo.»

Charlotte rifletté un istante. Poi raccontò di Tilly Burke.

Sir Andrew continuava a guardarsi le mani e sembrava si fosse rilassato, ma Charlotte vide come pulsava la vena del suo collo. Quando la donna ebbe finito, egli disse a denti stretti: «Devo fare in modo che quella vecchia se ne vada di qui!».

«È evidentemente confusa, insomma non credo lo faccia con cattive intenzioni» osservò Charlotte in tono conciliante, ma lui girò bruscamente lo sguardo su di lei.

«Non è una giustificazione! Per le persone come lei ci sono degli istituti appositi.» Dopodiché si girò e uscì dalla sala.

Charlotte ebbe bisogno di qualche minuto per ricomporsi. Perché gli aveva mentito?, si chiese. *Per proteggere Emily*, rispose una vocina dentro di lei. Da suo padre? Ma era folle. Però era stato quello il suo istinto, e di solito lei si fidava del suo istinto. A ogni modo, si sentì sollevata che la rabbia di Sir Andrew si fosse concentrata tutta su Tilly Burke e che lei se la fosse cavata senza troppi danni.

Nel tardo pomeriggio, Charlotte indugiò davanti all'armadio in cui aveva sistemato il suo guardaroba. Non aveva molti vestiti, nemmeno uno da sera, e le fu difficile scegliere qualcosa di adatto all'occasione. Ci rifletté un po', poi si decise per uno color vinaccia con inserti di velluto nero. Lo prese e iniziò ad accarezzarne la stoffa liscia e luccicante.

Quel contatto la trasportò da un'altra parte, lontano da lì, in una grande città brulicante in cui per un breve periodo si era sentita felice. Avrebbe tanto voluto lasciare lì quel vestito, insieme alla sua vecchia vita, ma alla fine aveva prevalso il buonsenso. Ci sarebbe voluto del tempo prima che potesse permettersi di comprare un altro capo altrettanto elegante. Così, avvolto in più strati di carta velina, era finito nella sua valigia e l'aveva seguita in Inghilterra.

Charlotte si svestì, si lavò, lisciò le sottovesti e poi indossò l'abito. Aveva imparato a vestirsi da sola, anche quando si trattava di capi pensati per dame che avevano una cameriera. Combatté con gancetti, occhielli, nastri e bottoni, fino a quando non fu tutto a posto. Poi si sciolse i capelli, li spazzolò e se li pettinò in modo che apparissero più soffici del solito.

Si guardò allo specchio soddisfatta. Per fortuna durante gli ultimi incarichi aveva imparato le regole della buona società e sapeva come comportarsi. Certo, c'era l'ostacolo della lingua straniera, ma stava migliorando giorno per giorno; e comunque da un'istitutrice non ci si aspettavano grandi conversazioni.

Verso le sei arrivarono le prime carrozze. Charlotte sentì il rollio delle ruote sulla ghiaia. Poi delle voci e la luce si accese sullo spiazzo principale.

Alle sei e mezzo in punto si diede un'ultima occhiata allo specchio e scese in sala da pranzo, dove la servitù aveva apparecchiato una lunga tavola con le migliori porcellane e i bicchieri di cristallo. Gli ospiti erano già divisi in gruppetti. Charlotte si guardò intorno per cercare Sir Andrew.

Stava parlando con il reverendo Morton, ma all'improvviso alzò gli occhi e la vide ferma sulla porta. Si scusò con l'ospite e la raggiunse, lo sguardo scosso da stupore.

«Buonasera Fräulein Pauly.» La prese dolcemente per un braccio e la condusse dal reverendo, che la salutò con familiarità.

«Ecco, ho scelto apposta l'unico ospite della sala che ha già incontrato» disse Sir Andrew divertito. «Così potrete approfondire la vostra conoscenza.»

«Spero che nel frattempo abbia avuto modo di conoscere meglio la nostra bella zona» disse il reverendo affabile. «Non ci vuole molto a vedere tutte le attrattive di Westhumble.»

Charlotte raccontò della breve gita in carrozza con Emily e gli chiese se l'invito a vedere i coniglietti fosse ancora valido.

«Certo. Se verrete a trovarci nella casa parrocchiale, la mia cara moglie e io ne saremo molto lieti.»

Fece un cenno a una donna un po' rotondetta vestita di blu scuro, che lo raggiunse subito.

«Posso presentarle Mrs. Morton? Cara, questa è Fräulein Pauly, la nuova istitutrice di Miss Emily.»

«Molto lieta. Mio marito ha detto che presto avremo il piacere di averla a una delle nostre serate musicali...»

Charlotte diede un'occhiata veloce a Sir Andrew. Lui però si era girato verso un uomo, vestito in maniera molto ricercata e accompagnato da una giovane donna particolarmente carina.

«Se il mio lavoro me lo consentirà, volentieri.»

Chiacchierarono un po', poi tornò il padrone di casa e la presentò via via agli altri ospiti: un avvocato con la moglie, il deputato della circoscrizione vicina con consorte e figli, il sindaco di Dorking con la famiglia e altre due signore più anziane non sposate che avevano deciso di dedicare la propria vita alle scienze. Il giovane elegante si chiamava Jonathan Edwards ed era un avvocato di Londra, anche lui impegnato nella politica. Si era appena sposato e quella sera aveva portato la moglie per presentarla al padrone di casa.

Nonostante la buona accoglienza, Charlotte si sentì un po' a disagio. Quando si sedettero a tavola e scoprì di essere stata messa vicino all'annoiata moglie del sindaco e a persone che parlavano dei collegamenti tranviari tra il Sud dell'Inghilterra e la capitale, praticamente ignorandola, la donna percepì in maniera chiara lo scotto di non far parte di quella cerchia. Ma nemmeno della servitù, che continuava a portare cibo e si premurava che tutto procedesse senza intoppi. Si sentì sollevata quando la tavolata fu sciolta e i signori si ritirarono con brandy e sigari, mentre le dame restarono con caffè e liquore.

Charlotte si accomodò su una poltrona un po' in disparte, rigirando il bicchiere tra le dita, fino a quando il cristallo non assunse il calore delle mani, e prendendo un sorso ogni tanto.

La moglie del sindaco, la figlia e la consorte del deputato discutevano animatamente dell'ultima *saison* londinese ma Charlotte conosceva quei nomi illustri solo dai giornali. Si guardò intorno e si sentì ancora più fuori posto. Aspettava solo che arrivasse il momento dell'esibizione al piano.

«Fräulein Pauly, se ne sta qui tutta sola» disse la voce amichevole di Mrs. Morton, che si era avvicinata con una tazza di caffè in mano e si era seduta nella poltrona di fianco alla sua. «Non è facile trasferirsi in un Paese straniero, non è vero?»

«Sembra che parli per esperienza» replicò Charlotte riconoscente.

«Be', sì, ha ragione. Io e mio marito abbiamo trascorso alcuni anni in India, prima che lui decidesse di tornare qui. Quel clima non faceva bene alla sua salute, altrimenti forse saremmo rimasti più a lungo. Lì c'è un gran bisogno dell'opera del Signore e abbiamo incontrato molte belle persone.»

«Oh, l'India... certo non c'è confronto con il mio trasloco!» disse l'istitutrice sorridendo. «Insomma, lì avrete conosciuto un mondo completamente diverso dal nostro, che io non riesco nemmeno a immaginare.»

Il volto di Mrs. Morton si coprì di un velo di malinconia. «È vero, l'India può essere un posto incantevole, un'estasi di profumi e colori, palazzi maestosi, paesaggi mozzafiato e un'incredibile varietà di piante e animali.» Esitò. «Ma ho visto anche tanta povertà, costumi a volte spietati. Questi intoccabili, la casta più bassa della società, calpestati da tutti...» Si strinse nelle spalle. «No, è qui in Inghilterra che io mi sento a casa, e non voglio più sentirne la nostalgia.» Sorrise. «Spero che lei si ambienti presto... è una bella zona, e quando conoscerà meglio la gente scoprirà che sono persone di cuore. Noi inglesi non siamo molto socievoli con i forestieri, anche se nei possedimenti dell'Impero in realtà siamo noi gli stranieri...»

Charlotte sentì un'affinità spontanea con quella donna saggia e gentile.

«E come va con Emily?»

«Molto bene. È molto diligente e s'interessa di tutto.» Charlotte si chinò in avanti. «Fra poco faremo una sorpresa al padre, abbiamo preparato un pezzettino a quattro mani.»

«... In ogni caso meglio delle altre.» Fu il frammento di conversazione che arrivò all'orecchio dell'istitutrice.

«Oh, sarà felicissimo» rispose la donna rivolgendo un'occhiata di rimprovero al gruppo di signore a fianco, che scoppiarono in una risata sguaiata. Però non disse nulla.

Charlotte seguì il suo sguardo, ma la signora appena se ne accorse distolse subito gli occhi.

Poi si alzò, posò il bicchiere e si congedò da Mrs. Morton. «Mi scusi, devo andare a prendere gli spartiti.»

«Ma certo, cara. A fra poco.»

Una volta in corridoio, fece un respiro profondo. Forse aveva sentito male, in fondo era stata solo una mezza frase. Però le fece venire l'amaro in bocca, e riaffiorarono ricordi di umiliazioni pubbliche e sguardi maligni, frecciatine bisbigliate e tacito scherno. Per un momento si ritrovò di nuovo nel salone dei von Benkow, ancora con un piede sulla porta, e risentì una signora dire: «Che onta per quel ragazzo, un ufficiale così promettente, potrebbe fare molta strada se non si rovinasse con un matrimonio così poco assennato...».

Charlotte rimosse quel pensiero, serrò le labbra, percorse il corridoio fino all'ingresso e salì le scale, lontana dalle voci di quelle donne che ancora le riecheggiavano nelle orecchie.

Gli ospiti restarono estasiati dall'esibizione di Charlotte al piano. Alla fine del brano fece avvicinare Emily, ed entrambe presero posto sullo sgabello. La sua alunna non la deluse, suonò senza errori e si guadagnò un applauso appassionato. Charlotte respirò sollevata, mentre Emily, alzandosi, fece un inchino al suo pubblico. Poi guardò Sir Andrew, appoggiato alla parete con le braccia conserte e un tiepido sorriso.

«Che bambina incantevole» disse la giovane Mrs. Edwards in piedi per applaudire. «Che talento musicale! Peccato che la madre non abbia potuto vederla.»

Per un secondo gli occhi di Charlotte incrociarono quelli di Sir Andrew, e lei li vide indurirsi come pietre. Solo il movimento del suo petto, che si alzava e abbassava con ritmo convulso, tradiva i suoi sentimenti. Nella sala era calato il silenzio.

«È un gran piacere per me poter fare lezione a Emily» disse Charlotte con prontezza di spirito. «Apprende con una velocità incredibile e ha un udito finissimo.»

Poi condusse Emily verso una sedia e le portò un bicchiere di succo di frutta e un pezzo della torta servita come dessert. «Sei stata bravissima.»

Emily sorrise timida e si portò la forchetta alla bocca.

Poi l'atmosfera si fece più rilassata. Edwards portò la moglie in un angolo e la redarguì in tono severo.

«Che passo falso. Era la prima serata di gala dalla morte della moglie» osservò con voce flebile Mrs. Morton, scivolata accanto a Charlotte, con discrezione.

Charlotte diede un'occhiata alla sala e rispose, altrettanto sottovoce: «È naturale che sia ancora in lutto per la moglie, però...» si sforzò di trovare le parole giuste «... il suo nome non può essere nemmeno nominato! Emily sta soffrendo tantissimo».

Mrs. Morton dondolò la testa. «È molto sensibile su questo argomento, e vuole fare di tutto per proteggere la figlia. Insomma, capirà...»

Poi la donna cambiò argomento e tornò a parlare dell'India.

Quando tutti gli ospiti si furono congedati e Nora ebbe portato Emily a letto, Sir Andrew tornò nella sala. Si versò un whisky, mentre Charlotte, in piedi vicino alla finestra, meditava se fosse ora di ritirarsi.

«Posso offrirle un bicchiere di vino?»

«No, grazie, Sir Andrew.»

La squadrò. «Ha suonato benissimo. Grazie. E grazie anche per quello che ha fatto con Emily.»

«Ci siamo divertite, a provare. Entrambe.» Esitò, sulla punta della lingua aveva fin troppe domande, ma non osò formularne nessuna.

«La prossima volta che ho ospiti mi piacerebbe suonasse ancora. Un'esibizione musicale rilassa l'atmosfera e... se Dio vuole, ci verranno risparmiati commenti poco appropriati.» Prese un grosso sorso di whisky, poi fece un sorriso di circostanza. «Fräulein Pauly, non voglio trattenerla ancora. Le auguro la buonanotte.» Le tenne aperta la porta e la richiuse piano dopo che Charlotte fu scomparsa nel corridoio.

Salendo si fermò a dare un'occhiata a Emily, che dormiva profondamente. Tornata in camera, fece un lungo respiro, sistemò il vestito e le sottovesti, si slacciò il corpetto e si lasciò cadere sul letto. Poi si mise seduta a gambe incrociate e poggiò il mento sulle mani.

Non riusciva a capirlo, Sir Andrew. Perché prima non ne aveva approfittato per raccontarle cosa fosse successo davvero alla moglie, visto che aveva anche fatto riferimento al passo falso di Mrs. Edwards? Sarebbe stata una buona occasione per fare un breve accenno alla tragedia che si era abbattuta sulla loro famiglia. E invece no, di nuovo quell'irritante silenzio, quella gelida distanza.

Era rimasto ferito al punto da non riuscire a parlarne con estranei? Però il fatto che avesse vietato alla figlia anche solo il nominare la madre era un'esagerazione.

Dopo l'infelice commento di Mrs. Edwards era come se per un attimo si fosse aperta una breccia in quella facciata d'imperturbabilità; lui le aveva concesso una fugace occhiata nel proprio cuore prima di indossare di nuovo la sua maschera impassibile.

All'improvviso, ripensando alla minaccia di Sir Andrew relativa a Tilly Burke, Charlotte avvertì un principio di rimorsi di coscienza e si chiese se davvero sarebbe arrivato al punto di farla ricoverare in un istituto. Ne aveva facoltà?

Si tirò su e si preparò per la notte.

Lesse qualche pagina, prima di spegnere la luce e raddrizzare il cuscino. Sentiva il contatto, ruvido ma piacevole, delle coperte sulla guancia, fuori le foglie stormivano al vento, ma il sonno non si decideva ad arrivare. Erano successe troppe cose, negli ultimi giorni, e i pensieri continuavano a vorticarle nella testa.

Era appena caduta in un mezzo sonno inquieto, quando all'improvviso si ridestò. Aveva sentito un rumore... oppure lo aveva solo immaginato? Si girò sulla schiena e trattenne il respiro, tendendo le orecchie. Eccolo, di nuovo!

Qualcuno che si trascinava, come procedendo a tastoni, un rumore quasi impercettibile ma che veniva dalle scale, sicuro. Si sedette e continuò a origliare, poi si alzò e prese uno scialle. Fece un passo verso la porta e sbatté un piede contro una sedia, rimandando giù a fatica un grido di dolore. Si fermò, immobile.

Era come uno di quegli incubi in cui uno resta bloccato in un punto e non riesce a muoversi, anche se dovrebbe scappare subito via da una cosa orribile. Sentiva i piedi come piombo, così pesanti da non poter fare un solo passo, le braccia penzolanti prive di forza.

Quando riuscì a riaversi da quella specie di paralisi, i rumori ormai erano svaniti. Piano piano afferrò la maniglia della porta e la abbassò trattenendo il fiato. Aprì un pochino, appena uno spiraglio, poi del tutto. Guardò fuori, giù per le scale, ma vide solo buio. Non se la sentì di scendere. Tese le orecchie un'ultima volta, ma quel rumore misterioso era definitivamente scomparso.

12

Londra, ottobre 1890

Il sipario si chiuse, e nell'ampia sala esplose un fragoroso applauso. Molti spettatori addirittura si alzarono. Dopo un po' le tende si riaprirono e gli attori fecero l'inchino tra una pioggia di fiori, lanciati sul palco dalla platea.

Anche Tom Ashdown, che indossava un appariscente soprabito verde, si alzò, guardò il suo accompagnatore un po' snervato… e si diresse verso la porta del palchetto. «Non voglio restare qui un secondo di più» sibilò. «Andiamo a bere qualcosa.»

«Be', perlomeno tu vieni pagato, per vedere questa robaccia» disse il suo amico Stephen Carlisle.

«Non ancora… solo dopo che avrò scritto il mio pezzo» replicò Tom avvicinandosi alla scala che conduceva al guardaroba. Per fortuna in sala c'era un tale entusiasmo che nessuno era ancora andato a ritirare il cappotto, e non trovarono fila. Nel giro di un quarto d'ora i due uomini furono fuori dal teatro, dopo che la ragazza del guardaroba aveva chiesto, raggiante, se anche loro non avessero trovato Miss Bellecourt, la protagonista di *Il fiore bianco di Soho*, semplicemente meravigliosa.

«Già il titolo è un'offesa per un intelletto sano» commentò Tom appena girarono l'angolo e s'infilarono nel primo pub. Una luce giallognola e calda filtrava dalle finestre e si specchiava invitante sull'acciottolato umido.

«E adesso cosa scrivo? "Un'impressionante Miss Bellecourt,

soprattutto per il suo audace décolleté, decisamente la cosa più espressiva dell'intera rappresentazione"? Oppure: "La fine di Mr. Hester è una scena che non si dimenticherà facilmente, un cigno morente, non fosse per la grazia da elefante e i rumori in sottofondo simili agli ultimi minuti di un maiale prima del macello"?»

Stephen scoppiò a ridere e gli diede una pacca sulla spalla. «Tieni a bada la lingua, se non vuoi inimicarti i fan di questo spettacolo, ovvero circa la metà della popolazione londinese.»

Nel pub si sedettero in un angolo, dopo aver preso due pinte al bancone. Non era proprio un posto per gente altolocata, ma Tom ci veniva volentieri perché si poteva parlare in pace senza essere disturbati da altri amanti del teatro che magari coglievano l'occasione per mettersi a chiacchierare del pezzo appena visto con un famoso critico, quale lui era. Bevve un lungo sorso di birra, mise giù il bicchiere e aprì le braccia perplesso.

«Steve, è proprio questo il problema. Che ci sono troppe persone a cui piace questa robaccia. Tanto varrebbe consegnare il proprio cervello al guardaroba insieme al cappotto.»

«Be', i gusti sono gusti.»

Tom scoppiò a ridere. «Questo lo dici *tu*. Io continuo a essere dell'idea che esistono cose oggettivamente belle o brutte, o comunque degne di essere preservate. E altre che non se lo meritano.»

L'amico gli fece cenno di calmarsi. «Be', quelle persone a teatro si sono divertite e per un paio d'ore hanno dimenticato la loro infausta routine. Ti sembra poco? Io ho dei pazienti che potrei considerare guariti, se solo riuscissero a calarsi nei panni dei protagonisti di queste tragedie, invece di continuare a rimuginare sulle proprie.»

«Sì, è un punto di vista interessante» commentò Tom ironico. «Allora prescrivigli la visione di un melodramma a settimana oppure una commedia musicale al mese. E diventerai una star della medicina.»

Stephen sogghignò. «Grazie per il consiglio. Ma anche a te fanno bene, questi spettacoli. Le tue critiche, infatti, sono spesso dei capolavori letterari, la gente le legge più volentieri dei romanzi. Ma io preferisco le stroncature… sono troppo divertenti.»

«Be', allora domani sull'edizione della sera troverai pane per i tuoi denti.»

«Mi raccomando, non dimenticarti il décolleté talentuoso!»

«E il cigno morente…»

«Come va con il libro su Shakespeare?» chiese Stephen di punto in bianco, guadagnandosi un'occhiata seria dell'amico.

«Che c'entra, adesso, il libro?»

«È che mi chiedevo cosa stessi combinando negli ultimi tempi. Sembri spesso in giro, cosa che mi rallegra, molto.»

«Sì, è vero, sono stato spesso in giro. Ma non per fare ricerche sul libro.» Esitò. «Conosci la *Società per la ricerca psichica*?»

«Sì, ne ho sentito parlare. E allora?»

«Be', da un po' lavoro per loro.»

L'amico sgranò gli occhi. «Sei diventato uno scacciafantasmi? Non sapevo t'interessassi di fenomeni soprannaturali.» Poi s'incupì. «Tom, non voglio essere indiscreto, ma non è che…»

Ashdown sollevò una mano per far tacere l'amico. «No, tranquillo, lei non c'entra. Partecipo alle ricerche scientifiche e scrivo pezzi al riguardo. I colleghi dicono che il mio stile è più chiaro e comprensibile del loro. Naturalmente, quanto al livello di conoscenze, mi sono nettamente superiori, ma insomma, io cerco di tradurre i loro risultati in una forma che sia accessibile a tutti, o quasi.»

Lo sguardo di Stephen era ancora dubbioso. «E tu riesci a tenere separate queste ricerche… dalle tue vicende personali?»

Tom vuotò il bicchiere e lo poggiò sul tavolo con decisione. «Ma insomma, tutti i miei amici erano preoccupati perché non vedevo più nessuno e adesso che vedo un sacco di persone… continuate a preoccuparvi?»

«No, è solo che… Insomma in quelle cose lì tutto ruota intorno alla morte» disse Stephen perplesso.

«La morte fa parte della vita, sono le due facce della stessa medaglia» sentenziò Tom.

In quel momento, due avventori al bancone iniziarono a litigare. Di lì a poco partirono pugni, volarono sgabelli, diversi bicchieri finirono in frantumi. L'oste li prese entrambi per il collo con le sue braccia muscolose e li trascinò verso l'uscita, dove li invitò caldamente a togliere il disturbo con un bel calcio nel didietro.

Stephen e Tom sembrarono far poco caso al frastuono che li circondava. Stephen disegnava dei cerchi sul tavolo con il suo bicchiere e dopo un po' chiese: «E come sei entrato in contatto con loro? Non è che uno un giorno si alza, va da loro e chiede di poter partecipare…».

Tom raccontò di Sarah e John Hoskins, di Emma Sinclair e della sua capatina da Charles Belvoir. Alla fine della storia, l'amico inarcò un sopracciglio. «E tu ti sei prestato ad aiutarli in maniera del tutto disinteressata, solo per evitare che quella ragazza passasse guai seri?»

«Sì, è andata esattamente così» replicò Tom, senza riuscire a trattenere un sorriso.

«E alla fine la ragazza si è resa conto che quello era solo un ciarlatano?»

Tom tornò serio. «Lo spero tanto. Le abbiamo detto quello che avevamo scoperto. E io ho scritto un articolo sui suoi intrighi, firmandolo con uno pseudonimo, che sicuramente deve essergli costato qualche cliente. Quel che è certo è che Emma ha smesso di partecipare alle sedute. Ma…» Esitò. «Temo sia ancora molto vulnerabile, per quanto riguarda questo genere di persone. Belvoir è solo uno dei tanti che cercano di approfittarsi dell'ingenuità e delle sofferenze altrui.»

«E se incontrasse qualcuno davvero in grado di entrare in contatto con i defunti?» domandò Stephen. «In quel caso, cosa le consiglieresti?»

«Ancora non sappiamo se simili persone esistano veramente» rispose Tom elusivo. «La *Società* è ancora agli inizi. Per svolgere un simile lavoro ci vorranno anni.»

«Sì, ma… se succedesse?» ribadì Stephen. «Se questa Miss Sinclair riuscisse a parlare con il suo fidanzato morto? Cosa significherebbe, questo, per te?»

«Per me?» ripeté Tom cercando di evitare lo sguardo di Stephen.

L'amico scosse la testa. «A me non la dai a bere.»

13

Chalk Hill, ottobre 1890

Quel pomeriggio Sir Andrew era andato con Emily da alcuni conoscenti, quindi Charlotte era libera. Fu felice che la bambina trascorresse un po' di tempo con il padre e pensò a come occupare quella mezza giornata.

Faceva freddo, ma non pioveva, così decise di uscire a fare una passeggiata. Quando era con Emily non poteva andare dove voleva, di sicuro non al fiume. Ma oggi aveva una meta precisa, che doveva esplorare da sola.

Subito dopo pranzo s'infilò gli stivali di gomma, un mantello di tweed e un cappello e avvertì Mrs. Evans che usciva. Lei la squadrò stupita. «Sembra che voglia fare una lunga escursione. Mi raccomando, torni prima che faccia buio.»

«Non si preoccupi, ho un buon senso dell'orientamento.»

Con queste parole si avvolse lo scialle più stretto intorno al collo e se ne andò.

Un vento gelido le sferzava la testa, e Charlotte fu contenta di non aver messo il suo cappello buono, perché avrebbe rischiato di perderlo.

Iniziò a camminare. Le era sempre piaciuto stare all'aria aperta e quando passava ore e ore seduta in classe con Emily o in biblioteca le mancava il movimento. Anche a Berlino aveva sfruttato ogni minuto libero per andare in giro a guardare le vetrine dei negozi o a visitare musei, o semplicemente a godersi il brulichio della città.

Non era abituata a un posto isolato come Chalk Hill, e la attiravano le vitali strade di Dorking.

Grazie alle suole robuste osò avventurarsi tra i ciottoli scivolosi lungo il Mole. Si guardò intorno per controllare che non ci fosse nessuno, si tirò su la gonna e fece il primo, grande passo. Il successivo fu già più facile. Raggiunto il centro del torrente, si fermò e fece un giro su se stessa. Era così eccitante stare su una pietra circondata dall'acqua! Per un momento Charlotte lasciò cadere la gonna e allungò le mani verso il cielo, per assaporare appieno quel senso di libertà.

Non pensò nemmeno per un istante a Lady Ellen. Solo dopo aver raggiunto la riva opposta si guardò indietro e si ricordò le parole della governante: *Una notte è uscita ed è andata al fiume*.

Charlotte proseguì lungo la riva verso Dorking, ma lo sguardo continuava a tornare su quelle acque. La frase di Mrs. Evans l'aveva insospettita: senza quella precisazione, avrebbe pensato a un terribile incidente, che fosse inciampata camminando, che fosse stata avventata. Invece così non aveva dubbi che dietro la morte della padrona di casa ci fosse dell'altro.

Non si trattava solo della serenità di Emily; per quanto si fosse già affezionata alla bambina, voleva scoprire a ogni costo cosa fosse successo quella notte a Chalk Hill e cosa avesse spinto Lady Ellen a uscire per raggiungere il Mole.

Un uomo, anche lui con un mantello di tweed, le venne incontro con due cani da caccia e la salutò sollevando il cappello.

«Mi scusi, vado bene per Dorking?» domandò Charlotte gentilmente.

«Sì, Miss. Fa un po' freddo per camminare, ma perlomeno non piove» aggiunse alzando gli occhi al cielo. Poi con il suo bastone indicò oltre i prati che orlavano il torrente. «Sempre dritto, da quella parte. Le auguro una buona giornata.» Richiamò i cani con un fischio e proseguì.

A sinistra, Charlotte riconobbe le cime ancora verdi di Box Hill, mentre davanti a lei comparvero i primi tetti e comignoli del paese. Era bello trovarsi in mezzo alla natura, da sola, senza nessuno che la osservasse o con cui dover fare conversazione. Sì, insegnare le piaceva, ma ogni tanto sognava di avere un appartamentino o una casetta tutta per sé.

Arrivata a Dorking, chiese del cimitero, che si trovava lungo la strada per Reigate, circondato da alte siepi. Una piccola cappella di pietra grigia, un'ampia area con un prato verde e setoso da cui le pietre tombali spuntavano come denti storti. Al contrario di Berlino, dove stradine di ghiaia circolari dividevano i defunti come a riprodurre le strade di una città, lì i morti sembravano sorgere dalla natura e fondersi con essa. Il cimitero era situato su una collina e offriva una vista meravigliosa sui rigogliosi dintorni.

Charlotte passava da una tomba all'altra cercandone una relativamente nuova, quindi non ricoperta da muschi e licheni. Si alzò un vento gelido che la fece rabbrividire. Diede un'occhiata al suo orologio da taschino: le tre e mezzo. Presto sarebbe tramontato il sole.

Si fermò vicino a una tomba per sistemare gli stivali, quando sentì una voce dietro di lei. Sussultando si tirò su e si girò.

Una signora anziana vestita di nero procedeva poggiandosi a un bastone con un manico d'argento. Sorrise amichevole. «Mi scusi, è da un po' che la sto osservando. Cerca una tomba in particolare?»

Charlotte rifletté qualche secondo e poi annuì. «Lei lo conosce bene, questo cimitero?»

«Be', direi di sì. Qui ho due fratelli, due sorelle, due figli e mio marito. Diciamo che è la mia seconda casa. Ogni volta che vengo li sento più vicini. Chi sta cercando, se permette la domanda...?»

Charlotte non esitò a lungo, e rispose: «Lady Ellen Clayworth».

La donna cambiò espressione. La fissò sorpresa e l'istitutrice si chiese se avesse sbagliato a chiedere.

«Lei è nuova, di queste parti… vero?» rispose l'anziana sorridendo.

«Sì, non è molto che vivo qui.»

«Ah ecco. Infatti tutti, qui, conoscono quella tragedia.»

«Ho sentito dire che è morta annegata la scorsa primavera. Volevo dare un'occhiata alla tomba… per motivi personali» aggiunse poco dopo.

«Be', l'aveva quasi trovata» replicò la signora. «Mi segua.» Con l'aiuto del bastone la superò lentamente e Charlotte la seguì. Dopo un po' l'anziana si fermò e con il bastone indicò una pietra bianca liscia.

IN MEMORIA DI
ELLEN CLAYWORTH
1858-1890

Una pietra come tutte le altre, pensò Charlotte un po' delusa. L'unica differenza, forse, era la brevità dell'incisione. Sulla maggior parte delle lapidi, infatti, c'erano anche versi della Bibbia o citazioni dei cari rimasti in vita, oppure diciture come "Qui riposa in pace".

«Be', è molto… semplice» commentò Charlotte diplomatica.

L'anziana annuì. «Ha ragione. Per mio marito, ad esempio, io ho scelto "Il signore è il mio pastore", gli piaceva tanto, quel salmo. Che è anche confortante, secondo me.»

Charlotte la guardò di sbieco. «Lady Ellen era ancora così giovane. Forse non volevano dare troppo peso alla sua scomparsa, ricordare un evento così tragico.»

La vide esitare, stringere le dita più saldamente intorno al bastone e poi lasciarlo. Sospirò. «In realtà non sta bene parlare di queste cose, i morti sono morti e vanno lasciati in pace.»

Charlotte trattenne la propria impazienza a fatica. Sentiva che l'anziana sapeva qualcosa di particolare ed era sul punto di raccontarglielo.

«Le posso assicurare che il mio interesse si basa solo su un desiderio di partecipazione.»

«Be', lei sembra avere un cuore buono e forse capirà cosa significhi questa pietra per i familiari… Che dire… diciamo che è una specie di pietra commemorativa, non una vera tomba.»

«In che senso?» domandò Charlotte confusa.

«Esattamente nel senso in cui l'ho detto. Non è una vera tomba. Qui non è sepolto nessuno. Il corpo di Lady Ellen non è mai stato trovato.»

Charlotte sentì un brivido lungo la schiena. Il cielo parve scurirsi all'improvviso, il rumore del vento tra gli alberi acuirsi in un sussurro minaccioso.

«Mia cara… ha freddo?»

«Forse mi sono vestita troppo leggera. C'è altro che può raccontarmi in proposito?»

Certo, era rischioso indagare in quel modo a Dorking; in quel posto si conoscevano tutti e Sir Andrew non ci avrebbe messo molto a scoprire delle sue ricerche. Ma del resto se lui non le diceva nulla, non le restava altra scelta che chiedere in giro.

L'anziana indicò la panchina di fronte e sorrise come per scusarsi. «Se avesse la compiacenza di venire a sedersi lì con me… sa, a stare troppo in piedi mi affatico.»

«Ma certo.»

Charlotte l'aiutò a sedersi e poi prese posto accanto a lei, stringendosi il cappotto.

«Come saprà, è successo a marzo. Un mese piovoso, infatti aveva piovuto tanto. Io sono rimasta chiusa in casa per giorni, avevo paura di scivolare e di cadere. Sa, alla mia età può essere letale. Il Mole era in piena. Di solito scorre placido e innocuo, ma si può trasformare, e all'improvviso. In questi casi, bisognerebbe tenersi alla larga dalle rive.»

Charlotte la guardò. Aveva poggiato entrambe le mani sul bastone, come per riposarsi. Pensò a quanti soldi si fosse portata dietro e se, nella peggiore delle ipotesi, le sarebbero bastati per tornare con una carrozza a nolo. Non voleva pressare la sua accompagnatrice, ma aveva un po' paura di tornare a piedi a Westhumble con il buio.

«Mi scusi se ogni tanto mi perdo nei miei pensieri. Sa, mia cara, l'età. A ogni modo, una mattina alla fine sono uscita e sono andata dal fornaio, dove la gente era agitatissima. Raccontavano che appunto la moglie di Sir Andrew Clayworth, il deputato, aveva avuto un incidente. Che avevano trovato la sua sciarpa color avorio sulle rive del Mole.»

«Per caso sa esattamente in che punto?»

«Aspetti, mi ci faccia pensare. Sì, credo fosse vicino al bosco di Nicols Field. Confina con il Mole e appartiene al Norbury Park. Un bosco davvero incantevole.»

A destra ci sono Nicols Field e Beechy Wood, oltre la foresta scorre il Mole. Sì, è un posto bellissimo, in tutte le stagioni. Così le aveva detto Wilkins, lungo il tragitto per Chalk Hill.

«Quel bosco… confina anche con la Crabtree Lane?»

L'anziana sorrise. «Cara, vedo che conosce già molto bene la nostra zona. Sì, il bosco inizia proprio dietro le case, tra cui anche quella in cui viveva Lady Ellen.» Scosse la testa. «Che storia triste. Adesso quella bambina dovrà crescere senza madre.»

«Che terribile incidente.»

«Sì, ancora così giovane. E una brava madre, dicono. Ci sono molte signore della buona società che non si occupano per niente delle figlie, invece lei sì, uscivano insieme in carrozza. Certo, avevano la servitù, ma si faceva vedere spesso in giro con la piccola.»

Finalmente Charlotte aveva trovato qualcuno con cui parlare liberamente di Lady Ellen. «E quindi, diceva poco fa, il corpo non è mai stato trovato?»

«No. Lo hanno cercato per miglia, a valle, senza alcun risultato. E sa, il Mole sfocia nel Tamigi, ad Hampton Court.» Si guardò intorno con aria trasognata. «Una volta, da ragazza, ci sono stata con mio marito. Che bel castello, come quello delle favole.» Si scosse. «Comunque, se è arrivato fino al Tamigi… insomma il Tamigi è grande e sfocia nel mare.» Sospirò e si tirò su a fatica. «Mi perdoni, ma adesso devo tornare a casa. Fa troppo freddo per una donna della mia età. È stato un piacere.» Annuì in segno di saluto e a passo lento si avviò verso l'uscita del cimitero.

Per fortuna alla stazione Charlotte trovò una carrozza disposta a riportarla a Chalk Hill. Al cocchiere disse di fermarsi all'inizio della Crabtree Lane, non voleva farsi vedere arrivare a destinazione in quel modo. Una volta scesa, pagò e si mise a camminare rapida verso la casa.

Fu Susan ad aprirle, e Charlotte le chiese di portarle il tè in camera; quella sera avrebbe rinunciato alla cena. Era così agitata che temeva qualcuno potesse capire come e dove aveva trascorso il pomeriggio. E poi aveva un'idea che voleva concretizzare il prima possibile.

Una volta in camera, cercò un quaderno con la copertina rigida e vi annotò tutto quello che le aveva detto la signora del cimitero, aggiungendo anche le strane osservazioni di Mrs. Evans e quel poco che aveva saputo riguardo a Lady Ellen da Emily, Nora e Sir Andrew. Così un po' alla volta si sarebbe fatta un quadro complessivo e forse sarebbe riuscita a capire chi era, in realtà, quella donna.

Poi nascose il quaderno sotto il materasso. Un po' teatrale, doveva ammetterlo, ma nessuno doveva leggere quegli appunti.

Sir Andrew ed Emily tornarono alle nove. La bambina sembrava sfinita e Nora la portò subito a letto, come spiegò Susan quando venne a ritirare il vassoio.

Charlotte iniziò a camminare nervosamente per la stanza, avanti e indietro. Di solito il silenzio della torre le piaceva, ma dopo quel pomeriggio denso di avvenimenti si sentiva troppo agitata per mettersi subito a dormire. Si avvicinò alla finestra e guardò nell'oscurità che avvolgeva il bosco intorno alla casa. Era tutto nero, eppure sentiva quegli alberi oltre il vetro come una presenza viva, percepiva il loro respiro.

Chiuse gli occhi e cercò di sentire anche lo spirito della donna che aveva vissuto in quella stanza prima di lei. Che avesse lasciato qualcosa, qualche traccia delle sue sensazioni o dei suoi pensieri? Un tempo era stata una ragazza, con i suoi sogni e le sue speranze: forse da qualche parte era nascosto un diario o delle lettere accorate a qualche amica? Davvero questa donna, la madre di una bambina incantevole come Emily, una notte era uscita per andare nel bosco e buttarsi nel fiume? E se lo aveva fatto, cosa l'aveva spinta a un gesto simile?

Poi sopraggiunse un altro pensiero. Che ruolo aveva avuto, in quella strana storia, Sir Andrew? Non avrebbe dovuto sentire la moglie che usciva dalla stanza nel cuore della notte? Forse non era in casa, ma in viaggio, o stava dormendo troppo profondamente... Oppure in una certa società si usava dormire in camere separate?

All'improvviso Charlotte ebbe l'impressione di sentire un alito freddo sulla guancia, come se una mano gelida gliela stesse accarezzando. Sussultò. Di certo gli infissi della finestra, contro cui infuriava il vento, erano vecchi e avevano qualche falla: c'era sempre una spiegazione razionale. Eppure all'improvviso si sentì a disagio, e quella stanza le parve più tetra del solito. Poi si diede una scossa e tornò alla scrivania; non le piaceva l'umore che l'aveva sopraffatta.

Devo pensare a Emily, si disse. *Questa donna mi interessa solo in quanto madre di Emily. Meglio non rimuginare troppo.*

Si mise a leggere, ma la testa tornava sempre all'incontro con l'anziana del cimitero. A quanto pareva Lady Ellen si era occupata molto di Emily, più della maggior parte delle signore della buona società, se l'aveva notato anche quella semplice vecchietta di Dorking. Se il loro rapporto era stato così stretto, la bambina ci avrebbe messo molto tempo a superare quella perdita. Forse il padre, con il suo silenzio, sperava di accelerare le cose? Charlotte continuava a torturarsi, ma tanto quella notte non le avrebbe portato alcuna risposta.

Così si alzò e iniziò a svestirsi. Si adagiò sul letto per togliersi le calze, ma un pensiero improvviso la fermò.

Nora. Ecco quale poteva essere la risposta. Se Lady Ellen era stata una madre così premurosa, la persona che avrebbe potuto saperne di più era la tata. Una ragazza semplice, in fondo. Anche se all'inizio nei suoi confronti aveva avuto un atteggiamento ostile, con qualche cortesia in più Charlotte l'avrebbe fatta passare dalla sua parte, ne era sicura. Quel pensiero la calmò, e si mise a dormire.

Verso le quattro, però, qualcuno la strappò dalle braccia di Morfeo. Charlotte sentì bussare e scattò in piedi avvicinandosi alla porta: «Ma chi è?».

La voce di Emily era così flebile che per Charlotte fu un'impresa sentirla. Ma spalancò la porta. «Vieni, entra!»

Avvolse la bambina in una coperta e la condusse verso il letto. La fece sedere e poi chiese: «Che è successo?».

La piccola la stava guardando con occhi talmente sgranati che Charlotte ebbe il timore che soffrisse di sonnambulismo, proprio come nella notte in cui aveva trovato la finestra aperta nella sua stanza.

Poi le poggiò una mano su una spalla. «Sei sveglia? Sai dove sei?»

«Certo che sono sveglia, Fräulein Pauly» rispose la bambina stupita. «E sono nella sua stanza.»

Charlotte tirò un sospiro di sollievo. «Ma cosa è successo? Stai tremando...»

Emily chiuse gli occhi e serrò le labbra. «Ho fatto un brutto sogno.»

«Un incubo?»

Emily mosse la bocca come per parlare, ma non le uscì nemmeno una parola. Alzò le spalle, impotente. «Non erano mostri, nemmeno cavalli morti.»

«Bene. Ma allora cos'è stato?»

Prese la brocca con l'acqua e riempì un bicchiere, che poi porse alla piccola. «A me puoi dirlo, stai tranquilla.»

Emily prese il bicchiere e abbassò lo sguardo. «Ho sognato che ero malata. E sentivo caldo. La testa bollente, bruciava. E poi qualcuno mi ha portato alla finestra, e fuori faceva freddissimo. Il vento è entrato e mi ha raffreddata. È stata una bella sensazione.»

«E allora cos'è che ti ha fatto paura?»

Emily rabbrividì. «Mi sono guardata intorno per capire chi mi avesse portato lì. Ma non c'era nessuno. Cioè c'ero solo io. Sospesa nell'aria. Come se stessi volando. E poi sono caduta giù, sempre più giù...»

«... e ti sei svegliata...»

«Sì.»

«Anche a me è capitato di sognarlo, sai? Che cadevo, precipitavo giù, e poi poco prima dello schianto... *puff!* Mi sono svegliata, per la paura, ovvio.»

«Davvero?»

«Sì, è un sogno abbastanza comune.» Il resto a dir la verità era piuttosto strano, ma Charlotte lasciò perdere per non turbare ancora di più la bambina. «Dài, adesso ti riporto a letto, così nessuno si accorgerà che ti sei alzata e ti farà domande.»

Immaginava che la piccola preferisse lasciare il padre all'oscuro di quella passeggiatina notturna.

«Però, quando hai paura, puoi sempre venire da me... capito?»

Emily annuì, si alzò e restituì la coperta all'istitutrice. «Grazie, Fräulein Pauly.»

La tentazione di dirle «chiamami pure Charlotte» fu quasi irresistibile, ma non stava bene per un'istitutrice. Prese la manina di Emily e la guidò giù per le scale, lungo il corridoio buio e quindi di nuovo in cameretta. La coprì e si accertò che finestra e tende fossero chiuse. Poi le augurò la buonanotte e tornò nella sua torre.

Lì ritirò fuori il quaderno da sotto il materasso e alla luce della piccola lampada a gas scrisse il sogno di Emily.

Provò a riaddormentarsi, ma non ci riuscì. Dopo essersi rigirata nel letto per una mezz'ora abbondante, si alzò innervosita, si mise la vestaglia e scese in cucina a prendere un bicchiere di latte. Gli occhi le caddero sul *Sunday Times*, in una cesta di fianco alla cucina a gas. *Che peccato accenderci il fuoco*, pensò, e se lo infilò sotto un braccio.

Dieci minuti più tardi era di nuovo a letto, a ridere di gusto. Stava leggendo la pagina del feuilleton, le critiche teatrali, in cui si parlava di un melodramma intitolato *Il fiore bianco di Soho*. Quella sera l'autore si era annoiato a morte, era evidente, e non vedeva l'ora di dare sfogo al suo malcontento. Ma lo aveva fatto in una maniera oltremodo divertente, che rendeva la lettura tutt'altro che noiosa.

> Una trama così esotica che mi torna davvero difficile trovare le parole giuste. Eppur ci provo: *Il fiore bianco di Soho*, interpre-

tata da Miss Lilian Bellecourt, è una povera orfana cresciuta da un suonatore di ukulele delle Hawaii e dalla sua consorte, inglese. La bellezza meticcia viene presto coinvolta in terribili misfatti, di cui lei ovviamente non ha alcuna colpa, che conducono alla morte dei genitori adottivi. (Nota bene: la scena della morte della matrigna ha smosso il pubblico a crisi di pianto mai viste, paragonabili forse solo al funerale di stato dell'ammiraglio Nelson del 1806.) Quanto alla fine del padre, interpretato da Mr. Leonard Hester, preferisco lasciar cadere un velo di silenzio.

Per quanto riguarda la nostra eroina, la sua interpretazione di una giovane casta e innocente forse sarebbe parsa più convincente se Lilian Bellecourt – vogliate perdonarmi questa indiscrezione – avesse avuto meno di trentacinque anni.

Andava avanti nello stesso tono, e Charlotte leggendo dovette asciugarsi più volte gli occhi dal ridere. Il pezzo si chiudeva così:

Mentre Miss Bellecourt sul palco apriva il suo cuore all'amato, l'autore di questo testo non vedeva l'ora che si aprissero le porte dell'Inferno e inghiottissero la signora con tutti i suoi bei capelli e cappelli.

Firmato: *ThAsh.*

14

La settimana successiva passò tranquilla. Sir Andrew aveva un convegno del partito a Londra e restò a dormire in città. Così Charlotte ebbe tutto il tempo di osservare Emily con calma. Ripensò spesso allo strano sogno raccontatole dalla bambina, e che le era rimasto impresso nella memoria.

Ho sognato che ero malata. E sentivo caldo. La testa bollente, bruciava. E poi qualcuno mi ha portato alla finestra, e fuori faceva freddissimo. Il vento è entrato e mi ha raffreddata. È stata una bella sensazione. Mi sono guardata intorno per capire chi mi avesse portato lì. Ma non c'era nessuno. Cioè c'ero solo io. Sospesa nell'aria. Come se stessi volando. E poi sono caduta giù, sempre più giù…

Aveva già sentito dire che i sogni rivelavano una marea di cose sulla vita interiore di una persona, ma lei non sapeva come interpretarlo. Forse in quel modo la bambina, rielaborando, ricordava il brutto periodo in cui era stata spesso malata. Di quel periodo, delle sofferenze che avevano gravato sulla sua infanzia, Charlotte non sapeva ancora niente di preciso. La sensazione di precipitare nel vuoto, che nessuno la reggesse, poteva alludere alla perdita della madre, che prima le aveva offerto protezione e sostegno. Sì, era plausibile. Ma c'era comunque qualcosa che non tornava.

La finestra aperta, per esempio… a chi poteva venire in mente di portarci una bambina malata, di esporla al vento gelido? Ripensò a quella che aveva trovato aperta in camera di Emily. Forse era davvero sonnambula, e dunque poteva mettersi in situazioni pericolose scendendo le scale, sporgendosi alle finestre, per non parlare dei tetti. Che quel sogno fosse solo un rimando inconscio alle sue escursioni notturne?

Quella storia non le dava pace, e così un pomeriggio andò a cercare Nora nella sua stanza, dopo aver assegnato a Emily un compito scritto.

La tata la guardò entrare stupita e un po' timorosa. Mise via il lavoro all'uncinetto e si alzò, pulendosi d'istinto le mani sul grembiule immacolato.

«Miss Pauly?» Lo disse in tono preoccupato, come se avesse paura di aver fatto qualcosa di sbagliato.

«Avresti un paio di minuti per me?» domandò Charlotte. La bambinaia arrossì e le indicò una sedia.

Era una stanza modesta, ma pulita, con alcuni quadri di paesaggi appesi alle pareti e un piccolo crocifisso sul letto.

Charlotte si mise seduta e pensò a come cominciare. Alla fine raccontò della notte in cui Emily era andata da lei tremando, e Nora impallidì.

«Miss Pauly, me ne... me ne sarei occupata io, ma ecco io non posso più...» Si portò una mano davanti alla bocca, come se volesse ritirare quelle parole.

«Lo so, tu non dormi più nella stanza a fianco. E infatti non hai nessuna colpa» disse per calmarla. «Non sono venuta a rimproverarti, volevo chiederti delle cose.»

«Chieda pure...»

«Vorrei sapere di più sulle malattie che ha avuto Emily da piccola, in modo che possa valutare se le sue condizioni sono di nuovo peggiorate.»

Nora si guardò le mani, congiunte sul petto. «Be'… sono state varie cose, diverse. Raffreddori, febbre, tosse, una volta anche una polmonite e per poco non morì. Mal di pancia, vomito. Insomma, cose del genere, ma i bambini si ammalano spesso.»

«Sì, ma nel suo caso sembrano essere capitate particolarmente spesso, no?»

Nora tacque. Charlotte sentì quanto fosse vulnerabile, prendeva tutto come un rimprovero. Doveva essere ancora più prudente.

«Eri tu a prenderti cura di lei, quando era malata… no? Be', se è così, sono sicura che lo hai fatto benissimo.»

«No, non mi sono mai presa cura di lei da sola.»

«Sir Andrew aveva assunto un'infermiera?»

Scosse la testa. «No, con me c'era Lady Ellen. Lo so, è una cosa strana in questi ambienti, ma…» Si strinse nelle spalle.

«Ti do la mia parola che tutto quello che mi dirai resterà tra noi. Non riferirò a nessuno quello che mi racconterai su Lady Ellen. Entrambe vogliamo solo il meglio per Emily… giusto?»

La ragazza parve rilassarsi un po'. Le spalle si abbassarono, le mani intrecciate si sciolsero.

«Ha sempre pensato lei a Emily. Si alzava di notte quando era malata, a volte dormiva addirittura su una sedia accanto al suo letto.» Nora deglutì. «Non ho mai visto una madre così amorevole.»

Charlotte si ricordò di come anche l'anziana del cimitero fosse colpita dal comportamento di Lady Ellen. Quadrava con quello che stava dicendo Nora. Era una cosa veramente fuori dal comune e faceva pensare che quel rapporto madre-figlia fosse molto più stretto di quanto fosse abitudine in quegli ambienti. Cosa aveva portato Lady Ellen a rompere le convenzioni in quel modo e cosa pensava di lei la gente? E Sir Andrew? L'appoggiava, oppure trovava umiliante che la moglie si facesse carico di mansioni che spettavano ai domestici? Freddo com'era, non si poteva escludere nulla, eppure quella freddezza poteva essere solo una facciata dietro cui nascondere il suo lutto agli occhi del mondo.

«Interessante. E tu avevi un buon rapporto, con Lady Ellen?»

La tata annuì orgogliosa. «Oh sì, lei era così gentile. A volte, se non le servivano più, mi regalava i suoi nastri per capelli o i suoi pettini.»

C'erano così tante domande che Charlotte avrebbe voluto farle: se Lady Ellen era una donna felice, se era felice con Sir Andrew. Cosa l'aveva spinta, in quella notte di marzo, ad andare al fiume e a... Ma con quelle domande avrebbe suscitato la diffidenza di Nora; invece lei aveva bisogno di averla dalla sua parte.

«Che carina. La sua morte dev'essere stata un duro colpo per tutti.»

Nora deglutì. «Sì, Miss. Sir Andrew è uscito di senno. Lui... lui non ci voleva credere, ha continuato a mandare gente a cercarla, ancora e ancora, anche quando non c'erano più speranze. Noi abbiamo tentato di non dire niente a Miss Emily, ovvio, ma lei ha capito e... insomma, alla fine è stato impossibile.»

In pochi minuti Charlotte aveva ottenuto un sacco di informazioni, eppure continuava ad avere la sensazione che Nora le stesse nascondendo qualcosa. Però doveva accontentarsi.

«Un'ultima cosa: Emily ha sempre avuto gli incubi, oppure è una cosa che succede da dopo che è morta la madre?»

«Solo dopo che è morta Lady Ellen. Certo, prima era lei ad assisterla di notte, quindi io non posso saperlo, ma non ha mai detto nulla. No, sono sicura che tutto è iniziato dopo.»

«E succede spesso? Quanto spesso?»

Nora si strinse nelle spalle. «Be', dipende. A volte non succede per due, tre settimane. Altre, varie notti di seguito.»

«E chi si occupa di lei?»

«Se la sento, vado io.» Altro non aggiunse. Ma Charlotte capì che il senso era che quando non la sentiva, la bambina restava in balìa di se stessa e delle sue paure. Oppure cercava il conforto dell'istitutrice.

«È la madre, che sogna?»

Nora serrò le labbra, sempre con l'intento di impedirsi di parlare.

«Per favore me lo dica. Sono preoccupata, il sonnambulismo può essere molto pericoloso.»

La tata sembrava combattuta, poi disse: «A volte non sa nemmeno lei cos'ha sognato. Altre racconta che qualcuno è entrato nella sua camera, una persona sconosciuta. E ogni tanto sogna anche la madre. Una notte...» guardò verso la porta, forse temendo che qualcuno potesse sentirla, «una notte, quest'estate, ha gridato così forte che l'ho sentita e mi sono precipitata da lei. Mi ha detto che aveva visto la madre. C'era la luna piena, e lei mi ha portato alla finestra mostrandomi un punto in fondo al giardino, tra gli alberi. Ecco, l'aveva vista lì. Ne era sicura. Ha dei sogni davvero vividi».

«Sì, in questo ti do ragione. È una bambina con una fantasia incredibile.»

Charlotte guardò fuori, pensierosa, i rami spogli degli alberi bui tagliuzzavano il cielo come forbici. Non l'aveva ancora visto, il giardino, ma ci sarebbe andata con Emily. Così non avrebbe destato sospetti tra la servitù e avrebbe potuto sondarlo con attenzione.

«Grazie per la tua sincerità» disse riconoscente.

«Si figuri... ecco, se solo potesse non raccontare nulla a Sir Andrew... anzi a nessuno» replicò la bambinaia preoccupata. Aveva il terrore di far arrabbiare il suo datore di lavoro, e di perdere il posto.

«Stai tranquilla, non dirò nulla, a nessuno.» Charlotte rifletté qualche istante. «Se ti viene in mente altro che potrebbe essere importante, per favore dimmelo. Un'ultima cosa: io non ho nulla in contrario al fatto che tu continui a spazzolare i capelli di Emily ogni sera. Per lei è una consolazione, e così potete stare un po' insieme.»

Lo sguardo di gratitudine di Nora quasi la trafisse. «Grazie Miss Pauly. È molto gentile da parte sua.»

Charlotte si voltò verso la porta. All'improvviso si rese conto di quanto fosse fredda quella stanza. Diede un'occhiata al minuscolo camino spento e poi alle mani di Nora, striate di rosso e di blu. «Hai bisogno di legna, lo dico subito a Susan.»

Uscì e tornò da Emily, che la stava aspettando con il quaderno chiuso, le mani congiunte e lo sguardo stupito.

«Mi spiace, ci ho messo più del previsto» disse sedendosi al proprio tavolo con il quaderno. Poi lesse il breve componimento scritto dalla bambina. Doveva descrivere la sua giornata in tedesco, con frasi brevi e semplici; era stata brava.

«Niente male, Emily, veramente... Vieni qui.» La bambina si avvicinò, e insieme rividero le frasi che contenevano alcuni errori, segnate in rosso, e quelle corrette, marcate di verde.

«È difficile, il tedesco» disse la piccola titubante.

«Sì, hai ragione» confermò Charlotte ridendo. «Però, ecco... quando una lo impara da piccola non se ne accorge più di tanto.»

«Ma lei sa bene anche l'inglese.»

«Be', non bene quanto te» replicò Charlotte. «Il mio accento non lo perderò mai. Nessuno mi scambierebbe per un'inglese.» Richiuse il quaderno e lo restituì alla bambina. «Se domani è bel tempo, potresti mostrarmi il giardino... che ne dici? Finora l'ho visto solo dalla finestra e mi piacerebbe farci una passeggiata.»

Emily annuì entusiasta. «Volentieri. C'è anche una piccola serra dove papà coltiva le piante tropicali. O perlomeno ci prova. Alcune crescono nonostante il freddo e l'umido.»

«Bello! Però non sono sicura che sia contento se entriamo, se lui non c'è.»

«Be', basta che non tocchiamo e non rompiamo niente. Altrimenti lui non ha niente in contrario.»

«Allora va bene.»

La mattina dopo, a colazione, Emily tornò subito all'argomento "giardino".

«Certo che lo facciamo, ma solo dopo che avrai finito i tuoi compiti.»

Emily annuì. «Oggi sarò bravissima, Fräulein Pauly, glielo prometto. E quando stasera tornerà papà gli racconterò dove l'ho portata.»

Charlotte si rallegrò della vitalità della bambina e non voleva rovinarle tutto.

«Però entro mezzogiorno devi aver finito un sacco di cose.»

«Certo Fräulein Pauly, io vado già in classe.»

Charlotte la seguì con lo sguardo, sorridendo. Continuava a stupirsi delle innumerevoli sfaccettature di quella creatura. Com'era possibile che si fosse già scrollata di dosso le paure notturne e riuscisse a lavorare concentrata? Forse aveva un carattere molto forte, maturato anzitempo durante gli anni della malattia. Charlotte aveva ancora davanti agli occhi l'episodio della sala da tè a Dorking, una cosa del genere poteva risuccedere in qualunque momento.

Emily fu, di fatto, estremamente diligente, così dopo pranzo imbacuccate in cappelli e sciarpe si avviarono verso il giardino.

«Ecco, questa è la rimessa» spiegò Emily. «Per la carrozza. E Wilkins qui ripara anche le cose che si sono rotte.»

La porta era aperta, e Charlotte entrò per vedere se c'era il cocchiere, che apparve nell'angolino più nascosto inginocchiato accanto a una cassetta degli attrezzi. Appena sentì i passi si girò di scatto.

Si alzò, si pulì le mani sui pantaloni e si toccò il cappello in segno di saluto.

«Buongiorno Miss. State facendo una passeggiata?»

«Sì, mostrerò il nostro giardino a Fräulein Pauly» disse guardando l'istitutrice impaziente.

«Wilkins, volevo chiederle se domani verso le tre e mezzo può portarci a Mickleham dal reverendo Morton.»

«Ma certo Miss.»

Emily le tirò una manica. «Andiamo?»

Charlotte salutò Wilkins con un cenno della testa e poi uscì con Emily dalla rimessa. Proseguirono lungo la casa, fino a quando la bambina non indicò un campo delimitato da vecchi mattoni.

«Questo è l'orto della cucina, per le erbe e le verdure» spiegò. «Adesso non si vede granché, ovvio, ma la cuoca ha messo a seccare un sacco di piantine. Che d'inverno finiscono nei nostri piatti.»

L'appezzamento era ancora più vasto di quanto Charlotte avesse immaginato. Al centro del prato c'era una rotonda con arbusti di rose, che allungavano i loro rametti spogli e spinosi verso il cielo.

«A primavera Wilkins le pota» disse la bambina. «Mai in autunno, perché i polloni difendono le piante dal freddo.»

«Wilkins è anche giardiniere? Non lo sapevo.»

«Sì, il grosso lo fa lui, dice sempre papà. Dei fiori, però, si occupa Mrs. Evans. Ecco, vede quella costruzione laggiù? Quella è la serra.»

Era un piccolo padiglione ottagonale con una torretta sul tetto. I sostegni di metallo erano stati verniciati di bianco ed erano ancora candidi; anche i vetri erano pulitissimi, tanto che si poteva vedere l'interno. Già da fuori si capiva con quanto amore fosse mantenuta.

«È bellissima» disse Charlotte facendo il giro.

«Papà è molto orgoglioso delle sue piante. Alcune producono frutti esotici che si possono mangiare. Ma solo d'estate.»

Di nuovo quell'incredibile vitalità, quella smania di condividere qualcosa con il padre. Chissà perché lui non se ne preoccupava altrettanto.

Entrando si stupì di quanto fosse calda l'aria, come se i vetri avessero catturato gli ultimi raggi di sole conservandoli per l'inverno. C'erano palme, cactus e varie altre piante che Charlotte non aveva mai visto.

Emily si fermò davanti a una pianta rampicante poco appariscente, i cui germogli ricadevano giù secchi e tristi. «Questa è la passiflora, fa dei fiori bellissimi, bianchi e viola. E gli stami sembrano...» rifletté per ricordarsi la parola giusta, «sembrano le stigmate di Gesù, me l'ha detto papà. E dà dei frutti che si chiamano maracuja.»

Fece fare il giro a Charlotte e poi richiuse la porta con attenzione. L'istitutrice guardò il grande olmo con i rami incurvati sull'erba che in estate doveva sembrare un meraviglioso baldacchino verde. A uno dei rami più bassi era appesa un'altalena.

«Vuoi fare un giro?»

Emily saltò su e iniziò a spingersi per prendere velocità. Charlotte la guardò per un po', poi concentrò la sua attenzione verso il margine del bosco, verso il punto in cui Emily sosteneva di aver visto la madre. Per la prima volta notò la porticina di ferro nella cinta muraria che divideva il bosco dal giardino.

«Fräulein Pauly, guardi quanto sono alta!»

«Io immaginavo sempre di salire fino al cielo» commentò Charlotte trasognata.

«Sì, anch'io!»

Quando Emily saltò giù, Charlotte stava ancora fissando la porticina. Poi si riprese e si voltò verso la piccola. «Dove conduce quella porta?»

«Nel bosco.» Esitava, era ovvio, e aveva cambiato umore. «Si chiama Nicols Field.» Emily si girò, voleva proseguire.

«Si può andare a passeggiare, lì?»

«Sì, ma a me non piace.»

Charlotte recepì il messaggio e non fece altre domande; non voleva ferirla.

«Ecco, guarda, lassù c'è la mia stanza. Infatti ho una vista magnifica.»

Emily teneva il capo chino, e Charlotte sentì un groppo in gola. *Ma cosa ho fatto?*, si disse. *Ho già passato il limite con quella banale domanda?* D'un tratto si chiese che diritto avesse di indagare in quel modo, e si sentì malissimo. Lei in fondo era lì prima di tutto per insegnare a Emily, era quello il suo primo compito, il più importante. Eppure sapeva che quella bambina stava soffrendo e che dietro il comprensibile dolore per la scomparsa della madre c'era dell'altro, qualcosa di più oscuro, che lei non capiva. Non ancora.

Stavano per svoltare l'angolo della casa e terminare il loro giro quando sentirono scricchiolare la ghiaia del vialetto e videro una carrozza.

«Papà?»

«Ma Wilkins non è andato a prenderlo in stazione?»

«Sì, ovvio.» Emily si guardò intorno stupita. «Posso andare a vedere?»

«Certo, vai pure.»

La bambina si mise a correre verso l'ingresso e Charlotte sentì una voce maschile che la salutava. Sir Andrew. Doveva aver preso una carrozza a nolo.

Raggiunse Emily e vide il padrone di casa pagare il cocchiere, che poi girò e se ne andò. Stava per salutarlo quando questi si voltò verso di lei. Con occhi di ghiaccio.

«Desidero parlarle nello studio, subito!»

Charlotte si affrettò di sopra. Si tolse cappotto e cappello e si sistemò i capelli davanti allo specchio. Aveva il cuore in gola, quasi non riusciva a deglutire.

Cosa voleva dirle Sir Andrew? Lei non aveva fatto niente di male. Oppure in qualche modo lui era venuto a sapere delle sue indagini? In preda all'angoscia, ripensò a tutte le persone con cui aveva parlato della defunta Lady Ellen: Miss Finch, Nora, l'anziana del cimitero di Dorking, Mrs. Evans, la moglie del reverendo... Si morse un labbro, fece un respiro profondo e uscì dalla camera.

Lui la stava già aspettando davanti al camino, un sigaro in una mano e un bicchiere di brandy nell'altra.

«Prego, si sieda.»

Charlotte obbedì; non osava nemmeno guardarlo.

«Quando si è candidata per questo posto, aveva delle referenze eccellenti.»

Charlotte alzò gli occhi stupita. «Sì, Sir.»

«E io mi sono fidato.»

«Con tutto il rispetto, aveva forse motivo di dubitarne? Le mie referenze corrispondono al vero» rispose lei sicura di sé.

«Non sto parlando delle sue esperienze di istitutrice. Del suo lavoro con Emily sono molto soddisfatto... sta facendo progressi.»

Ma allora dove vuole arrivare?, si chiese impaziente.

«Come lei sa, ho passato alcuni giorni a Londra. E ho incontrato l'ambasciatore inglese in Germania, tornato in patria per una vacanza.» La squadrò, ma lei sostenne lo sguardo. «Abbiamo parlato. E io gli ho detto che avevo appena assunto un'istitutrice che aveva lavorato a Berlino.»

Charlotte trattenne il fiato sperando che Sir Andrew non notasse la vena che le pulsava selvaggiamente sul collo. A tutto aveva pensato, tranne che lui ritirasse in ballo il suo passato.

«Ha da dirmi qualcosa, in proposito?»

Incrociò quegli occhi azzurri di ghiaccio. «Non mi sono resa colpevole di niente.»

Lui sbatté il bicchiere sul tavolino. Poi, con cura, spuntò il sigaro e lo accese con un fiammifero, girandolo intorno alla fiamma prima di fare il primo tiro. Quindi, tra le volute di fumo, la guardò. «Fräulein Pauly, lei conosce il tenente Friedrich von Benkow?»

Non passa un solo giorno in cui non pensi a te e non conservi la tua immagine nel cuore...

Scacciò via i ricordi e annuì. «Sì, era il primogenito dell'ultima famiglia per cui ho lavorato. Insegnavo alle sue sorelle piccole.»

«E non c'è niente che dovrebbe dirmi, nessuno scandalo...» aggiunse Sir Andrew duro.

Charlotte raddrizzò la schiena. Contegno, doveva mantenere il contegno. «Aspetti, questo non è vero. Se fosse così, la famiglia non mi avrebbe mai fornito quelle referenze eccellenti... non crede?»

«Però pare ne abbia parlato tutta Berlino, del fatto che il primogenito, l'erede del patrimonio di famiglia, voleva sposare l'istitutrice delle sorelle» insisté l'uomo deciso.

Charlotte si alzò. Era impossibile replicare a quelle accuse da seduta.

«Sì, è così, lo voleva... ma purtroppo non ha perseguito questo proposito con sufficiente discrezione.»

«Sta cercando di giustificarsi?»

Charlotte sentì risvegliarsi il suo spirito combattivo. Se non voleva perdere il posto, e restare con Emily, doveva difendersi.

«Per favore, Sir Andrew, mi ascolti. Dopo mi giudichi pure come vuole, ma prima ascolti la mia versione della storia.»

Lui ci mise un po' a rispondere, poi fece un tiro di sigaro e annuì. «D'accordo, ma sia breve.»

Non aveva previsto che il suo passato l'avrebbe riacciuffata, proprio in quel momento, ma era pronta a combattere. E se dopo avesse dovuto lasciare quella casa, lo avrebbe fatto a testa alta.

«Ho lavorato per la famiglia von Benkow per quattro anni. E in quel periodo c'è stato un... avvicinamento tra il loro primogenito Friedrich e me. Mi ha dimostrato il suo attaccamento a voce e per lettera e io... e io ricambiavo i suoi sentimenti, anche se non abbiamo mai fatto nulla che fosse contro il comune decoro. A un certo punto lui ha deciso di sposarmi. Io l'ho messo in guardia, gli ho detto che i suoi genitori sarebbero rimasti sconvolti e che non avrebbero mai dato il loro assenso, ma lui... non sono riuscita a dissuaderlo. L'ho pregato di aspettare e di riflettere bene sui suoi sentimenti. Ma lui non mi ha dato retta, anzi si è confidato con un amico. Così presto si sono diffusi i primi pettegolezzi. I von Benkow sono una famiglia molto influente, il padre lavora a corte. E gli è arrivata voce che il suo primogenito voleva sposare l'istitutrice...» Si fermò per respirare. «Be', c'è stata una scenata poco piacevole tra lui e i suoi genitori. Lo hanno costretto a fare un lungo viaggio all'estero, e mi hanno licenziata. Dopodiché mi è stato impossibile trovare un altro posto a Berlino. Così ho pregato la famiglia von Benkow di permettermi di trovare un impiego all'estero dandomi delle buone referenze, e così è stato.» Lo guardò con aria di sfida. «Ogni parola contenuta nella mia lettera di candidatura corrisponde a verità. Io stimo Emily come alunna e sto bene in questa casa. E continuerò a fare del mio meglio, se mi permetterà di proseguire con il mio lavoro. È tutto, Sir.»

Sentì bruciare gli occhi e strinse i denti per non piangere. Sir Andrew restò in silenzio, ma lei avvertì il suo sguardo che la scrutava, tagliente come uno scalpello.

«Posso andare, adesso?» Si alzò e si avviò verso la porta.

«Vorrei tanto sapere come si è comportato, in proposito, quel giovanotto.»

Il colpo andò a segno, Charlotte dovette ammetterlo.

«Si è piegato alla volontà dei genitori, come si conviene a un figlio responsabile.»

«Sì, moralmente irreprensibile, ma non certo coraggioso.»

Charlotte si girò ed ebbe l'impressione di percepire in lui un accenno di sorriso agli angoli della bocca.

«Io non mi sono mai illusa di poter diventare sua moglie. Era lui il sognatore, non io.»

Quelle parole le costarono una grande fatica, anche se erano vere. All'improvviso Charlotte si accorse con quale confidenza stava parlando al suo datore di lavoro.

«Bene, continuerà a insegnare a Emily. Ma la avverto che nella mia casa non tollererò amicizie maschili di nessun genere che possano dar adito a pettegolezzi. Se succederà, sarò costretto ad allontanarla da Emily.»

Charlotte annuì. «Grazie. Adesso se non le dispiace vorrei andare.»

La sua dignitosa uscita di scena le costò un tale sforzo che, salendo le scale, le tremarono le ginocchia. Si dovette fermare e poggiarsi alla ringhiera. In qualche modo riuscì a raggiungere il primo piano e quando aprì la porta della torretta finalmente lasciò libero sfogo alle lacrime.

Quella stessa sera, scrisse a Friedrich.

Gentile tenente von Benkow,
la ringrazio per le sue righe, ma la prego vivamente di non scrivermi più. Ho trovato un buon impiego in Inghilterra e non voglio che mi vengano ricordati gli spiacevoli avvenimenti che ci riguardano.
Augurandole ogni bene possibile per il futuro, le porgo i miei più distinti saluti.
Charlotte Pauly

Piegando il foglio, le sfuggì un'altra lacrima, che si asciugò immediatamente. Quando portò la busta di sotto a Susan, perché la spedisse il mattino seguente, fu come tagliare per sempre l'ultimo filo che la legava alla sua patria.

15

Liverpool, ottobre 1890

La pioggia frustava il lastricato sul quale riflettevano le luci gialle dei lampioni, e il vento picchiava contro gli infissi del finestrino della carrozza, come insistendo per entrare. Tom Ashdown pagò, scese e fece i pochi passi che lo separavano dalla porta d'ingresso prima di bussare.

Mary Lodge venne ad aprirgli di persona. «Entri, svelto, c'è un tempo terribile.» Gli tenne aperta la porta e con sua grande sorpresa gli prese cappello e soprabito.

«Mr. Ashdown, non mi guardi in quel modo, non è che i domestici siano scappati tutti a gambe levate. Il mio amato marito ha insistito per sostituirli tutti e io comunque in queste serate importanti preferisco accogliere gli ospiti di persona.»

«Sostituirli tutti?»

La donna annuì. «Non solo. Ha anche buttato via la Bibbia di famiglia e diversi album di foto. E poi…» si chinò in avanti e si mise una mano davanti alla bocca per essere discreta, «ha anche aperto la valigia di Mrs. Piper e ci ha frugato dentro. Di persona. Può immaginare quanto mi sia vergognata, ma ha detto che erano precauzioni necessarie.»

A Tom scappò da ridere, ma si contenne. Oliver Lodge era una personalità molto influente, un fisico di fama e un professore universitario, che non si occupava solo dello studio dell'elettromagnetismo, ma anche della *Società*, e da molto tempo.

Mary Lodge aprì la porta della sala e lo annunciò, per poi ritirarsi. Il padrone di casa venne incontro all'ospite con la mano tesa. La barba grigia e i capelli brizzolati non lasciavano dubbi che fosse oltre i quaranta.

«Mio caro Ashdown, è bello averla qui nonostante il tempo avverso. Myers è già arrivato. Le ho preparato una scrivania lì, spero sia tutto di suo gradimento.» Su un tavolino erano stati predisposti con ordine una cartella da scrivania, fogli, portapenne, calamaio e carta assorbente, davanti a una sedia comoda.

«Grazie.»

La sala era calda e confortevole, nel camino un fuoco scoppiettante. Tom salutò Fred Myers della *Società* e poi si guardò intorno.

«Dov'è la protagonista della serata, se è lecito chiedere?»

«Ho detto a Mrs. Piper di restare in camera fin quando non fossero arrivati tutti e non potessimo iniziare con la seduta» spiegò Lodge. «Io e Fred abbiamo esaminato il suo stato di trance con dovizia di particolari nelle scorse settimane.»

Proprio in quel momento qualcuno bussò, e Mrs. Lodge entrò con un vassoio di viveri e bevande per Tom, che lui accettò con gratitudine.

«Puoi dire a Mrs. Piper che iniziamo tra dieci minuti» disse Lodge alla moglie per poi richiudere la porta.

Tom alzò una mano. «Posso chiedere che procedure avete usato? Per l'esame dello stato di trance, intendo...»

«Be', prima di tutto ci abbiamo parlato, le abbiamo afferrato una spalla, le abbiamo tossito in faccia. Poi...» guardò Tom per osservare la sua reazione, «siamo passati a metodi meno garbati. L'abbiamo punzecchiata con uno spillo, le abbiamo sfiorato un braccio con un fiammifero appena spento e tenuto del carbonato d'ammonio sotto il naso.»

Tom inarcò un sopracciglio. «È la procedura standard? Ecco, diciamo che mi sembra un po' troppo poco garbata.»

«Nel senso di poco scientifica?» domandò Lodge divertito. «Be', a volte è necessario. Mrs. Piper non è un medium qualunque, uno di quelli che usano trucchetti da quattro soldi.»

«Non è un Charles Belvoir... è questo che intende?»

«Esatto» rispose Myers. «Un nostro collega americano, molto stimato, William James, l'ha definita "quel corvo bianco, che dimostra che non tutti i corvi sono neri". È un parere molto attendibile. Nessuno finora è riuscito a dimostrare che Mrs. Piper imbroglia. Non lavora con mobiletti, tende o altri accessori di scena usati da molti medium. Un altro nostro valido collega, Hodgson, l'ha osservata in cinquanta sedute nella sua patria e l'ha addirittura fatta seguire da detective privati, senza rilevare nulla di sospetto. È rimasto impressionato che non prenda soldi per le sue prestazioni e non abbia desiderio di fama. Ecco, è già una grande differenza rispetto a tutti gli altri.»

Myers annuì. «Proprio così. Pensi, nonostante i metodi poco garbati non siamo riusciti a farla uscire dalla sua trance. Ma questo non dimostra ancora nulla.»

«Di solito comunica con un certo Phinuit, a quanto pare un medico francese» spiegò Lodge. «Ma abbiamo indagato e non abbiamo trovato nessuna persona reale che corrisponda a questo nome e a questa descrizione.»

«L'ipotesi è che si tratti di una specie di seconda personalità» disse Myers tenendo d'occhio la porta. «Credo stiano arrivando le signore. Ashdown, ha altre domande?»

«No, a volte è meglio lasciare che queste cose sortiscano il loro effetto senza troppe spiegazioni.»

Come a una parola d'ordine, bussarono di nuovo, e Mrs. Lodge aprì la porta. Dietro di lei comparve una donna poco appariscente, che Tom giudicò avere circa trent'anni, vestita in modo discreto e tradizionale. Diversa, insomma, dai soliti medium assetati di successo che volevano dare nell'occhio a tutti i costi e spesso non avevano altro da offrire a parte l'aspetto sopra le righe. Mrs. Piper era una comune madre di Boston, casalinga, di origini semplici e rispettabili. Quella sera Tom avrebbe davvero visto un essere umano dotato di poteri tali da entrare in contatto con l'aldilà, ovunque esso fosse?

La voce era aspra e rumorosa, il contrario di quella di una donna minuta. «Questo appartiene a uno dei suoi zii.» Si rigirò tra le mani l'orologio d'oro consegnatole da Lodge. «Il proprietario di quest'orologio era molto affezionato a un altro zio. Che si chiama Robert. E adesso quest'orologio appartiene a lui.»

Tom prendeva appunti, ma continuava ad alzare la testa per non distogliere gli occhi dalla donna. A che scopo Lodge le aveva messo in mano quell'orologio?

Lei continuava a toccare il metallo, come se potesse leggervi qualcosa. D'un tratto la voce si ammorbidì. «Questo è il mio orologio, e Robert è mio fratello, e io sono qui. Zio Jerry, il mio orologio.»

Tom vide Lodge lanciare a Fred Myers un'occhiata agitata. Poi disse: «Zio Jerry, raccontami qualcosa che sapete solo tu e Robert. Un segreto che non conosce nessun altro».

Poi Ashdown guardò Mrs. Piper trattenendo il fiato; la donna si stava ancora rigirando l'orologio tra le mani, davanti e dietro, in un movimento infinito che sembrava un fiume dorato luccicante.

«Ah, sì, un piccolo segreto ci sarebbe. Da piccoli ci piaceva andare a fare il bagno al fiume. Però era pericoloso, una volta siamo quasi annegati. E poi un gatto, lo abbiamo ucciso nel campo di Smith. Perché io da bambino avevo un fucile, e anche un tesoro… una pelle lunga lunga, come quella di un serpente…»

Dalla seduta con Mrs. Piper erano passate due settimane, Tom aveva scritto diverse recensioni teatrali, aveva lodato un libro di memorie di un pugile corrotto, e per il resto aveva ripensato alla strana storia dell'orologio dello zio Jerry.

Stavolta i membri della *Società* anziché a Liverpool si erano riuniti a Londra.

«Bene, come vedete ci siamo tutti.» Con un ampio gesto Oliver Lodge indicò Henry ed Eleanor Sidgwick, Frederick Myers e Richard Hodgson, forse il componente più scettico in assoluto.

Tom salutò i presenti e si sedette su una comoda poltrona, osservato da Mrs. Sidgwick con aria divertita.

«Mr. Ashdown, non sapevo s'interessasse anche di boxe.»

«Infatti non m'interessa, ma sono in grado di apprezzare un bel libro. Quell'uomo non si risparmia nulla e riesce a condurci per mano in tutti gli angoli bui del suo mondo, senza alcuna vergogna. E questo è ammirevole.»

Lodge si schiarì la gola, e tutte le teste si voltarono verso di lui. «Tutti voi avete sentito cosa ci ha detto Mrs. Piper a casa mia. Quello che devo dirvi io oggi vi sorprenderà almeno quanto ha sorpreso me, o così spero.» Una pausa a effetto. «L'orologio d'oro che ho messo in mano a Mrs. Piper nel suo stato di trance» lo tirò fuori dalla tasca con un gesto fluido, «appartiene a mio zio Robert. Che aveva un gemello di nome Jerry, morto vent'anni fa.»

Tom e Fred Myers si guardarono.

«Ho chiesto a mio zio di spedirmi qualcosa che appartenesse a Jerry, e lui mi ha mandato l'orologio. Nessuno, a parte me, era al corrente della sua esistenza e sapeva di chi fosse.»

«Be', sì, notevole, non c'è che dire» osservò Henry Sidgwick. «Ha avuto modo di riparlare con suo zio?»

«Ovvio. Si ricordava ancora dei bagni nel fiume. E la pelle di serpente… be', ce l'ha sempre con sé.»

La sala fu attraversata da un'ondata di mormorii.

«Non si ricordava altro, ma è pur sempre una persona anziana.» Lodge prese a camminare per la stanza avanti e indietro, con le mani incrociate dietro la schiena. «Ma non ero ancora soddisfatto, allora ho scritto a uno zio più giovane.» Un'altra pausa. «E lui si ricordava di tutti i dettagli menzionati da Mrs. Piper: del fiume che passava attraverso la ruota di un mulino, del fucile difficile da maneggiare, del gatto morto nel campo di Smith... del fatto che i suoi fratelli fossero tutt'altro che orgogliosi di quel gesto crudele e che avessero fatto di tutto perché non lo scoprisse nessuno.»

«In altre parole» intervenne Tom, «nessuno poteva saperlo.»

«Be', di sicuro nessuno che Mrs. Piper potesse conoscere» confermò Eleanor Sidgwick. «È impossibile che qualcuno glielo abbia detto. Oliver ha preso tutte le precauzioni del caso perché non accadesse.»

«Ma ancora non mi bastava» proseguì Lodge. «Volevo escludere con assoluta certezza che potesse aver scoperto qualcosa in qualche modo, perché insomma poteva immaginare che avrei chiesto ai miei parenti.»

«E?» domandò Hodgson, che finora era rimasto zitto, ma era andato fino in America apposta per smascherare quella donna.

«Ho spedito un detective privato nel paese natale dei miei zii. Nessuno è andato lì a fare domande su queste vecchie storie. E negli archivi locali non c'è nessun indizio al riguardo. Quindi, miei cari signori e signore, alla fine ha vinto Mrs. Piper.»

Tom tornò a casa a piedi, anche se la strada era molto lunga. Quella serata lo aveva segnato nel profondo e voleva abbandonarsi ai suoi pensieri con calma all'aria fresca. Non fece caso alle carrozze e agli autobus trainati dai cavalli, ai passanti e ai garzoni dei giornali che strillavano annunciando l'uscita dell'edizione della sera.

Aveva appena ricevuto la prova dell'esistenza di una vita dopo la morte? Di spiriti che entravano in contatto con alcuni esseri viventi e parlavano attraverso di loro? Altrimenti come aveva fatto, Mrs. Piper, a scoprire tutte quelle vicende così personali?

Alzò gli occhi verso la notte buia, le stelle coperte dalle nuvole, e si sentì travolto da un senso di solitudine ormai a lui familiare. Fin quando era rimasto seduto in quel salotto caldo circondato da fervidi studiosi e appassionati scacciafantasmi, si era sentito a suo agio ed era riuscito a vedere la questione da un punto di vista intellettuale.

Adesso, però, era di nuovo solo con se stesso, e tutte le questioni si erano riaperte. Era rimasto qualcosa di Lucy, dopo che era morta? La sua anima si era dissolta insieme al suo corpo, come credevano i materialisti, convinti che il mondo fosse un'entità spiegabile in tutto e per tutto in base alla ragione?

Sentì un brivido lungo la schiena e si aggiustò il cappotto più stretto intorno al corpo.

Forse non esisteva nessuno spirito, cioè nessuno che avesse sussurrato a Leonora Piper quelle informazioni. Ma allora doveva esserci un potere, un senso superiore, che non tutti gli esseri umani possedevano e che metteva in condizione di superare, con l'anima, i confini del tempo e dello spazio.

16

Mickleham, ottobre 1890

«Che carini che sono» disse Charlotte mentre Emily se ne stava estasiata sulla porta della stalla con un coniglietto a chiazze bianche e nere in mano. Accarezzava quel pelo morbido come seta guardando i piccolini stringersi intorno a mamma coniglia. Un penetrante odore dolciastro di fieno appena tagliato le circondava.

Il reverendo Morton sorrideva, poi chiuse la porta della stalla e invitò Charlotte ad accomodarsi in casa.

«Con i bambini non è così facile» disse con un filo di voce. «Perché insomma... naturalmente i conigli non li teniamo solo per accarezzarli.»

«Capisco. La cosa migliore sarebbe che Emily non si affezionasse a un cucciolo in particolare, ma...» Lanciò un'occhiata alla bambina, che aveva sprofondato il viso tra le lunghe orecchie dell'animale.

«Si riferisce al fatto che ha appena subito una perdita grave...»

«Proprio questo, Mr. Morton.»

Il reverendo esitò. «Ho riflettuto se regalargliene uno. Non stanno volentieri soli, ma quando lo sono diventano più affettuosi.»

«Mmm... sa, non sarebbe male che Emily imparasse a prendersi la responsabilità per la vita di un essere vivente.»

«E imparasse che bisogna separarsi da essa.»

Charlotte lo guardò sorpresa. «Davvero è convinto che ci si possa preparare a cose del genere?»

«Sì, ne sono convinto. In quanto parroco ho spesso a che fare con la morte e devo consolare persone che hanno perso dei cari. Cerco di far loro forza e di abituarmi all'idea che ogni cosa, su questa terra, prima o poi avrà una fine.»

Charlotte non ne era del tutto convinta. «Io non credo che si possa essere pronti in ogni momento. E se fosse così, non ci priverebbe della gioia di vivere? Come si può regalare un coniglietto a una bambina perché si abitui all'idea che un giorno l'animaletto morirà?»

Mr. Morton inclinò la testa. «Si potrebbe invece dire che, sapendo che le cose non durano per sempre, ce le godiamo di più. Immagini come sarebbe se avessimo sempre bel tempo. Si alzerebbe ogni mattina rallegrandosi del cielo azzurro e del gioco di riflessi dei raggi del sole sulle foglie verdi? Se diventasse un piacere scontato, non le scalderebbe più il cuore.»

Per fortuna proprio in quel momento li chiamarono per il tè, perché Charlotte pensava che quel paragone non fosse del tutto appropriato e probabilmente ne avrebbe discusso a lungo con il reverendo.

Quella mattina, a colazione, scoprendo che sarebbe andata a vedere i conigli, Emily si era emozionata molto, e Charlotte sperava che in questo modo non si accorgesse che la maestra, durante le ore di lezione, aveva la testa da un'altra parte. La piccola invece lo aveva notato: più volte l'aveva guardata, persa nei suoi pensieri, ed era stata costretta a schiarirsi la voce per riavere l'attenzione dell'istitutrice.

La notte precedente, infatti, dopo l'animata conversazione con Sir Andrew, Charlotte quasi non aveva chiuso occhio. Era stata travolta da migliaia di immagini, ricordi di Berlino, del volto di Friedrich, del mormorio delle persone che circolavano per la casa dei von Benkow. Si era risentita in bocca l'amarezza di una delusione che credeva di avere superato.

Comunque io non lo amo, Friedrich, aveva pensato, *e forse non l'ho mai amato. Mi piacevano il suo fascino, le attenzioni che mi rivolgeva. L'idea dell'amore. Nient'altro.*

Moralmente irreprensibile, ma non certo coraggioso. Con quelle poche parole Sir Andrew era di nuovo riuscito a sorprenderla. Appena credeva di conoscerlo un po', lui la spiazzava con un colpo a sorpresa. Aveva immaginato che, dopo aver saputo dei fatti di Berlino, l'avrebbe biasimata e probabilmente licenziata… invece aveva dimostrato comprensione, aveva persino sorriso.

«Fräulein Pauly, come lo preferisce, il suo tè?» le giunse amichevole la voce di Mrs. Morton, strappandola ai suoi pensieri.

«Scusate.» La moglie del parroco era accanto a lei con la teiera e le riempì la tazza. «Lo prendo come lo prendete voi qui in Inghilterra. Con latte e zucchero.»

Sul tavolo c'erano anche una torta alla frutta e degli *scones* con la crema e la marmellata di lamponi, che Emily guardava con occhi bramosi. L'incidente della sala da tè sembrava non averle rovinato il gusto per quei dolcetti.

La stanza era calda e arredata con gusto. Alle pareti c'erano quadretti a punto croce di paesaggi inglesi dietro cui si nascondeva un grande talento, ma Charlotte notò anche i souvenir che i Morton dovevano aver portato dall'India e che davano all'ambiente un'aria esotica: un ventaglio colorato, un elefante di legno dipinto, un tavolino a forma di stella con intarsi meravigliosi.

Mr. Morton si era già congedato, perché doveva far visita ad alcuni malati, ma aveva detto a Emily che prima di andarsene poteva passare a salutare i coniglietti.

Le due donne parlarono dei progressi della bambina a lezione, e Charlotte raccontò che avevano fatto un giro nei dintorni.

«A primavera sarà ancora più bello» disse Mrs. Morton. «Quando fiorisce Box Hill, lì si possono fare passeggiate meravigliose.

Conosce *Emma* di Jane Austen? Ecco, c'è una famosa scena in cui viene descritto un pic-nic proprio su quella collina.»

Charlotte scosse la testa. «No, ho letto solo *Orgoglio e pregiudizio* e mi è piaciuto moltissimo.»

«Purtroppo in Inghilterra siamo in pochi a leggerla. Io ho sempre adorato i romanzi di Miss Austen. Sarebbero delle letture adeguate anche per Emily, quando sarà un po' più grande. Se vuole posso prestarle *Emma*.»

«Grazie, lo leggerei volentieri.»

Mentre erano sedute lì in confidenza, d'un tratto Charlotte si ricordò una cosa, e decise di chiedere alla padrona di casa. «Per caso conosce un reverendo Horsley? L'ho incontrato in treno nel tragitto da Dover a Dorking, e ci siamo messi a parlare.»

L'affabile moglie del parroco annuì. «Sì, è stato il predecessore di mio marito qui a Mickleham. Adesso ha preso una parrocchia vicino a Londra.»

Charlotte diede una rapida occhiata a Emily. «Se hai finito con il tè, puoi andare a salutare i coniglietti. Non voglio tornare a casa troppo tardi.»

La bambina si tamponò educatamente la bocca con il tovagliolo, fece un inchino a Mrs. Morton e corse fuori seguita dallo sguardo delle due donne sorridenti.

Charlotte si schiarì la voce. «Quando ho detto a Mr. Horsley che avrei lavorato a Chalk Hill, lui all'improvviso è ammutolito. E mi è sembrato strano, visto che fino a quel momento era stato molto loquace e affabile. Ha detto che l'aveva conosciuta, Lady Ellen.»

Mrs. Morton mise giù la sua tazza di tè e si appoggiò allo schienale, poi incrociò le mani sul tavolo. «Fräulein Pauly» disse titubante, «si sta muovendo su un terreno pericoloso, se mi permette di dirglielo...»

L'osservazione spiazzò Charlotte. «In che senso?»

«Perché la morte di Lady Ellen ha lasciato una ferita molto profonda in quella famiglia.»

«Questo lo capisco. Quando si perde una moglie e una madre in maniera così tragica, un lungo periodo di lutto è più che naturale. Ma io sono preoccupata per Emily. Non osa nemmeno pronunciare il nome della madre. E questo non le fa bene.»

Mrs. Morton sospirò. «Mia cara, diventando l'istitutrice di Emily si è fatta carico di un compito molto difficile. È una bambina incantevole, intelligente, ma il passato grava su quella casa come un'ombra. Anche Sir Andrew ha enormi difficoltà a superare la perdita.» Esitò. «Non ne parla con nessuno. Il divieto infatti non vale solo per la gente della casa, ma per tutte le persone con cui ha a che fare.»

Charlotte rifletté. A quanto pareva finalmente stava parlando con una persona che non aveva alcuna remora a esprimere i suoi pensieri. Certo, la conosceva appena, ma le ispirava fiducia. Così anche lei superò ogni riserva.

«Mrs. Morton, c'è qualcos'altro che mi preoccupa. Emily dorme male. Temo che soffra di sonnambulismo. Di giorno riesce a nascondere le sue pene, ma la notte è in totale balìa di esse.» Charlotte raccontò dello strano sogno della finestra aperta. «Ho paura che reprima i suoi sentimenti al punto che prima o poi scoppierà, con conseguenze imprevedibili.»

Mrs. Morton alzò gli occhi di colpo. «Scoppierà? Non sta un po' esagerando?»

«No, non credo. Potrebbe ammalarsi o avere un esaurimento nervoso. Succede quando le persone seppelliscono le loro sofferenze e paure nel profondo. Di certo ne avrà sentito parlare. Lei e suo marito conoscete bene la miseria umana.»

Mrs. Morton versò altro tè. «Io capisco le sue preoccupazioni per la piccola, ma non so come aiutarla.»

«Per esempio potrebbe raccontarmi qualcosa di sua madre.» Charlotte serrò le labbra, come se volesse evitare di rimangiarsi la sua richiesta. «Non violerebbe il divieto di Sir Andrew» aggiunse subito dopo. «Non ne stiamo parlando né in sua presenza né in presenza di Emily, e io manterrò il massimo riserbo.»

Sapeva di avere rischiato; nella peggiore delle ipotesi, i Morton avrebbero raccontato al suo padrone di casa delle sue ricerche. E non ci voleva una grande fantasia a immaginarsi le conseguenze.

Tuttavia, l'audacia di Charlotte venne premiata. Mrs. Morton si sistemò la gonna e la guardò amichevole.

«Come lei sa, non è da molto che viviamo qui, ma chieda pure, se posso le risponderò volentieri. Con il tempo, qualcosa sono venuta a sapere riguardo a quella famiglia.»

Charlotte respirò sollevata. «Prima Emily era spesso malata, vero?»

Mrs. Morton annuì. «Sì, tutto il vicinato si è preoccupato per lei. Empatizzavano con i genitori, che avevano un'unica figlia così cagionevole di salute.»

«Mi hanno detto che Lady Ellen era una madre fuori dal comune» proseguì Charlotte. «Che faceva molte cose con Emily, nonostante avessero una tata. Anche lei la pensa allo stesso modo?»

«Sì, per una donna del suo rango era davvero insolito. Mi hanno detto che restava a casa addirittura quando Sir Andrew veniva invitato alle serate di gala a Londra, che insomma non lo ha accompagnato quasi mai nei suoi viaggi. Pare fossero molto legate, cosa che io considero un bene. Mi perdoni la franchezza, ma anch'io ho educato i miei figli di persona, e le ore che ho trascorso con loro sono state impagabili. E con questo non intendo affatto sminuire il suo lavoro, ci mancherebbe…»

Charlotte rise. «Non si preoccupi, non me la prendo. A volte ho provato dispiacere per i bambini che vedono i genitori solo di sera, puliti e spazzolati a dovere, e poi vengono spediti a letto. Una bambina a cui davo lezioni, una sera ha incontrato la madre in camicia da notte e spettinata e… non l'ha riconosciuta.»

Mrs. Morton restò scioccata. «Davvero? Perché l'aveva vista sempre e solo agghindata?»

«Esatto.» Charlotte si strinse nelle spalle. «Per questo mi ha impressionato ancora di più sapere che Lady Ellen fosse così… così diversa.» In quel momento ripensò all'incontro al cimitero, e lo raccontò a Mrs. Morton.

La donna chinò la testa, contrita. «Sì, è terribile quando le persone non possono nemmeno congedarsi dalla persona amata. Io e mio marito sappiamo, per esperienza, che in questi casi i familiari ne soffrono moltissimo. Succede per esempio quando qualcuno muore per mare o nelle colonie, e non può nemmeno essere seppellito in patria. Ai cari rimasti in questo mondo non resta neanche un posto in cui far loro visita o piangerli.»

«Però una tomba Lady Ellen ce l'ha.»

La donna annuì. «Certo, immagino che Sir Andrew volesse a tutti i costi un angolo dedicato alla moglie defunta.»

Charlotte aveva ancora un'ultima domanda, ma temeva di tirare troppo la corda. «Mi hanno detto che quella sera il Mole era in piena, aveva piovuto molto e il corso d'acqua scorreva impetuoso. Quindi Lady Ellen doveva sapere il pericolo cui stava andando incontro.»

«Ha ragione.» Mrs. Morton era arrossita e stava cercando nervosamente il suo fazzoletto. «Ma è peccato parlare male dei defunti» disse eludendo la domanda.

«Mi scusi, non era mia intenzione.»

«Sì, le credo.» Esitò. «In sostanza, è quello che pensa anche la gente della zona, ma nessuno ha il coraggio di dirlo per non provocare ulteriore dolore alla famiglia.»

Charlotte poggiò il tovagliolo di lato e si alzò. «Mrs. Morton, la ringrazio per la fiducia e l'aiuto. Spero di rivederla presto, e porga i miei più calorosi saluti a suo marito.»

Mrs. Morton andò a prendere il libro che aveva promesso, chiamò la cameriera perché portasse soprabiti e cappelli e accompagnò Charlotte nella stalla. Prima di entrare, la donna la trattenne.

«Fräulein Pauly, faccia ciò che le dice il suo cuore. Lei ha un cuore buono, le indicherà la strada giusta. Che Dio la benedica.»

Emily salutò i coniglietti, strinse la mano a Mrs. Morton con un inchino, poi se ne andarono.

Sulla via del ritorno, mentre Emily continuava a fantasticare sui coniglietti, Charlotte non riusciva a togliersi dalla testa una frase che le aveva detto Mrs. Morton: *In sostanza, è quello che pensa anche la gente della zona, ma nessuno ha il coraggio di dirlo.*

I suoi sospetti erano stati confermati. Probabilmente Lady Ellen Clayworth si era tolta la vita. E questo spiegava molte cose, tanto per cominciare perché suo marito cercava in tutti i modi di seppellirne il ricordo. Ma sollevava una nuova, inquietante domanda: cosa l'aveva spinta a un gesto così estremo?

Charlotte saltò giù dal letto appena sentì le voci agitate, e ancora mezza addormentata corse giù nel corridoio dove trovò Susan e Nora in lacrime davanti alla stanza di Emily.

«Io… io volevo solo prendere un bicchiere di latte in cucina» balbettò Susan. «E l'ho sentita. Era già fuori in cortile. Non so dove volesse andare, nel cuore della notte… con questo freddo!»

«Emily ha cercato di uscire» disse Nora. «Io e Susan l'abbiamo riportata di sopra. Lei non voleva, ha opposto resistenza, allora l'ho chiusa a chiave in camera.»

Dalla stanza nessun rumore.

Charlotte ringraziò Susan e la rispedì a letto. «Di' agli altri che è stato solo un incubo. Adesso ci pensiamo noi.»

Appena la domestica fu scomparsa, Nora girò la chiave nella toppa e abbassò lentamente la maniglia.

Emily si era raggomitolata ai piedi del letto, gli occhi sgranati puntati su qualcosa che solo lei poteva vedere. Le tende si gonfiavano al vento, la finestra era aperta.

Charlotte entrò e la chiuse con un gesto deciso, mentre Nora restò immobile accanto al letto fissando la bambina.

«Cosa sta guardando?»

Charlotte si avvicinò a loro. «Non lo so.» Sollevò la coperta sulle spalle di Emily, ma non osò risvegliarla dal suo stato di trance.

«È tornata» disse all'improvviso la piccola con voce rauca. «È tornata a trovarmi.»

Charlotte e Nora si guardarono. Una sola occhiata e si capirono al volo.

Nella stanza faceva freddo, ma Emily aveva la fronte imperlata di sudore. «Mi ha parlato. Mi ha raccontato dell'acqua gelida.»

Quelle parole si propagarono nella stanza come i cerchi creati da un sassolino lanciato in uno stagno, fino a riempirla.

«All'inizio sembrava triste, poi è parsa più felice. Vuole portarmi via con lei, ha detto così. Presto. E tutto si sistemerà. Ma io volevo andare già stanotte.»

Charlotte si voltò rapida verso Nora. «Va' a chiamare Sir Andrew.»

La bambinaia la guardò sconvolta. «A quest'ora? Nel cuore della notte? Miss, non posso, non ho il coraggio.»

Charlotte la squadrò sospirando. «Allora tu resta con Emily e non perderla di vista nemmeno un secondo. Torno subito.»

Salì in camera di corsa a prendere una vestaglia, che indossò sopra la camicia da notte camminando. Si fece una treccia e se la gettò oltre le spalle, mentre scendeva di nuovo di sotto.

La camera di Sir Andrew si trovava vicino alla biblioteca, affacciata sul giardino. Quando si ritrovò con il batticuore davanti alla porta, le venne in mente una cosa: forse già a marzo dormiva lì... per questo non aveva sentito la moglie uscire di casa? Poi fece un respiro profondo e bussò.

All'inizio nulla. Poco dopo, però, sentì un rumore di passi.

«Chi è?» domandò Sir Andrew ancora con la porta chiusa.

«Sono io, Charlotte Pauly. Mi scusi se la disturbo, si tratta di Emily.»

Rumori soffusi, poi Sir Andrew comparve davanti a lei in vestaglia. Si passò una mano sugli occhi, i capelli biondi arruffati.

«Che è successo?»

Charlotte riferì cos'era accaduto. «Sir, non sapevo cosa fare. Non è un incubo come gli altri, ne sono sicura.»

Lui chiuse la porta e la precedette nel salone dell'ingresso e poi su per le scale. Continuando a camminare, si voltò e chiese: «Quindi è uscita di casa da sola?».

Charlotte annuì.

Davanti alla porta della camera della figlia, si fermò e aggiunse: «Noi dobbiamo parlare».

«Dopo, adesso dovrebbe occuparsi di sua figlia» rispose Charlotte d'istinto.

Il viso dell'uomo fu attraversato da una strana espressione... forse stupore? Poi abbassò la maniglia ed entrò.

Emily era ancora ai piedi del letto, lo sguardo fisso davanti a sé. Nora le era seduta accanto, su uno sgabello. Appena entrarono si sentì sollevata e si strinse indosso lo scialle. Era un po' a disagio a farsi vedere in quello stato dal padrone.

«Puoi andare.» La congedò con un unico cenno del capo. La tata superò Charlotte e uscì dalla stanza.

Sir Andrew si avvicinò lentamente al letto, si mise seduto su un angolo e prese la mano della figlia. La accarezzò e poi se la portò alla guancia. Charlotte osservò senza fiato la cautela con cui si stava muovendo.

«Cosa hai visto?» domandò con un filo di voce.

La bambina sembrò risvegliarsi dal suo sonno profondo e voltò appena la testa verso il padre. «È tornata.»

«Chi è tornato?»

«Mamma.»

Lui lasciò la mano, come se bruciasse e alzò gli occhi verso Charlotte. Era sconvolto: il volto pallido, i muscoli in evidenza sotto la pelle per la forza con cui stava serrando i denti.

«La prego...» Charlotte non riuscì a dire altro.

Lui si voltò di nuovo verso Emily, portò delicatamente il braccio dietro la sua schiena e la strinse a sé, fino a quando la piccola non si sciolse dalla sua rigidità e si appoggiò sul petto del suo papà nascondendo il volto contro la spalla.

«Ha perso la sua sciarpa preferita. La vorrebbe tanto riavere indietro. Era bellissima, color avorio, con pizzi di Bruxelles. E l'acqua era gelida, ha detto così. Ma solo all'inizio. E mi ha chiesto se avevo ricevuto la sua lettera.»

17

Londra, ottobre 1890

Il treno stava per entrare nella Waterloo Station; oltre il fiume, le torri appuntite del Parlamento nel cielo nuvoloso, come se volessero bucare quel grigio denso. Di solito Sir Andrew guardava fuori dal finestrino sorridente: adorava la città, era stata la moglie a volere che vivessero in campagna. Gi piaceva il brulichio per le strade, gli ingorghi di carrettini, carrozze e autobus, i fiumi di persone che si muovevano come una massa ondeggiante. In lontananza St. Paul, la cui cupola dorata nei giorni di bel tempo raccoglieva su di sé tutti i raggi del sole.

Quella mattina, però, era salito sul treno con il cuore pesante. Voleva restare con la figlia, ma il suo proposito non poteva aspettare. Durante il viaggio era agitato, si era alzato e aveva iniziato a muoversi nello scompartimento, si era acceso una sigaretta per poi rispegnerla subito.

Da quando Fräulein Pauly lo aveva svegliato nel cuore della notte, alle due e mezzo, il momento in cui si sentiva più solo, aveva una morsa sul petto che lo faceva respirare a fatica. Annaspò, come se fosse malato, ma sapeva benissimo che era solamente la sua anima a essere malata.

Aveva creduto veramente alla guarigione di Emily, ringraziando Dio infinite volte per averla fatta riprendere dagli anni bui dell'infanzia. E adesso, quando credeva che il peggio fosse passato, era arrivata quella ricaduta inaspettata. Con la differenza che a soffrire non era più il corpo della sua piccolina, ma lo spirito.

Quella stessa notte Fräulein Pauly, incalzata dalle sue domande, gli aveva raccontato di altri episodi, che non le erano parsi così gravi da metterlo al corrente. Non poteva rimproverarla per questo, lei doveva pensare all'educazione di Emily, non ammorbarlo con qualunque dettaglio. Tuttavia, le condizioni in cui aveva visto la figlia la scorsa notte lo avevano messo in uno stato di terribile agitazione.

Doveva parlarne con un medico, e gli era venuta in mente una persona. Ma facendolo avrebbe sollevato domande, domande spiacevoli, legate a cose che avrebbe preferito rimuovere.

Condivideva il parere dell'istitutrice che non si fosse trattato di un incubo come gli altri. Alcuni particolari, nel suo dolore, Emily poteva averli immaginati: l'acqua gelida, l'iniziale lotta per non annegare, la successiva pace.

Tuttavia, due cose proprio non riusciva a spiegarsi: Emily non sapeva nulla della sciarpa. E nemmeno della lettera d'addio che la moglie le aveva lasciato, bruciata da tempo tra le fiamme del camino.

Il dottor Martin Fenwick aveva uno studio in Harley Street, inconfutabile segno del suo successo. Chi lavorava in uno di quegli eleganti palazzi di epoca georgiana, con le loro sobrie facciate, poteva scegliersi i pazienti che voleva.

Sir Andrew e il dottor Fenwick erano andati a scuola insieme, per questo poteva presentarsi senza appuntamento.

Lo studio in cui lo condusse la segretaria era rivestito di legno scuro e odorava di fumo di pipa. Sir Andrew si chiese se a Fenwick piacesse così o se era un modo per mettere a proprio agio i pazienti.

Il medico, capelli radi e ingrigiti anzitempo che lo facevano sembrare molto più vecchio, si alzò dalla sua poltrona e andò incontro al vecchio amico.

«Clayworth, qual buon vento...» Lo scrutò oltre gli occhiali, scivolati giù sulla punta del naso importante. «Nessun problema a casa, spero...»

Dopo che si furono seduti e la segretaria ebbe portato il tè, Fenwick poggiò i gomiti sulla scrivania e congiunse le punte delle dita. «Che è successo? Dài, parla. Non credo che tu sia venuto fin qui per ricordare i vecchi tempi.»

«No, hai ragione.» Sir Andrew ebbe qualche attimo di esitazione. «Si tratta di Emily.»

L'amico lo guardò sgomento. «La piccola è di nuovo malata? Ma mi avevi scritto che era migliorata...»

«Infatti era così. Fisicamente sta bene, cresce forte e robusta.» Di nuovo una pausa. Era ancora più difficile di quanto temesse.

«Allora cosa c'è?» Fenwick servì il tè e fece scivolare una delle due tazze verso l'amico.

Lui iniziò a raccontare, cominciando dagli episodi che gli aveva riferito Fräulein Pauly.

«Be', succede spesso che dopo una grave perdita un bambino abbia gli incubi. L'anima ci mette un po' a rielaborare. Sono passati soltanto sei mesi da... da quando è morta la madre.»

Sir Andrew bevve un sorso di tè per guadagnare tempo e quasi si bruciò la lingua. Il suo sguardo cadde sul teschio poggiato su un ripiano della libreria alle spalle del medico. Ma distolse gli occhi: quell'oggetto lo angosciava.

Fenwick si appoggiò allo schienale e chiese: «E com'è, questa istitutrice?».

Sir Andrew restò stupito. «Be', finora mi ha fatto un'ottima impressione. Emily sta imparando tanto e si trova bene. Di recente, una sera in cui avevo ospiti, hanno suonato un pezzo al pianoforte a quattro mani. È una persona aperta, con mille interessi, ma educata e premurosa. No, non mi posso proprio lamentare.»

Il dottore restò zitto continuando a giocare con una penna che si trovava sul tavolo.

«Che c'è? Perché non dici niente?» domandò Sir Andrew impaziente.

«Sembra che ti aspetti un consiglio, da me...»

«Be' sì, un consiglio da medico.»

«Clayworth, io sono un internista. Dell'animo dei bambini non ne capisco nulla.»

«Sì, ma la conosci, l'hai visitata in passato.»

«Certo, escludendo qualunque malattia seria, come tu ben sai. Era debole e vulnerabile, ma questa cagionevolezza adesso è passata, sta crescendo. E questa è una cosa buona.»

Sir Andrew si passò una mano sul mento, pensieroso. «Sì.»

«Però?»

«Non riesco a darmi pace. Non è stato solo un incubo.»

«Hai già preso in considerazione l'ipotesi che possa soffrire di sonnambulismo? L'istitutrice ha detto di aver trovato la finestra aperta, di notte, per ben due volte... Forse è stata Emily ad aprirla, senza rendersene conto. Capita spesso, proprio nei bambini, e bisogna tenerli d'occhio, perché potrebbero mettersi in pericolo.»

Si alzò e dallo scaffale prese un libro, dalla cui rilegatura in pelle blu scuro piuttosto usurata si capiva che era una delle sue letture preferite.

«Te lo posso lasciare per un paio di giorni. Parla del sonnambulismo; forse troverai risposta alle tue domande.»

Sir Andrew diede un'occhiata fugace al libro e poi si guardò le mani.

«Non è tutto, vero? Dài, sputa il rospo» disse Fenwick, per la prima volta con un tono di voce un po' impaziente. «Ho la sala d'aspetto piena. Altrimenti dobbiamo rivederci stasera e discutere la cosa davanti a un bicchiere di brandy e un bel sigaro.»

«No, no, è come dici tu, hai ragione, potrebbe essere una giustificazione plausibile. Eppure...» Sir Andrew si morse un labbro e guardò il soffitto. Se gli avesse detto tutto, il suo amico lo avrebbe preso per pazzo? Poi si fece coraggio e con un filo di voce raccontò quello che aveva detto Emily, la notte precedente.

A un certo punto, Fenwick alzò un braccio. «Un momento, con calma. Dove vuoi arrivare?»

«Non lo so, maledizione!» Si chinò in avanti, come temendo che potessero sentirli, anche se la pesante porta in quercia era chiusa. «È come se ci fosse una connessione tra Emily e la madre. Come se le avesse detto delle cose.»

«Potrebbe averlo saputo da chiunque... dai domestici, dal reverendo, tutto è possibile. Quando succedono disgrazie simili la gente non fa altro che sparlare e non sempre fa caso a chi li sta ascoltando.»

«Ho dato ordine alla servitù di non parlare con Emily della madre, un ordine tassativo. E finora non ho avuto motivo di dubitare della loro obbedienza.»

Fenwick sospirò. «Amico mio, ti stai muovendo su un terreno pericoloso, spero tu te ne renda conto. In queste cose nessun medico potrà aiutarti.»

Sir Andrew si strinse nelle spalle rassegnato. «Non voglio scocciarti troppo...» Eppure qualcosa lo fece rimanere incollato alla sedia, schiacciato dal peso dei pensieri non pronunciati. «Quando parlava della madre, lo faceva con una tale vitalità e immediatezza, come se... come se avesse assistito di persona alla morte di Ellen.»

Era la prima volta, dopo mesi, che pronunciava il nome della moglie, e gli sembrò come la parola di una lingua straniera. Si sentì avvampare. Probabilmente stava compromettendo per sempre il suo rapporto con Fenwick, come anche la fama di persona ragionevole. Era lì, seduto, immobile, non osava nemmeno alzare lo sguardo, per il timore di leggere compassione negli occhi dell'amico.

Poi lo sentì alzarsi, affacciarsi in corridoio e parlare con la segretaria. «Ancora una decina di minuti... sì, altrimenti devono tornare più tardi, è un'emergenza.»

La porta si richiuse, i passi si riavvicinarono al tavolo. La poltrona di pelle scricchiolò, Fenwick era di nuovo seduto. «Stai dicendo che vede fantasmi?»

Sir Andrew chiuse gli occhi per la vergogna. Raccontarlo gli sembrava ridicolo tanto quanto pensarlo. Cosa lo aveva spinto a oltrepassare i confini della ragione? Avrebbe tanto voluto alzarsi e andarsene, ma poi ripensò alla figlia, seduta sul letto, gli occhi sgranati, come se vedesse cose che nessun altro poteva vedere.

Fenwick riempì la pipa e lo guardò impaziente.

«Non so se "fantasmi" sia la parola giusta, ma... sì, l'impressione è quella.»

Il medico restò in silenzio per qualche minuto, lo sguardo fisso sulle mani poggiate sul piano del tavolo, quasi prive di vita. Poi spinse il libro verso l'amico. «Leggilo. Forse ti basterà, cosa che mi auguro dal profondo del cuore. In caso contrario...» Prese carta e penna e annotò qualcosa su un foglietto che poi gli porse.

«In caso contrario, puoi provare qui. Molti li considerano folli, ma io no. Sono scienziati seri.»

Sir Andrew prese il foglio e lesse un nome e un indirizzo:

Dr. Henry Sidgwick
Società per la ricerca psichica
9, Buckingham Street
Adelphi, London W.C.

18

Chalk Hill, ottobre 1890

Quando Emily aveva affondato la testa sulla spalla del padre, Charlotte era rimasta immobile. Anche Sir Andrew, di schiena, quasi non si era mosso; solo la sua mano accarezzava il corpicino della figlia.

Si era agitata, sentita un'intrusa, ma non aveva osato spezzare quel silenzio. Quando la bambina si era addormentata – non sapeva quanto ci avesse messo, ricordava solo che i propri piedi erano diventati gelidi – Sir Andrew l'aveva messa a letto e coperta, poi si era alzato.

Fuori, in corridoio, l'aveva guardata con il suo solito sguardo indecifrabile.

«Fräulein Pauly, lo so che è tardi, ma la pregherei comunque di raccontarmi tutto, nei dettagli. È importante. Domattina devo prendere il primo treno per Londra e non so quando tornerò.»

La conversazione era durata più di un'ora; lui aveva addirittura preso appunti.

Il mattino dopo Charlotte aveva lasciato dormire la bambina – perché ne aveva bisogno, ma anche perché non sapeva come comportarsi. Dopo aver parlato con Sir Andrew si era rigirata nel letto a lungo, continuando a vedere il viso della piccola: gli occhi sgranati, i capelli scompigliati, lo sguardo puntato nel nulla.

Charlotte aveva capito che era stato un errore, da parte di Sir Andrew, rendere tabù il nome della moglie dopo la sua morte e vietare alla figlia di parlarne. Le sofferenze non si guarivano con la rimozione.

Ormai era vestita e guardò l'orologio. Le otto. Non aveva fame, ma non sapeva cosa fare. Dalla finestra vide Wilkins parcheggiare la carrozza in cortile, probabilmente aveva già portato Sir Andrew a Dorking. Con chi voleva parlare, a Londra? C'entrava Emily?

Continuò a camminare agitata per la stanza, quella stanza che all'arrivo le era sembrata così perfetta; non era cambiata, era sempre confortevole e luminosa, ma qualcosa era cambiato dentro di lei.

Quando era seduta, o ancora distesa a letto sveglia, aveva l'impressione di sentire una presenza, un qualcosa che al suo arrivo non c'era. In realtà lei era una persona di buonsenso che diffidava dei pensieri irrazionali, ma quella sensazione sinistra cresceva dentro di lei. All'improvviso le tornò in mente la notte dopo la serata di gala, quei rumori strani dietro la porta. Non se l'era sentita di andare a controllare le scale, ma adesso era mattina, non c'era motivo di avere paura.

Charlotte prese una lampada a petrolio, aprì la porta e iniziò a scendere la scala a chiocciola. Arrivata alla porta nascosta dalla tappezzeria si fermò e fece una cosa che fino a quel momento non aveva mai osato fare: accese la lampada e iniziò a scendere ancora più giù, su quei gradini che sembravano infiniti. A ogni passo sentiva più freddo, e l'umidità entrarle più a fondo nelle ossa. Si fermò, si girò titubante, poi proseguì. Nessuna porta, solo pareti spoglie e sporche, umide, gelide. Era già in cantina, al di sotto del livello del suolo.

Alla fine arrivò a una porta di legno rivestita in ferro che sembrava vecchissima. Provò ad aprirla, la maniglia era gelida, ma la porta era chiusa. Si chinò e illuminò la serratura, ma non vide nulla. Annusò, ma l'aria era così fredda che le tolse il respiro. Si tirò indietro e il tacco di una scarpa s'impigliò nella gonna. Stava per tornare sui suoi passi, quando sentì un rumore.

Un fruscio, quasi impercettibile. Forse un animale, un topo, dietro la porta; in fondo era in cantina. Oppure una domestica scesa dalla cucina a prendere dei viveri. Doveva esserci una spiegazione, eppure Charlotte ebbe un brivido.

Deglutì e si voltò di nuovo verso le scale. Iniziò a salire, costringendosi a non correre, per non rischiare di cadere. Quando fu di nuovo in camera, aveva ancora il cuore in gola.

Anche quella mattina Emily all'inizio non disse nulla riguardo alla nottata precedente, ma sembrava più pallida e silenziosa del solito. Lavorò diligentemente, ma Charlotte la sorprese un paio di volte con la penna in mano a guardare fuori dalla finestra, gli occhi pieni di aspettative.

Sir Andrew tornò da Londra in serata. Anche lui silenzioso. La confidenza creatasi dal comune aiuto a Emily era già svanita. Non disse cosa avesse fatto a Londra o se avesse deciso qualcosa in merito alla figlia. Charlotte si sentì insicura, non sapeva come prenderlo quando lui si mostrava così chiuso nei suoi confronti.

Tre giorni dopo, Emily era ancora stranamente taciturna, allora Charlotte le chiese con dolcezza: «Emily, cos'hai? Ripensi alla notte in cui hai avuto quel brutto incubo?».

La bambina la guardò, come di ritorno da un viaggio in un paese lontano, le cui immagini la tenevano ancora prigioniera. «Che incubo?»

«Dài, sai benissimo di cosa parlo.» Charlotte avvicinò la sedia al banco di Emily e si sedette accanto a lei. «Quando avevi paura e parlavi della tua mamma.»

«Ma non era un incubo» disse la piccola piano, e si girò verso la finestra. «Era lì veramente. Altrimenti non avrebbe potuto raccontarmi del fiume. Che prima era gelido, poi l'acqua l'ha cullata, come delle mani che tengono un neonato. Ha detto così.»

Charlotte sentì un nodo alla gola, faceva fatica a deglutire. Era come se il tempo si fosse fermato, se in quel momento qualcosa fosse irrimediabilmente cambiato, come se fosse caduta la barriera che divideva la vita in un prima e dopo. Le bruciavano gli occhi, ce la stava mettendo tutta per non piangere. Emily stava impazzendo? Gli incubi e le escursioni notturne erano le avvisaglie di una malattia mentale? No, non poteva essere, succedeva agli adulti o agli anziani, non ai bambini di otto anni.

«Certi sogni sono così vividi che è difficile distinguerli dalla realtà.» Guardò la bimba sforzandosi di sorridere. «Una volta io ho sognato che mi regalavano un gatto, poteva dormire nel letto con me. Lo accarezzavo, lui faceva le fusa, sentivo il pelo morbido tra le dita… poi mi sono svegliata e l'ho cercato nel letto, ma non l'ho trovato. Allora sono corsa da mia sorella e ho pianto per ore per il mio gatto perduto.»

Fu così veloce che Charlotte non riuscì a reagire. Emily scattò in piedi e rovesciò la sedia, spalancò la porta e scomparve in corridoio. L'istitutrice sentì i passi della bambina sulle scale e le corse dietro. Il portone principale era già aperto, la bambina era stata velocissima. Senza nemmeno mettersi il cappotto, la donna corse fuori e si guardò intorno nel cortile esterno. Wilkins arrivò con un martello in mano e la guardò stupito. «Posso esserle d'aiuto?»

«Miss Emily è appena uscita di casa. L'ha vista?»

Lui scosse la testa e posò il martello. «Lei cerchi in giardino, io controllo in strada.»

Charlotte si addentrò nel giardino. La serra. La raggiunse di corsa e aprì la porta di scatto. Quella vegetazione rigogliosa offriva tanti buoni nascondigli. Poi si precipitò al vecchio olmo con l'altalena su cui Emily si era divertita tanto. Ma anche lì, nessuna traccia.

Dove poteva essere andata, in quella manciata di minuti? Sperò che non fosse arrivata alla provinciale e alle rotaie del treno.

Vide spuntare Wilkins da dietro l'angolo, scuotendo la testa. Perlomeno non era in strada. Charlotte si fermò, si portò un dito alle labbra, e rimase in ascolto, come se potesse sentire il respiro di Emily e seguirlo come un indice puntato nella direzione giusta. Wilkins invece continuava a stringersi nelle spalle.

Charlotte stava per rientrare a chiamare rinforzi, quando con la coda dell'occhio intercettò un movimento in fondo al giardino. Lì dove c'era la porticina di ferro tra le mura. Fece cenno a Wilkins di stare indietro e non farsi vedere, e si avvicinò lentamente. A un certo punto riconobbe la piccola sagoma con il vestito scuro, seduta in un angolino vicino alla porta. Charlotte tratteneva quasi il respiro per non spaventarla. Poi, a pochi metri dalla piccola, disse: «Emily, posso venire da te?».

Nessuna risposta. Lo prese per un sì e si avvicinò, ancora più lenta e prudente di prima.

Alla fine la distanza fu così esigua che si inginocchiò e allungò una mano verso la spalla della bambina. Lei si raggomitolò per terra, la testa piegata sulle ginocchia, e non la guardò.

«Mi dispiace. Tu sei scappata perché io non ti ho creduto. Vero?»

Un cenno di assenso, quasi impercettibile.

«Perdonami. Ho sbagliato a raccontarti del mio sogno. Avrei dovuto continuare ad ascoltarti.»

All'inizio non riuscì a identificare il rumore, poi capì che erano denti, la bambina che digrignava i denti per il freddo. Così la prese in braccio, delicatamente, e la riportò a casa attraverso il giardino con Wilkins al seguito.

«Cos'è successo?» domandò Mrs. Evans, ferma sulla porta spalancata con gli occhi sgranati.

«C'è bisogno di una coperta e di una bevanda calda» rispose

Charlotte decisa. «Sir Andrew… è in casa? Lo chiami, per favore.»

Con queste parole superò la governante sbalordita ed entrò in salotto, dove adagiò la bambina sul divano e la coprì con una coperta, portata da Susan. Le accarezzò i capelli, poi arrivò Mrs. Evans con il vassoio.

«Sir Andrew arriva subito. Ha tutto quello di cui ha bisogno?»

Charlotte annuì, e la governante si ritirò.

Poco dopo arrivò il padrone di casa, che si precipitò subito dalla figlia. Le accarezzò i capelli, quindi scrutò Charlotte con durezza. «Cos'è avvenuto?»

«Preferirei raccontarglielo a quattr'occhi.»

Il suo sguardo era diffidente, ma andò verso la porta. «In biblioteca.»

Charlotte si mise a sedere vicino alla bambina e le diede la cioccolata calda portata dalla governante. «Torno subito. Vuoi che chiami Nora?»

Emily prese la tazza con entrambe le mani, come se si volesse scaldare con essa, bevve un sorso e chiuse gli occhi sfinita. «Sì, per favore» rispose con un filo di voce.

Dopo che si furono chiusi la porta alle spalle, Sir Andrew si appoggiò alla scrivania con le braccia incrociate e la scrutò. «Mi dica cos'è successo.»

Charlotte obbedì, disse cosa aveva fatto senza cercare di mettersi in una luce migliore.

«Forse è stato stupido raccontarle del sogno. Emily si è sentita incompresa, ha pensato che non le credessi.»

Lì per lì Sir Andrew non disse nulla, fece solo un paio di respiri profondi.

Anche Charlotte sospirò sfinita. Il lavoro non le aveva mai dato quei problemi, nessuna bambina aveva suscitato in lei sentimenti del genere. Per niente al mondo avrebbe voluto perdere quel posto, ma si sentiva terribilmente combattuta tra i suoi doveri nei confronti di Emily e quelli nei confronti del padre.

«Ha fatto la cosa giusta» disse infine Sir Andrew con voce roca scostandosi dalla scrivania e avvicinandosi agli scaffali alti fino al soffitto, come per cercare consiglio in un libro. «Al suo posto, mi sarei comportato allo stesso modo.»

Charlotte chiuse gli occhi qualche istante, sollevata. «Sì, ma adesso che facciamo? Temo per la sua sicurezza. Insomma, se Emily scappa di nuovo e noi non ce ne accorgiamo...» Esitò. Era come se fosse a un passo dal baratro. *Fatti coraggio*, si disse. «Sir Andrew, le posso fare una domanda?»

«Prego.»

«Sua moglie, quella notte... è andata al fiume passando per la porticina di ferro nelle mura?» Il cuore le batteva così forte da farle male.

Lui si girò di scatto, e lei vide il dolore nei suoi occhi.

«Sì.» Lo disse a fatica. «Ma non capisco perché la cosa debba riguardarla.»

Charlotte abbassò gli occhi. Era una reazione che aveva immaginato, ma non poteva mollare, non in quel momento.

«Infatti non mi riguarda, per niente. Ma è lì che ho trovato Emily. E non credo che sia un caso. E l'altro giorno mi ha detto che il bosco non le piace.»

Sir Andrew tornò alla scrivania e poggiò le mani sullo schienale della poltrona. Poi la guardò con occhi così penetranti che lei fu costretta a deglutire. La gola riarsa.

«È sempre lì che si torna, non è vero?» disse senza nascondere l'amarezza nella voce. «Tutto quello che accade inizia e finisce con la madre.»

Charlotte lo guardò stupita. In quelle parole percepì una nota diversa, non era dolore o lutto, era quasi ostilità. *Te lo stai solo im-*

maginando, la mise in guardia la sua razionalità. Era il suo modo per esprimere impotenza.

«Sono giorni che mi torturo cercando di capire cos'abbia Emily. Poco fa, ho capito che non sono solo sogni. C'è qualcosa di più. Una sofferenza interiore o un qualcosa che la nostra – come posso dire – che la nostra razionalità non è in grado di capire.»

Strinse le mani a pugno e abbassò la testa. La voce era così debole che Charlotte dovette tendere le orecchie per capirlo.

«Le dirò una cosa, che in realtà volevo tenermi per me. Tre giorni fa, quando sono stato a Londra, sono andato da un medico, mio amico, e gli ho raccontato di Emily. È rimasto a bocca aperta, come noi, ovvio. Salutandomi mi ha dato questo.» Tirò fuori un foglietto dal taschino del panciotto e lo mise sul tavolo. Charlotte si avvicinò per leggere.

Dr. Henry Sidgwick
Società per la ricerca psichica
9, Buckingham Street
Adelphi, London W.C.

Lei alzò lo sguardo. Lui lo abbassò.

«Ma chi è? E di che genere di società si tratta?»

«È un gruppo di scienziati che studia i fenomeni soprannaturali.»

«Fenomeni soprannaturali?» ripeté lei esitante. «Ma perché?»

Lui alzò lo sguardo, e lei rivide il dolore nei suoi occhi. «Perché Emily ha parlato della sciarpa color avorio della madre. Che abbiamo trovato sulla riva del Mole. E di una lettera, che la madre di fatto le ha lasciato.»

Charlotte lo guardò con il respiro mozzato.

«Sono cose che non le avevo mai detto. E lei sa benissimo che tutti, qui in casa, hanno il divieto di parlare della morte di mia moglie e di qualunque cosa possa essere legata a essa. Ecco: allora come ha fatto Emily a scoprirlo?»

Se non dalla madre in persona?, completò la frase Charlotte tra sé e sé. La sua testa iniziò a vorticare. Davvero il padre credeva che la figlia avesse contatti con gli spiriti? Che vedesse la madre morta o che perlomeno ne avvertisse la presenza? Tutto a un tratto ripensò alla sua prima sera in Inghilterra, quando aveva sorpreso Mrs. Ingram in quella seduta spiritica. Rivide quello che aveva intravisto attraverso la finestra: il salotto con le candele accese, le due donne, il bicchiere girato sul tavolino, quegli strani rituali. Davvero voleva sottoporre Emily a procedure che l'avrebbero confusa ancora di più?

«Be'?» osservò Sir Andrew. «Cosa... cosa ne pensa?»

«Io... insomma neanch'io riesco a spiegarmi tutto questo» disse Charlotte sentendosi impotente. «Non mi era mai capitata una cosa simile. Come sono state le malattie precedenti di Emily? Anche allora vedeva cose che non esistevano?»

Lui si strinse nelle spalle. «Allora non rientrava tra i miei compiti prendermi cura di mia figlia.»

Di nuovo quel tono impersonale, gelido, con cui le si era rivolto così spesso. Charlotte si sentì avvampare: rabbia, semplicemente rabbia. Serrò i denti per non dire cose di cui si sarebbe pentita.

«Pensavo che magari sua moglie gliene avesse parlato, era lei che si occupava di Emily, mi hanno detto.»

Il silenzio cadde come un macigno tra di loro.

«Comunque non ha mai parlato di visioni o cose simili» disse infine, sforzandosi di rispondere. «Le ricordo, però, che io non ho nessuna intenzione di parlare con lei di mia moglie.» Esitò. «Mi perdoni se sono così duro, ma questa situazione mi angoscia da morire. Di solito, i problemi li risolvo con il cervello.»

«A quanto pare in certi casi non è possibile. Altrimenti non mi avrebbe mostrato questo.» Charlotte indicò il foglietto, ancora sulla scrivania. «Com'è che dice il vostro grande drammaturgo? "Ci son più cose in cielo e in terra...".»

«Già, e proprio in quella tragedia c'è anche un fantasma...»

Charlotte restò impassibile. «Se mi permette, adesso tornerei da Emily. Non sta a me decidere se si deve rivolgere a questi signori oppure no. Io spero solo che Emily non debba soffrire ancora di più.»

Lui non rispose, allora lei si girò e abbandonò la stanza. Solo quando la porta si fu richiusa alle sue spalle, si appoggiò al muro e chiuse gli occhi.

19

Nel pomeriggio Charlotte affidò Emily a Nora, assegnandole un compito di disegno che non la stancasse troppo ma comunque la occupasse in maniera sensata. Poi disse a Mrs. Evans che avrebbe fatto una lunga passeggiata. Non aveva più visto Sir Andrew dopo la chiacchierata della mattina; era andato a Reigate per pranzare con alcuni amici del partito.

Charlotte sentiva di non poter rimanere in quella casa un secondo di più. Gli eventi degli ultimi giorni l'avevano scossa come un terremoto, e poteva riflettere con calma solo allontanandosi un po' da Chalk Hill. S'incamminò verso London Road a passi decisi. Aveva una meta precisa, da raggiungere a piedi.

Faceva freddo, ma un freddo secco, e si era coperta bene in modo che il gelo non disturbasse i suoi pensieri. Quel giorno non aveva occhi per il paesaggio.

Ripensò al foglietto che le aveva mostrato Sir Andrew. Fenomeni soprannaturali? Quindi secondo lui Emily vedeva fantasmi? Charlotte non poteva crederci. D'altro canto, però, quello che era successo a Dover il giorno del suo arrivo in Inghilterra adesso le sembrava una specie di presagio. Se una donna semplice come Mrs. Ingram organizzava una seduta spiritica a casa sua, forse in quel Paese avere a che fare con il soprannaturale era una specie di costume. E comunque con le sue spiegazioni razionali ormai era finita in un vicolo cieco.

Fin dall'inizio aveva percepito un'ombra sulla casa lungo la Crabtree Lane. Adesso sapeva che era qualcosa di più del comprensibile lutto per una persona cara defunta, che erano successe – e stavano continuando a succedere – cose che l'intelletto umano non poteva spiegare.

Perché Lady Ellen si era suicidata? Cosa si nascondeva dietro la finestra aperta e le strane visite che, a quanto pareva, Emily riceveva? Cosa aveva sentito, lei stessa, quella notte sulle scale dietro la porta della propria stanza? E davvero Sir Andrew, un politico tutto d'un pezzo, credeva in un possibile collegamento con l'aldilà?

La storia dei fantasmi a Charlotte pareva così assurda che avrebbe tanto voluto riderci sopra, ma la risata le restò bloccata in gola. In gioco, infatti, c'era il benessere di una bambina che le stava a cuore. Le stava a cuore da morire. Qualunque cosa avesse fatto in futuro Sir Andrew, e per quanto strani fossero stati i suoi sforzi, Charlotte non si sarebbe lasciata confondere. Sarebbe rimasta a Chalk Hill, al fianco di Emily, per scoprire cos'era successo veramente in quella casa.

Si fermò per attraversare London Road, imboccò il ponte sul Mole e poi girò a sinistra verso Mickleham. Si ricordava la strada da quando Wilkins le aveva portate dal reverendo; il piccolo centro non era difficile da raggiungere.

Charlotte sentiva già i muscoli dei polpacci indolenziti. Da tempo non camminava più a quel passo sostenuto, con Emily non poteva. In quel momento, però, con la meta ben chiara in testa, non badò al dolore, ma gioì del vento fresco che le tirava il cappello e le faceva tremolare la gonna, che scompigliava le chiome degli alberi strappando loro le ultime foglie, e lasciandole cadere su Charlotte come una pioggia giallo-bruna. Presto avrebbe vissuto il suo primo inverno inglese. Di certo non così freddo e nevoso come quelli di Berlino. Era stato l'unico periodo dell'anno in cui non aveva amato quella città; secondo lei, infatti, Berlino era bella solo quando il suo maestoso grigiore e la nera miseria erano smorzati dai colori estivi. D'inverno gli alberi e gli arbusti spogli davano al Tiergarten un aspetto desolato e i tigli del grande viale sembravano scope giganti.

Doveva scrivere alla madre, si ripropose, e alle sue sorelle. Tutto a un tratto sentì rimorso per non aver mandato almeno due righe subito dopo il suo arrivo; chissà com'erano preoccupate. Era lì già da un mese e non aveva ancora dato notizie.

Per quanto, non poteva certo confidar loro quello che stava succedendo in quella casa. Era una storia troppo strana, nemmeno lei sapeva cosa pensare. Semplicemente, avrebbe scritto che stava bene, raccontato del posto e della gente, della sua alunna e della bella casa, delle persone simpatiche che aveva conosciuto.

Eppure avrebbe tanto voluto avere qualcuno con cui condividere tutto. Un'amica in grado di darle un consiglio e di considerare le cose in maniera obiettiva. Ma la solitudine faceva parte del suo lavoro, in quel momento le fu più chiaro che mai. Quanto sembravano più semplici i problemi quando uno li esprimeva a parole ripensandoci a mente fredda. Quando parlava con Sir Andrew, per esempio, doveva comunque restare in guardia, soppesare ogni frase, per non rischiare di finire in una trappola. Fiducia e sincerità senza riserve erano escluse.

Finalmente spuntarono le prime case di Mickleham, tra cui svettava il campanile quadrato con il tettuccio di St. Michael and All Angels. *Bel nome per una chiesa*, pensò Charlotte.

Ai margini del paese si fermò e si guardò intorno con attenzione. Doveva assolutamente evitare i Morton, se voleva perseguire il suo obiettivo.

Si fermò ancora una volta, un po' spaesata. Quando si cerca qualcosa in un posto, questo appare sempre più grande del previsto. Poi ripensò alle parole di Emily. Com'è che aveva detto?

Sì, un po' fuori Mickleham. In una vecchia casa.

«È gentile da parte sua aiutarmi» gracchiò l'anziana con voce rauca spuntando da sotto l'ampio scialle avvolto intorno alle spalle e alla testa. Sembrava una strega uscita dalle favole dei fratelli Grimm.

Appena aveva visto quella casetta modesta Charlotte aveva pensato che poteva essere proprio quella, la casa di Tilly Burke. Si era avvicinata come se ci fosse finita per caso, camminando lentamente, poi aveva visto il reverendo procedere con passo deciso verso la chiesa e aveva fatto marcia indietro.

Poi, quando era sparito, si era riavvicinata alla casetta con il giardino inselvatichito, la porta azzurra un po' scrostata, e in un angolo era comparsa la sagoma china di Tilly Burke. Con entrambe le mani teneva un telo chiuso, pieno di legna.

Charlotte era entrata nel giardino e si era avvicinata alla donna. «Posso aiutarla?»

Ora era dentro la casa, dotata di un minuscolo angolo cucina. A un altro angolo, il letto, diviso dal resto dell'ambiente da una tenda, accanto una porta chiusa. I mobili, semplici, erano mal assemblati, ma tutto sommato lo spazio era ben riscaldato e risultava abbastanza confortevole. Sul tavolo dei fiori secchi erano infilati in una brocca di terracotta. Una pentola bolliva sul fuoco.

«Lo poggi pure in quel cestino» le disse Tilly Burke, e Charlotte obbedì. Poi aggiunse un ceppo, e la fiamma si alzò all'istante.

Si stava chiedendo se la donna l'avesse riconosciuta, visto che si erano già viste nella sala da tè, ma la risposta non si fece attendere.

«La sua faccia mi torna conosciuta, non so da dove.»

«Sì, sono l'istitutrice di Emily Clayworth. Ci siamo incontrate a Dorking, alla sala da tè.»

L'anziana si sedette su una panca sospirando e alzò gli occhi verso la ragazza. «È ancora così triste?»

La domanda colpì nel segno e la trafisse.

«Perché me lo chiede?»

«L'acqua sta salendo. Gli spiriti danzano sul Mole. Portando con loro la tristezza.»

È pazza, pensò Charlotte, ma le sue parole avevano un che di ipnotico a cui era impossibile sottrarsi.

«Sta bene» si limitò a rispondere. Avvicinò una sedia alla panca e si mise a sedere. Forse avrebbe potuto cavare qualcosa di buono da quelle parole insensate, filtrandole come in un setaccio quando si cerca l'oro tra la sabbia.

«Lei conosceva la madre, Lady Ellen, vero?»

Tilly Burke aveva inclinato la testa di lato e si era messa a canticchiare. Charlotte ebbe il timore che non avesse sentito la domanda o facesse finta di non averla capita, ma poi si rese conto che con quella donna serviva una sola cosa: pazienza.

«Era una ragazza bellissima. Sempre felice. Ballava benissimo.»

L'anziana girò la testa ed emise una specie di brontolio. «Da bambina, lo era... sempre felice. È stato quando si è sposata che è diventata triste.»

Charlotte quasi non osava respirare, per paura che Tilly Burke potesse distrarsi e non dire più nulla. Nessuno aveva mai parlato del matrimonio dei Clayworth.

«A volte veniva da me e parlavamo dei vecchi tempi. Quando tutto era ancora giovane e verde e gli spiriti del fiume ancora non l'avevano mai resa triste.»

«Ma non era felice di avere una figlia?» domandò Charlotte prudente.

Una lunga pausa.

«Per lei la piccola era tutto, il suo respiro, la sua stella, la sua margheritina. Non la lasciava mai sola. Se la portava dietro anche dalla vecchia Tilly.»

Una volta siamo andate a trovarla. Ma a me lei non piace.

«È una bambina incantevole.»

«Sì. Come la madre. E triste.»

Charlotte girò la testa delusa. Si era aspettata così tanto da quella visita, ma l'anziana sembrava troppo poco lucida perché lei potesse ottenerne qualcosa di utile.

«Il fiume se l'è portata via. Lei lo aveva detto che non le piaceva vivere vicino al fiume. Lo sentiva, di notte, la chiamava, di continuo. Le faceva paura. E la attirava, anche. Sono stati gli spiriti.»

Charlotte si sentiva un po' come Cenerentola. Le parole confuse di Tilly Burke erano come ceneri, e le braci di verità che vi ardevano dentro erano come lenti attraverso cui vedere la realtà con occhi diversi. Di nuovo gli spiriti.

«Quindi secondo lei Lady Ellen non era molto felice, da sposata.» Charlotte era certa che, se anche la donna avesse raccontato a qualcuno di quella conversazione, nessuno le avrebbe dato credito.

«Lui la voleva mandare via.»

Charlotte ebbe un sussulto e squadrò l'anziana, ma lei sembrò non prestarle la minima attenzione.

«È venuta da me piangendo. Doveva andarsene. Era lui che lo voleva.» Tilly Burke lasciò cadere le braccia lungo il corpo e iniziò a dondolarsi avanti e indietro. «Aveva paura. Ma io non potevo aiutarla. E poi gli spiriti l'hanno chiamata.»

A cena, che Charlotte condivise con Emily e Sir Andrew, riuscì a stento a nascondere la sua agitazione. La visita da Tilly Burke l'aveva scossa e sperava che nessuno lo notasse. La bambina sembrava stare meglio e raccontò dei disegni che aveva fatto nel pomeriggio.

«E lei, Fräulein Pauly, è andata a passeggio?»

«Sì, ho camminato un bel po', fino a Mickleham e ritorno.»

«È andata a trovare i Morton?» chiese la bambina.

Charlotte scosse la testa. «No, oggi no. Volevo fare un giro.»

Sir Andrew la guardò sospettoso. «È tornata tardi. Per una donna non è né appropriato né raccomandabile andare in giro da sola con il buio.»

Charlotte si sentì avvampare. «Sì, lo so, ho perso il senso del tempo. Quando mi sono resa conto dell'ora sono tornata indietro subito. E lei? Spero che abbia passato un bel pomeriggio.»

Lui fece un tiepido sorriso. «Sì, per quanto possa essere bello un pranzo in cui si parla di politica. Abbiamo discusso dello smantellamento delle fogne e dell'imminente modernizzazione dei binari del treno. E anche di asfaltare la strada principale.»

Charlotte si chiese se quelle cose lo divertissero sul serio: come al solito, faceva fatica a decifrare il suo umore.

«Da quanto tempo fa il deputato?» domandò in tono cortese.

«Sette anni» rispose lui, e bevve un sorso di vino rosso.

Lo stimava più o meno a metà della trentina, quindi aveva iniziato presto la carriera politica.

«Ogni volta che papà va a Londra, può sentire i rintocchi del Big Ben» disse Emily orgogliosa. Poi, notando l'espressione interrogativa di Charlotte, aggiunse: «È la grande campana della torre dell'orologio, al Parlamento. Papà ha promesso di portare anche me un giorno, così li potrò sentire anch'io». Lo guardò con la coda dell'occhio, in attesa di ricevere conferma di quella promessa.

«Sì, sì» si limitò a commentare Sir Andrew distratto. Forse non aveva sentito bene quello che aveva appena detto la figlia? Se non avesse mantenuto quella promessa, lei ci sarebbe rimasta malissimo.

A ogni modo, Charlotte fu grata di quella conversazione leggera che la stava distogliendo dai propri pensieri. Tuttavia, quando nella sala tornò il silenzio risentì la voce roca di Tilly Burke che vaneggiava di acqua del fiume e di spiriti, dando corda alle proprie folli fantasie intrecciate di certo a qualche verità che non dava pace a Charlotte.

Si girò verso Sir Andrew, che proprio in quell'attimo alzò gli occhi dal piatto. I loro sguardi s'incrociarono. E lei capì che anche i suoi pensieri non erano a quel tavolo.

Charlotte entrò nella camera e vide una scena a lei familiare: Nora spazzolava i capelli a Emily. La bambinaia si girò e sorrise. «Ho quasi finito.»

«Non c'è nessuna fretta. Volevo solo augurare la buonanotte a Emily e chiederti se, quando hai finito, puoi venire un attimo di là, nell'aula.»

«Certo, Miss.»

Charlotte accarezzò la bambina su una guancia. «Buonanotte piccolina. Lo sai che non sei sola.»

Emily si morse un labbro.

«Che c'è?»

Nora smise di spazzolarla e guardò la bambina con aria interrogativa.

«Io... io... insomma, papà ha detto che devo chiedere scusa. Perché sono scappata. Fräulein Pauly, mi dispiace tanto per averla fatta preoccupare. Non succederà più.»

Charlotte deglutì, sentendo risuonare in quelle parole la durezza che il padre doveva aver usato con lei. Non si era aspettata delle scuse e anzi si arrabbiò della superficialità di giudizio dell'uomo.

Si inginocchiò davanti alla sedia di Emily e le prese le mani. «Non ti devi scusare, piccolina, ma ti ringrazio. Succede che una persona non stia bene e abbia paura.» La squadrò. «Promettimi solo che la prossima volta che avrai paura non scapperai, ma verrai da me, o andrai da Nora, o dal tuo papà. D'accordo?»

Visto che Emily non rispondeva, Charlotte mise un dito sotto il mento della bambina e le tirò su la testa. «Me lo prometti?»

«Sì» arrivò finalmente la risposta, appena sussurrata.

«Bene.» Si alzò e si sistemò la gonna. Poi annuì verso Nora e uscì dalla camera.

Dieci minuti dopo, la tata bussò alla porta dell'aula, dove l'istitutrice stava correggendo un dettato di tedesco fatto da Emily quella mattina. Frasi semplici, ma quasi tutte senza errori, facevano pensare che quella bambina fosse portata per le lingue. Considerando poi le condizioni in cui lo aveva svolto, era davvero un lavoro eccellente.

«Prego, entra.»

Nora entrò e la guardò con espressione interrogativa. Charlotte indicò una sedia. Aveva riflettuto a lungo su come affrontare l'argomento, ma non le era venuta in mente nessun'altra via più diplomatica.

«Come puoi immaginare, io e Sir Andrew ci stiamo scervellando su cosa ci sia che non va in Emily. Siamo molto preoccupati.»

«Io anche» disse la tata annuendo decisa. «Non l'ho mai vista così, nemmeno da piccola, quando era sempre malata.»

«Proprio per questo sto cercando di capire che origine abbiano questi… attacchi, sogni, o comunque vogliamo chiamarli.»

«Certo Miss.»

«Conosci Tilly Burke?»

A quel nome, l'atmosfera nella stanza cambiò all'improvviso, come in estate prima di un temporale. Lì per lì Charlotte non riuscì a capirne il motivo, ma lo sentì.

«La pazza di Mickleham?»

«Sì, quella.»

«Be', la conoscono tutti, qui in zona. Non ci sta con la testa. Dice solo cose senza senso. Miss, non deve credere a quello che dice.»

«Però mi hanno detto che conosceva bene Lady Ellen.»

«Sì, è stata la sua bambinaia. Ma molto prima che io arrivassi in questa casa.»

Charlotte percepì le resistenze con cui Nora stava rispondendo alle sue domande. Quella donna la metteva a disagio? Oppure sapeva qualcosa su di lei che non voleva dire?

«A Dorking ho sentito dire che Lady Ellen ogni tanto le faceva visita, a Mickleham, anche dopo che si era sposata e viveva qui a Chalk Hill con la famiglia.»

«Sì, può essere.»

«Be', non c'è niente di male nel fare visita a ex domestici, magari aiutarli se sono in difficoltà...» disse Charlotte con l'intento di gettare un ponte alla tata.

«Non so se le abbia dato soldi.»

Non è qui che voglio arrivare, pensò Charlotte. Non le interessava sapere se Lady Ellen o qualcun altro avessero dato soldi a Tilly Burke; l'unica cosa che voleva sapere era quale parte di verità si nascondeva dietro i suoi sproloqui sul fiume e gli spiriti. Ma non era facile strappare risposte a Nora.

«L'ho incontrata. Mi ha detto un sacco di scemenze, è vero. Ma ho l'impressione che nelle sue parole ci fosse anche qualcosa di fondato.»

La bambinaia la guardò sospettosa. «Nessuno crede a quella vecchia.»

«Mi ha addirittura detto che Sir Andrew voleva mandare via la moglie. È vero?»

Lo sguardo di Nora valse più di qualunque risposta. «Adesso, se non le dispiace, vorrei ritirarmi.» Si alzò e si avviò verso la porta. Charlotte non fece nulla per trattenerla.

Quando fu sola, in camera, arrivarono le lacrime. Non le piaceva mostrare i propri sentimenti; persino quando Friedrich l'aveva lasciata abbandonandola allo scherno della buona società berlinese era riuscita a controllarsi. In quel momento, però, la solitudine la avvolse come un cappotto gelido, e lei nascose la testa tra le braccia.

Ma cosa era mai successo in quella famiglia? Per la prima volta Charlotte fu indecisa su come proseguire il proprio lavoro. Certo, aveva già avuto a che fare con bambini difficili o maleducati, ma erano problemi che si risolvevano con scelte razionali. Con Emily non bastava, quella bambina le era entrata nel cuore. E si sentiva impotente rispetto all'enorme dolore che pesava su quella casa.

Poi le tornò in mente il foglietto mostratole da Sir Andrew. Davvero voleva far esaminare la figlia da un esperto di fenomeni soprannaturali? Come poteva uno scienziato credere a cose del genere? Oppure era solo il gesto impotente di un padre disperato?

Avrebbe tanto voluto uscire, scappare via e camminare fino a quando non si fosse ritrovata allo stremo delle forze per piombare nel letto sfinita. Ma ormai l'ora era troppo tarda.

Charlotte si svestì, si lavò e si mise la camicia da notte. Poi prese a camminare avanti e indietro per la stanza, per stancarsi, ma quel movimento non fece altro che agitarla ancora di più. Così si fermò e si guardò intorno. Quella camera... lì Lady Ellen aveva trascorso ore e ore della sua vita. Era possibile che una persona lasciasse un'impronta nello spazio in cui aveva vissuto, che vi rimanesse qualcosa della sua personalità anche se non ci abitava più? Anche se non era più in vita?

Charlotte respirò profondamente. Poi mise un cuscino per terra sedendoci sopra a gambe incrociate. Congiunse le mani in grembo e chiuse gli occhi. Cercò di evocare la presenza della donna cresciuta in quella camera: con cosa aveva giocato? Di cosa aveva avuto paura? Quali erano stati i suoi sogni, da ragazza? Sposare Sir Andrew Clayworth? Avere dei bambini? Oppure erano state altre immagini ad affollare la sua fantasia?

Charlotte era seduta in silenzio, sentiva solo il suo respiro e il fruscio degli alberi nel vento. Si sentì molto più calma di quanto non fosse stata negli ultimi giorni. Poi si costrinse a ripensare a Lady Ellen. Cosa l'aveva spinta, quella notte, ad andare nel bosco attraverso quella porticina del giardino, a imboccare il sentiero per il fiume e a porre fine, lì, alla sua giovane vita? Forse stava fuggendo da qualcosa... oppure, al contrario, qualcosa l'aveva attirata lì.

Verso il fiume e verso gli spiriti.

Di colpo riaprì gli occhi e si guardò intorno. La luce era diversa... no, era solo perché aveva tenuto chiusi gli occhi così a lungo. Per caso lo sguardo le cadde su un angolo in basso, vicino all'armadio, e lì rimase. Un'asse del pavimento sembrava leggermente sconnessa. Charlotte si avvicinò e passò una mano su quel punto. Sì, c'era un'asse più alta delle altre. Scorse la mano per l'intera lunghezza e trovò una rientranza lasciata da un nodo del legno. Charlotte ci mise un dito dentro e tirò... prima con cautela, poi più decisamente, finché l'asse non si sollevò. Tanto da poterci infilare una mano.

Una boccetta di vetro da farmacia. Trasparente e senza scritte. Charlotte l'avvicinò alla lampada a gas e osservò i cristalli bianchi luccicanti all'interno. Cos'erano? Non sale, i grani erano troppo grossi. Tolse il tappo e annusò. Nessun odore. Poi fece scivolare un chicco sul palmo della mano, bagnò la punta di un dito con la saliva, toccò la strana sostanza e leccò. Leggermente dolce, ma non zucchero. Richiuse la boccetta e la poggiò per terra pensierosa.

Rimise le dita dentro l'apertura e frugò ancora, nient'altro. Un po' delusa, riprese in mano la boccetta, la soppesò e la rimise dentro.

Quanto sarebbe stato pratico se, lì sotto, avesse trovato degli appunti segreti! Un diario o delle lettere che potessero rivelarle qualcosa sulla donna che era cresciuta felice in quella casa ed era diventata triste dopo aver sposato Sir Andrew Clayworth…

20

Londra, ottobre 1890

«Davvero squisito, questo ristorante» disse John Hoskins guardandosi intorno ammirato nel Savoy Grill. Il soffitto a cassettoni in legno, sorretto da colonne quadrate, le pareti a specchio e i tavolini tondi con le comode sedie imbottite e le tovaglie di un bianco abbagliante conferivano all'ambiente un'atmosfera elegante, ma allo stesso tempo confortevole. Dall'inaugurazione, risalente a due anni prima, il ristorante aveva avuto un successo fulmineo. «Certo, non tutti i giorni» aggiunse guardando i prezzi del menù.

Tom Ashdown annuì. «L'ideale, però, per concludere degnamente una piacevole serata a teatro con buoni amici.»

Sarah sorrise. «In realtà a me l'opera non piace, ma questa *Basoche* sì. Divertente, soprattutto, che per me è la cosa più importante. Odio quegli spettacoli in cui alla fine muoiono tutti.»

«Sì, e questo Bispham nei panni di Herzog non era male, anche se non me ne intendo di canto e di musica» aggiunse Tom. «Non è il mio campo. Appena gli attori sul palco aprono la bocca per cantare, invece di recitare, io mi sento un pesce fuor d'acqua.» Lanciò un'occhiata a Emma Sinclair, la sorella di Sarah, e lei fece un sorriso timido.

«Dicono che l'anno prossimo sarà alla Royal Opera con *I maestri cantori*» intervenne John, un intenditore del cartellone d'opera della capitale, nonché grande amante di Wagner. «Ma raccontaci cosa c'è di bello a teatro, insomma cosa ci siamo persi stasera.»

Tom rise. «Vi avrei portato volentieri al Royalty.»

Emma Sinclair lo guardò sorpresa. «Mai sentito, questo teatro.»

«Be', è piccolo e ha avuto una storia travagliata. Da poco ci recita una compagnia che fa pezzi abbastanza scandalosi, ma riescono ad aggirare la censura spacciandolo per un club privato. A marzo ci ho visto *Spettri*, uno spettacolo scandinavo...»

«Ti prego, dimmi che non è vero!» disse Sarah sconvolta.

«Be', ma cosa c'è di tanto terribile?» intervenne la sorella. «Anzi, sembra interessante.»

Tom tossì. «Hanno fatto un'unica replica, il teatro era pieno come un uovo. Follia, tradimenti, figli illegittimi, ipocrisie, suicidio... non si sono fatti mancare niente. Questo Ibsen è un nome che devo segnarmi. L'ho trovato veramente avvincente, per quanto... Chiedo scusa.»

Un uomo con la barba di dimensioni spropositate, una mantella con il collo in pelliccia e una schiera di giovanotti al seguito, gli fece un cenno, così Tom si alzò e andò a salutarlo. L'uomo, i capelli grigi e ricci lunghi fino alle spalle, gli strinse la mano con forza e gli diede una pacca sulla spalla.

«Di nuovo in pista, eh, Ashdown? Sono contento. Cari, andate pure, vi raggiungo tra un attimo.»

Le donne guardarono il colosso con occhi sgranati, mentre John soppresse un ghigno.

«Vi presento Allaric Greene, il famoso critico d'opera.»

Il nuovo arrivato fece un inchino teatrale. «È un piacere conoscervi... Ashdown, anche lei alla *Basoche*? Bispham è strepitoso, che timbro. Io dico che farà una grande carriera, anche se ha iniziato tardi.» Lanciò un'occhiata alla tavolata. «Per favore tenete bene a mente quello che sto per dirvi: stasera io, Allaric Greene, predico che David Bispham diventerà un grande cantante. Prima o poi farà Wagner, niente di meno.»

«Be', deve ancora lavorare un po'» commentò John guadagnandosi un'occhiataccia fulminante di Greene, che ricordava quella di un giardiniere ai pidocchi delle piante.

«Sir, io non la conosco e non ho voglia di discutere, ma quest'uomo è destinato a fare grandi cose. Dicono che l'anno prossimo si esibirà nei *Maestri cantori.*»

Tom e John si guardarono ammiccando, e Greene sollevò una mano. «Vi è già arrivata voce, vero? Bene. Ma questo è solo l'inizio. Ho sentito dire» proseguì in un tono da cospirazione, «che si fa consigliare da un medium, il quale dopo aver sbirciato nel suo futuro gli avrebbe raccomandato di studiare le parti delle opere di Wagner. Io personalmente non do molto credito a simili ciance, ma in questo caso specifico credo che il nostro uomo debba dargli retta. Il suo destino è Wagner, su questo non ci sono dubbi.» Fece un inchino alle signore e annuì in direzione di Tom e John. «Signore e signori, tolgo il disturbo.» Con un gesto melodrammatico si gettò la mantella all'indietro e se ne andò tutto impettito.

Tom e i suoi ospiti si guardarono divertiti, solo Emma Sinclair era impallidita. La sorella le mise una mano sul braccio. «Cara, non ci pensare. Un tipo divertente, ma anche piuttosto grossolano.»

«Forse esistono davvero persone in grado di prevedere il futuro» disse Miss Sinclair, senz'altro una donna graziosa, la pelle liscia ed enormi occhi castani. «Non sono tutti come quel… come quel Belvoir.» Lo disse con una voce timida, ma lanciando a Tom uno sguardo di sfida. «Anche lei, poco fa, sosteneva la stessa cosa…»

Tom lisciò il tovagliolo, pensieroso. «È vero. L'incontro con Mrs. Piper mi ha molto impressionato. Ma lei non risponde a domande così banali, né chiede soldi per le sue prestazioni. Non ci sono proprio paragoni con Charles Belvoir.» Capì che la giovane donna non era a suo agio, così si affrettò a cambiare argomento.

«Dov'eravamo rimasti, prima che quell'uccello del paradiso venisse a svolazzare al nostro tavolo? Ah, sì, al Royalty Theatre.»

«No, per favore, basta con gli spettri» disse Sarah.

«Da quando sei così sensibile?» controbatté la sorella, che sembrò essersi rianimata e si girò tutta eccitata verso Tom. «Cos'altro ha visto, oltre agli *Spettri*?»

«L'ultima cosa che ho visto è stata *Thérèse Raquin* di Zola. Anche questo non proprio decoroso. Rozzo e villano, ma anche innovativo ed eccitante. In questo genere di teatro si sente una specie di rottura, non cercano di piacere a tutti i costi, di farsi amare...» Di colpo si zittì. «Scusate, forse mi sono fatto trascinare troppo...»

Miss Sinclair sorrise. «Mr. Ashdown, non l'avevo mai vista così in forma.»

La sorella inarcò un sopracciglio e guardò divertita il marito, il quale annuì soddisfatto e disse: «Emma, è questo il suo vero carattere. Impetuoso, il cuore sulla punta della lingua, sempre un passo avanti agli altri, con i pensieri e con le parole...».

Tom alzò un bicchiere. «A questo, brindiamo.»

Da tempo non si sentiva così bene.

Il buonumore di Tom rimase intatto anche dopo essersi congedato dagli amici, quando iniziò a camminare lungo la riva, verso casa. Non aveva voglia di prendere una carrozza, amava troppo Londra, soprattutto a quell'ora. Il freddo autunnale non gli creava problemi. Proprio non poteva immaginarsi di vivere in un centro più piccolo o addirittura in campagna: aveva bisogno dell'aria "elettrica" della grande città, del brulichio continuo che sovrastava qualunque altro rumore. Ma amava anche i momenti di silenzio, le strade in cui tutto pareva essere rimasto ai tempi di Shakespeare, le periferie che sembravano ancora villaggi, anche se la metropoli stava inesorabilmente allungando i suoi tentacoli su di esse.

Si accese una sigaretta e proseguì a passo lento, fin quando la strada non si allargò e circondò come un fiume in piena il complesso di St. Clement Danes. Senza fermarsi, diede un'occhiata alla torre di Christopher Wren, che svettava verso il cielo alta e smilza come un presagio della sua maestosa gemella poco più a est. Poi svoltò a destra nella piccola Milford Lane, che scendeva verso il Tamigi. La stradina, poco illuminata, confinava con i venerabili edifici del Temple. Su tutto, un silenzio di tomba, come quello che doveva aver regnato all'epoca dei templari, dai quali prendeva nome quella zona e la chiesa circolare.

All'improvviso, sentì dei passi alle spalle. Si guardò indietro, ma non vide nessuno. Così proseguì scuotendo la testa. Forse negli ultimi tempi aveva avuto troppo a che fare con i fenomeni soprannaturali se arrivava a sentire rumori che non esistevano. Alla sua sinistra, oltre le mura, i giardini del Middle Temple, che di sera sembravano abbandonati quanto gli edifici circostanti perché a quell'ora gli avvocati erano tornati a casa da un pezzo.

Di nuovo un rumore di passi. Rallentò, senza fermarsi, poi si girò di scatto, vide un ragazzino e lo prese per il collo.

«Cosa diavolo vai cercando?»

«Da accendere, Sir, sto cercando da accendere...» Il ragazzino tirò fuori una sigaretta.

«Stasera sono di buonumore, quindi ti darò da accendere, invece di un bel calcio nel didietro.» Accese un fiammifero, senza perderlo d'occhio. In realtà voleva rapinarlo, non aveva dubbi, ma era stata una bella serata, e non voleva guastarsela.

Il ragazzino annuì, si toccò il cappello e scomparve. Probabilmente lo aveva seguito fin dalla riva e, credendolo ubriaco, giudicato una preda facile.

Tom passò sotto un arco e guardò il fiume, che persino a quell'ora brulicava di vita. Londra non dormiva mai, così come il Tamigi.

L'ampio lungofiume Vittoria, inaugurato una ventina di anni prima, offriva una vista grandiosa. Tom poggiò le mani sul parapetto e guardò alla sua destra le affilate torri del Parlamento che si allungavano verso il cielo della sera. Poco più a ovest si trovava l'Ago di Cleopatra, l'obelisco trafugato dall'Egitto. Girava voce che nelle sue vicinanze succedessero strane cose, ovvero che quel posto, a causa della lontananza dalla patria, attirasse i suicidi. Tom non ci aveva mai creduto, nemmeno per un secondo. Le storie da popolino erano solo ciance.

Su Mrs. Leonora Piper, invece, non era così deciso. Ripensava spesso a quella seduta, lo aveva impressionato moltissimo. Era strano quanto spazio avessero ormai occupato quei temi nella sua vita; anche quella sera, per esempio, a un certo punto erano finiti a parlare di medium, sebbene fosse stato a causa della stravagante comparsata di Mr. Greene.

Tom gettò nell'acqua scura la sigaretta finita. Fu sopraffatto da un profumo, una coppia che passò alle sue spalle. Si sentiva ancora la risata della donna, nonostante il rumore dei passi si fosse ormai smorzato. Quel profumo gli ricordò Miss Sinclair... che fosse lo stesso?

Voltò la schiena al fiume, si appoggiò alla ringhiera e alzò gli occhi al cielo, dove il vento sembrava rincorrere scampoli di nuvole. Era da tempo che non si sentiva così sereno e rilassato, e si chiese se fosse solo l'effetto di quella serata tra amici.

Al ritorno a casa si era messo a scrivere ed era andato a letto molto tardi. Il giorno successivo, vicino al vassoio della colazione, trovò una lettera. Diede un'occhiata al mittente: Dr. Henry Sidgwick, con l'indirizzo della *Società* di Buckingham Street. Era un messaggio breve, ma cortese.

Mio caro Ashdown,
sarebbe bello se giovedì prossimo venisse a cena da noi. C'è un incarico che vorrei affidarle.

Cordialmente,
H. Sidgwick

Arrivato a Cambridge, Tom Ashdown raggiunse subito Chesterton Road, dove vivevano Henry ed Eleanor Sidgwick. La casa emanava un calore incredibile. Tom si sentì subito attirato dalla luce gialla che fuoriusciva dai bovindi e illuminava a ventaglio la porta di casa. Era stato lì solo una volta e ne conservava un ricordo piacevole. Già entrando si sentiva l'atmosfera stimolante che regnava in quelle stanze e l'armonia in cui viveva la coppia.

La prima volta Tom aveva sentito una fitta al cuore, ripensando alla propria casa vuota e alla felicità condivisa con Lucy. Quella sera, invece, scacciò i pensieri tristi e si concentrò per immaginare quale incarico gli avrebbe affidato Sidgwick.

Eleanor gli aprì di persona porgendogli la mano sorridendo.

«Benvenuto, Tom. Prego, entri. Che tempaccio, spero abbia fatto buon viaggio.» Gli prese l'ombrello e lo poggiò vicino al guardaroba, poi ritirò anche cappello e cappotto. «Ha il cappotto tutto bagnato. Non sarà mica venuto a piedi?»

Tom si strinse nelle spalle. «Be', forse ho un po' sottovalutato la strada dalla stazione» rispose sorridendo.

«Sì, capita spesso» intervenne il padrone di casa, comparso anche lui in corridoio. «L'università è sempre stata contraria allo spostamento della stazione in centro, ma io non sono d'accordo.»

«Volevano addirittura vietare agli studenti di prendere i treni» aggiunse la moglie.

«Forse temevano che potessero raggiungere Londra con maggiore facilità ed essere troppo tentati dai divertimenti che offre» disse Tom.

«Essendosi laureato a Oxford, immagino che quanto a divertimenti durante gli studi lei sia un intenditore... o sbaglio?» lo prese in giro Sidgwick.

«Non è il caso di ricordarle chi ha vinto la sfida di canottaggio, quest'anno...» replicò Tom.

«*Touché.*»

Eleanor li guardò con un sorriso indulgente. «Su, entriamo... la cuoca è già pronta con la cena.»

La sala da pranzo era piccola, ma ben arredata, con un camino che trasmetteva un bel calore. Anche il tavolo, quadrato, era piccolo, ma c'era abbastanza spazio per tre persone.

Eleanor Sidgwick portò il cibo di persona e guardò il proprio ospite come per scusarsi. «La domestica ha la serata libera. Spero che non le dispiaccia se mi occupo di tutto io.»

Una professoressa di matematica che serve i propri ospiti di persona, pensò Tom. Solo per questo era valsa la pena di venire a Cambridge.

«Perché mi guarda in quel modo?» domandò ridendo, leggermente rossa in volto. «Stiamo facendo una figuraccia davanti a un uomo di mondo di Londra?»

Lui scosse la testa. «No, mi piace che una donna colta come lei sappia comunque come maneggiare una terrina di zuppa.»

Il marito si toccò la barba e la guardò con una tenerezza incredibile. «Tom, la mia Eleanor è una donna speciale.»

All'improvviso nella sala ci fu silenzio, e Tom sentì di nuovo la perfetta complicità che regnava tra i due. Era un matrimonio fuori dal comune. Si diceva che Sidgwick, già all'inizio, avesse convertito la moglie al femminismo; il college per ragazze in cui entrambi insegnavano l'aveva fondato lui stesso. Qualunque cosa li unisse, erano sentimenti veri, e molto forti.

«Sì, di questo me ne sono accorto fin dal nostro primo incontro» commentò galante.

Iniziarono a mangiare la zuppa parlando delle ultime novità della capitale.

«Cosa fanno di bello a teatro?» domandò Eleanor curiosa. «È una cosa che mi manca, adesso che vivo qui. Dal punto di vista delle offerte culturali, non c'è confronto con Londra.»

«Sì, ha ragione, sebbene ci sia anche molta roba che definirei inutile.»

Sidgwick lo guardò divertito. «Sì, caro Tom, lo abbiamo notato. Le sue recensioni rallegrano le nostre serate solitarie qui in provincia.»

Tom bevve un sorso di vino. «In provincia? Non c'è niente di più stimolante, per lo spirito, di una visita a Cambridge... o a Oxford. Purtroppo per le mie gite tendo a scegliere i periodi peggiori dell'anno. La vista dal Boars Hill, l'ultima volta, me la sono goduta con la neve, forse nel giorno più freddo in assoluto del 1889.»

Eleanor rise. «E io che credevo che la gente scappasse da Londra d'estate, con il sole, quando non c'è niente di bello a teatro e gli odori...» Fece una smorfia.

«Be', grazie al cielo dal cosiddetto "anno della Grande Puzza" ormai sono passati alcuni decenni, anche se le opere di canalizzazione lasciano ancora molto a desiderare» ammise Tom. «Non ho la più pallida idea di come sia riuscito a sopravvivere la scorsa estate in città. Ma l'anno prossimo farò un viaggio, ho già deciso.»

«Da noi sarà sempre il benvenuto» disse Sidgwick allargando le braccia. «La nostra camera degli ospiti è a sua disposizione.»

Tom si tamponò la bocca e poi poggiò il tovagliolo di fianco al piatto. «Be', è una proposta allettante, non c'è che dire. Gite in barca sul Cam, pic-nic sul prato con vista sul King's College...»

Andarono avanti così ancora per un po'. Ma c'era un tema che non avevano ancora affrontato: l'incarico che Henry Sidgwick voleva affidare a Tom, il vero motivo per cui lo avevano invitato a cena. Forse, pensò Ashdown, si addiceva di più al dopo, al momento del brandy.

«Immagino si starà chiedendo di che tipo di incarico si tratti.»

«Per caso nel suo campo di ricerca rientra anche la lettura del pensiero?» ironizzò Tom.

Sidgwick scosse la testa. «Basta guardarla.»

«Sono così facile da decifrare?»

«Fin quando si tratta di pensieri innocui come questi...» osservò Eleanor, in arrivo con la portata principale. «A volte Henry si diverte a sorprendere le persone con le sue intuizioni. Ma non c'entrano niente i poteri soprannaturali, semplicemente colleziona impressioni e fatti e li riunisce in un insieme sensato.»

Tom inarcò le sopracciglia. «Sa cosa mi ricorda, tutto questo? Di recente ho letto due romanzi scritti da un oculista scozzese, *Uno studio in rosso* e *Il segno dei quattro*. Il protagonista è un detective che risolve i suoi casi soprattutto grazie al suo grande talento combinatorio. Purtroppo non hanno avuto successo. Ma sto pensando di scrivere una recensione, in modo che finalmente ricevano l'attenzione che meritano.»

Eleanor prese nota dei titoli. «Sembrano interessanti. Domani me li procurerò.»

«Sì, scriva scriva... già non vedo l'ora di leggere i suoi pezzi!» disse il marito. «Non deve essere sempre e solo teatro. Anche un bel giallo non va disprezzato.»

Dopo i dessert tutti e tre si recarono nella biblioteca – uno come Henry Sidgwick di certo non vietava alla moglie di entrarci – e si sedettero vicino al camino. Bevvero brandy e poi la coppia invitò Tom a fumare serenamente una sigaretta, anche se loro rifiutarono.

«Dunque...» Sidgwick si appoggiò allo schienale e unì le punte delle dita, osservando Tom con attenzione. «Come le ho scritto nella lettera, vorrei affidarle un incarico. Una persona si è rivolta a noi con una questione che non rientra proprio nel nostro campo. Nel senso, ancora non sappiamo se vi rientri o meno.»

«Usa parole molto caute...» osservò Tom.

«Ha ragione. Tra le altre cose, perché la persona da esaminare è... una bambina.»

Tom lo guardò sorpreso. «Una bambina? Ma io non ho nessuna esperienza con questo genere di procedure, figuriamoci con i bambini!»

Eleanor alzò una mano, per calmarlo. «Tom, non si preoccupi, ancora non sappiamo se si tratti di un fenomeno parapsicologico.»

«Il padre della bambina si è rivolto a noi attraverso la mediazione del medico di famiglia» spiegò Sidgwick accarezzandosi pensieroso la barba, ormai lunga quasi fino al petto. «La piccola ha otto anni e a marzo ha perso la madre. Il padre pensa che tra loro possa essere rimasta una strana connessione.»

Tom fece un respiro profondo. Tutto si era immaginato, fuorché quello. Era stato stimolante partecipare alle sedute nei panni di ospite e redigere resoconti leggibili al riguardo; ma si era sempre mantenuto a una certa distanza, per proteggersi. Si sentiva ancora troppo vulnerabile. Preferiva continuare a prendere parte alle ricerche su un piano puramente scientifico. Una bambina che aveva perso la madre, però, era una faccenda totalmente diversa. Già si sentiva a disagio.

«Tom?» chiese Eleanor. «Che c'è?»

Lui si schiarì la voce e si guardò le mani. «Ecco... io non so se sono in grado. Finora ve ne siete occupati sempre voi, Fred Myers o Lodge, avete esaminato voi i medium con i vostri metodi. Io non sono né un medico né uno scienziato, non mi sento all'altezza.»

Ebbe l'impressione di cogliere un barlume di delusione negli occhi della donna. Che poi si voltò verso il marito.

«Caro Tom, è proprio per questo che abbiamo scelto lei» disse Sidgwick. «Tutti noi siamo così presi dai nostri studi che quasi non riusciamo a guardare oltre il nostro naso, e poi siamo abituati a lavorare con adulti. Ci sarebbe difficile avere a che fare con una bambina trattandola con le dovute attenzioni.»

«Inoltre» aggiunse la moglie, «lei è dotato di un sano scetticismo. Ripensi, per esempio, a Belvoir. È esattamente quello di cui abbiamo bisogno, con il padre e con la bambina. Chissà cosa si nasconde, dietro le sue supposizioni… Deve essergli costato parecchio chiedere il nostro intervento: e poi la questione richiede la massima discrezione. Il padre è deputato.»

Tom inarcò un sopracciglio, sorpreso. «Però, sempre meglio!»

«Già. È per questo che abbiamo bisogno della sua curiosità, una curiosità sana.»

«E voi pensate che la visita di un critico di teatro londinese possa destare meno scalpore di un manipolo di scienziati… è così?» Nella domanda c'era un'evidente punta di ironia, ma Sidgwick la ignorò.

«Esatto» disse invece soddisfatto. «Adesso la riconosco.»

«E sentiamo… dove vivrebbe questo signore?»

«Nel Surrey. Nemmeno troppo lontano, in fondo.»

Tom rifletté qualche istante, poi guardò i padroni di casa ammirato. «Devo ammetterlo, avete capito esattamente come tentarmi. Senza il minimo scrupolo. Tanto di cappello…»

Eleanor sorrise. «La curiosità è una dote pericolosa, non è vero?»

Tom tornò serio. «Sì, ma io cosa devo fare, di preciso? Mica posso incatenare la bambina o rinchiuderla in un armadio o pungerla con uno spillo… ripensando ai vostri "metodi meno garbati"…»

«Infatti non dovrà fare niente di tutto questo.» Sidgwick si alzò e si avvicinò al camino. Poi si girò e lo indicò. «Deve solo andare a dare un'occhiata alla bambina e fare due chiacchiere con la sua istitutrice.»

«L'istitutrice? Cosa c'entra, adesso, l'istitutrice?»

«Non ne ho idea» replicò Sidgwick. «Ma il padre desidera che la cosa si svolga con la massima discrezione e che ne siano al corrente meno persone possibile. Quindi all'inizio avrà a che fare solo con lui, la figlia e l'istitutrice. Troveranno una scusa per invitarla da loro, in modo che i domestici non si accorgano di nulla. Poi organizzeremo tutto nei dettagli.»

Tom sospirò. In cosa si stava imbarcando?

21

Chalk Hill, novembre 1890

I primi giorni dopo la visita a Tilly Burke il mondo intorno a Charlotte sembrava sospeso. Nora passò le notti accanto a Emily, e tutto filò liscio. Prima di addormentarsi, l'istitutrice faceva un giro in corridoio per controllare la situazione. Era come se sulla casa si fosse posato un manto di normalità, che avrebbe dissolto il ricordo degli strani episodi come una droga pesante. Emily sembrava riposata e seguiva bene le lezioni. Wilkins fischiettava in giardino e nella rimessa e Nora era raggiante solo per il fatto di poter di nuovo dormire vicino alla sua protetta. Charlotte quasi si convinse che fosse successo tutto solo nella sua immaginazione: non fosse stato per l'incontro con Tilly Burke e la boccetta misteriosa che conservava ancora in camera…

Quel giorno Sir Andrew era a Londra, e Charlotte ne approfittò per andare a Dorking da sola. Pregò Nora di occuparsi di Emily e offrì a Mrs. Evans di portarle dal paese ciò di cui aveva bisogno. La governante la ringraziò, ma la guardò con sospetto, smaniosa di conoscere il vero motivo di quella gita, anche se ovviamente l'educazione le impediva di chiedere.

«Se passa davanti a una farmacia, potrebbe comprarmi delle gocce di valeriana.»

Sì, fattibile, anzi…

Charlotte era già pronta all'ingresso con il cappello e il soprabito quando Emily arrivò giù dalle scale.

«Fräulein Pauly, posso venire anch'io? Per favore!»

Non fu facile resistere a quella faccetta supplicante, ma la donna scosse la testa. «Presto faremo un'altra gita, te lo prometto. Ma stavolta ho delle commissioni da sbrigare. Nora ti farà lavorare al quadretto a punto croce, il regalo di Natale del tuo papà, ricordi?»

Emily storse la bocca assumendo l'espressione delusa di una qualsiasi bambina di otto anni. In quel momento, le supposizioni e i piani del padre parvero a Charlotte più assurdi che mai; eppure sapeva benissimo con quanta rapidità potesse cambiare umore la bambina. Quella era solo una fase di calma passeggera, un tratto di fiume placido che da un momento all'altro poteva incresparsi in una rapida o un mulinello. *Strano paragone*, pensò. *Questo maledetto fiume proprio non vuole darmi pace.*

«Sai cosa? Ti porterò una piccola sorpresa.»

Emily sorrise, raggiante. «Cosa?»

«Be', se te lo dico poi non è più una sorpresa, non trovi?» replicò Charlotte diplomatica, non avendo ancora la più pallida idea di cosa portarle. «E adesso su, da brava, torna da Nora… che poi voglio vedere cosa hai fatto.»

Emily si girò e risalì le scale.

Charlotte uscì in cortile, dove Wilkins la stava già aspettando con la carrozza. Qualche minuto dopo erano sulla Crabtree Lane.

Per la prima volta, dopo giorni, Charlotte ebbe la sensazione di riuscire a pensare in maniera limpida, libera. In quella casa, oppressa dalla consapevolezza dei segreti nascosti dietro quell'apparente normalità, le era impossibile. Sir Andrew, per esempio, era davvero andato a Londra per una seduta del Parlamento oppure stava facendo ulteriori ricerche? Cosa ne era stato della sua idea di chiamare in causa la *Società per la ricerca psichica*? Quante domande, e nessuno che potesse darle una risposta.

Bussò contro il tettuccio del calesse per attirare l'attenzione di Wilkins. «Non so quanto ci metterò.» In realtà voleva solo sentire la voce di un essere umano.

«Non si preoccupi, Miss, anch'io ho delle cose da sbrigare. Si prenda pure il tempo di cui ha bisogno» rispose.

Poi proseguirono in silenzio. Charlotte si fece lasciare davanti alla farmacia.

«L'aspetto davanti alla stazione, tanto la conosce.»

Annuì e guardò sfilare via la carrozza, fin quando non scomparve dietro un angolo.

Appena Charlotte mise piede nel negozio, con gli splendidi armadi alti fino al soffitto rischiarati da una luce soffusa, il campanello all'ingresso della farmacia fece un trillo, ma melodioso. Cassettini etichettati ordinatamente e scaffali con una miriade di boccette di vetro e vasetti di porcellana con scritte in latino. Sul bancone vide mortaio e bilancia e un espositore in legno pieno di caramelle per la tosse, probabilmente per tentare i bambini di Dorking. C'era profumo di sapone, farmaci ed erbe medicinali, un misto di fragranze diversissime tra loro che aleggiava sulla stanza come una nuvola.

Si era appena avvicinata al bancone, quando un signore con i capelli bianchi e il pizzetto uscì da una stanza sul retro asciugandosi le mani con un panno. Si mise sul naso gli occhialetti d'oro che teneva appesi al collo con una catenella e la guardò.

«Buongiorno Madam. Come posso aiutarla?» La fissò incuriosito. Doveva aver capito subito che era nuova.

«Vorrei delle gocce di valeriana.»

«Subito. Sa come usarle?»

«Sì, grazie.»

Il farmacista continuava a osservarla incuriosito. «C'è qualcos'altro che posso fare per lei?»

«In realtà sì. Avrei bisogno di un regalino per una bambina. Cosa mi consiglia?»

Il farmacista ci pensò qualche secondo e poi annuì. «Ci sarebbero questi cuscinetti profumati che stiamo vendendo molto bene.» Le mostrò un piccolo cuscino al profumo di lavanda rivestito di una stoffa a fiori.

«Bene, lo prendo. E anche un sacchetto di caramelle alla frutta. Ah, ci sarebbe un'ultima cosa...»

Charlotte infilò una mano nella tasca del cappotto e poggiò sul bancone una boccetta avvolta in un fazzoletto. Lo tolse e la porse all'uomo. «Saprebbe dirmi che cos'è?»

Lui la prese. «Tanto per cominciare posso dirle che non viene dal mio negozio. Le mie boccette trasparenti sono quadrate, non tonde. Niente etichetta. Dunque, vediamo... posso?»

Charlotte annuì e lui tolse il tappo, si mise qualche chicco sul palmo della mano e lo leccò. Lo sguardo fu attraversato da un lampo di soddisfazione.

«Sì, è come immaginavo. È antimoniltartrato di potassio.»

Charlotte lo guardò con aria interrogativa. «Cioè?»

«È un emetico, uno stimolatore del vomito. Si usa per esempio in caso di intossicazione, ma anche contro il catarro o gli stati di agitazione. Favorisce anche la crescita dei capelli, ma su questo i medici non sono concordi.»

«Di solito è una cosa che si tiene nella farmacia di una casa?» Non in Germania, ne era sicura.

L'uomo scosse la testa. «No, direi di no e può essere usato solo dietro prescrizione medica. Una quantità esigua basta a indurre il vomito e a provocare nausea e giramenti di testa. In zone isolate, si consiglia di tenerlo per eventuali emergenze. In caso di intossicazioni, o di ingerimenti di oggetti, può salvare la vita.»

«Ha idea da dove provenga questa boccetta?»

«Non sono sicuro. C'è una farmacia, a Reigate, che usa boccette simili. Può chiedere a loro.»

«Grazie, mi è stato di grande aiuto.»

«Io invece posso chiederle da dove viene lei?»

In un posto così piccolo dire una bugia avrebbe avuto poco senso, così Charlotte si presentò. «Ho trovato la boccetta per strada, passeggiando, ed ero curiosa di sapere cosa contenesse.»

Il farmacista la guardò preoccupato. «Mmm... cose del genere andrebbero vietate per legge, è una sostanza pericolosa, qualora la trovasse un bambino... Dov'è che l'ha trovata, di preciso?»

Si rese conto del passo falso, ma reagì con prontezza di spirito. «Ah, è successo poco dopo il mio arrivo a Dover. Me la sono messa in tasca e me ne sono ricordata solo adesso.»

L'uomo allungò una mano. «Vuole lasciarla a me, in modo che ne distrugga il contenuto?»

Lei scosse la testa. «No, grazie, ci penso io.»

Charlotte tirò fuori il portafoglio. Lui fece il conto e prese i soldi, continuando comunque a guardarla con sospetto. Quando uscì, sentì i suoi occhi ancora incollati alla schiena.

Charlotte aveva fatto attenzione alla strada per il cimitero, e se la ricordò, per fortuna aveva un buon senso dell'orientamento. Era ancora chiaro, il tè poteva berlo più tardi. Sperava di incontrare di nuovo l'anziana, ma non trovò nessuno. Raggiunse la tomba di Lady Ellen.

Se solo potessi parlarti, una sola volta... Avrei così tante domande da farti. Perché hai abbandonato tua figlia, dopo esserti occupata di lei con tanto amore? Cosa può spingere una madre a un gesto simile?

Le tornarono in mente le parole di Sir Andrew. *E di una lettera, che la madre di fatto le ha lasciato.* Una lettera di addio, non c'erano dubbi. Ma se lui, com'era comprensibile, aveva deciso di non mostrarla alla bambina per non farla soffrire ancora di più.... lei come l'aveva saputo? Era possibile che sapesse del suicidio della madre? Forse Lady Ellen in qualche modo aveva alluso al fatto che se ne sarebbe andata e avrebbe lasciato una lettera alla figlia?

Charlotte rimase lì a guardare la tomba sentendo lo stesso senso di paralisi avvertito la sera in cui aveva udito quegli strani rumori per le scale e non aveva avuto il coraggio di andare a vedere. All'improvviso soffiò una folata di vento gelido, che increspò l'erba come fosse il mare e la piegò, poi il vento si calmò e i fili verdi tornarono dritti.

Charlotte si risvegliò come da un sogno e sentì il gelo penetrarle dentro il cappotto. Era davanti a una tomba vuota, a parlare con una donna il cui corpo si era perso tra i flutti in un punto imprecisato tra Nicols Field e il Tamigi.

Alla fine Charlotte trovò la forza di avviarsi verso l'uscita del cimitero.

Il caldo della sala da tè la avvolse come un bozzolo protettivo, e le sorelle Finch la accolsero come una vecchia amica. La fecero accomodare, le consigliarono un tipo di tè e una torta alla frutta appena sfornata e fecero in modo che fosse a suo agio. Gli altri avventori la guardarono incuriositi, lei ricambiò le occhiate impassibile. Ormai non faceva più caso all'opinione della gente e non le importava nemmeno che Sir Andrew venisse a sapere delle sue ricerche. C'erano così tante cose che non sapeva, decine di domande alle quali lui non avrebbe mai risposto... quindi era normale che lei andasse a cercare le risposte da qualche altra parte.

«Dove ha lasciato la splendida Emily?» domandò Ada Finch quando arrivò al tavolo con il tè e la torta.

«Avevo delle commissioni da sbrigare, si sarebbe annoiata. Ma presto torneremo insieme.»

«Ci farebbe piacere.» Miss Ada ebbe un attimo di esitazione.

«Purtroppo l'ultima volta c'è stato quel brutto episodio, ma non la faremo più entrare, la vecchia Tilly. Tra l'altro, mi chiedo come faccia ad arrivare fin qui da Mickleham.»

«Io l'ho incontrata casualmente, qualche giorno fa» disse Charlotte. «È molto confusa, ma alcune cose che mi ha detto, poi si sono rivelate vere. E ha avuto parole molto dolci per la madre di Emily.»

Miss Ada guardò la sorella, che stava asciugando delle tazze dietro il bancone. «Sì, è stata la sua tata e anche dopo è rimasta in famiglia. Poi quando Lady Ellen si è sposata non hanno più avuto bisogno di lei. Ed è stato un colpo durissimo. Dopo non è riuscita a tenersi più nessun lavoro ed è diventata sempre più strana.»

Charlotte continuava a mangiare un po' titubante. La torta era squisita, ma l'inquietudine che la torturava da giorni le stava rovinando l'appetito. «Tilly mi ha detto che dopo il matrimonio Lady Ellen è diventata triste.»

Vide un'ombra sul viso della donna, che poco dopo scomparve. «Parla a vanvera, non dia peso alle sue chiacchiere.»

Poi la sorella la chiamò con impazienza, e lei si strinse nelle spalle per scusarsi. «Adesso mi scusi... ma devo tornare al lavoro.»

Charlotte, a disagio da sola al tavolo, si guardò intorno e gli occhi le caddero su un portariviste. Prese il *Times* e lo sfogliò fino al Feuilleton, dove vide una recensione firmata *ThAsh*. La sigla le tornò familiare, e iniziò a leggere.

A volte – anche se in realtà succede raramente – i palcoscenici londinesi offrono poco o nulla per cui valga la pena di sprecare inchiostro. Eppure da me ci si aspetta una recensione con la stessa regolarità con cui i garzoni consegnano il giornale o il panettiere sforna le sue pagnotte. Che fare, quindi? Per esempio, ricordarmi di qualcosa che, eccezionalmente, non ho

visto su un palcoscenico ma ho letto per mio svago una sera davanti al camino.
Due romanzi.
Sappiamo che ci sono scrittori di successo le cui opere sarebbero dovute finire nel dimenticatoio; a volte capita invece di imbattersi in dei veri gioielli e chiedersi come possano essere passati inosservati come aghi in un pagliaio.
Il nome Conan Doyle, per esempio, alla maggior parte degli stimati lettori di questo giornale non dirà nulla, ma io dico che presto sarà sulla bocca di tutti. No, diciamolo meglio: il nome Sherlock Holmes presto sarà sulla bocca di tutti – come anche il suo indirizzo londinese, Baker Street 221B (dopodiché l'appassionato lettore scoprirà che i civici, in quella via, si fermano al numero 100).
Conan Doyle si è inventato un detective che il nostro mondo ancora non conosceva: un uomo con capacità investigative fuori dal comune in grado di combinare le conquiste della scienza moderna con il suo intuito finissimo per risolvere casi misteriosi; un uomo che per rilassarsi suona il violino e che nei periodi di inattività consola il suo intelletto affamato con iniezioni al 7% di cocaina. Tutto questo viene raccontato dal suo amico, medico e veterano Dr. Watson, che condivide con lui la casa immaginaria di Baker Street.
Misteriosi sono non solo i casi con cui hanno a che fare Holmes e Watson, ma anche i motivi per cui i due romanzi non siano stati notati dall'opinione pubblica. Io mi sono appassionato al punto che per settimane non ho fatto altro che parlare di questi libri a chi aveva voglia di starmi a sentire – ma anche a chi non ne aveva voglia – raccomandandoli con tutto il cuore. Finora, però, come dicevo, hanno avuto un successo limitato e il mio terrore è che, se le cose non cambieranno, Mr. Conan

Doyle non potrà più intrattenermi con le incredibili avventure dei suoi eroi.

Così oggi, in questa rubrica, ho deciso di alzare la voce e chiamare a raccolta i miei stimati lettori: accendete il camino, preparatevi un buon tè – o un brandy – e godetevi questi bei libri: *Uno studio in rosso* o *Il segno dei quattro*. Non ve ne pentirete!

Charlotte sorrise. Era uno stile inconfondibile. Ancora ricordava quanto aveva riso per la recensione di quel pessimo spettacolo. E ora l'elogio di uno scrittore di gialli: quell'uomo sapeva come intrattenere i suoi lettori. All'improvviso si rese conto che nell'ultima manciata di minuti si era completamente dimenticata di cosa avesse intorno e non aveva più pensato né a Emily, né a Sir Andrew né a Lady Ellen. E non si sentì in colpa, per niente.

22

Se Charlotte fosse stata superstiziosa, avrebbe preso l'evolversi degli eventi di quel pomeriggio per una punizione. Entusiasmata dalla piacevole lettura, era andata alla stazione a cuor leggero, e aveva trovato subito Wilkins. Ma appena arrivati a Chalk Hill, Mrs. Evans li sorprese aprendo all'improvviso la porta di casa, il volto paonazzo, ogni muscolo del corpo teso in un groviglio di agitazione.

«Meno male che è tornata, Miss Pauly» le disse.

Charlotte scese dalla carrozza di corsa e si precipitò all'ingresso. «Cos'è successo?»

Dietro di lei c'era Nora, che le allungò un foglio di carta. Tremava così tanto che quasi le cadde di mano.

«Cos'è questo?»

«Miss Emily... non l'ho lasciata da sola a lungo... dovevo andare a prendere le cose per il punto croce.» La bambinaia era fuori di sé e continuava ad asciugarsi gli occhi pieni di lacrime.

«Su, parla» disse Charlotte in tono deciso prendendole il foglio dalle mani. Poi la spinse verso la sala colazione nell'ala della servitù e pregò Mrs. Evans di andare da Emily.

«Cos'è successo?» ripeté, dopo che Nora fu sprofondata su una sedia.

«Io... io non volevo lasciarla sola troppo a lungo... ma... stavo cercando il materiale per il punto croce e mi è capitata tra le mani una busta con dei filati… l'ho aperta, per vedere se dentro ci fossero dei bei colori…»

Charlotte fece un respiro profondo. «Per quanto tempo è rimasta sola?» e le mise una mano sulla spalla. «Non è questione di colpa. Nessuno ha detto che non può restare da sola, ma io devo saperlo.»

Nora deglutì e tirò su la testa. «Un quarto d'ora, credo. Quando sono tornata nell'aula lei era seduta al suo banco. Le ho chiesto cosa stesse facendo e lei mi ha risposto che stava scrivendo una lettera. Le ho chiesto se potevo vederla, ma lei l'ha nascosta nel vestito. Era strana. Mi sono preoccupata. E le ho detto di darmela.» Nora abbassò il capo, con vergogna. «Allora lei all'improvviso si è alzata ed è scattata verso la porta. Io l'ho presa per una manica e lei ha cominciato a strillare. Poi è riuscita a liberarsi ed è corsa di sotto, e all'ultimo gradino delle scale è caduta.»

Charlotte rimase esterrefatta.

«No, no, non è successo niente, ha solo una caviglia slogata. Ma le fa molto male.»

Charlotte chiuse gli occhi. Era quello il prezzo da pagare per qualche attimo di distrazione?

«Miss?»

Nora indicò il foglio che Charlotte teneva ancora in mano, ma pareva aver dimenticato.

«Non l'ha ancora letto, vero?»

Charlotte lo alzò verso la luce. Emily lo aveva strappato da un quaderno, ed era coperto della sua calligrafia da bambina.

Cara mamma,
sono tanti giorni, ormai, che non torni da me. Ti ho aspettato ogni sera, ma non ti ho visto. Però poco fa ho avuto la sensazione che fossi con me. E infatti ho alzato gli occhi verso la

finestra, e tu eri lì. Sono così felice. Lo so che è un segreto, e non dirò nulla. Promesso. Stasera metterò questa lettera sotto il mio cuscino, così potrai venire a prenderla.

Tanti baci,

Emily

Charlotte andò da Emily, si inginocchiò vicino al divano su cui era sdraiata la bambina e le prese la mano. Aveva il piede sollevato, avvolto in bende umide. Con un cenno della testa fece uscire dalla stanza Nora e Mrs. Evans, mostrò a Emily l'altra mano, che teneva nascosta dietro la schiena, e le porse le caramelle e il cuscinetto alla lavanda.

«Ti avevo promesso una sorpresa, ricordi?»

Emily, che fino a quel momento non aveva detto una sola parola, si avvicinò il cuscinetto al viso e annusò. «È lavanda?»

«Sì, la conosci da qualche pianta in giardino?»

«No, mi ricorda un profumo.»

«Vuoi provare una caramella?»

Emily ne tirò fuori una dalla bustina e se la mise in bocca.

«Uhm… che buone!» Ne offrì una a Charlotte.

«Grazie.» Per qualche minuto la donna restò in silenzio. «Hai voglia di raccontarmi cos'è successo? Non mi riferisco al piede, ma a prima, in classe.»

Emily girò la testa dall'altra parte. «Nessuno doveva leggerla. L'avevo promesso.»

Charlotte sospirò, tirò fuori la lettera dalla tasca della gonna e la posò vicino al cuscino e alle caramelle. «Eccola, è tua.»

«Però lei l'ha letta.»

«Mi dispiace, ma ci siamo preoccupate e questo lo devi capire. In questa casa stanno succedendo cose che non sono buone.»

«Perché non è una cosa buona, se la mia mamma torna?»

Charlotte rabbrividì. Si accorse del cambiamento che si stava compiendo nella bambina, un passaggio lento e graduale in un mondo in cui lei non poteva seguirla. Ormai parlava della madre sempre più spesso, i confini tra la realtà e… qualcos'altro, per cui non esisteva un nome, stavano diventando per lei sempre più labili.

Emily, tua madre è morta. Non ebbe il coraggio di dirlo.

«Perché hai scritto questa lettera?»

La bambina continuava a tenere il capo chino, a non guardarla, stava ancora succhiando la caramella.

«Emily, per favore rispondi.»

Scivolò sul divano, e la bustina delle caramelle cadde per terra. Charlotte la raccolse e la poggiò sul tavolino.

«Ho pensato che magari se le scrivevo tornava. E infatti avevo ragione.»

Charlotte sentì salire un calore dentro di sé. Non era vero che la paura dava una sensazione di gelo.

«In che senso?»

«Be', ho iniziato a scriverle, e poi ho avuto l'impressione che fosse lì. In giardino. L'ho vista.»

«Dove?»

Emily tacque, come se non volesse dire troppe cose, come se volesse conservare quel confine indefinito tra desiderio e realtà.

Charlotte le mise una mano sulla spalla, ma la bambina non alzò gli occhi.

«Altrimenti viene sempre di notte. Ma ha capito che vederla mi rende felice, allora adesso viene anche di giorno.»

L'istitutrice chiuse gli occhi. Avrebbe tanto voluto uscire dalla stanza di corsa, per quanto si sentiva impotente. Aveva paura di spaventarla ancora, se le avesse detto che quello che vedeva erano sogni, illusioni.

Sentì l'urgente desiderio di parlare con Sir Andrew e dirgli che doveva chiamare quegli scacciafantasmi e farli venire lì a casa, al più presto. Non capiva come una bambina dall'aspetto così sano potesse perdere il senno – per la sofferenza dovuta alla perdita della madre, della quale nessuno aveva potuto parlare troppo a lungo, o per altri oscuri motivi non razionalmente comprensibili. Ripensò alla citazione di Shakespeare sulle cose tra cielo e terra e non vide l'ora che tornasse Sir Andrew.

Ma qualcosa doveva fare, subito, in quell'esatto momento, invece di continuare a fissare Emily in silenzio. Fece un respiro profondo e si sentì più calma. Non aveva senso fare obiezioni razionali a quelle storie, l'avrebbe solo spaventata.

«Capisco, quindi dicevi di averla vista in giardino.»

Finalmente Emily la guardò. «No, lei *era* in giardino. A volte uno vede cose che non ci sono, le vede solo nel pensiero. Come quando lei mi legge una favola e io me la immagino nella testa.»

Charlotte sospirò. Era tanto intelligente, quanto testarda.

«D'accordo. E poi sei scappata via da Nora perché lei voleva leggere la tua lettera.»

«Sì.»

«Coma va il piede?»

«Mi fa male. Ma va già meglio. Non credo sia rotto.»

Ora la bambina stava parlando in un tono più sereno, calmata dal fatto che la sua istitutrice le credesse.

«Quale medico ti ha curata, prima, quando eri malata?»

«Un signore di Reigate. Ma a un certo punto non è venuto più.»

«Quindi adesso ne hai uno nuovo?»

Emily si strinse nelle spalle. «Be', adesso è da un po' che non sono più malata. Il piede guarirà, non c'è bisogno che chiami il dottore.»

Forse aveva un brutto ricordo delle innumerevoli visite a cui era stata sottoposta da piccola, pensò Charlotte. Chissà quanti strazi aveva dovuto sopportare! Piano piano cercò di scostare un po' le bende, la caviglia era gonfissima. «Prova a muovere il piede.»

Emily lo girò verso destra e verso sinistra, appena. «Mi fa male, ma meno di prima.»

Charlotte decise che per il momento potevano bastare le bende, anche a lei non sembrava rotto.

«Sai quando torna tuo padre?»

«Domani. Così ha detto Mrs. Evans. Ha spedito un telegramma oggi pomeriggio.»

Charlotte rifletté un istante. Ancora una notte, e poi finalmente avrebbe potuto parlare con Sir Andrew. Qualunque cosa era meglio di assistere impotente a come Emily si perdeva in un altro mondo.

Dopo cena Charlotte si mise il cappotto, si fece dare una lanterna da Wilkins e andò in giardino. Emily era rimasta con Nora; era già a letto, ma stava leggendo.

In quella sera di novembre, il giardino le sembrò particolarmente estraneo e angosciante: i lampioni illuminavano solo la parte più vicina alla casa e il resto era sprofondato nel buio più cupo. Il fogliame umido era come un tappeto che ammortizzava i suoi passi. Wilkins si era offerto di accompagnarla, ma nemmeno lei sapeva cosa stesse cercando, lì fuori a quell'ora, e preferiva essere sola. Le parole di Emily non le davano pace. Cosa aveva visto, la bambina, dalla finestra?

Sentì l'umidità del prato entrarle nelle scarpe, ma proseguì in direzione della porticina nel muro. Un fruscio la fece rabbrividire, ma sicuramente era soltanto un topo.

Poi la lanterna finalmente illuminò la cinta muraria, e lei alzò la lampada a destra e a sinistra per trovare la porta. Si fermò davanti a essa e illuminò per terra, ma non c'era nessuna traccia di impronte.

E di chi, in fondo? Gli spiriti non lasciano impronte. Charlotte cercò di farsi forza, lì fuori al buio la fantasia poteva giocare brutti scherzi. Si avvolse meglio nel cappotto, si girò verso la villa, con le poche finestre illuminate, e per la prima volta superò la porta e uscì nel bosco.

Il silenzio era ancora più opprimente che in giardino, la casa all'improvviso sembrò lontanissima. Alzò la lanterna e scoprì un sentiero che s'inoltrava nella foresta. Deglutì e si guardò intorno indecisa. Doveva proseguire? Se le fosse successo qualcosa, lì nessuno l'avrebbe sentita... Poi si decise, sarebbe andata avanti. Solo un pezzettino. Poi sarebbe tornata indietro.

Passo dopo passo continuò, le mani strette sulla lanterna. Soltanto camminando le venne in mente che stava facendo la stessa strada imboccata da Lady Ellen prima di cadere nel Mole.

All'improvviso s'imbatté in qualcosa di duro e sussultò. Sollevò la luce e si ritrovò davanti a una strana forma con radici che le ricordò una piovra con i suoi tentacoli. Le sbarrava la strada, un albero come non ne aveva mai visti! Non molto alto, ma assai ingombrante. Il sentiero lo aggirava a destra e proseguiva.

Charlotte fece qualche altro passo e poi si fermò. All'improvviso percepì che non era più sola. Ma non sentiva nulla, a parte il suo respiro, non vedeva nulla, tranne quel poco che riusciva a illuminare la lanterna, non sarebbe stata in grado di dire in quale direzione questo essere si trovasse. Cercò di chiamarlo, di dire qualcosa, ma le uscì solo un sussurro: «Chi è?».

Nessun movimento. Charlotte tese tutti i muscoli. *Corri*, si disse, *torna indietro!* Poi si riprese dalla paralisi, si girò, alzò la lanterna davanti a sé, e illuminò la porta nel muro. La oltrepassò e si mise a correre sul prato fin quando non raggiunse un angolo della casa. Si girò e si guardò alle spalle, ma ormai sia il muro che la foresta erano stati inghiottiti dall'oscurità.

Che idiozia, pensò appena riprese a respirare in maniera normale. Doveva usare il cervello, anche quando era da sola al buio. Chi poteva esserci, nel bosco, a quell'ora? E a fare cosa?

Andò verso la rimessa, spense la lanterna e la poggiò sulla mensola da cui l'aveva presa Wilkins. Per fortuna lui non c'era. Perché Charlotte era scioccata e si vedeva benissimo.

Uscì e diede un'ultima occhiata al giardino. Era strano, di solito quando aveva paura di cose stupide come il buio o un rumore inaspettato la prendeva con ironia, rideva di se stessa, ma in quel momento no, la paura era troppo grande.

Così si girò e tornò in casa, a capo chino.

23

Il mattino dopo Charlotte dormì più a lungo del solito. Era stata una notte inquieta, si era svegliata più di una volta per incubi assurdi, dove alberi viventi allungavano i loro rami nodosi verso di lei o sollevavano le radici dalla terra per farla inciampare. Si mise un secondo cuscino sotto la testa e guardò la finestra, sulla quale la pioggia scendeva come lunghi serpenti d'acqua.

Per un po' basta con le passeggiate nel bosco, decise. Per scacciare le paure irrazionali della notte precedente, si era ripromessa di andare sul Mole di giorno, ma quel tempaccio la fece subito desistere. Seduta sul letto, si abbracciò le gambe. Di solito con la luce del sole le cose sembravano subito più semplici e chiare, ma quel mattino non portò alcun miracolo. Ne erano successe troppe. Iniziò a dubitare che il suo intelletto fosse ancora sano, e questo non le piaceva per niente.

Cos'era successo, veramente? Emily aveva creduto di vedere la madre in giardino, e poi le aveva scritto una lettera che nessuno doveva vedere. Così, quando Nora aveva cercato di prenderla, la bambina era entrata nel panico. Per tutto questo c'era una spiegazione razionale... e in fondo anche per la paura che aveva provato da sola nel bosco. L'atmosfera opprimente in casa di certo aveva fatto la sua parte; forse erano gli effetti collaterali delle favole dei fratelli Grimm che stava rileggendo, di boschi che erano allo stesso tempo un rifugio e un pericolo, salvezza ma anche rovina.

Quel giorno sarebbe tornato Sir Andrew. *Meno male*, pensò. Si alzò, si lavò e preparò il vestito per la giornata. Ne scelse uno azzurro con un'ampia gonna ma stretto in vita, una camicia bianca, e una giacca blu abbinata. Meno semplice del solito. Voleva mostrarsi sicura di sé, qualora il suo datore di lavoro l'avesse accusata di qualcosa.

Si vestì, si pettinò con cura e andò da Emily, che era già sveglia.

«Come va il piede?»

«Meglio, grazie. Riesco già a poggiarci un po' di peso.»

Charlotte scosse la testa. «No, non camminarci, altrimenti si gonfierà di nuovo. Devi stare a riposo. Sei contenta che torni papà?»

«Sì, e oggi vorrei continuare a lavorare al suo regalo.»

«Bene.» In quel momento sentì una voce maschile di sotto e guardò verso la porta. «Fra poco ti mando papà di sopra, così puoi salutarlo.»

Charlotte scese con il batticuore, non sapendo come Sir Andrew avrebbe reagito alla notizia dell'incidente di Emily.

Lo trovò all'ingresso con Mrs. Evans, e aveva un'aria rilassata.

«Buongiorno Fräulein Pauly. Mi hanno detto che ieri c'è stato un piccolo incidente.»

Charlotte sospirò. «Sì, Sir Andrew. Per fortuna Emily sta già meglio, anche se il piede è ancora un po' gonfio. Se vuole vederla, è già sveglia.»

Lui si girò verso Mrs. Evans. «Come le dicevo, avremo un ospite per il tè e per cena.»

Lei fece un inchino e scomparve in cucina.

«Per favore, venga con me in biblioteca.»

Charlotte lo seguì in silenzio e prese posto sulla poltrona indicatale dall'uomo, poi lo guardò. «Vorrei spiegarle come sono andate le cose ieri.»

«Certo. Ma prima devo dirle una cosa. A Londra ho tenuto

una corrispondenza con una persona raccomandatami dal dottor Sidgwick della *Società per la ricerca psichica*. Prenderà il treno delle undici e si fermerà allo Star and Garter Hotel di Dorking. Verrà qui oggi pomeriggio per il tè, alle tre. Nei prossimi giorni passerà del tempo con Emily. Vorrei che lei fosse a sua completa disposizione, ogni volta che avrà bisogno di aiuto o le farà delle domande, di qualunque tipo.»

Charlotte annuì. «Va bene, certo. Posso chiedere se è medico?»

«No, ma il dottor Sidgwick lo ha caldamente raccomandato.»

Di nuovo quel tono gelido che ormai Charlotte conosceva fin troppo bene. Ma non si perse d'animo, e raccontò per filo e per segno cos'era successo il giorno prima.

Sir Andrew la guardò inarcando un sopracciglio. «E lei come se lo spiega, questo episodio?»

«In tutta sincerità, non me lo spiego.» Esitò. «Di sera, sono andata in giardino di persona per vedere se ci fossero impronte. Ma non c'era nulla. Del resto, è pieno di foglie, su cui è impossibile lasciarne.»

Non appena ebbe parlato, capì di aver fatto un errore. La mano di lui, calma sul tavolo, si chiuse in un pugno.

«Cosa vuole dire, con questo? Che qualcuno entra di soppiatto nel mio giardino per mettere paura a mia figlia? Ma che idiozie! E comunque non spiega perché Emily creda di vedere o sentire la madre di notte.»

Charlotte abbassò la testa e si guardò i piedi, che spuntavano sotto la gonna azzurra. Per un attimo ebbe l'impressione che Sir Andrew non volesse trovarne nessuna, di spiegazione.

Lui si alzò. «Passerò la mattinata con mia figlia. Lei si tenga pronta per il pomeriggio.»

Non diede ulteriori spiegazioni, ma le tenne aperta la porta, ed entrambi entrarono in silenzio in sala da pranzo, dove Emily stava facendo una barchetta con il suo tovagliolo. Appena vide il papà tentò di alzarsi per abbracciarlo, ma mise il piede a terra e storse la bocca. Sir Andrew si precipitò da lei e l'abbracciò. *Finalmente*, pensò Charlotte.

Poco dopo, si congedò e salì in camera sua. Lesse un po', corresse un buon tema d'inglese di Emily e preparò le lezioni per i giorni a seguire.

Quando guardò fuori vide che aveva smesso di piovere. Così si mise cappotto, cappello di lana e sciarpa, e scese. Si fece impacchettare dalla cuoca un panino per il pranzo e disse che avrebbe fatto una lunga passeggiata.

Una volta fuori, si guardò intorno per controllare che nessun domestico la stesse osservando e rapidamente raggiunse la porticina nelle mura. Di giorno tutto aveva un aspetto pacifico e la paura provata nella notte le parve assurda, come se fosse stato qualcun altro a sperimentarla. Aprì la porta e uscì nella foresta. Nonostante gli alberi fossero grigi e cupi, dovette ammettere che avevano un loro fascino.

A ogni modo, restava comunque una passeggiata solitaria, e Charlotte si chiese se quel bosco fosse sempre così silenzioso. Forse era dovuto al periodo dell'anno: insomma con quel tempo bagnato e umido, un camino era senz'altro più allettante. Poi sentì un rumore sulla destra, e lo seguì finché si ritrovò sulle rive del Mole, in piena per le piogge degli ultimi giorni. I rami spogli degli alberi, sulle sponde, si curvavano sulle rapide come un tettuccio protettivo.

Era in quel punto che Lady Ellen era caduta? O si era gettata? L'acqua era scura, quasi nera, nessun riflesso delle nuvole o dei raggi del sole.

Si accorse di sentire freddo, e si allontanò dalla riva. Notò alcuni alberi particolari e pensò che avrebbe dovuto portare briciole di pane, come Hänsel e Gretel; poi andò verso destra, dove la foresta si diradava un po'. Lì il bosco sembrava più accogliente, e doveva essere molto bello rivestito di un verde manto primaverile. Cercò di immaginarsi foglie nuove, fiori tra le radici, il canto degli uccelli. Ma nemmeno le più fervide fantasie riuscivano a scacciar via quel silenzio impassibile.

Charlotte imboccò un sentierino in salita orlato dalle radici degli alberi. All'improvviso, l'atmosfera cambiò. A destra si stendeva una valle, che il sentiero circondava come un braccio. Il tasso nodoso incontrato la notte precedente non era nulla a confronto di quegli alberi esotici, che sembravano trapiantati in quella foresta inglese da un paese da fiaba lontano e le cui radici incurvate sulla terra ricordavano la rete di vene sulla pelle di un anziano.

Si fermò e guardò la valle. Quello che stava provando non era paura, ma rispetto, la sensazione di trovarsi in un posto speciale. Il silenzio, ora, era appropriato e solenne.

«Se ne parla già nel *Domesday Book*. Dicono che un tempo qui si riunissero i druidi.»

Mai, in vita sua, Charlotte aveva provato un simile spavento. Si guardò intorno, con il cuore che le batteva all'impazzata.

Di fronte a lei c'era un uomo sulla cinquantina, il volto segnato dalle intemperie e la barba grigia. Aveva un fucile sulle spalle e la guardava con curiosità, ma amichevolmente. Aveva gli occhi chiari, che sembravano molto più giovani del resto del viso.

«Miss, mi scusi se l'ho spaventata. Sono Jones, il guardaboschi del Norbury Park.» Indicò vagamente la direzione da cui era arrivato, e Charlotte si ricordò della casa intravista in lontananza sulla collina il giorno del suo arrivo.

«Non fa niente. Non poteva certo immaginare che ci fosse qualcuno.»

Lui la guardò serio. «Sì, effettivamente non succede spesso di incontrare signore a passeggio da sole.»

Lei indicò dietro le spalle, come per scusarsi. «Vengo da Chalk Hill.»

Il volto dell'uomo fu attraversato da un sorriso. «Ah, è la nuova istitutrice della piccola Miss Emily!»

Charlotte annuì. «Non sapevo che la notizia si fosse sparsa così in fretta.»

«Be', qui ci si conosce tutti» replicò lui amichevole. «È impossibile avere dei segreti.»

È possibile eccome, pensò Charlotte. «Quindi conosce Emily Clayworth?»

«Certo. Prima veniva qui a passeggiare con la madre... quando stava bene. La piccola è stata spesso malata, anche questo lo sanno tutti nella zona. Amava molto questo bosco.»

Ma a me non piace, le aveva detto invece Emily qualche tempo prima riferendosi a quel posto. Forse era stata la morte della madre a cambiare le cose?

«Prima ha detto che qui si riunivano i druidi...» disse Charlotte in tono interrogativo.

Il guardaboschi sorrise compiaciuto, come se fosse un insegnante e la foresta il suo argomento preferito. «Sì, questi alberi sono tra i più vecchi di tutta la Gran Bretagna. Vengono citati nel *Domesday Book*, che risale a quasi mille anni fa. Che non significa che allora fossero giovani... Nessuno è in grado di dire cosa abbiano visto, nella loro lunga vita. A ogni modo, questa parte della foresta si chiama, tuttora, Druid's Grove.»

«Gliel'ha mai raccontato, a Emily?»

Lui scosse la testa. «Non abbiamo mai parlato tanto. La madre la proteggeva molto, soprattutto dagli estranei. Ma ricordo, una volta, di averle mostrato uno scoiattolo.»

«Quindi conosceva anche Lady Ellen Clayworth?»

«Sì.» Il guardaboschi ebbe un attimo di esitazione. «Non dimenticherò mai il giorno in cui sono andato da Sir Andrew a portargli la sciarpa.»

«È stato *lei* a trovarla?»

«Sì, facevo parte del gruppo di uomini che cercavano qui, intorno al fiume. L'ho trovata un po' più a valle, impigliata in un ramo.»

Charlotte guardò per terra e con la punta di una scarpa diede una raschiatina all'erba.

«Dev'essere stato un colpo terribile, per Sir Andrew.»

L'uomo si passò una mano sulla barba e la guardò pensieroso. «Sì, lo è stato. Dicono che non abbia mai più nominato il nome della moglie, né tollerato che lo facesse qualcun altro in sua presenza. Spero che adesso la famiglia stia bene. Forse un giorno tornerà qui lei a passeggiare con la piccola, sempre che a lei...» Si zittì.

Charlotte annuì. Poi le venne in mente una cosa. «Lei conosce Tilly Burke?»

«Chi non conosce la vecchia Tilly? Povera donna, a un certo punto è uscita di testa. Prima lavorava per gli Hamilton, la famiglia di Lady Ellen.»

«Ma lei sa perché... perché si è ammalata?»

L'uomo si strinse nelle spalle e si guardò intorno per controllare che non ci fosse nessuno. «Be', dicono che non abbia mai superato il fatto di essere stata costretta a lasciare la casa dopo il matrimonio di Lady Ellen. Era molto legata alla giovane. Ma pare che Sir Andrew non la volesse tra i piedi. Però sono voci...» specificò un po' confuso. «E insomma, ne girano tante, di voci.» Fece una pausa. «Non deve dare retta alla vecchia Tilly, qualora le capitasse di incontrarla. Confonde i fatti e non sa più cos'è successo veramente e cos'è frutto della sua immaginazione.» Poi si toccò il cappello di tweed. «Le auguro una bella giornata.»

«Grazie. Solo una cosa, ancora. Può consigliarmi una via alternativa per tornare? Non mi piace rifare la stessa strada.»

L'uomo le disse di tenersi a sinistra e poi, attraverso i campi e i prati, come raggiungere Chapel Lane. «Da lì, è facile tornare a Chalk Hill.»

Charlotte ringraziò ancora e lo guardò scomparire tra gli alberi.

Quando arrivò a casa vide che la carrozza era nella rimessa. Wilkins la stava lucidando con un panno e vedendola passare la salutò.

Fu Susan ad aprirle, per poi volgere subito lo sguardo verso la biblioteca.

«Sono in ritardo per il tè?» domandò Charlotte, che non aveva con sé l'orologio.

«No, Miss, non è in ritardo. Sir Andrew ha visite. E mi ha detto di dirle di raggiungerlo appena tornava.» Charlotte salì rapida in camera per sistemarsi i capelli. Poi si tolse gli stivali sporchi e li mise davanti alla porta, si sistemò la gonna e la camicia e scese.

Davanti alla porta della biblioteca, si fermò. Dentro si sentivano due voci: quella di Sir Andrew e un'altra voce maschile, profonda. Bussò.

«Avanti, prego.»

Sir Andrew era vicino a uno scaffale e annuì in un gesto di saluto. L'ospite era seduto su una poltrona, e si alzò.

«Questa è Fräulein Pauly, l'istitutrice di mia figlia. Fräulein Pauly, le presento Mr. Thomas Ashdown, di Londra.»

Non era molto alto e indossava una redingote viola scuro, un colore piuttosto eccentrico per un uomo. Un gilè gessato argento con una camicia di un bianco immacolato e una cravatta nera. I capelli mori, qualcuno bianco, erano piuttosto lunghi e pettinati con la riga da una parte. La cosa più incredibile, però, erano gli occhi: scuri, con sopracciglia nere e ciglia lunghissime, così penetranti che era impensabile potesse sfuggirgli qualcosa. *Uno sguardo non spiacevole*, pensò Charlotte, *ma provocatore*.

«Piacere.» La voce era profonda e melodiosa.

Lei gli strinse la mano. «Il piacere è tutto mio, Mr. Ashdown.»

Sir Andrew indicò una poltrona, dove lei si sedette.

«Mr. Ashdown è stato incaricato dal dottor Sidgwick di venire qui a scoprire di cosa soffre Emily.»

L'ospite accavallò le gambe e guardò prima l'uno, poi l'altra. «Sono lusingato dalla vostra fiducia, ma vi prego di non riporre in me aspettative eccessive. Il dottor Sidgwick ha molta più esperienza e competenze di me. Io mi affido soprattutto al mio intelletto sano.»

Charlotte vide il volto di Sir Andrew velarsi di un'ombra di disappunto, ma annuì.

«Se il dottor Sidgwick l'ha mandata qui vuol dire che è sicuro delle sue capacità.»

«Il dottor Sidgwick e i suoi colleghi di solito lavorano con adulti» spiegò Ashdown. «Per la prima volta l'oggetto delle nostre ricerche è un bambino, e ha temuto che le sue procedure potessero risultare troppo dure o stranianti. Per questo ha chiesto a me di venire qui, dare un'occhiata ed esprimere un parere sulla situazione.»

«Capisco. Non vorrei metterle troppa pressione, ma spero comunque che lei abbia l'esperienza sufficiente per trattare mia figlia con le dovute cautele.»

Ashdown sorrise e il suo viso cambiò. «Adesso, se è d'accordo, vorrei spiegarle come intendo procedere. La cosa migliore sarebbe che mi esponesse il suo punto di vista sulla situazione e su quello che è successo. Poi io vi porrò alcune domande, a lei e a Miss Pauly. E solo allora parlerò con sua figlia. Ma non la sottoporrò ad alcun esperimento, non le incuterò paura. Glielo prometto.»

Le sue parole emanarono lo stesso calore della sua voce, e il disagio di Sir Andrew sembrò alleggerirsi.

Poi Ashdown si voltò verso Charlotte. «Naturalmente sono molto interessato anche alla sua versione dei fatti, poiché in quanto persona esterna potrebbe giudicare alcuni aspetti in maniera più oggettiva. L'amore paterno è una cosa meravigliosa, ma a volte può deformare lo sguardo.»

L'uomo sembrava sicuro di sé e non aveva peli sulla lingua, sebbene poco prima si fosse sminuito.

«D'accordo» disse Sir Andrew schiarendosi la gola. «Considerata la delicatezza della situazione, devo pregarla di mantenere la massima discrezione su quello che vedrà in questa casa. Sarebbe insopportabile se qualcosa trapelasse all'esterno. In gioco c'è la mia reputazione.»

«Sì, Sir, ne sono consapevole» replicò Ashdown, in un tono in cui Charlotte percepì una certa punta di ironia. Lo guardò con aria più incuriosita, ma la sua espressione rimase impassibile.

«Fräulein Pauly, adesso può andare da Emily» concluse la conversazione Sir Andrew.

Lei si alzò all'istante. «Certo. Mr. Ashdown, mi consideri a sua completa disposizione.»

Prima che avesse raggiunto la porta, l'ospite londinese si era già alzato per precederla e tenergliela aperta con un inchino. Lei ebbe l'impressione di percepire uno sguardo di disapprovazione da parte di Sir Andrew, ma quando fu sola in corridoio sorrise.

Da quel momento in poi, un pensiero non le diede pace e incredibilmente non aveva nulla a che fare né con Emily né con la madre, né tanto meno con le foreste popolate dai druidi. Era Thomas Ashdown. C'era qualcosa in lui che le risultava familiare, anche se sapeva di non averlo mai incontrato. Continuava a sentirsi addosso il suo sguardo, quegli occhi scuri così penetranti, la voce profonda. Mentre giocava con Emily a dama e riordinava i vestiti delle bambole, non riusciva a togliersi quel nome dalla testa; nemmeno quando venne chiamata per il tè ed entrarono nel salone, dove la bambina fece la conoscenza dell'ospite di Chalk Hill.

Fu Emily a risolvere il mistero.

Dopo che ebbero preso posto al tavolo imbandito, riempito le tazze di tè e i piattini di *scones*, la bambina guardò il visitatore incuriosita.

«Che lavoro fa, lei? È in Parlamento con papà?»

Ashdown rise e posò la forchettina. «No, io non sono così importante. Scrivo per i giornali.»

«E cosa scrive? Storie?»

Lui scosse la testa. «No. Vado a teatro, guardo uno spettacolo e scrivo se mi è piaciuto. O se non mi è piaciuto. Che a volte è anche più divertente.»

ThAsh.

Ma certo.

24

Avrebbe ascoltato l'istitutrice, pensò Tom Ashdown quando fu di nuovo solo con Sir Andrew. Durante la loro conversazione a tre, e anche dopo bevendo il tè, aveva percepito in lei una tensione, che cercava di nascondere. Non aveva detto molto, ma il suo sguardo faceva capire che aveva cose interessanti da raccontargli, a quattr'occhi.

Sir Andrew aveva sottolineato più volte quanto tenesse alla discrezione e quanto temesse per la sua carriera politica. Era gentile, ma troppo perfetto per i gusti di Tom, e si chiese con quanta sincerità avrebbe risposto alle sue domande. E cosa avrebbe deciso se si fosse trovato a dover scegliere tra la salute della figlia e il suo buon nome.

«Come può immaginare, le nostre chiacchierate porteranno via un po' di tempo.»

«Certo Mr. Ashdown, ma lei capirà che io non posso mettermi sempre a sua completa disposizione. Ho diversi impegni che devo rispettare e che richiedono la mia presenza a Londra con una certa regolarità.»

Tom inarcò un sopracciglio, ma in maniera quasi impercettibile. Il meccanismo di difesa era scattato ancor prima del previsto. Quell'uomo aveva smosso mari e monti perché la figlia venisse esaminata dalla *Società*! E adesso faceva marcia indietro ancor prima che Tom avesse formulato una sola domanda.

«Certo. Quindi, se è d'accordo, inizierei subito.»

Sir Andrew gli fece cenno di proseguire.

Tom tirò fuori un blocchetto dalla tasca della redingote. «Se mi permette, sui punti più importanti vorrei prendere qualche appunto.»

Poi si fermò e rifletté qualche secondo. In realtà aveva pensato di cominciare con la nascita di Emily e la prima infanzia, ma cambiò idea.

«Dunque, mi racconti cos'è successo a sua figlia nelle ultime tre settimane.»

«Quel signore è un amico di papà?» domandò Emily, seduta in classe con Charlotte a lavorare al suo quadretto a punto croce.

Charlotte ebbe un piccolo sussulto: non aveva preso alcun accordo con Sir Andrew, su cosa dovesse dire alla bambina riguardo a quella visita. Così ricorse a una bugia d'emergenza.

«Mr. Ashdown è un conoscente di tuo padre. Sta scrivendo un libro su questa zona e desidera parlare un po' con la gente che ci vive.»

Emily la squadrò. «Scrive sulle rovine e su Box Hill e sui boschi?»

Charlotte annuì. «Possibile. Forse farà qualche domanda anche a te. Tu puoi rispondergli con sincerità e raccontargli tutto quello che vuole sapere.»

«Certo» disse Emily entusiasta. «Potremmo fare un giro in carrozza e mostrargli la zona, come ho fatto io con lei.»

«Buona idea» commentò Charlotte.

«E lei cosa ha fatto stamattina?» domandò la piccola.

«Una passeggiata nella foresta» rispose la donna. «Ho incontrato un guardaboschi di nome Jones; mi ha detto che ti conosce.»

Emily sorrise. «Sì, è simpatico. Una volta mi ha fatto vedere uno scoiattolo.»

«Mi ha chiesto come stai e ha detto che sarebbe felice di rivederti, un giorno, nel bosco. Io sono arrivata fin dove ci sono quegli alberi vecchissimi, dove prima si riunivano i druidi. Forse potremmo ordinare un libro al riguardo e leggerne la storia. Che ne dici?»

Osservò la bambina infilare la punta della lingua tra le labbra e concentrarsi a spingere l'ago nella stoffa. Non era portata per il punto croce, ormai le era chiaro. Ma si impegnava.

«È vicino al fiume» disse infine come se fosse una risposta alle parole dell'istitutrice.

«Sì, sono arrivata anche fino alla riva.»

Emily gridò e lasciò cadere l'ago per terra. «Oh, no! Mi sono punta!» Si alzò e buttò il lavoro sul tavolo irritata. «Io non ci riesco, davvero, non lo so fare.»

Charlotte sospirò. Si sentiva in colpa, sapeva benissimo cos'era stato a distrarla.

«Ti faccio una proposta: quando avrai finito il quadretto per tuo padre, per un po' metteremo da parte il punto croce. Ci sono sempre delle cose in cui uno riesce meglio che in altre. E tu, per esempio, sei molto più portata per il disegno.»

Emily, però, non l'aveva ascoltata. «Perché è andata nella foresta e al fiume? Cosa stava cercando?»

Non furono le parole, ma il tono con cui le disse che fece rabbrividire Charlotte.

«Be', volevo vedere il bosco, in fondo è proprio qui a due passi. E visto che mi hai detto che non ti piace, ci sono andata una mattina in cui ero libera.» All'improvviso ebbe l'impressione di doversi giustificare davanti a una bambina di otto anni. Emily sembrava aggressiva. Charlotte fu grata per la visita di Tom Ashdown, perché la piccola stava per scoppiare.

Emily fece un respiro profondo, si mise seduta e riprese in mano il lavoro.

Charlotte le passò un fazzoletto. «Esce sangue?»

«Un pochino.»

«Va bene, allora riprenderai domani.» Esitò. «Scusami, non avrei dovuto parlarti del fiume.»

«Fräulein Pauly, mi racconta una storia?» disse Emily d'istinto. Una proposta di riconciliazione, forse.

«Su cosa? Qualcosa di divertente?»

Lei scosse la testa. «No, meglio qualcosa che fa paura.»

Charlotte fu sorpresa dalla richiesta. «Mmm... non so se è una buona idea.»

La bambina la fissò con sguardo di sfida. «Preferisco sentire storie di paura quando sono sveglia, invece di sognarle. Mi racconti qualcosa che fa paura su una foresta.»

Charlotte si sentì colta in fallo: solo un attimo prima aveva pensato alla storia di *Cuore freddo*; era ambientata nella Foresta Nera. In alcuni punti faceva paura: Peter Munk, infatti, alla fine uccideva la moglie Lisbeth, anche se poi lei tornava in vita. Però Emily era di un umore strano, e Charlotte decise di correre il rischio.

«Sì, mi è venuta in mente una storia che potrebbe piacerti. Adesso metti via le cose, poi te la racconto in camera mia. Okay?»

Emily annuì impaziente. «Sì, sarebbe bello. Prima era la camera della mamma.»

«Lo so.»

Poco dopo salirono la scala a chiocciola. Una volta dentro Charlotte avvicinò due poltrone, chiuse le tende e prese una coperta per la bambina.

Poi iniziò a raccontare, a memoria, forse non esattamente come l'aveva scritta Wilhelm Hauff, ma così come gliel'aveva raccontata sua madre.

La tenne d'occhio, a volte la piccola sussultò, nei passaggi più tetri, o fece qualche domanda sull'Uomo di Ghiaccio o sull'Olandese Michel. «Esiste davvero, questa foresta?»

Charlotte annuì. «Sì, ma io non ci sono mai stata. È molto lontana da Berlino.»

Emily le fece cenno di proseguire.

Dopo che ebbe finito, guardò la sua alunna piena di aspettative. «Allora, ti è piaciuta?»

«Sì.» Il volto arrossato dall'eccitazione. «Ma sono felice che il Kohlenmunkpeter – quella difficile parola tedesca le creò qualche difficoltà – alla fine sia stato salvato. Altrimenti sarebbe stata troppo triste.»

«Sì, hai ragione. Anch'io ogni volta sono sempre felice quando le storie finiscono bene, anche se già le conosco.»

Poi restarono sedute in silenzio, e Charlotte vide che si era calmata. Forse le aveva fatto bene avere paura di qualcosa che era frutto della fantasia umana e non aveva niente a che fare con la realtà.

A un certo punto Emily si alzò e si avvicinò alla finestra. Scostò la tenda e guardò fuori, come se si aspettasse di vedere qualcosa. Si girò, e parve delusa. Charlotte non disse nulla.

Tom Ashdown si stava godendo un whisky al bar dello Star and Garter Hotel di Dorking. Dopo una lunga giornata come quella, non poteva mettersi a letto. Quel mattino aveva fatto colazione a casa sua, e ora quel mondo gli sembrava così lontano. L'incarico ricevuto e l'incontro con la famiglia erano state esperienze insolite, e sperava che non avessero notato troppo la sua inesperienza. Quando si era ritrovato di fronte all'ingresso di Chalk Hill, l'istinto gli aveva suggerito di risalire in carrozza e andarsene. Quanto era stato arrogante, da parte sua, accettare il caso di quella bambina che probabilmente aveva bisogno di un medico o dell'amore del padre, invece che di uno scacciafantasmi!

In quel momento, però, non era più pentito: quella storia, infatti, lo stava affascinando sempre di più. La casa era elegante e curata, la figlia una bambina sveglia, i domestici educati e discreti... all'apparenza sembrava tutto perfetto. Eppure fin dal primo istante aveva percepito qualcosa... un segreto, parole non dette, un buio annidato dietro quella facciata di sgargiante benessere.

Il whisky lo stava scaldando dentro, e ne ordinò un altro. In realtà di solito non beveva da solo: aveva smesso la mattina in cui, dopo la morte di Lucy, si era svegliato sul pavimento del salotto, mentre Daisy iniziava a rassettare. Allora aveva giurato di non bere mai più un whisky da solo, ma visto che non era a casa, si considerò esonerato da quella promessa.

Diede una tirata alla pipa e si guardò intorno. Era nella sala degli ospiti dell'hotel, frequentata anche da cittadini di Dorking. Lo sguardo cadde su una poltrona vicino al camino. Tom prese il bicchiere e vi si accomodò.

«Ecco, adesso sì che brucia di nuovo come si deve. È qui in visita da qualcuno?» domandò un uomo anziano con un cappello in tweed che aveva appena portato la legna.

«Sì, vengo da Londra» rispose Tom. «Posso offrirle un bicchiere?»

L'uomo si toccò il cappello. «Derek Smith. Be', Sir, non dico mai di no.»

Si prese una mezza pinta al bancone e si appoggiò al camino; aveva voglia di chiacchierare.

«Bella zona» disse Tom.

«Ma periodo sbagliato. Dovrebbe tornare in primavera, che è più bello. Sebbene nei fine settimana pulluli di londinesi. Per noi del posto quasi troppi, ma agli albergatori naturalmente non dispiace.»

«Ah, a me piace così, in solitaria» rispose Tom sorridendo e tirando alla pipa. «Sono qui per un lavoro a Westhumble.»

«Davvero, Sir?»

«Sì. Da Sir Andrew Clayworth.»

«Oh, il deputato» commentò Mr. Smith. «È un uomo molto in vista da queste parti.»

«Ho avuto il piacere di conoscere anche la figlia… che bambina incantevole.»

«Sì, lo dice anche mia moglie. Prima veniva spesso qui in paese con la madre. A prendere il tè.»

Tom inarcò un sopracciglio. «Ho sentito che Lady Clayworth è morta.»

«Sì, una storia terribile. Annegata nel Mole. Nessuno poteva crederci, quando è arrivata la notizia.» Guardò Tom incerto. «Mi scusi, Sir, parlo sempre troppo. Io lavoro qui, sono una specie di tuttofare, ecco.»

«Non si preoccupi, Mr. Smith, io sono contento di non starmene qui seduto da solo. Nei viaggi, a volte non parlare con nessuno mette a disagio.»

A quel punto, Mr. Smith bevve un lungo sorso e proseguì con rinnovato entusiasmo: «E nessuno riusciva a capire come fosse stato possibile l'incidente. Sì, il Mole era in piena, ma chi vive qui lo sa ed evita di avvicinarsi troppo alla riva». Si strinse nelle spalle, perplesso.

«Poco fa parlavate di una sala da tè. Potrebbe dirmi dove si trova? È una mia mania provare gli *scones* in tutti i posti che visito.»

Il vecchio Smith rise. «Allora è nel posto giusto! Le sorelle Finch sfornano i migliori *scones* di tutto il Surrey.»

Poi parlarono del più e del meno, fino a quando Smith non si congedò dopo aver ricevuto un'occhiataccia dall'albergatore.

Tom riportò il bicchiere vuoto al bancone e svuotò la pipa in un posacenere, prima di infilarsela nella tasca della redingote.

«Buonanotte, Sir» disse l'albergatore controllando un bicchiere pulito in controluce.

«Grazie.»

Nella sua camera, Tom si tolse la redingote e la appese al gancio della porta, si sfilò il collo della camicia, aprì i primi bottoni e si passò le mani tra i capelli. Si guardò allo specchio. Aveva sempre l'impressione che le stanze sconosciute lo cambiassero, come se il nuovo ambiente gli desse più colore.

Le linee intorno alla bocca, per esempio, sembravano più marcate, l'ombra della barba particolarmente scura sul collo. Era come se il suo stesso viso cercasse di metterlo in guardia.

Che scemenze, pensò e si girò dall'altra parte, senza però riuscire a sottrarsi a quella sensazione strana, qualcosa che non riusciva a definire e che rischiava di offuscare la curiosità e le aspettative con cui era arrivato lì. Iniziò a camminare avanti e indietro, in modo da riflettere meglio. Poi capì. A inquietarlo era la rabbia, rabbia repressa.

Rabbia nei confronti di Sir Andrew: un uomo che consultava medici e chiamava in causa Henry Sidgwick dicendo di essere preoccupato per la figlia; un uomo che aveva creduto disposto a tutto, pur di aiutare la sua bambina; un uomo per il quale egli si stava muovendo in un campo in cui non si sentiva a suo agio; un uomo che già il primo giorno gli aveva taciuto cose importanti, per esempio com'era morta la moglie.

Quando lo avrebbe scoperto, Tom, se non ne avesse parlato per caso con il loquace Mr. Smith? Avrebbe dovuto insospettirsi quando gli aveva detto che era stato un semplice incidente? Lui l'aveva visto dal finestrino del treno, il Mole. Anche in piena, a primavera, gli pareva poco probabile che un adulto potesse scivolarci dentro per sbaglio e annegare...

Si mise seduto sul letto e si prese la fronte tra le mani. In quel momento, si pentì eccome di aver accettato quell'incarico. Quel sentimento di rabbia era così forte che si chiese se fosse consapevole o indotto dal secondo whisky. Il buonumore ormai era svanito e per la prima volta dopo molto tempo ebbe l'impressione che Lucy fosse seduta accanto a lui, nella stanza. Si guardò intorno, pur sapendo che non l'avrebbe mai più rivista. Una debole voce, dentro di lui, chiese se fosse una buona idea immischiarsi nella vita privata di un uomo che, come lui, aveva perso la moglie da poco.

Poi si alzò e iniziò a svestirsi, appese il gilè e la camicia all'appendiabiti e s'infilò la camicia da notte, poi si lavò nella tinozza di porcellana.

Era venuto per aiutare una bambina, nei limiti delle sue possibilità, e quelle paure irrazionali non glielo avrebbero impedito.

Dopo che Charlotte ebbe riportato Emily in camera, restò ancora un paio di minuti con la bambina.

«Simpatico, quel signore amico di papà» disse Emily all'improvviso.

«È vero» disse Charlotte. «Credo di aver già letto delle cose che ha scritto sul giornale, qualche tempo fa. Erano divertenti.»

«Scrive cose divertenti?» domandò la bambina eccitata per poi aggiungere, pensierosa: «Anche se a me piacciono più le storie paurose, come quella del Kohlenmunkpeter».

«Be', ha scritto una cosa su un detective» disse l'istitutrice, «che faceva ridere.»

«Che cos'è un detective?»

«Un tizio che cerca gente o oggetti scomparsi e, facendolo, vive un sacco di avventure. E che talvolta osserva bene le persone per capire se hanno commesso un crimine.»

«Ma non lo fa la polizia?» domandò la bambina un po' sospettosa.

Charlotte rise. «Sì, ma ci sono persone che non vogliono andare subito alla polizia, con le loro preoccupazioni. Così assumono un detective.»

Emily inarcò le sopracciglia concentrata. «Quando torna, glielo chiedo. Chiedo all'amico di papà di spiegarmi bene cosa fa un detective.»

Poi si girò dall'altra parte, gesto che Charlotte interpretò come un invito a uscire dalla stanza.

Salì in camera sua. Arrivata in cima alla scala, sentì qualcosa di scivoloso sotto i piedi e si chinò, abbassando la lampada a pochi centimetri dal pavimento.

Era una foglia, marrone, bagnata e poco appariscente, che non avrebbe nemmeno notato se non fosse stata proprio davanti alla porta. Lì, però, aveva un che di minaccioso, che la spinse a entrare in camera rapidamente e chiudere la porta a chiave.

25

A colazione, Mrs. Evans riferì a Charlotte che Mr. Ashdown desiderava parlarle.

«Dove? E quando?» replicò Charlotte sorpresa. *Così presto?* pensò.

Mrs. Evans la guardò con malcelata curiosità. Forse si stava domandando come mai l'ospite londinese avesse chiesto un colloquio privato con l'istitutrice.

«Wilkins è andato in hotel a Dorking per avere istruzioni più precise.»

Charlotte guardò Emily, che aveva ascoltato tutto con occhi sgranati. «Non possiamo saltare un altro giorno di lezione. Ti lascerò dei compiti da fare. Quando li avrai finiti, potrai disegnare o giocare con Nora finché non torno.»

La bambina aspettò che la governante uscisse, poi disse: «Per favore, gli chiede del detective da parte mia?».

Charlotte reagì un po' irritata. «Ah, sì, l'articolo sul giornale. Se capita l'occasione, glielo chiedo.»

Emily continuava a fissarla, mentre si rigirava tra le mani una fetta di pane tostato. Poi, a un'occhiataccia di Charlotte, posò il pane nel piatto.

«Di cosa vuole parlarle? Se vuole scrivere su questa zona, dovrebbe chiedere a persone che ci vivono già da un po', no? Potrebbe chiedere a me!»

Charlotte sorrise. «Lo farà, ne sono certa. Gli dirò che sei un'enciclopedia vivente sulle bellezze del Surrey.»

Emily s'illuminò. «Grazie, Fräulein Pauly. Già a lei ho mostrato molte cose.» Non sembrò una risposta da saputella, lo disse in tono gentile.

Una stanzetta dell'hotel, la cui porta per motivi di decoro restò aperta di uno spiraglio. Un camino acceso, qualche poltroncina, un tavolino con un bricco di caffè e due tazze. Appena Charlotte fu entrata, Ashdown si alzò, le strinse la mano e le prese il cappotto, poggiandolo su una sedia.

«Posso offrirle una tazza di caffè?» La guardò con aria interrogativa, la mano già sul bricco.

«Volentieri, grazie.»

Ashdown le aveva comunicato tramite Wilkins che avrebbe preferito incontrarla alle due del pomeriggio allo Star and Garter. Così aveva passato la mattina a riassumere i suoi appunti e a tradurre i passi più importanti in inglese, mentre Emily svolgeva dei compiti scritti. Charlotte aveva preparato una sintesi di quello che aveva vissuto con Emily negli ultimi giorni e settimane, e quello che aveva saputo riguardo alla famiglia. Senza tralasciare né l'incontro cercato con Tilly Burke né quello casuale con il guardaboschi. Poi aveva pranzato con la bambina, quindi Wilkins l'aveva portata a Dorking.

Si sedette, Ashdown le porse la tazza. Era un po' eccitata. *Cominciano i giochi!*, si disse, per poi sorridere di fronte a quel pensiero sciocco.

«Vedo che la mia richiesta di sacrificare il suo pomeriggio per me non le ha fatto passare il buonumore» disse l'uomo sedendosi accanto a lei. «Ho pensato fosse meglio che questo colloquio si svolgesse su un campo… diciamo… neutro.»

«Nessun sacrificio, se si tratta di Emily» disse Charlotte.

Lui bevve un sorso di caffè e la guardò con quegli occhi scuri penetranti da sopra il bordo della tazza. «Vuole bene a quella bambina, vero?»

«Ci conosciamo da poco, ma sì, l'ho presa molto a cuore.»

«Non è scontato, per un'istitutrice. A volte gli allievi vengono considerati un male necessario» rispose lui con una sincerità disarmante.

«È vero, a volte succede, ma Emily è una bambina affettuosa, diligente e s'interessa di tutto. È per questo che… che ci tengo tanto ad aiutarla.»

Ashdown posò la tazza, si appoggiò allo schienale e si guardò le mani. «Come ho già detto ieri, la questione è molto complessa trattandosi di una bambina… una bambina ignara dei pericoli che la circondano e che deve essere protetta con ogni mezzo possibile. Davvero non so se sono all'altezza.»

«Be', solo il fatto che dubiti di esserne all'altezza fa capire con quanta serietà sta prendendo la faccenda» replicò Charlotte spontanea arrossendo un po'.

Lui sorrise. «Sì, può essere visto anche da questo punto di vista. Ma lei vede sempre cose buone dappertutto?»

Quella domanda personale la spiazzò un po'. «No, non sempre, ma cerco di fare del mio meglio.» Charlotte decise di ripagare Ashdown con la stessa moneta.

«Una controdomanda: lei crede ai fantasmi?»

Lui inarcò un sopracciglio, prima di storcere la bocca in un sorriso. «Pensavo di essere *io* quello che fa le domande qui e invece…»

«Certo. Ma se devo confidarle cose personali, credo sia mio diritto sapere qualcosa di lei. Ha ragione, è una questione delicata, Emily o il padre potrebbero riportare grossi danni se trapelasse qualcosa. E se lei crede di non essere all'altezza, forse dovrebbe farlo qualcun altro…»

All'improvviso, lui si fece serio. «Io sono ben consapevole delle mie responsabilità, anche se la mia poteva sembrare un'osservazione fatta con leggerezza. E per quanto riguarda la sua domanda, le rispondo da agnostico: non lo so. Negli ultimi due anni mi sono occupato di queste cose in maniera sempre più intensa e non mi sento né di affermare che esistono, né di escluderlo categoricamente.»

«E su questa base pensa di poter esprimere una valutazione?»

«Sì, anzi, solo su questa base posso farlo. Convinzioni troppo granitiche offuscano la capacità di giudizio.»

Si alzò e iniziò a camminare per la stanza, poi si fermò e guardò Charlotte con la massima concentrazione.

«Ho conosciuto un ciarlatano, dei peggiori, che estorceva soldi a persone in buona fede fingendo di poter entrare in contatto con i loro parenti defunti. Ma ho avuto anche l'onore di conoscere una signora americana che, nonostante tutti gli sforzi dei miei esimi colleghi, si è dimostrata estranea a ogni tipo di inganno, e lei non prende mai soldi per i suoi servigi, nonostante sia in grado di fare cose davvero stupefacenti. Incontrarla mi ha dato da pensare, lo ammetto. Ma io non ho mai avuto nessuna esperienza personale con fenomeni soprannaturali, fantasmi o simili. E non so nemmeno se lo voglio, ecco.»

Pronunciando l'ultima frase aveva distolto lo sguardo, ma Charlotte aveva colto una strana espressione sul suo volto.

«Le basta, come risposta?» domandò guardandola di nuovo negli occhi.

«Sì. Mi scusi se ho dubitato di lei. Quello che mi ha detto è molto sensato. Prego, mi chieda pure ciò che vuole.» Sorrise e tirò fuori gli appunti dalla borsa. «Se vuole, poi può leggere questi, con calma. È una specie di diario del mio soggiorno a Chalk Hill. Troverà diverse cose su Emily e sulla sua famiglia.»

Lui la guardò sorpreso. «Davvero mi affiderebbe il suo diario?»

«Sì» rispose lei secca. «I punti più importanti li ho tradotti in inglese.»

«La ringrazio moltissimo. Spero non le dispiaccia se le pongo comunque qualche domanda.»

Lui posò gli appunti di Charlotte sul tavolo e si versò dell'altro caffè. Lo sguardo di lei si soffermò sulle sue dita magre ma forti. *Che stile.* Ma scacciò via subito quel pensiero.

«Mi racconti com'è arrivata a Chalk Hill e l'impressione che ha avuto della famiglia e della casa. Quando sono iniziati gli strani episodi che preoccupano tanto lei e Sir Andrew? Chi ne è al corrente? Sa cosa pensano in proposito i domestici? Ha fatto delle ricerche di sua iniziativa e, se sì, cos'ha scoperto?»

All'ultima domanda, si sentì arrossire. «Be', ho cercato di tenere gli occhi e le orecchie ben aperti. Ma non è stato facile, senza destare sospetti. Il mio datore di lavoro, poi, non tollera i pettegolezzi. E diverse cose vengono… taciute.» Si fermò e respirò profondamente. «Ma mi lasci cominciare dall'inizio. Quando sono arrivata, Wilkins, il cocchiere è venuto a prendermi alla stazione di Dorking…»

Finalmente Charlotte tirò fuori tutto quello che le era capitato nelle ultime settimane, e capì quanto bisogno avesse di condividere le sue preoccupazioni con qualcuno. Ashdown la ascoltò con attenzione, interruppe quel flusso di parole con pochissime domande. L'inglese non le creò problemi. Mentre raccontava, le venivano in mente altre cose e sperò che quello che stava dimenticando di dire fosse nei suoi appunti.

Quando finì si rese conto di non riuscire quasi più a vedere il suo interlocutore, da quanto si era fatto buio nella stanza.

«Oh, forse dovremmo alzare il gas della lampada» disse titubante.

Ashdown lo fece e poi si girò di nuovo verso di lei. «Grazie, è stata davvero molto esauriente. Avrei dovuto prendere appunti, ma il suo resoconto era così avvincente che me ne sono dimenticato. Meno male che mi ha portato il diario.»

Charlotte fece per alzarsi dalla sedia. «Se non ha altre domande...»

Ma Tom alzò una mano. «Solo una cosa... mi farebbe l'onore di venire a bere il tè con me? Ho sentito dire che qui fanno degli *scones* squisiti.»

Charlotte arrossì e cercò una risposta adeguata. Naturalmente quando si sottoponeva agli interrogatori di Tom Ashdown agiva con il beneplacito di Sir Andrew... ma questo includeva anche la sala da tè? Non avrebbe suscitato pettegolezzi? Poi però sentì un brivido, una leggerezza che le saliva nel petto come una bolla di sapone, e rispose: «Con piacere, Mr. Ashdown».

Quando vide le occhiate delle sorelle Finch, Charlotte si preoccupò un po', ma sorrise e aspettò che Ashdown le trovasse una sedia. Cercò di farsi coraggio ignorando gli altri ospiti e concentrandosi solo sul suo accompagnatore, ma si rese conto che lo sguardo di lui la inquietava ancora di più. Nel profondo di quegli occhi scuri intravide un guizzo malizioso.

«In tutta sincerità, non pensavo che quest'incarico si sarebbe rivelato così piacevole.»

«Infatti non lo sarà a lungo.»

«Un punto per lei.» Il guizzo scomparve. «L'avevo sottovalutata. Mi scusi se l'ho offesa con un complimento così spicciolo.»

«Non sono offesa» disse Charlotte conciliante, maledicendosi per aver fatto scoppiare quasi subito la bolla di sapone che sentiva nel petto. «Soltanto, non dimentichiamoci che in gioco c'è la salute di una bambina.»

Miss Ada si avvicinò al tavolo e la salutò con calore, per poi dare un'occhiata curiosa al suo accompagnatore. «Cosa posso portarvi?»

«Tè e *scones*» rispose Ashdown. «Mi hanno detto che qui sono particolarmente buoni.»

«Gentile, da parte sua, averci fatto tutta questa pubblicità» disse Miss Ada rivolta a Charlotte.

«Lo dicono tutti, qui in paese» disse Ashdown. «La vostra fama ha fatto molta strada. E se non mi deluderete, presto anche a Londra si parlerà dei vostri *scones*.»

Charlotte vide Miss Ada arrossire e correre dalla sorella. E non poté fare a meno di sorridere.

«Però... sa come fare complimenti a una donna.» Dopo una breve pausa, aggiunse: «Prima ha detto che è lei a fare le domande, e lo comprendo. Ma posso chiederle una cosa che non ha niente a che fare con il suo incarico?».

Lui poggiò la testa su una mano e la guardò pieno di aspettative. «Prego.»

«Lei è *ThAsh*?»

Rise. «Ha letto qualcosa di mio? Oh... spero fosse buono!»

«Uno dei suoi articoli mi ha fatto piangere dalle risate, una notte in cui mi sentivo molto agitata.»

«In che senso?»

«Be', non riuscivo a dormire e cercavo un modo per far passare il tempo. E per caso ho scoperto il suo pezzo su quello spettacolo così terribilmente grottesco, e la cosa mi ha incuriosito...»

Rise di nuovo, e nei suoi occhi tornò quel guizzo. «Per favore, mi dica che non era *Il fiore bianco di Soho*...»

Anche Charlotte rise. «Era così terribile?»

«Peggio di quanto possa immaginare» rispose lui. «Raccapricciante. Ero lì con un amico, un medico secondo il quale spettacoli del genere possono aiutare le persone, che andando a teatro si distraggono.»

«Be', se il riso è salutare, allora dovrebbero leggere le sue recensioni.»

«Grazie, lo prendo come un complimento.»

«Era così che lo intendevo.»

Miss Ada portò tè e *scones* con la crema e marmellata di lamponi e li sistemò con cura sul tavolo. Poi diede un'occhiata a Charlotte. «Come sta la piccola Emily? Bene, spero...»

«Sì, grazie.» Esitò. «Tilly Burke... è tornata?»

Ada Finch la guardò sorpresa. «Incredibile che me lo chieda. È tornata, sì, giusto un paio di giorni fa. E io che continuo a domandarmi come riesca ancora a fare tutta quella strada a piedi, alla sua età... comunque sì, all'improvviso è ricomparsa all'ingresso e...»

La sorella, dietro al bancone, le fece un cenno indicando le numerose teiere in attesa.

«Scusate, torno tra un po', altrimenti Edith mi sgrida perché sono troppo chiacchierona.» Se ne andò quasi di corsa, e Ashdown la guardò con aria interrogativa.

«È l'anziana di cui mi ha parlato?»

«Sì, l'ex bambinaia di Lady Ellen. Parla in maniera confusa, in realtà, ma secondo me qualcosa di vero c'è. È una di quei malati mentali che non distinguono tra fantasia e ricordo.»

«La domanda è quanto credito le si possa dare» replicò lui scettico. Divise uno *scone* in due metà e lo cosparse di crema e marmellata. Poi lo morse e chiuse gli occhi. «Divino. Sì, consiglierò senz'altro le sorelle Finch a Londra.»

Poco dopo Miss Ada tornò al loro tavolo. «Ho spiegato a mia sorella che mi ha chiesto di Tilly Burke e che non sono rimasta qui a importunarvi...» Abbassò la voce in modo che la gente seduta ai tavoli intorno non potesse sentirla. «A ogni modo, Tilly è entrata e ha chiesto di Emily. Così, di punto in bianco. Io le ho risposto che non c'era. E poi…» Fece un respiro profondo e deglutì, come se facesse fatica a proseguire. «Tilly ha detto che Emily è triste perché il fiume si è portato via la madre.»

Charlotte guardò Ashdown perplessa, il quale si strinse nelle spalle.

«Secondo me è da irresponsabili permettere che quella povera donna viva da sola» aggiunse Miss Ada. «Spero solo che non incontri mai più la bambina… la piccola è rimasta scioccata, quando si sono viste qui.»

Charlotte annuì. «Sì, prima o poi ne parlerò con il reverendo Morton e la moglie. Forse potrebbero fare in modo che trovi un alloggio più adeguato.»

«Sarebbe un gran bel gesto» le disse Miss Ada per poi riscomparire dietro il bancone.

Ashdown inarcò un sopracciglio. «Cosa ne pensa di tutto questo?»

Charlotte guardò il piatto, rimuginando. «Non lo so, è… strano.»

«Cosa, esattamente?»

«Il modo in cui l'ha detto. Io l'ho incontrata due volte, Tilly Burke, e in entrambi i casi ha ripetuto più volte che Lady Ellen era triste, che il marito voleva cacciarla, che il fiume se l'è portata via, che gli spiriti l'hanno chiamata a loro. Adesso se ne esce che è *Emily* a essere triste. I suoi pensieri sembrano ruotare sempre intorno al fiume e agli spiriti. Comunque ho scritto tutto. Lo legga e poi deciderà lei quanto peso dobbiamo dargli.»

Solo dopo aver terminato la frase Charlotte si rese conto di aver usato il "noi".

«Bene…» Ashdown continuava a girare pensieroso il suo tè. «Pomeriggio interessante, e non vedo l'ora di leggere i suoi appunti. Domani farò un giro qui intorno.»

«Non vuole parlare prima con Emily?»

Lui scosse la testa. «No, prima di parlare con la bambina voglio scoprire il più possibile sulla famiglia. Probabilmente sarà necessario anche trascorrere almeno una notte in casa.»

«Capisco. Se succede qualcosa... vuole esserci anche lei.»

«Esatto.»

Lui si girò verso il bancone per chiedere il conto, mentre Charlotte all'improvviso ricordò una cosa che non aveva scritto nel diario. Provava un po' di vergogna a confessargli che aveva passato al setaccio la propria stanza, ma alla fine superò ogni remora e gli raccontò della boccetta di antimoniltartrato di potassio che aveva trovato sotto l'asse del pavimento.

Ashdown fece un fischio. «Cavolo, meglio di Sherlock Holmes.»

Lei arrossì e poi rise sollevata. «Ho letto anche quella, di recensione.»

«Davvero? I libri glieli consiglio, davvero. Per quanto riguarda il suo ritrovamento...» Appoggiò il mento sulle mani e la fissò con i suoi occhi scurissimi. «Lei cosa ne pensa?»

Charlotte si strinse nelle spalle. «Non so, non riesco a venirne a capo. Forse risale ai tempi in cui Lady Ellen era ancora bambina, insomma era nella sua stanza. Ma potrebbe anche averlo nascosto lì da sposata. Lei o qualcun altro.»

«Lo ha detto ai domestici?»

«No» rispose lei decisa. «Una cosa del genere un'istitutrice non può permettersela, soprattutto se arrivata da poco. Io... io mi vergognavo troppo. Avrebbero sparlato di me.»

«E se servisse alla causa?» domandò lui impassibile, e Charlotte si sentì avvampare.

«Ma avrei rischiato di sembrare un'impicciona...»

Lui si tirò indietro e incrociò le braccia. «Mi scusi, è normale che non voglia mettere a rischio la sua posizione.»

Eppure lei colse un velo di delusione nei suoi occhi che la disarmò.

«Mi sembra un ritrovamento importante, sebbene neanch'io riesca a venirne a capo. Dovremo approfondire la cosa.»

Stavolta era stato lui, a usare il "noi".

Charlotte tornò a Chalk Hill verso le sei e mezzo con una carrozza a nolo, e Mrs. Evans la accolse con un'occhiata strana.

«Spero che abbia trascorso un bel pomeriggio» disse rigida.

«Sì, grazie» rispose Charlotte, sinceramente. La reazione di Ashdown al suo racconto del ritrovamento dell'emetico aveva lasciato il segno, e aveva deciso di "servire la causa", per usare le parole esatte del critico londinese.

«Senta… visto che è la persona che conosce meglio questa casa, vorrei chiederle una cosa.»

Mrs. Evans la guardò stupita, ma non fu scortese. «Prego.»

Andarono nella stanzetta dell'amministrazione. Charlotte restò con la schiena alla porta. «In camera mia, di sopra, per caso ho scoperto un'asse del pavimento sconnessa.»

«Lo farò subito presente, in modo che la riparino» rispose la donna senza indugio. «Può essere pericoloso, c'è il rischio di inciampare o di ferirsi con una scheggia.»

Charlotte alzò una mano per calmarla. «Grazie, ma non è per questo che gliel'ho detto. Sotto la trave, ho trovato una cosa.»

L'espressione impassibile della governante fu increspata da un moto di curiosità.

«Si tratta della boccetta di una farmacia, con una strana sostanza, bianca. Antimoniltartrato di potassio, è un emetico. Lei potrebbe sapere come mai era lì sotto?»

Mrs. Evans si girò leggermente di lato, come per proteggersi dallo sguardo penetrante dell'istitutrice.

«Non ne ho idea. In questa casa non usiamo sostanze del genere. E non saprei dirle nemmeno come sia finito sotto le assi del pavimento.»

«Be', ovviamente io non so da quanto tempo fosse lì.»

«Dopo che Lady Ellen ha sposato Sir Andrew, la stanza è rimasta vuota per diversi anni. È stata riutilizzata solo con l'arrivo delle istitutrici» spiegò Mrs. Evans. «Forse è stata qualcuna di loro a lasciarla lì. Chiederò a Millie e a Susan, ma sono sicura che non c'entrano nulla.»

Charlotte annuì. «Grazie. Ci sarebbe anche un'altra cosa... qualche tempo fa abbiamo parlato di Tilly Burke.» Il volto di Mrs. Evans si adombrò. «Oggi l'ho incontrata, per caso. In qualche modo mi ha ricollegato a questa casa e ha iniziato a parlare di Lady Ellen. Ha detto che il marito voleva mandarla via.»

La stretta le circuì il polso all'improvviso, la mano di Mrs Evans era ghiacciata, e Charlotte alzò la testa terrorizzata. Gli occhi grigi della governante erano diventati ancora più scuri e imperscrutabili, e le sue labbra così serrate da aver perso il loro colore.

«Non lo dica mai più» sibilò continuando a stringere il polso. «Se Sir Andrew sente questa chiacchiera, ci licenzierà tutti.»

«Perché?» Charlotte cercò di mantenere un tono freddo, ma le stava facendo male.

«Perché è una chiacchiera, e lui odia questo genere di pettegolezzi. Perché la vecchia Tilly non ci sta con la testa e se ne va in giro a mettere paura alla gente. Se lo sentisse Miss Emily...» Di colpo mollò la mano dell'istitutrice e fece un passo indietro. «Da quando è arrivata lei in questa casa...»

Charlotte sentì salire dentro di sé la rabbia e non le fece nemmeno terminare la frase. «Lei sa fin troppo bene che quello che è successo non ha niente a che fare con me. Prima Emily si ammalava fisicamente, adesso è la sua anima a soffrire. Quando sono arrivata non sapevo nulla di lei. Nessuno mi ha raccontato niente. Sono stata costretta a chiedere a estranei. Sì, lo ammetto, ho tenuto le orecchie ben aperte, ma come posso educare una bambina che non conosco?»

«Sì, ma non deve credere alla vecchia Tilly. Cosa può saperne lei del matrimonio dei padroni?»

«Be', mi hanno detto che era molto legata a Lady Ellen.»

«Questo un secolo fa» replicò la donna sprezzante. «Da quando ha perso la testa, vive della commiserazione degli altri. Ma nessuno la prende sul serio.» Si fermò. «Sarebbe opportuno per entrambe che questa conversazione restasse tra noi, Miss Pauly. Posso contare sulla sua discrezione?»

«Sì, fin quando questa discrezione sarà compatibile con il bene di Emily» rispose Charlotte diplomatica per poi fare un respiro profondo.

«È per il bene di Emily che il buon nome della famiglia venga preservato» controbatté Mrs. Evans altrettanto formale inclinando leggermente la testa, come se spettasse a lei congedare l'istitutrice.

Tornata in camera, Charlotte tirò un calcio contro i piedi del letto. Poi l'alluce le fece male, ma perlomeno aveva sfogato la propria rabbia. Purtroppo il buonumore con cui era rincasata da Dorking era già svanito.

Si sedette sulla panca vicino alla finestra, raccolse le ginocchia e si appoggiò contro il vetro. Poi ripensò alle ore trascorse con Tom Ashdown e cercò di trarne nuovo coraggio. Era un uomo assetato di verità almeno quanto lei: che non se ne stava zitto, ma faceva domande; che non nascondeva, ma voleva scoprire.

Da quando era arrivata a Chalk Hill non faceva altro che sbattere contro muri e trovare porte chiuse, e quel poco che aveva scoperto se l'era conquistato con fatica. E adesso finalmente poteva mettere tutto questo in mano a una persona in grado di apprezzarne il valore, che voleva aiutare Emily senza condizioni, come lei. Anche se lo conosceva da un giorno, si fidava di lui.

Si chiese se Sir Andrew si sarebbe pentito della sua decisione. Ashdown gli avrebbe senz'altro posto domande scomode, e il padre di Emily avrebbe dovuto rivelare molte più cose di quante desiderasse.

26

Al risveglio, lo sguardo di Tom cadde subito sugli appunti di Miss Pauly, letti la sera precedente. Incrociò le mani dietro la nuca e si morse un labbro pensieroso. Era rimasto impressionato dalla chiarezza e dalla logica delle sue riflessioni, che nascevano da un sentimento sincero. Per portare a termine l'incarico avrebbe dovuto fidarsi di una persona in particolare della casa, e questa sarebbe stata Miss Pauly.

Aveva deciso di procedere in maniera diversa dai suoi colleghi Sidgwick e Lodge, che si concentravano soprattutto sul medium. Sia la testa – si trattava di una bambina – sia il cuore gli dicevano che doveva sapere il più possibile sul contesto dell'oggetto delle ricerche, prima di dedicarsi a esso. Emily doveva scoprire il più tardi possibile che era lei il motivo per cui un ospite si trovava a casa sua.

Per quanto fosse strano il comportamento della piccola, non poteva escludere che ci fosse comunque una spiegazione razionale. Emily Clayworth non aveva avuto nessuno con cui parlare della morte della madre, quindi era immaginabile che avesse sepolto dentro di sé il dolore lasciandosi trasportare dalla fantasia.

Tom si alzò e ancora in camicia da notte si mise a camminare avanti e indietro per la stanza. Capiva come si sentiva la piccola; dopo una simile perdita, infatti, il rischio di smarrire il contatto con la realtà era enorme. Si ricordava fin troppo bene di quando lui, da solo in casa, aveva avuto la sensazione di poter toccare Lucy con le proprie mani, di vederla comparire sulla sua poltrona preferita o in un altro posto a lei familiare. Lui, però, era un adulto e aveva avuto tanti amici che gli erano stati vicini, e con i quali poter parlare della moglie.

Si mise seduto e riprese in mano i fogli. In quella storia c'erano molte cose che non gli tornavano. Miss Pauly aveva fatto un lavoro eccellente ed evidenziato tutte le questioni aperte e le incoerenze. Alla luce del quadro che si era fatto, gli sembrò più opportuno procedere come un detective che come uno scacciafantasmi. Così decise di adottare il principio dei suoi colleghi: prima escludere tutte le cause spiegabili e soltanto dopo passare a quelle inspiegabili.

Nella redazione del *Surrey Advertiser* di Guildford lo accolsero stupiti, ma cordiali.

«È una storia che risale a un po' di tempo fa» osservò il redattore, Joshua Phillips.

«Ha ragione, ma mi ha incuriosito comunque. Ho in cantiere una serie di articoli su persone scomparse, probabilmente decedute, i cui corpi però non sono mai stati ritrovati. Naturalmente scriverei che lei mi ha aiutato e sostenuto nelle ricerche...»

Tom si sentì un po' in colpa ad allettare il ragazzo con il grosso nome del suo giornale e una serie di articoli che esistevano solo nella sua fantasia.

Phillips gli aveva offerto un tè e si erano seduti insieme nella redazione, piena di fumo, un ufficio deserto, se si esclude l'uomo che aveva di fronte. Tom era partito con il primo treno del mattino, visto che nel pomeriggio era di nuovo atteso dalla famiglia Clayworth.

«Be', Mr. Ashdown, che dirle... è stata una tragedia. Cose del genere qui da noi succedono raramente, e questo ha destato ancora più scalpore. Lady Ellen Clayworth era una donna molto in vista, nonché la moglie del nostro illustre deputato...» Si zittì. Tom aveva alzato una mano.

«Ascolti, Mr. Phillips, lavoriamo nello stesso campo» disse in tono confidenziale. «Tutte queste cose le so già. Per il mio articolo ho bisogno di qualcosa di nuovo, di cui non si sia ancora parlato nei dettagli. Insomma... niente è più vecchio del giornale di ieri.»

Phillips guardò le sue mani forti e si strinse nelle spalle. «Mr. Ashdown, lei invece capirà le mie riserve nei confronti della sua richiesta. Sir Andrew non sarà felice di rivedere diffuse sui giornali vicende per lui così dolorose.»

«Ma io sarò discreto, non farò nomi, probabilmente userò solo iniziali» promise Tom.

Il giornalista sembrò sollevato. «Capisce, sono un po' in difficoltà... ma se la mette così, forse potrei...»

Si alzò e tirò fuori da un armadio un grosso faldone, tolse la polvere con le mani e lo poggiò sul tavolo vicino alle tazze.

«È tutto qui... o quasi.» Si chinò verso Tom, anche se erano soli. «Tranne una cosa, un po' delicata, per questo non l'ho scritta nell'articolo.» Si schiarì la voce. «Alcune persone dicevano che Sir Andrew e la moglie volessero... ecco, che volessero separarsi, prima che lei morisse.»

Tom ripensò immediatamente a quello che Tilly Burke aveva raccontato a Miss Pauly. *Lui voleva mandarla via.* Che non fosse solo una vecchia pazza?

«Cosa sa di preciso?»

Phillips si strinse nelle spalle confuso. «Non molto. Non so nemmeno chi abbia messo in giro la voce, ma Lady Ellen prima di morire non si faceva vedere in pubblico da un pezzo. Nelle occasioni ufficiali non compariva quasi mai al fianco del marito, cosa che di solito veniva giustificata dal fatto che si occupava della figlia di salute cagionevole. Un comportamento piuttosto insolito, per una donna del suo rango.»

«Sì, molto nobile da parte sua dedicarsi alla bambina invece di accompagnare il marito nelle serate di gala» osservò Tom molto serio.

«Infatti si è guadagnata il rispetto di tutti. È triste quando la salute del tuo unico figlio ti dà tante preoccupazioni.»

Tom annuì. «Ancora più tragico che abbia perso una madre così amorevole. Sa qualcosa della bambina?»

«No, Mr. Ashdown, su questo non sono in grado di dirle nulla. Dopo la chiusura del caso ho avuto a che fare con Sir Andrew solo per questioni politiche» spiegò il giornalista. «La gente di Dorking ne saprà di più, forse può chiedere al reverendo di Mickleham, Mr. Morton, il padre spirituale della famiglia.»

Tom si segnò il nome, che comunque conosceva già dagli appunti di Miss Pauly.

«Allora adesso, se non le dispiace, darei volentieri un'occhiata al suo faldone» disse guardando il plico di fogli.

«Certo, Mr. Ashdown, io ho un appuntamento. Può usare il mio ufficio e poi lasciare il materiale sul tavolo.»

Prese cappello e cappotto, salutò con un cenno e uscì.

Stupito da tanta fiducia, Tom si accese la pipa, sfogliò il faldone e iniziò a leggere.

Un'ora dopo lo richiuse e tornò alla sua pipa, ormai fredda. Niente di ciò che aveva letto faceva pensare a un matrimonio infelice o ad altri elementi che avrebbero potuto spingere Lady Ellen a un suicidio. Trattandosi della moglie di un deputato, però, le indagini erano state svolte con molto tatto. Se c'erano stati dei pettegolezzi, negli articoli di Mr. Phillips non trapelavano. Tom continuava a picchiettarsi pensieroso un pollice contro un incisivo.

Poi scosse la testa e si alzò. No, così non andava da nessuna parte. Doveva vedere i dintorni della casa, conoscere la bambinaia e parlare con Emily. Sperava di poter proteggere la piccola il più a lungo possibile, ma ormai intuiva che era lei la chiave di tutto. Che era anche ciò che gli aveva fatto intendere Miss Pauly con ogni parola, scritta e parlata. Ma aveva seri dubbi che il deputato avrebbe gradito le sue indagini.

«Certo che è libero di parlare con chiunque, in questa casa» spiegò Sir Andrew formale. «La prego solo di essere cauto con mia figlia, ma questo gliel'ho già detto. È piccola, ha passato brutti periodi ed è meglio che non si agiti.»

«Ovvio» commentò Tom. «E comunque non farò nulla senza che siano presenti Miss Pauly o la tata.»

Sir Andrew si alzò: «Susan, per favore, accompagna Mr. Ashdown in classe».

La domestica fece un inchino e Tom la seguì nell'ingresso e poi su al primo piano. Lì la ragazza si fermò davanti a una porta e bussò.

«Avanti.»

Aprì e fece entrare Tom. Due paia di occhi lo fissarono meravigliati. Charlotte Pauly si alzò da dietro la sua cattedra. «Grazie Susan, adesso può andare.» Poi, rivolgendosi a lui, aggiunse: «Mr. Ashdown, che piacere averla con noi… Che sorpresa!».

Lui notò lo sguardo incuriosito di Emily e annuì. «Buongiorno Miss Clayworth.»

«Buongiorno. Oggi non scrive sul teatro?»

Lui sorrise. «No, oggi no. Mi piacerebbe assistere alla vostra lezione. Posso?»

La bambina annuì. «Stiamo facendo tedesco. Forse può imparare anche qualcosa.»

Vide Charlotte arrossire un po' e si accomodò su una sedia in un angolo, per non disturbare.

L'istitutrice tornò al suo posto e proseguì con la lezione facendo finta di niente. La sua voce era diversa, quando parlava tedesco: quella lingua suonava molto più morbida e melodiosa di quanto avesse immaginato. Non capiva quasi nulla, lasciò che le parole lo cullassero come le onde del mare o il gorgoglio di un torrente.

Terminata la lezione, Charlotte lo guardò. «Mr. Ashdown, a lei piacciono le favole? A Emily moltissimo, e spesso gliene racconto qualcuna del mio Paese.»

Non sapeva se quella domanda nascondesse un fine preciso oppure se l'istitutrice avesse solo per caso scelto quell'argomento; in ogni caso colse l'occasione. «Da piccolo mi piacevano le favole, dopo sono passato alle storie di fantasmi.»

Continuava a guardare la bambina, che lo fissava a sua volta, impassibile. «Quelle molto paurose?»

«Sì, ogni tanto.»

«Quelle però io non le posso ascoltare» disse Emily guardando la sua istitutrice. «Di sicuro Fräulein Pauly pensa che io sia troppo piccola.»

«Ma tu ci credi, ai fantasmi?» chiese lui *en passant* rigirandosi un pezzo di gesso tra le mani.

Emily si strinse nelle spalle. «Intende donne con lunghe tuniche bianche che fluttuano sul pavimento? O cavalieri morti che cigolano dentro le loro vecchie armature?»

«Sì, più o meno» rispose Tom divertito.

«No, a quelli non ci credo. E lei, Mr. Ashdown?»

Notò che Charlotte lo stava osservando interessata. Anche lui si strinse nelle spalle. «Io non lo so» rispose.

«Ha già avuto a che fare con cose simili?» domandò l'istitutrice. «Perché in tal caso… ecco, potrebbe raccontarci qualcosa lei.»

Lui le diede un'occhiata veloce, e Charlotte annuì. Poi raccontò di Belvoir trasformandola in una storia adatta a una bambina di otto anni.

«Be', ma quello era un uomo cattivo» disse la piccola con decisione. «È stato punito?»

«Io ho scritto un articolo su questo presunto medium, che è stato letto da molte persone, le quali non sono più andate da lui. Ed è giusto così, perché guadagnava soldi sfruttando l'ingenuità e la tristezza altrui.»

«Perché tristezza?» domandò Emily.

Charlotte notò che Ashdown si stava prendendo tempo per rispondere. «Succede spesso che qualcuno abbia perso una persona cara e sia così triste da non riuscire a dimenticarla. Che non riesca a pensare a nient'altro. Come se ogni cosa, intorno a lui, fosse diventata grigia e non riuscisse più a ridere.»

Il cambiamento nel suo tono di voce fu molto sottile. Tra lui e la bambina si era accesa una scintilla, era apparso un filo invisibile che li legava.

«E quando questa persona triste viene a sapere che esiste qualcuno in grado di parlare con i morti e di portare loro dei messaggi, spera di poter entrare in contatto con la sua persona cara. Riesci a immaginarti una cosa del genere?»

Emily era impallidita. «Che qualcuno sia così tanto triste?»

«Sì.»

Lei annuì.

Charlotte guardò la piccola preoccupata. Ashdown si era spinto troppo oltre?

«Chi si approfitta delle persone tristi è una persona cattiva.»

«Ce ne sono anche altre?» chiese Emily.

«In che senso?»

«Persone che sono davvero capaci di parlare con gli spiriti, ma che non sono cattive?»

«Io forse ne ho conosciuta una, ma non ne sono sicuro.»

La bambina alzò gli occhi e parve sollevata che la conversazione stesse prendendo una piega diversa. «Le va di raccontarmi? Mi piacerebbe tanto sapere se i fantasmi esistono veramente.»

Charlotte si avvicinò alla finestra, mentre Ashdown raccontava di Leonora Piper e lei continuava a fissare la pioggia, rapita dalla sua voce profonda. Quella donna, l'americana, sembrava averlo impressionato molto, e il suo interesse stava contagiando la piccola alunna, che lo interrompeva in continuazione con domande eccitate.

«E lei raccontava cose che solo Robert e Jerry potevano sapere?»

«Sì, così ci è parso.»

«E veniva dall'America e non li conosceva? Nessuno dei due?»

«No.»

«E a lei è mai capitato di vedere una cosa che non è riuscito a spiegarsi?»

Ashdown sorrise. «Sì, ma è passato molto tempo. Ero ancora un ragazzo. E non è successo a me di persona.» Poi le raccontò delle ciliegie, dell'amica di sua nonna e del figlio, morto in un incidente.

Le venuzze sul collo della piccola avevano iniziato a pulsare. «E lei se n'è accorta?»

«Così sembrava.»

«Come se lo spirito del figlio fosse andato da lei per dirglielo?»

«Questo non lo so. Ma ci penso ancora oggi. Soprattutto quando mangio le ciliegie.»

I due cominciarono a parlare della frutta preferita e dei pregi e difetti delle pesche e delle albicocche, e il tono si alleggerì. Charlotte fu sollevata che la prima vera conversazione di Emily con Tom Ashdown fosse andata così bene.

Finita la lezione mandò Emily da Nora. Quando furono soli, lo guardò. «Forse avrebbe dovuto annunciare la sua visita...»

Lui fece una specie di inchino. «Ha ragione, mi scusi. Ma lei se l'è cavata benissimo.» Esitò. «Mi dispiace se l'ho messa a disagio... non era mia intenzione.» Lui aveva già una mano sulla maniglia quando lei alzò gli occhi.

«Non se ne vada... non è colpa sua. È stato molto carino con Emily... e accorto. Mi è piaciuto molto.»

Lui si girò, e lei ebbe l'impressione di cogliere un barlume di sollievo sul suo viso. «Ho fatto un salto nel vuoto. Grazie ai suoi appunti credevo di sapere fin dove avrei potuto spingermi, ed è andata bene, anche se a un certo punto ho avuto paura che stesse per scoppiare a piangere.»

«Sì, quando ha parlato della tristezza.» Charlotte ripensò a quel momento toccante e si chiese se l'uomo avesse parlato per esperienza personale.

«Be', lì ha pensato alla madre, ovvio. Però mi è sembrato interessante che non abbia fatto subito il collegamento quando ho parlato di fantasmi.»

«Come le ho scritto nei miei appunti, i suoi umori sono mutevoli, imprevedibili. Non si sa mai come potrebbe reagire a determinate affermazioni o fatti.»

«Stamattina sono stato a Guildford, al giornale» disse cambiando improvvisamente argomento. «Il redattore mi ha detto che in effetti girava voce che stessero per lasciarsi, ma non si è sbottonato su nessun dettaglio. E per rispetto della posizione sociale di Sir Andrew, negli articoli non ha scritto nulla.»

«Quindi Tilly Burke aveva ragione?» domandò Charlotte sorpresa.

«Diciamo che, come lei aveva sospettato, non dice solo cose senza senso.»

«Secondo lei vale la pena di parlarci di nuovo?»

«Be', perlomeno dovremmo prenderlo in considerazione. Lady

Ellen Clayworth deve essersi confidata con lei. Altrimenti come avrebbe fatto l'anziana a sapere dei problemi matrimoniali, che non erano di pubblico dominio? Anche lei del resto ha detto che erano molto legate.»

Charlotte lo guardò pensierosa. «Sì. Giusto. E dovremo chiedere anche a Nora, la tata. Non sono sicura di quante cose sappia di quello che succede qui in casa, ma è molto affezionata a Emily e farebbe di tutto pur di aiutarla.»

«Ha già provato a parlarle?»

Charlotte annuì. «Sì, ma lei non ha risposto. Quando le ho chiesto se era vero che Sir Andrew voleva "mandare via" la moglie, come mi aveva detto Tilly Burke, lei se n'è andata, è uscita dalla stanza.»

«Così, all'improvviso?»

«Sì, mi ha chiesto il permesso, e mi è stato impossibile trattenerla. Mi ha fatto capire chiaramente che non aveva voglia di parlarne. E non sta a me costringerla; e comunque devo preservare la mia posizione qui in casa, sono l'ultima arrivata.»

Tom Ashdown si appoggiò alla porta e incrociò le braccia. «Se il matrimonio dei Clayworth non era felice, Emily potrebbe averlo notato, visto che la madre aveva un rapporto così stretto con lei. Vorrei parlare con Nora. Cosa ne pensa?»

Charlotte annuì. «Sì, forse non è una cattiva idea, che sia un estraneo a farle qualche domanda.»

«Bene, allora mi porti da lei.»

Lui si spostò di lato per lasciarle la precedenza, Charlotte si voltò e chiese: «Si ferma per il tè?».

«Volentieri.»

«Bene, allora avverto giù in cucina.»

Quando entrarono nella camera di Emily, Nora saltò su e cercò di lisciarsi il vestito già perfetto.

«Scusate, mi ero chinata per mostrare una cosa a Miss Emily...»

«Nora, non ti preoccupare. Lui è Mr. Ashdown, ospite qui da noi su invito di Sir Andrew. Vorrebbe farti alcune domande.»

Nora sgranò gli occhi e guardò dubbiosa in direzione dello sconosciuto.

«Certo, ma...»

«Niente di grave, Nora, stia tranquilla» disse Ashdown facendosi avanti. «Andiamo di là, nell'aula?»

La bambinaia annuì e guardò Charlotte in cerca di aiuto, prima di lasciare la stanza con l'ospite.

«Cos'è che vuole chiedere a Nora?» domandò Emily in ginocchio per terra davanti alla sua splendida casa di bambole. Era la prima volta che Charlotte la vedeva giocare con quella casa. «Forse qualcosa sulla zona?»

Charlotte si sedette su una sedia. «Possibile.»

Emily si rigirò tra le mani una piccola bambola di porcellana, con i capelli castani veri e un vestito verde chiaro.

«È bellissima, la tua casa di bambole.»

«Anche lei ne aveva una, da bambina?»

«Sì ma molto più piccola, con due stanze e una cucina. E la dividevo con le mie sorelle.»

Emily fece passare la bambola da una stanza all'altra.

«Come si chiama?» chiese Charlotte.

«Mamma-Ellen.»

La bambina fece fermare la bambola vicino a un lettino, in cui ce n'era una ancora più piccola. «Ecco, qui nel letto c'è Emily. Mamma-Ellen le racconta una storia per farla addormentare. E le porta da bere.»

La bambola grande si alzò e si chinò sulla bambola più piccola.

Quel movimento suscitò in Charlotte qualcosa che non riuscì a definire.

«Lo trova simpatico?» domandò Emily all'improvviso.

«A chi ti riferisci?» La sorpresa di Charlotte era sincera.

«Mr. Ashdown.»

«Be', lo conosco appena» rispose lei elusiva.

«Ma non fa niente. È simpatico, e anche bravo a raccontare.»

«Vero.»

Emily si girò di nuovo verso la sua casa di bambole. «Anche Mamma-Ellen adesso va a letto. Ma resta sempre vicino a Emily, se lei non riesce a dormire o le fa male qualcosa.»

«E succede spesso, che le faccia male qualcosa?»

«A volte. Oppure ha la febbre. O la nausea. Spesso è molto stanca e sta tutto il giorno a letto. Allora Mamma-Ellen le legge una fiaba o si siede accanto a lei o ricama o canta. Emily è felice.»

Charlotte non credeva ai suoi occhi.

«E se lei non può, c'è Nora. Emily non è mai sola.»

«E il papà?»

«Lui deve andare spesso a Londra, a fare politica. Come oggi. Ma pazienza, tanto con lei c'è Mamma-Ellen.»

Charlotte la stava osservando con attenzione, ma non vide né lacrime né agitazione. La bambina sembrava perfettamente calma, come se le facesse bene ricordare in quel modo i giorni preziosi trascorsi con la madre.

«C'è anche una bambola del papà?»

«Sì, è qui dietro.»

Emily mise una mano in una delle stanze e prese un pupazzo in abiti maschili nascosto dietro un giornale. «Questo è papà. Legge e ha sempre molto da fare.»

«Ogni tanto anche con Mamma-Ellen?»

La piccola si strinse nelle spalle. «A volte. Non spesso. Solo quando Emily sta bene.»

«E quando lei è malata, Mamma-Ellen resta con lei e papà viaggia da solo?»

«Sì, sempre.»

Emily aveva messo da parte le bambole e giunto le mani in grembo.

«Sono contenta che tu mi abbia mostrato la tua casa di bambole» disse Charlotte prudente.

Emily annuì assente, ancora persa nei ricordi.

Durante il tè chiacchierarono del tempo, di Londra e di teatro e Charlotte pregò Ashdown di raccontare loro del geniale detective della recensione. Sperava in questo modo di distrarre Emily, che all'improvviso si era fatta silenziosa.

«Ho trovato davvero divertente la storia» spiegò Ashdown. «Quando tornerò a Londra gliene mando una copia.»

«Sarebbe bello, grazie.»

«È incredibile come questo Holmes sia in grado di ricostruire le cose più assurde dalle tracce più insignificanti.» Guardò Emily pensieroso. «Per esempio. Io vedo una bambina davanti a un piattino con una fetta di torta. La bambina la sta spezzettando, ma senza mangiarne neanche un briciolo. Da questo possiamo dedurre due cose: o la bambina non ha fame, oppure non le piace il dolce. Se l'ultima deduzione è corretta, può voler dire che non le piacciono i dolci in assoluto, che non le piacciono quelli con la frutta, invece quelli al cioccolato o di pan di Spagna sì. Allora ho indovinato?»

Emily aveva inclinato la testa di lato, gli occhi semichiusi, e sembrava ascoltare cose che solo lei sentiva.

«Emily, che c'è? Mr. Ashdown ti ha fatto una domanda.»

Charlotte guardò l'uomo, che aggrottò la fronte e si portò un dito sulle labbra.

«Cos'è che stai ascoltando?» domandò con un filo di voce.

Emily non si mosse, e Charlotte pensò che non avesse capito.

«Mi sta parlando.»

Ashdown inarcò un sopracciglio.

«E cosa ti sta dicendo?»

Nella sala si era creato un tale silenzio che Charlotte sentiva i battiti del proprio cuore.

«Presto. Verrà presto. E mi porterà via con lei.»

Charlotte guardò Ashdown sconvolta, ma lui scosse la testa deciso.

«E tu sei contenta?»

«Non lo so.»

La piccola ebbe un fremito. Poi sembrò risvegliarsi da un sonno profondo e si guardò intorno. «Dov'è la mia torta?»

27

«Tutto questo è intollerabile!» Sir Andrew si appoggiò al tavolo e guardò Charlotte dominandosi a stento. «Io mi aspettavo dei risultati da questa visita, ma qui sembra che Emily stia peggiorando! Lei è la sua istitutrice e io devo essere sicuro che in mia assenza non succeda nulla che metta a rischio la sua salute!»

La sua rabbia era un fiume in piena, e Charlotte si sforzò di non sembrare intimorita. «Sir, ma non è successo nulla, una simile evoluzione...»

«Non è successo nulla? Appena me ne vado mia figlia inizia a vaneggiare in pieno giorno! Le sembra niente, questo?»

Avrebbe tanto voluto dire che era stato lui a decidere di chiamare Tom Ashdown. Ma poi evitò quel rimprovero poco appropriato e, più conciliante, disse: «Sir, io credo che questo sia solo l'inizio. Mr. Ashdown è stato molto attento con Emily, io c'ero e posso confermarglielo».

Poi gli raccontò della casa di bambole e vide il suo viso adombrarsi ancora di più. Sprofondò nella sedia e prese un tagliacarte, stringendolo al punto che le nocche delle dita gli diventarono bianche.

«Parla della madre come se la vedesse? In questa casa?»

«Sì. Continua a ripetere che non l'ha mai lasciata sola. Secondo me non ha ancora superato la perdita, cosa del tutto naturale. Sogna che sia ancora qui con lei, non vuole accettare la sua morte.»

Esitò. «Probabilmente le circostanze della sua scomparsa le stanno rendendo le cose più difficili.»

Lui alzò gli occhi, di scatto. «In che senso?»

«Be', se Emily... se sua moglie fosse morta di malattia ed Emily avesse potuto vederla, avesse potuto salutarla, per lei sarebbe forse più facile accettare che non c'è più.»

«Io non posso cambiare il modo in cui è morta mia moglie» disse lui a denti serrati.

«Certo che no, Sir.» Charlotte fece un respiro profondo. Non si era lasciata intimorire, e questo la rendeva orgogliosa. «Io capisco le sue remore, ma allo stesso tempo cerco di spiegarmi il comportamento di Emily. E non credo che, nell'immediato, ci sia motivo di preoccuparsi.»

Era una bugia. Charlotte era consapevole che il comportamento della bambina durante il tè significava un ulteriore passo verso un mondo oscuro da cui lei voleva salvarla, a ogni costo. Ma riponeva grandi speranze in Tom Ashdown e doveva impedire che Sir Andrew si pentisse di averlo invitato e lo rimandasse a Londra.

Lentamente l'uomo aprì la mano serrata intorno al tagliacarte. Charlotte si sforzò di continuare a respirare con calma, aspettando con ansia le sue prossime parole.

«Quindi lei è dell'idea che Mr. Ashdown debba andare avanti nel suo lavoro?»

«Assolutamente sì. Io considero la sua idea di parlare con le persone più vicine a Emily oltremodo ragionevole.» Poi le venne in mente una cosa su cui rimuginava da tempo. «Posso chiederle chi aveva in cura Emily quando è stata malata? Credo che parlare con il suo medico potrebbe essere d'aiuto.»

La resistenza di Sir Andrew fu istantanea e palpabile. Chiaramente si opponeva a menzionare quel nome.

«No, non sono d'accordo. Diamo per scontato che non si tratti di una malattia fisica. Altrimenti avremmo chiamato un medico, no?»

«Certo, ma il corpo e la mente sono un tutt'uno. E credo sia utile a Mr. Ashdown sapere qualcosa di più delle vecchie malattie della bambina.»

Charlotte aspettò, ma lo sguardo di Sir Andrew s'indurì. Poi scosse la testa.

«Fräulein Pauly, francamente non ne vedo il motivo, e lo dirò anche a Mr. Ashdown. A me sta a cuore l'equilibrio mentale di mia figlia, e deve credermi se le dico che mi è costato una gran fatica rivolgermi alla *Società* e ingaggiare uno scacciafantasmi.» Quest'ultima parola la pronunciò con grande disprezzo, e lei lo guardò stupita. Quell'improvvisa ostilità la inquietò.

In quel momento ribattere le parve insensato, quindi si alzò. «Allora adesso, con il suo permesso, mi ritirerei. Le mando Mr. Ashdown?»

Lui annuì controvoglia.

Quando la porta le si richiuse alle spalle, Charlotte si sentì sollevata.

«Gli ho mostrato la casa di bambole, e lui ha guardato la mia stanza. E mi ha fatto un sacco di domande.»

«Davvero?» Charlotte guardò fuori dalla finestra, gli occhi incollati alla porticina nel muro.

«Sì, per essere un gentiluomo, è piuttosto curioso.»

«Di' un po', Emily, avresti voglia di tornare dai Morton? Mrs. Morton ci ha invitato.»

La bambina si illuminò. «Oh, sì! I coniglietti mi staranno aspettando! Posso portargli delle carote?»

«Certo, chiedi alla cuoca.»

«Viene anche Mr. Ashdown?»

Charlotte la guardò sorpresa. «Perché mi fai questa domanda?»

Emily si strinse nelle spalle. «Be', ultimamente è sempre con noi, e lei ha detto che vuole dare un'occhiata alla zona.»

«Pensi che dovremmo portarlo? Potresti fargli vedere i coniglietti.»

«Sì, portiamolo.» La bambina si guardò le gambe, sulle quali era adagiata la sua bambola di porcellana dai lunghi capelli marroni. «Fräulein Pauly… perché prima, mentre bevevamo il tè, mi ha guardato in modo così strano quando ho chiesto dove fosse finita la mia torta?»

Charlotte, d'istinto, decise di dire la verità. «Be', perché poco prima avevi detto che tua madre ti stava parlando.»

Emily sollevò la testa, piano, e la guardò insicura. «Davvero?»

«Sì, proprio così. Era come se stessi dormendo a occhi aperti. Poi all'improvviso ti sei svegliata e hai chiesto della torta. Per questo io e Mr. Ashdown ti abbiamo guardato in quella maniera.»

Si aspettava che Emily la contraddicesse, invece la bambina rimase zitta e si mise a pettinare la bambola con le dita. Ancora e ancora, avanti e indietro, le dita in movimento tra quei ciuffi scuri, il resto del corpo pietrificato.

Charlotte non insisté. Si alzò, prese in mano il libro delle favole dei fratelli Grimm alla pagina dei *Musicanti di Brema*. Per quella sera, niente storie di cavalli decapitati e cuori freddi.

«Mr. Ashdown passerà la notte qui da noi» annunciò il padrone di casa a cena.

Charlotte lo guardò sorpresa.

«Sir Andrew è stato così gentile da mettermi a disposizione la camera degli ospiti, perché temo che dopo l'episodio di oggi pomeriggio Emily possa passare una notte inquieta» disse l'ospite immergendo il cucchiaio nella zuppa. Dal suo comportamento era impossibile capire come fosse andato il colloquio con Sir Andrew.

Dopodiché la bambina non venne più nominata. Il discorso prese una piega politica, cosa che in realtà non era appropriata in presenza di signore, ma le istitutrici erano escluse da questa regola. E comunque Charlotte non stava ascoltando, la testa piena di ben altre questioni. Perché Sir Andrew aveva reagito in quel modo dopo che gli aveva chiesto il nome del dottore di Emily? Non avrebbe avuto più senso chiamare in causa un medico, prima di uno scacciafantasmi? Diede un'occhiata a Ashdown, che invece sembrava ascoltare il padrone di casa con grande concentrazione, pur continuando a picchiettare nervosamente le dita sul tavolo. Che pure lui fosse preso da altri pensieri?

Ripensò alla sala da tè, alla loro stimolante conversazione, ma nell'opprimente atmosfera di Chalk Hill, quel pomeriggio le sembrò oltremodo lontano. Mentre era seduta, l'espressione cordiale ma quasi vacua, sentì salire dentro di sé tutta la paura che aveva represso fino a quel momento. Era come se qualcosa si fosse impossessato di Emily, e stesse emergendo con maggiore forza da quando Tom Ashdown aveva messo piede in quella casa. Prima quello strano gioco con la casa di bambole, poi l'episodio del tè. Era stato il nuovo ospite a provocare quelle nuove evoluzioni? Oppure questo qualcosa, comunque dovesse essere definito, si stava opponendo all'ingresso di quell'estraneo nel mondo perfetto di Chalk Hill?

Charlotte deglutì. Ma cosa diavolo andava a pensare? Qualcosa che opponeva resistenza alle indagini di Tom Ashdown? Se continuava così, presto anche lei avrebbe perso il senno, o come minimo il suo intelletto sano.

«... Fräulein Pauly di sicuro non avrà nulla in contrario.»

Charlotte alzò la testa, di scatto. «Prego?»

Ashdown la guardò; sembrava fosse divertito per averla colta in fallo.

«Sir Andrew ha acconsentito che vi accompagni a Mickleham, la prossima volta che andrete dai Morton.»

«Ma certo. Sono persone deliziose e molto affezionate a Emily. Di sicuro vorrà mostrarle i coniglietti con cui gioca ogni volta che ci va.»

«Come vede, Mr. Ashdown, quanto a divertimenti la campagna ha risorse infinite» disse Sir Andrew in tono scherzoso, anche se Charlotte vi colse una sfumatura di derisione, come se volesse instaurare un rapporto di complicità con il suo ospite della capitale.

«Be', quando uno passa le giornate in una città puzzolente e nebbiosa come Londra, in cui passeggiando di sera uno rischia di cadere in un fiume che contiene più immondizia che acqua, un posto come Dorking e un bel torrente come il Mole acquistano ancora più fascino» replicò Ashdown, e Charlotte sentì scaldarsi il petto.

Sir Andrew, invece, parve non capirlo. «In quanto deputato, ovviamente sono al servizio della mia circoscrizione, ma devo ammettere che non sono mai felice, quando arriva la pausa estiva in Parlamento. La vita a Londra è dannatamente più eccitante di quella di campagna.»

«Certo, Londra ha molto da offrire, se uno se lo può permettere» disse Ashdown. Sembrava trovarci gusto, a contraddire qualunque cosa dicesse il padrone di casa. «Persone come me e come lei hanno la grossa fortuna di vivere soprattutto i lati positivi di una metropoli. Bei ristoranti, teatri, mostre… ma ci sono anche zone in cui ci sembrerebbe di stare su un altro pianeta.»

«Ah, sì?» replicò Sir Andrew ironico. «E lei frequenta spesso queste zone?»

«Abbastanza» rispose Ashdown rilassato. «Io non sono schizzinoso, per quanto riguarda i miei passatempi notturni. Per esempio, le Music Halls dell'East End a volte offrono serate molto piacevoli, e anche la qualità dei cantanti e dei comici non è male. A Shoreditch, anni fa, ho visto uno spettacolo con un travestito a dir poco incredibile. Un signore del pubblico si è reso conto di chi aveva di fronte solo dopo aver offerto dei fiori alla pseudosignora... perché quando "lei" lo ha ringraziato con un bacio lui ha sentito che aveva la barba!»

Charlotte rise e poi abbassò gli occhi verso il piatto arrossendo. Arrivò Susan, portò via le scodelle della zuppa e servì un roast beef freddo con patate arrosto.

«Mi scusi.» Ashdown guardò Charlotte vergognandosi un po'. «Non volevo ferire la sensibilità di una signora. Era così silenziosa che per un attimo avevo dimenticato la sua presenza.»

«Guardi che non mi ha ferita affatto» replicò subito lei. «Non conosco per niente Londra e mi piacerebbe davvero molto ascoltare altre storie al riguardo.»

«Di sicuro Mr. Ashdown ha tanti altri aneddoti da raccontare che siano più consoni alla sensibilità di una Lady.»

Quindi anche lui sa cos'è il sarcasmo, pensò lei sorpresa, chiedendosi quanta fatica fosse costata a Sir Andrew definire una *Lady* l'istitutrice della figlia.

Poi Ashdown fece del suo meglio per raccontare qualcosa di divertente, e la tensione nell'aria svanì.

Finito di mangiare i signori si ritirarono in biblioteca per fumare, ma prima Tom si rivolse a Charlotte: «Se stanotte succede qualcosa, la prego di avvertirmi immediatamente».

Sir Andrew annuì e condusse l'ospite in biblioteca.

Charlotte seguì i due uomini con lo sguardo. Era stato affascinante osservarli, a tavola. Una conversazione simile a un duello tra spadaccini, e la donna non poté fare a meno di chiedersi cosa ci fosse in palio, in quella sfida.

Prima di salire nella sua torre, passò a controllare Emily. La bambina dormiva e per quella notte, Nora si sarebbe coricata nella stanza a fianco. Charlotte bussò e la bambinaia la fece entrare.

«Nora, non ti disturberò a lungo, promesso.»

«Miss, lei non disturba mai. Prego.» Indicò una sedia vicino alla finestra.

Charlotte si sedette e la guardò con aria amichevole.

«Mr. Ashdown ti ha parlato?»

Nora si guardò le mani. «Sì.»

«Spero che sia andato tutto bene.»

«Mi ha fatto un sacco di domande. Anche se non lo conosco per niente.» Lo disse con un tono di voce insolitamente forte.

«È qui per aiutare Emily... non te l'ha spiegato?»

«Sì, certo. Ma non mi piace.»

«Cosa, non ti piace?»

«Le domande. Io ho già detto a lei tutto quello che so. Non mi piace parlare di Lady Ellen, è triste. E a Emily non fa bene ricordarsi della mamma.»

Charlotte sospirò e si chiese perché Nora fosse così dura. Poi le venne in mente il motivo per cui era andata dalla bambinaia.

«Una domanda, però, devo ancora fartela. Come si chiamava il medico che aveva in cura Emily quando era spesso malata?»

Nora la guardò in modo strano. «Ma adesso non è malata.»

«No, non lo è. Però volevo saperlo. O anche questo è un segreto?»

Di nuovo percepì il muro che Sir Andrew aveva innalzato intorno alla morte della moglie, e il terrore dei domestici ad abbatterlo.

«Il dottor Pearson, di Reigate.»

«Non ci sono medici, a Dorking?»

«Certo che ci sono, c'è il vecchio dottor Milton, ma Sir Andrew diceva che il dottor Pearson era più bravo. Prima aveva uno studio a Londra, si è trasferito qui in campagna solo per problemi ai polmoni.»

«Visita ancora Emily?»

«No. Sir Andrew lo ha bandito da questa casa. Di più non so.»

Charlotte aveva sentito abbastanza. «Va bene Nora, adesso ti lascio in pace. Se dovesse succedere qualcosa a Emily, per favore svegliami subito.»

«Sì, Miss.»

«Ah, ancora una cosa: Mr. Ashdown vuole solo che Emily stia meglio. Quindi dovremmo dargli tutto il nostro sostegno.» Poi uscì e chiuse la porta piano.

Una volta in camera, lesse ancora un po' e poi si preparò a dormire, pur sapendo che quella notte non avrebbe trovato pace. Ripensò alle tensioni della cena e si chiese di cosa avessero parlato quei due in biblioteca. L'impressione, infatti, era che Sir Andrew si fosse pentito di aver chiamato Tom Ashdown. Non voleva assolutamente mettere a rischio né il suo buon nome né la sua carriera politica: che fossero più importanti, per lui, della serenità della figlia?

Si alzò e si appuntò quello che le aveva detto Nora. Anche la faccenda del nome del medico era insolita. Lei comunque non avrebbe mai trovato il modo di andare a Reigate di nascosto; avrebbe dovuto occuparsene Ashdown.

E poi gli occhi le si chiusero. Fu svegliata di soprassalto da un rumore per le scale. Saltò giù dal letto, indossò uno scialle, accese la lampada e si mise a origliare vicino alla porta. Erano passi, quelli che aveva sentito?

Stavolta, la paura non la paralizzò. Lentamente abbassò la maniglia e guardò fuori, nel buio. Niente. Scese le scale, fino a quando non vide la porta sul corridoio, attraverso la quale filtrava un fascio di luce perpendicolare. Era sicura di averla chiusa, salendo. Nella torre c'era un silenzio surreale.

Charlotte si precipitò in camera di Emily e guardò dentro. La finestra era aperta, e nel rettangolo illuminato dalla luna si stagliava una piccola sagoma: Emily, in piedi immobile sul davanzale, che guardava verso il giardino.

Non aveva tempo di riflettere. Sir Andrew le aveva detto che doveva svegliare prima lui, ma ci voleva troppo. Così corse verso la camera degli ospiti e bussò. Ashdown rispose subito, come se non si fosse ancora addormentato.

«Sono io, Charlotte Pauly. Deve venire subito, ma faccia piano.»

Lo aspettò di sotto, vicino alle scale. Arrivò in camicia e gilè aperto e la guardò con aria interrogativa.

«È alla finestra, guarda fuori e non si muove. Io non ho osato avvicinarmi. Sir Andrew...»

«Venga» rispose lui con un gesto della mano.

Insieme raggiunsero la camera della bambina, in silenzio. La piccola era ancora lì, alla finestra.

Ashdown si portò un dito alle labbra e sfiorò il braccio di Charlotte, perché non si muovesse rischiando di spaventarla.

«Sei così lontana. Vieni! Mamma, vieni da me!»

Si guardarono. Ashdown fece un passo, poi un altro, lentamente. Quando fu arrivato all'altezza del letto, all'improvviso entrò Nora di corsa, prese la bambina per un braccio e la trascinò via dalla finestra urlando «Vieni via da lì, è pericoloso!». Chiuse la finestra con una mano, e con l'altra abbracciò la piccola. Poi si girò verso Charlotte e Ashdown.

«Perché lasciate che resti alla finestra? Avrebbe potuto cadere...»

«No, era immobile» replicò Charlotte. «E comunque non bisognerebbe mai svegliare una sonnambula.»

Prese in braccio la bambina e la mise a letto, poi la coprì e spinse Nora fuori, in corridoio.

Proprio in quel momento arrivò Sir Andrew; si stava ancora allacciando la cintura della vestaglia. «Che succede?»

Prima che Charlotte avesse il tempo di rispondere, Ashdown disse: «Ho sentito dei rumori e mi sono permesso di venire a controllare. Miss Pauly era sul punto di venire da lei, perché Emily... stava avendo un episodio di sonnambulismo».

La gratitudine travolse Charlotte come un'ondata di calore.

«Era di nuovo alla finestra, sognava la madre. L'abbiamo messa a letto, dorme.»

«Bene.» Sir Andrew li guardò tutti e tre. «Allora ora possiamo tornarcene tutti in camera e goderci il meritato riposo.»

Quando se ne fu andato, prima che Nora rientrasse nella sua stanza, Charlotte le disse: «E la prossima volta, evita di strillare in quel modo. Potresti spaventarla, è pericoloso».

«Sì, Miss» rispose lei con un filo di voce.

Dopo che la bambinaia ebbe richiuso la porta, Charlotte si ritrovò sola con Tom Ashdown, in corridoio. Entrambi immobili. L'istitutrice abbassò la testa. Quando la rialzò, i loro sguardi s'incrociarono.

28

La prima tappa di Tom Ashdown era la farmacia di Reigate. Il gestore, un uomo magro e dai capelli scuri, esaminò la boccetta nelle mani di Tom e poi lo guardò oltre la montatura degli occhiali a mezzaluna.

«Sì, Sir, è una delle mie. Antimoniltartrato di potassio, una sostanza ormai testata, ma da usare con cautela.»

Tom avrebbe tanto voluto chiedergli se si ricordava se, a comprarla, fosse stato qualcuno di Chalk Hill, ma non voleva suscitare pettegolezzi. Quindi chiese indicazioni per lo studio del dottor Pearson.

«Che tempo da lupi» rispose il farmacista affacciandosi alla finestra. «Spero che non si ammali.»

Tom si chiese divertito se avesse un aspetto così terribile, o se fosse stata solo un'osservazione di cortesia. «No, speriamo di no.»

Il farmacista annuì e tornò a sporgersi per dargli indicazioni.

«Deve proseguire giù a destra per High Street e girare di nuovo a destra al prossimo incrocio. Sale su e poi la terza a sinistra. È una casetta rossa con un'insegna di ottone alla porta. Non può sbagliare.»

Tom ringraziò e uscì dalla farmacia. Vide l'uomo lanciare un'occhiata alle caramelle per la tosse e ai vasetti di balsamo per il petto che, in accordo con la stagione, teneva esposti sul bancone. Quel tempaccio gli avrebbe portato buoni affari.

L'ombrello non serviva a molto con quella pioggia che picchiava da tutte le direzioni, e Tom dentro di sé si pentì di aver preso un treno, anziché una carrozza. Dopo che Miss Pauly gli aveva raccontato che Sir Andrew aveva bandito il medico da casa sua, si era precipitato subito a Reigate.

A poco a poco quell'incarico lo stava divertendo, le cose stavano prendendo una piega ben diversa dalle sue precedenti esperienze con la cerchia di Henry Sidgwick. Il lavoro assomigliava più a quello di un detective, sebbene la piccola Emily sembrasse posseduta da qualcosa per cui non aveva ancora trovato una spiegazione. Poteva essere una malattia mentale – per quanto fosse terribile pensarlo, in una bambina così piccola – ma alcuni aspetti non tornavano. Quel pomeriggio avrebbero fatto visita al reverendo e alla moglie, e Tom sperava di riuscire a scoprire elementi interessanti anche lì.

La serata precedente era stata strana. Sentiva che Sir Andrew aveva delle riserve nei suoi confronti, ma non ne aveva ancora capito il motivo. In fondo era stato lui a rivolgersi alla *Società*.

Miss Pauly gli aveva raccontato con quanta aggressività avesse reagito alla domanda sul nome del dottore. E le era sembrata combattuta tra la lealtà nei confronti del suo datore di lavoro e il desiderio di scoprire il segreto di Emily. C'erano così tanti tabù in quella famiglia, ma niente era più eccitante dell'indagare su cose di cui era stato vietato persino di parlare.

La spiacevole sensazione dell'acqua che entrava nelle scarpe lo strappò dai suoi pensieri. Poteva solo sperare che lo studio del dottor Pearson fosse ben riscaldato. Altrimenti presto sarebbe dovuto ripassare in farmacia.

Lo fecero aspettare per qualche minuto, e Tom ne approfittò per scaldarsi al fuoco del camino. Il dottor Pearson, all'incirca a metà della cinquantina, era un uomo magro dai capelli bianchi, con lineamenti spigolosi. Lo scrutò incuriosito, ma cortese.

«Mr. Ashdown, cosa posso fare per lei? Immagino sia nuovo, qui in città.»

Tom rispose senza troppi preamboli. «Vengo da Londra, e sono qui per parlare di Emily Clayworth.»

Il dottor Pearson inarcò un sopracciglio, spiazzato, lo sguardo spigoloso quanto i lineamenti. «Emily Clayworth?»

«Sì, era una sua paziente, no?»

L'uomo annuì. «Sì.»

«Posso chiederle da quando la famiglia non si rivolge più a lei?»

«Certo.» Il dottor Pearson aprì uno schedario e dopo un po' ne estrasse un foglio.

«Dal 29 novembre 1889.» Rimise a posto il foglio e richiuse tutto prima che Tom potesse dare un'occhiata. «Come saprà, non sono autorizzato a dirle nulla, a causa del segreto professionale.»

«Sì, lo so.» Tom mantenne lo sguardo del medico, fin quando non percepì in lui un moto d'impazienza.

«Posso chiederle in quali rapporti è lei nei confronti della bambina?»

«Io sono un giornalista. Ma stia tranquillo, non è in queste vesti che sono venuto.» Rifletté su quante, e quali, cose potesse dirgli per cavare fuori qualcosa da quell'uomo taciturno.

«Emily è di nuovo malata?»

«Non ne sono sicuro» rispose Tom. Meno diceva, pensò, più loquace sarebbe diventata la sua controparte.

«Hanno chiamato un medico?»

«No, non è una malattia nell'accezione comune del termine. Insomma, dottor Pearson, niente che si possa curare con impacchi, gocce o balsami. Stavolta, sembra che sia la sua anima a essere malata.»

Il medico si girò di scatto, ma Tom riuscì a vedere la sua espressione sconvolta.

«La sua anima? Intende una malattia mentale?»

«In sostanza, parla con i fantasmi.»

Il medico sorrise ironico. «Non sta dicendo sul serio, vero? O è uno scherzo, di pessimo gusto, o lei è uno di quegli spiritisti che si spacciano per scienziati.»

«E se le rispondessi… né l'uno né l'altro? Forse sono stato troppo brusco, mi scusi, non volevo. Ecco, faccio parte di un gruppo di persone che cercano di studiare determinati fenomeni in maniera scientifica e…»

«Parla della *Società per la ricerca psichica*?» lo interruppe subito il dottor Pearson.

«Sì.»

L'uomo esitò. «Be', allora la cosa è diversa. Conosco Lodge da quando vivevo a Londra… un uomo rispettabile e una bella testa. Ma continuo a non capire che interesse possa avere la *Società* per Emily Clayworth.»

«Be', lei dice di essere in contatto con la madre defunta. E questo ha preoccupato il padre, che ha chiesto aiuto al dottor Sidgwick.»

Il medico, in silenzio, prese una pipa dal suo posacenere d'ottone, la svuotò con cura e la riempì di nuovo. Poi la accese con altrettanta cura e fece un tiro, prima di girarsi di nuovo verso Tom.

«Quindi lei deve scoprire se la bambina riceve davvero le visite dello spirito della madre, è così? Che storia incredibile.» Più che arrabbiato, adesso sembrava abbattuto.

«Sì, è così. Ma la pregherei di mantenere il massimo riserbo su questa vicenda, anche se non si tratta di un vero consulto medico» disse Tom. «Sir Andrew teme per il suo buon nome e per quello della figlia. Lo so che non può raccontarmi nulla sulle malattie passate della bambina, ma le sarei grato se potesse rispondere a qualche domanda sulla madre. Ho sentito dire che si occupava della figlia con incredibile dedizione, molta più di quanto non sia in uso tra le signore del suo rango.»

A quelle parole, il medico s'incupì, e Tom ripensò a quello che gli aveva detto la tata. *Sir Andrew lo ha bandito da questa casa.* Che ruolo aveva avuto, in tutto questo, Lady Ellen?

«Già» disse Pearson con voce ruvida. «Non la lasciava quasi mai. In pratica la tata non aveva nulla da fare, perché pensava a tutto la madre.»

«E lei trovava strano che si facesse carico di tutti questi compiti?»

Pearson esalò uno sbuffo di pipa. «Be', succede raramente, è vero. Ma lei era molto rispettata nella nostra comunità proprio per questo motivo, infatti siamo rimasti tutti molto scossi dalla sua morte.»

«Conosce Tilly Burke?»

«La pazza di Mickleham che prima lavorava per Lady Ellen? Sì, ne ho sentito parlare. Da quello che so, ogni tanto la signora le faceva visita, anche con la bambina. Le era molto devota, infatti ha anche fatto assumere la nipote come domestica. Sir Andrew non era molto felice di queste visite, una volta lo ha detto anche in mia presenza, ma la moglie non era disposta a rinunciarci.» Si zittì, come pentendosi subito di quello che aveva detto.

«Posso chiederle perché non ha continuato a curare Emily?» domandò Tom a bruciapelo.

Il medico rivolse lo stelo della pipa verso di lui, come un'arma. «Mr. Ashdown, tutto quello che posso dirle è che i miei servigi non erano più richiesti.»

«Allora la ringrazio per la conversazione.» Tom si alzò, accennò un inchino e si avviò verso la porta.

«E lei ci crede, ai fantasmi?»

Si girò. Il medico lo stava guardando in modo strano. «Dottor Pearson, io sono agnostico di natura. Quando qualcuno mi mostrerà prove inconfutabili dell'esistenza di Dio, dei fenomeni soprannaturali o del potere di trasformare l'acqua in vino, allora io ci crederò. Fino a quel momento, resto delle mie idee. Buona giornata.»

Richiuse la porta dello studio e si avviò lentamente lungo il corridoio. C'era qualcosa che il medico aveva detto, qualcosa di importante, eppure... Continuava a tormentarlo, e lui sapeva che non avrebbe trovato pace fino a quando...

Poi si colpì la fronte, fece marcia indietro e tornò a bussare alla porta del dottore.

«Prego.»

«Mi scusi se la disturbo ancora. Prima ha detto che la nipote di Tilly Burke lavora a Chalk Hill...»

«Sì, è la tata di Emily Clayworth.»

«Nora, ti devo parlare» disse Charlotte con uno sguardo che non ammetteva rifiuti. Da quando Ashdown le aveva riferito la notizia, si sentiva ribollire e si dovette sforzare per non alzare troppo la voce. «Emily, per favore, vai in camera tua. Portati i compiti» disse alla bambina.

Dopo che la piccola fu uscita, non senza aver rivolto prima uno sguardo incuriosito a entrambe, Charlotte incrociò le braccia.

«Perché non mi hai detto che sei la nipote di Tilly Burke?»

«Lei non me l'ha chiesto.» La risposta arrivò con una prontezza sorprendente.

«Però ti ho chiesto se la conoscevi.»

«E infatti non l'ho negato.»

Charlotte sentì salire la rabbia dentro di sé. Mrs. Evans, Wilkins, Sir Andrew o i coniugi Morton: nessuno aveva ritenuto necessario metterla al corrente di quel dettaglio. Tom Ashdown invece lo aveva considerato tutt'altro che un dettaglio, infatti era sceso dalla carrozza con i capelli scompigliati e la faccia paonazza per correre a dirglielo.

«Tu sai benissimo che Tilly Burke mi ha raccontato cose strane, e il fatto che tu sia sua parente non mi sembra per niente un dettaglio.»

«Allora mi perdoni.» Nora abbassò la testa, ma Charlotte non era sicura che fosse vergogna. Lady Ellen, Nora, Tilly: sentiva che tra le tre donne c'era un legame.

«Bene, vedo che non hai voglia di parlarmene. Puoi andare.» Notò lo sguardo sorpreso della bambinaia e poi, di punto in bianco, aggiunse: «Quello che mi chiedo è se Emily, alla sua età, non sia troppo grande, ormai, per avere una tata».

Tuttavia, finita la frase e vedendo Nora uscire dalla stanza a capo chino, sentì un moto di vergogna. Nora era una ragazza semplice, di campagna, non avrebbe dovuto ricorrere a una minaccia così meschina. Forse la parentela con quella vecchia pazza la metteva a disagio, ed era per questo che non glielo aveva detto.

Sospirando Charlotte si avvicinò alla finestra, arrabbiata con se stessa. La collera scatenata in lei dalla novità comunicatale da Ashdown le aveva fatto perdere il controllo. Finalmente la rete tesa intorno a Chalk Hill si stava sfilacciando, finalmente aveva scardinato il primo mattone di quel muro di omertà, ma allora perché, ripensando a Nora, sentiva la coscienza sporca?

Fece un respiro profondo, chiuse gli occhi e si concentrò su Emily, che doveva essere salvata, che fosse dagli spiriti o dal tormentato ricordo della madre. Le tornò in mente quanto avessero riso, lei e la bambina, nel giardino del reverendo, quando lui le aveva mostrato i coniglietti. Charlotte non aveva vincoli nei confronti di nessuno… tranne che della piccola.

Nel pomeriggio, Wilkins portò Tom, Charlotte ed Emily a Mickleham.

«Quando non piove si può andare anche a piedi» disse Charlotte. «È una bella passeggiata.»

«Fräulein Pauly, una volta, a primavera, lo facciamo?» domandò Emily, che davanti alla prospettiva di rivedere i coniglietti sembrava più felice che negli ultimi giorni.

«Certo Emily.»

«Peccato che Mr. Ashdown non possa venire con noi.»

Tom sorrise. «Chissà, magari a primavera tornerò a trovarvi. Non è lontano da Londra. In hotel mi hanno detto che si può fare anche una gita a Box Hill, che è molto bello.»

«Sì, Fräulein Pauly e io infatti vogliamo fare anche questo. Allora facciamo che viene per due giorni, così un giorno andiamo a piedi a Mickleham e l'altro facciamo un pic-nic a Box Hill.»

«Con piacere!»

Charlotte si augurò che quell'attimo, quel momento di spensierata leggerezza durasse per sempre. Tra lei e Tom Ashdown c'era una certa intesa, come se si conoscessero da anni, e lei dovette guardare fuori dalla finestra perché lui non notasse che era arrossita.

Wilkins si fermò davanti alla casa del reverendo. «Mio fratello abita qui vicino. Se siete d'accordo, Miss, andrei a fargli visita e tornerei a prendervi tra due ore.»

«Va benissimo, Wilkins.»

Tom aiutò Charlotte ed Emily a scendere e aprì l'ombrello, alzando gli occhi al cielo irritato. «Speravo di fare un giretto, ma se continua così…»

Charlotte lo guardò con aria interrogativa, ma prima che potesse dire qualcosa la porta si aprì e la gentile Mrs. Morton comparve sotto la tettoia.

«Entrate, svelti... che tempaccio! Che bello che siate venuti nonostante la pioggia!»

Ashdown si presentò e venne accolto dal reverendo in maniche di camicia.

«Scusatemi, mi sto cambiando, sono appena tornato da una visita a un malato, una spiacevole emergenza.» Si mise il gilè e lo abbottonò, poi finalmente porse la mano a tutti.

«Emily, i coniglietti già ti stanno aspettando. Spero che tu abbia portato qualcosa di buono per loro!»

La bambina gli mostrò il suo cestino pieno di carote.

«Fantastico. Aspettiamo che spiova?»

«Oh... Mr. Morton, Fräulein Pauly... per favore, posso andare subito?»

Charlotte annuì. «Però devi tenere cappello e cappotto e prendere anche l'ombrello di Mr. Ashdown.»

«E anche Mr. Ashdown» intervenne Tom annuendo. «Signore, vogliate scusarmi, ma vado a conoscere questi esserini che stanno così simpatici alla mia giovane amica.»

Mrs. Morton guidò Charlotte in salotto e la fece accomodare. Nella contigua sala da pranzo era già stato apparecchiato il tavolo per il tè.

«Che signore a modo» disse. «È... è un conoscente di Sir Andrew?»

«Sì, un giornalista di Londra. Scrive per il *Times*.»

«Interessante. Spero che nel frattempo lei si sia ambientata bene, a Chalk Hill.»

Charlotte raccontò della sua passeggiata nel bosco e dell'incontro con il guardaboschi del Norbury Park.

«Sì, il Druid's Grove è un posto che va visto, anche se io lo trovo un po' inquietante, soprattutto in autunno e in inverno. Forse è per il suo nome così poco cristiano» commentò la moglie del reverendo con un sorriso.

Dopo che ebbero parlato un po' del più e del meno, Charlotte domandò: «Lei lo sapeva che la bambinaia di Emily è la nipote di Tilly Burke?».

«Certo. Una ragazza deliziosa, che per fortuna non ha preso nulla dalla nonna. Per quanto riguarda la salute, intendo.» La donna sembrava avere la coscienza a posto, e Charlotte si chiese se stesse dando troppo peso a cose che in realtà non ne avevano.

Continuarono a chiacchierare, e Charlotte dovette sforzarsi per mantenere la testa su quello che si stavano dicendo, mentre i suoi pensieri continuavano a divagare.

Poi arrivò Emily, tutta pimpante con una coniglietta in braccio. «Fräulein Pauly, le presento Molly. Il reverendo mi ha dato il permesso di portarla dentro per fargliela vedere.»

Charlotte accarezzò l'animale, che masticava accoccolato sul braccio della bambina. Odorava di fieno e di erba fresca.

«E cos'ha detto Mr. Ashdown dei coniglietti?»

«Oh, che erano molto carini. E mi ha detto di dirvi che sta facendo un giretto in paese per vedere la chiesa prima del tè.»

Charlotte si sforzò di nascondere lo stupore e riaccompagnò Emily nella stalla, in modo che la bambina potesse presentarle anche Holly, Polly e Jolly. Quindi rientrarono in casa con il reverendo.

«Sa, Mr. Ashdown è un grande appassionato di chiese. Gli ho detto che la nostra St. Michael and All Angels ha origini normanne e che è stata ristrutturata mezzo secolo fa» disse il reverendo. Con un tono di voce che non lasciava dubbi sul fatto che quelle presunte migliorie non lo entusiasmassero affatto. «Io mi sono offerto di mostrargliela alla prima occasione, ma lui voleva andare a dare un'occhiata adesso. Però torna subito, cara, in tempo per il tè» concluse rivolgendosi alla moglie.

Tutto quell'interesse per le chiese meravigliò Charlotte, la quale ripensandoci capì che forse era una scusa per fare un giro in paese.

Un quarto d'ora dopo, ricomparve in salotto introdotto dalla domestica. Fece un inchino a Mrs. Morton. «Mi scusi, ma non potevo non andare subito. Il campanile ha una forma davvero rara.»

Mentre si sedevano al tavolo apparecchiato, il reverendo espresse la sua soddisfazione sul fatto che perlomeno il campanile avesse conservato la sua struttura originaria.

«Vandali, io lo dico sempre che sono dei vandali. Senza alcun rispetto per un tesoro così antico, addirittura di epoca medievale.»

Durante il tè chiacchierarono in maniera animata, mentre Ashdown, come al solito, feceva da mattatore. Raccontò innumerevoli aneddoti londinesi adatti a una bambina e a una casa di religiosi. Le risate più fragorose arrivarono dopo la storia di uno spettacolo teatrale in cui avevano cercato di rappresentare l'avaria di una nave nella maniera più fedele possibile ma alla fine avevano perso il controllo delle masse d'acqua, che si erano riversate sull'orchestra e tutti gli strumenti erano finiti a bagno.

«Davvero?» chiese Emily entusiasta.

«Certo, io c'ero. Per fortuna ero seduto in un palchetto... gli spettatori delle prime file, infatti, hanno dovuto buttare le scarpe.»

Charlotte lo guardava sorridendo. Era un narratore nato.

Dopo il tè, si congedarono dai Morton ringraziandoli per l'invito.

«I miei più vivi complimenti per la torta al limone» disse Ashdown. «Porti i miei saluti alla cuoca.»

«Quella l'ho fatta io» intervenne Mrs. Morton orgogliosa. «È una ricetta della mia amata madre.»

«Un'eredità davvero squisita.»

Fuori c'era già Wilkins con la carrozza. Durante il tragitto Charlotte sentì lo sguardo di Tom su di sé, ma restò in silenzio. Dopo che si furono fermati davanti alla villa, lui l'aiutò a scendere sfiorandole un braccio con la mano.

«Vorrei parlarle. Da solo.»

L'istitutrice lasciò che Emily andasse di sopra da Nora poi lo guidò in sala da pranzo.

«Di sicuro non avrà creduto alla storia della chiesa normanna, vero?»

«Tilly Burke.»

«Esatto.»

«L'ha incontrata?»

Si sedette e accavallò le gambe, poi tirò fuori la sua pipa. «Le dispiace se...»

Lei annuì, e lui iniziò a inserire il tabacco. «Lei ha ragione, le sue parole sono un affascinante miscuglio di follia e verità.» Tirò fuori un bigliettino dalla tasca del gilè. «Le ho parlato in giardino e chiesto se conosceva la famiglia Clayworth. Lei mi ha risposto, sono le parole esatte: "L'acqua sta salendo. Lei tornerà dalla sua bambina. Perché Emily non viene più a trovarmi?".»

Charlotte annuì pensierosa. «E adesso cosa pensa di fare?»

Lui guardò il foglietto e si passò una mano tra i capelli, un po' selvaggi.

«Non lo so. Se Emily fosse adulta, procederei in modo diverso. Potrei andare a fare un giro con lei nel bosco e sul fiume, metterla a confronto con i ricordi della madre e in questo modo provocare un episodio come quello della scorsa notte. Ma è una bambina, e bisogna agire con cautela, per non farle ancora più male.»

Charlotte si mise accanto a lui e si prese la testa tra le mani.

«Una cosa non capisco. Perché Nora si è messa a strillare in quel modo, quando Emily era alla finestra? La bambina avrebbe potuto cadere giù per lo spavento, e lei lo sapeva. Ma quella ragazza è testarda come un mulo e non vuole dirmi niente, nemmeno dopo che le ho detto che so della sua parentela con Tilly Burke.»

«Sì, ha ragione, è strano.» Si riaccese la pipa, con un movimento elegante, e Charlotte si sorprese a fissare quelle dita affusolate.

Ashdown si alzò. «Torno in hotel a cambiarmi. Ne approfitterò per scrivere le nostre ultime scoperte. A volte, scrivendole, le cose diventano più chiare. E stanotte farò di persona la guardia alla camera di Emily.»

Quando arrivò in hotel, nonostante le tante questioni aperte Tom si sentì soddisfatto della sua giornata. Il viaggio fino a Reigate e la visita a Mickleham avevano portato i loro frutti.

All'ingresso gli consegnarono una lettera di Sarah Hoskins, che si portò in camera. Ravvivò il debole fuoco del camino e gettò il soprabito su una sedia. Poi si allentò la cravatta, si sbottonò il gilè, andò allo scrittoio, preparò carta e pennino e aprì la lettera.

Oxford, novembre 1890

Caro Tom,
spero non ti dispiaccia che stavolta sia io a scriverti invece di John, ma lui è molto preso dal lavoro e ti manda i suoi più calorosi saluti. Detto questo, giungo al vero motivo di questa missiva.
Ma dove sei finito? È da tempo che non abbiamo più il piacere di godere della tua presenza e saremmo molto felici se ci venissi a trovare.
Spero che tu ci stia trascurando perché sei occupato in cose piacevoli. Le tue ultime recensioni sono state incredibilmente divertenti e piccanti. Ma – sempre per non indugiare troppo

sui preamboli – c'è anche qualcun altro che s'interessa a te. La mia cara Emma, infatti, chiede sempre di te, ogni volta che ci vediamo e ci scriviamo, cosa che, come ben sai, succede spesso. Credo sia sulla strada giusta e negli ultimi tempi è riuscita a prendere le distanze da tutto ciò che può avere a che fare con lo spiritismo. Tu continui a interessarti a questo genere di cose, e lo capisco, lei invece con mio grande sollievo finalmente si sta concentrando più sulla realtà, ovvero la dimensione temporale più importante, quella in cui dobbiamo vivere.
Per favore, non pensare che voglia immischiarmi nei fatti vostri o favorire qualcosa che potete decidere solo voi. Ma mi è sembrato che tra voi ci fosse una specie di legame, una sorta d'intesa interiore, che mi ha fatto ben sperare. Per Emma la strada è ancora lunga, senz'altro più lunga e complicata della tua, ma una cosa ti chiedo: se mia sorella non ti è del tutto indifferente – cosa che, alla luce del tuo generoso sostegno nella vicenda Belvoir, stento a credere – sarei felice se tu potessi rincuorarla con una lettera e con la speranza di rivedervi presto.
Caro Tom, spero con queste righe di non aver attentato alla nostra amicizia, che sta molto a cuore, sia a me che a John.
I miei più cari saluti
Sarah

Tom restò di sasso, guardò la lettera, che teneva nelle mani rigide, e si chiese perché quella giornata, all'improvviso, fosse diventata così buia.

29

Charlotte aveva cercato una scusa per non cenare con Sir Andrew e Tom Ashdown, perché non sopportava la tensione creatasi tra i due uomini. Aveva preferito mangiare con Emily di sopra.

La bambina sembrava tranquilla, Charlotte le aveva letto una favola mentre lei pettinava la sua bambola Pamela.

«Io non sapevo che Tilly Burke fosse la nonna di Nora» disse a un certo punto l'istitutrice dopo aver richiuso il libro di *Biancaneve.*

Le dita della piccola continuavano a muoversi con abilità, e rispose solo dopo aver trovato un bel nastro per legare i capelli a Pamela. «È come nelle favole.»

«In che senso?»

«Mi ricorda Biancaneve. E Tilly Burke è la matrigna cattiva. Anzi, una nonna cattiva.»

Charlotte la guardò con la coda dell'occhio. «E cosa ti ha fatto di male?»

«Mi ha messo paura. Dice cose strane. Le ha sentite anche lei, l'altra volta alla sala da tè.»

«Io credo che sia malata, non cattiva.»

«E che differenza c'è?» replicò la bambina con incredibile veemenza. «Se qualcuno mi mette paura, per me è cattivo.»

«Forse non dovremmo parlarne quando c'è Nora, potremmo ferirla.»

Emily rifletté. «Ma lei comunque non parla più della nonna. Da quando…» Si zittì.

Charlotte si alzò. «Bene, è ora di andare a letto. Mettila qui, Pamela, sulla mensola.»

La bambina scosse la testa, si avvicinò con la bambola alla finestra e la mise in piedi sul davanzale. Poi si legò i capelli in una treccia, si tolse le pantofole e salì sul letto. Notando lo sguardo interdetto dell'istitutrice, disse: «Le piace guardare in giardino».

«Se lo dici tu, allora lasciamola lì.» Le accarezzò i capelli e uscì dalla stanza. In corridoio si fermò per bussare alla porta accanto.

«Prego.»

C'era Nora, stava ricamando. «Sì, Miss?»

«Emily è a letto. Stanotte puoi dormire nella tua stanza. Qui ce la vediamo io e Mr. Ashdown.»

La bambinaia non ci provò nemmeno a nascondere la sua delusione. Deglutì, raccattò i materiali del ricamo e si alzò. «Come preferisce, Miss.»

Poi superò Charlotte e se ne andò, così di fretta da sbattere un braccio contro lo stipite della porta. Lei, invece, si spostò nell'aula, dove sarebbe rimasta in attesa di Ashdown.

Quando la cena finì, Tom si sentì sollevato di potersi ritirare. Purtroppo Miss Pauly non aveva cenato con loro. Lui era abituato ad animate conversazioni con i suoi amici di Londra e Oxford e trovava faticoso il comportamento rigido di Sir Andrew. Per fortuna a un certo punto erano finiti a parlare di botanica, e il deputato era come rifiorito con una breve dissertazione sulla flora della zona. Tom lo aveva ascoltato per rispetto, anche se le piante non erano proprio la sua passione. A ogni modo, qualunque tema era meglio del silenzio.

Adesso però finalmente poteva dedicarsi al vero scopo della sua visita di quella sera. Aveva deciso con Charlotte che Nora avrebbe dormito nella sua stanza, in modo che lui potesse vegliare indisturbato sulla camera della bambina. Avrebbe sentito se succedeva qualcosa, e allo stesso tempo tenuto d'occhio il giardino.

Con una rivista sotto il braccio, bussò alla porta dell'aula ed entrò. L'istitutrice alzò gli occhi dal suo libro.

«Buonasera Mr. Ashdown. Emily è tranquilla. Però...» Raccontò della bambola alla finestra, e le si spense il sorriso. «Forse io vedo cose che non esistono, fantasmi, se mi permette l'espressione... ma ecco, è stato strano, come se la bambola dovesse fare la guardia...»

Lui posò la rivista sul tavolo e si appoggiò alla porta. «Non si preoccupi, adesso ci penso io. Ho chiesto alla domestica un bricco di caffè e mi sono portato una cosa da leggere per passare il tempo.»

Charlotte diede un'occhiata alla rivista. «*Lippincott's Magazine*?»

«Sì, del luglio scorso. All'interno c'è un romanzo scandalo di Oscar Wilde. Sono riuscito a prendere uno degli ultimi esemplari prima che lo togliessero dalle edicole.»

«Lo togliessero dalle edicole?»

«Be', per indecenza» spiegò lui. «E l'opera era già stata ampiamente censurata prima della pubblicazione.»

Charlotte ripensò al suo racconto sul travestito e all'indignazione perbenista di Sir Andrew, e sorrise.

«Mi scusi se le ho mancato di rispetto.»

«Non si preoccupi, non sono così sensibile come crede il mio datore di lavoro» rispose divertita. «Domani mi racconta com'era, il romanzo scandalo?»

Lui annuì. «Ma certo, con piacere. Adesso vada pure. Appena noto qualcosa di strano mi permetterò di venire a chiamarla.»

«Sì, lo faccia, Mr. Ashdown. Io resterò alzata ancora un po', ma anche dopo può svegliarmi a qualsiasi ora.»

Uscirono insieme dall'aula. Nel corridoio, lui andò a destra, lei a sinistra. Raggiunta la porta, Charlotte si girò ancora una volta, ma Tom era già scomparso.

Charlotte si era addormentata sulla poltrona. Tutto a un tratto, senza un chiaro motivo, si svegliò completamente e si guardò intorno. Fu solo in quel momento che sentì i passi.

Aprì la porta prima che Ashdown bussasse. «Che è successo?»

«Ho sentito dei rumori in giardino. È meglio se va a controllare Emily… io faccio un giro fuori.»

Prima che potesse rispondere qualcosa, i suoi passi erano già in fondo alle scale.

Charlotte indossò uno scialle e si precipitò di sotto. Emily dormiva, ma la finestra era aperta. Appena provò a chiuderla, sentì i passi di qualcuno che correva in giardino, poi la porticina nelle mura che si chiudeva.

Si girò e il piede le sbatté contro qualcosa. Si chinò e vide, sconvolta, Pamela: si era rotta, al suo bel visino di porcellana mancava un pezzo.

La raccolse e la infilò in un cassetto, per risparmiare quel brutto spettacolo a Emily.

Poi si avvicinò al letto e guardò la bambina, stesa sul fianco, una mano sotto la guancia, la treccia scomposta. Cosa le passava per la testa quando si alzava e andava alla finestra in attesa della madre? Cosa vedeva, in quei momenti, con il suo occhio interiore? Charlotte stava gelando, così prese una coperta, si raggomitolò dentro di essa e si adagiò su una poltrona. Avrebbe aspettato lì Tom Ashdown.

Poi si chiese, agitata, cosa potesse averlo convinto a uscire, con quel buio. Davvero c'era qualcuno, in giardino? Tese le orecchie, in casa un silenzio quasi surreale. Doveva svegliare Sir Andrew?

Meglio di no, decise. Fin quando non avesse saputo qualcosa di più lo avrebbe lasciato dormire. Emily stava bene, era quella la cosa più importante.

I minuti passarono, e lei sentì una leggera inquietudine dentro di sé. Dov'era finito Mr. Ashdown? Perlomeno, si era portato dietro una lampada? Senza una fonte di luce nella foresta si sarebbe perso, lo sapeva per esperienza. Si prese la testa tra le mani, cercò di distrarsi dall'attesa, ma continuò a tenere le orecchie tese. Il silenzio era totale.

A un certo punto sentì un rumore, di sotto. Uscì dalla camera e restò in attesa in cima alle scale. C'era qualcuno all'ingresso. Charlotte si sistemò lo scialle coprendosi e scese lentamente.

Alla luce delle lampade vide una sagoma alla parete, stagliata davanti al rettangolo scuro della porta. «Chi è?» Lo chiese con un tono di voce che non riconobbe.

«Sono io.»

Si avvicinò alla luce, e lo vide tenersi stretto il braccio sinistro. Lui fece un passo in avanti, poi gli cedettero le ginocchia, e Charlotte riuscì a tenerlo, appena in tempo.

«Devo andare a svegliare Sir Andrew?» domandò Mrs. Evans, ma Charlotte scosse la testa.

«Prima occupiamoci di Mr. Ashdown.» Lo aveva messo sulle scale, con la schiena poggiata alle barre di legno della ringhiera, poi era andata a chiamare la governante. Insieme lo avevano spostato in salotto, dove la donna aveva messo un asciugamano sul divano perché non si macchiasse di sangue.

«Mi dica di cosa ha bisogno» disse rendendosi conto che Charlotte aveva preso il comando della situazione.

«Acqua calda, asciugamani, qualcosa per fasciare» disse. «Forbici.»

Quando Mrs. Evans scomparve, lei si chinò verso il divano per sfilare a Ashdown la redingote. Per fortuna era senza cappotto perché fu già un'impresa liberarlo da quel capo di vestiario. Lo muoveva con la massima cautela, ma lo sentiva ansimare per il dolore.

Lanciò la redingote su una sedia. Fu in quel momento che vide che la sua camicia, all'altezza della spalla sinistra, era inzuppata di sangue. Scostò il gilè, piano. Mrs. Evans arrivò con le cose che aveva chiesto e poggiò tutto sul tavolo, prima di prendere in carico il gilè. Charlotte iniziò a sbottonare la camicia.

«Ma com'è successo?» domandò Mrs. Evans sconvolta dalla ferita.

«Non ne ho idea. Mr. Ashdown mi ha svegliato perché Emily era di nuovo alla finestra, poi è corso in giardino dove aveva visto qualcuno. Io sono rimasta con Emily fino a quando non ho sentito un rumore e l'ho trovato all'ingresso ridotto in questo stato.»

«Sir Andrew, devo...»

«Aspetti, prima mi lasci finire» la interruppe Charlotte. «Per favore, vada a prendere il brandy.»

Scostò la camicia dalla spalla e dal braccio, le mani che si muovevano con la massima calma. «Ah, e mandi Nora da Emily, in modo che non resti sola.»

Immerse un asciugamano nell'acqua calda e iniziò a pulire la ferita. Ashdown emise un gemito e aprì gli occhi.

«Per favore resti disteso, tranquillo, fino a quando non l'avrò bendata.»

«Le devo raccontare cos'è successo» disse lui a fatica.

Nel frattempo l'acqua del catino era diventata rossa, ma la ferita non smetteva di sanguinare. Sembrava una ferita da arma da taglio, profonda e larga almeno cinque centimetri poco sotto la spalla.

Charlotte meditò se mandare Wilkins a chiamare un medico,

ma Ashdown sembrò leggerle nel pensiero e con la mano destra le prese un braccio.

«Mi ascolti.»

«Solo se resta disteso tranquillo.»

«Va bene.» Chiuse gli occhi, per raccogliere le forze. «Ho sentito un rumore in camera di Emily e sono andato da lei. Era alla finestra, aperta, e parlava con qualcuno, ma io non l'ho visto. Non ero sicuro che fosse sveglia, così l'ho riportata a letto, lei si è girata su un lato e si è rimessa a dormire. Poi sono venuto a chiamarla.»

Charlotte mise delle bende sulla ferita e lui sussultò.

«Mi scusi, potrebbe allontanare un po' il braccio dal corpo, se ci riesce?... ecco così, grazie.» Avvolse la fasciatura più volte intorno al collo e poi la fece passare sotto l'ascella, finché non fu ben fissata. «Per un paio di giorni dovrà tenere il braccio così, appeso.»

Lui annuì. «Poi sono uscito, ho fatto il giro della casa e sono corso in giardino. Sono andato verso la porticina nel muro che mi aveva mostrato. Nella fretta, mi sono dimenticato la lanterna confidando nella luce della luna, ma appena mi sono inoltrato nel bosco mi ha piantato in asso.»

«Sì, la foresta è particolarmente inquietante anche di giorno...»

«Sa, non ho avuto neanche il tempo... di avere paura» replicò Ashdown storcendo la bocca in una specie di sorriso. «Appena ho passato la porta, infatti, qualcuno si è scagliato contro di me e mi ha aggredito. Doveva essersi nascosto dietro le mura o dietro un albero, di più non saprei dirle. È stato tutto molto veloce. Ho sentito un dolore lancinante sotto la spalla e poi questo sconosciuto che scappava. Era una persona che conosce molto bene questa foresta.»

«E non ha detto niente?»

Ashdown scosse la testa. Charlotte riempì un bicchiere con il brandy portatole da Mrs. Evans. «Adesso beva» disse passandoglielo.

Lo aiutò a tirarsi su.

«Qualcuno potrebbe spiegarmi cosa sta succedendo?»

Sir Andrew. Non lo avevano sentito arrivare. Dietro di lui videro Mrs. Evans, nell'intelaiatura della porta, osservare la situazione incuriosita.

Charlotte si alzò e si rese conto, con rabbia, di essere arrossita.

«Mi scusi, Sir Andrew, ma ho pensato fosse meglio prima prendermi cura del suo ospite.»

Lui si passò una mano tra i capelli e si avvicinò. «Ultimamente in questa casa accadono cose che si fanno beffe di qualunque possibile descrizione.»

Charlotte lo guardò incredula, ma non si scompose.

«Qualcuno potrebbe spiegarmi cosa significa tutto questo? Ed Emily? Si è resa conto di… di questo assurdo incidente? In casa mia nessuno ha mai riportato danni. Spero solo che non trapeli nulla all'esterno.»

Tom Ashdown raccontò in breve cosa gli fosse successo, Sir Andrew si sedette e, in tono più conciliante, disse: «Mi perdoni per quello che ho detto. Ha bisogno di un medico?».

Lui scosse la testa. «Ci andrò domani, per ora credo che basti. Miss Pauly è stata impeccabile.»

«Bene.» Sir Andrew si strofinò le mani, l'indignazione ormai era scomparsa dal viso. «In zone boscose come questa purtroppo girano molti ladruncoli, bracconieri, che sono pronti anche a usare la violenza. Quanto accaduto è molto spiacevole, lo riferirò al guardaboschi del Norbury Park, in modo che presti particolare attenzione e passi al setaccio i boschi con i suoi uomini. Forse troveranno delle tracce.»

Charlotte notò una strana espressione sul viso di Ashdown, che un attimo dopo svanì.

«Secondo lei, quindi, è stato un estraneo, che si aggirava per caso nella foresta e si è sentito minacciato da me?»

«E chi, altrimenti?» domandò Sir Andrew sorpreso.

«A me è sembrato che questa persona fosse proprio sulla porta del suo giardino... per questo io sono uscito di lì.»

Sir Andrew si alzò di scatto. «Sta dicendo che la persona che l'ha aggredita e ferita ha parlato con mia figlia?»

«Così mi è sembrato» rispose Ashdown a fatica, ma in tono deciso.

Charlotte si morse le labbra. La tensione tra i due uomini era palpabile.

«Non può dire sul serio. Io l'ho fatta venire qui perché capisse se mia figlia è posseduta da... fenomeni soprannaturali, o come diavolo preferisce chiamarli. Lei invece se ne esce con queste affermazioni assurde e si mette in pericolo andando in giro di notte da solo nella foresta, senza le dovute precauzioni...»

«Sir Andrew.» Tom Ashdown si sollevò sul divano e per un momento chiuse gli occhi, prima di appoggiarsi al tavolo e mettersi in piedi, barcollando. Charlotte fu sul punto di intervenire, ma si trattenne.

«Adesso vado a letto. Se mi sentissi in condizioni, toglierei il disturbo immediatamente, ma temo dovrà aspettare fino a domani.»

«Che significa tutto questo?»

«Credo che lei abbia capito benissimo. Io non sono un domestico che lei può comandare a bacchetta. Sono venuto qui di mia spontanea volontà e me ne andrò allo stesso modo, se i miei servigi non sono più richiesti.»

Charlotte vide impallidire le nocche della mano con cui era aggrappato all'angolo del tavolo.

«Un'ultima cosa. Sua figlia sta soffrendo, di questo ne sono certo, di cosa ancora non glielo so dire. Però posso assicurarle che si tratta di un mistero che non si risolverà da solo.»

Poi guardò Charlotte con aria interrogativa. «Miss Pauly, io già le sono debitore. Ma mi farebbe l'ultima cortesia di accompagnarmi fino alla porta della mia camera? Buonanotte Sir Andrew.»

Si appoggiò alla donna, e così lasciarono la sala, senza degnare il padrone di casa di ulteriori sguardi. A ogni passo il peso sulle spalle di lei si aggravava, ma Charlotte non lo diede a vedere.

Le scale le costarono ancora più fatica, e quando furono davanti alla porta della sua stanza lui si appoggiò alla parete e chiuse gli occhi. Poi la guardò.

«Che c'è?» domandò la donna senza fiato.

«C'è una cosa che prima non ho detto.»

Lei attese, in silenzio.

«Secondo me era una donna.»

Charlotte risalì stremata le scale della torre. Dopo essersi richiusa la porta alle spalle, si lasciò cadere sul letto. Fu solo in quel momento che si rese conto di avere le mani sporche di sangue, ma non aveva la forza di alzarsi e lavarsele nella ciotola.

Da quando Ashdown l'aveva svegliata aveva perso il senso del tempo. Quant'era passato... mezz'ora? No, probabilmente di più. Si sedette sulla poltrona vicino alla finestra. Fuori c'era ancora buio e silenzio, nessun movimento sospetto tra gli alberi, le cui sagome sfumate si stagliavano nel cielo.

Le faceva male la testa, non riusciva a pensare in maniera chiara. Prima aveva agito con calma e razionalità, aveva impartito le istruzioni del caso a Mrs. Evans e non si era lasciata intimidire da Sir Andrew. Adesso che non doveva più controllarsi, iniziò a tremare, il corpo scosso dai sussulti. Chiuse gli occhi premendosi le mani sulla bocca, ma il tremore non passò. Cosa stava succedendo in quella casa? Avrebbe tanto voluto fare le valigie e consegnare le sue dimissioni a Sir Andrew il mattino seguente, ancora prima della colazione. Ma cosa ne sarebbe stato di Emily? Chiuse gli occhi e si costrinse a respirare con calma, fin quando finalmente non smise di tremare.

Restò ancora un po' seduta finché non ebbe recuperato le forze per alzarsi e lavarsi. Immerse le mani nella tinozza, lentamente, e osservò l'acqua velarsi di rosso. Se le asciugò e vide che anche il vestito era sporco dappertutto. Se lo tolse e lo poggiò su una sedia. Sperava che la domestica sarebbe riuscita a lavarlo.

Ma che problemi inutili mi sto facendo? pensò. Si preoccupava delle macchie di sangue sul vestito quando qualcuno aveva appena cercato di uccidere Tom Ashdown! Solo il pensiero le fece venire i brividi, ma non aveva dato credito nemmeno per un minuto alla teoria di Sir Andrew che si trattasse di un ladruncolo qualunque in giro nel bosco. Quella persona aveva aspettato nascosta dietro la porta l'ospite londinese, già sapendo che sarebbe passato di lì. Poi ripensò alle sue parole: *Secondo me era una donna.*

Non lo aveva detto di fronte a Sir Andrew, forse per paura che lui lo prendesse per pazzo. Il padrone di Chalk Hill, infatti, si era già inventato una storia che non risultasse compromettente per la sua famiglia. La storia di uno sconosciuto che si aggirava in quella zona per caso, forse con l'intenzione di commettere una rapina, e che si era sentito minacciato. Tuttavia, anche senza il commento di Ashdown, Charlotte aveva capito che non c'era niente di casuale in tutta quella vicenda: che quella porta aveva un ruolo determinante, come la foresta, Tilly Burke, il fiume e gli spiriti che lo abitavano.

30

Charlotte si alzò presto, tanto non riusciva a dormire comunque, con la speranza che la notte avesse portato consiglio, e qualcuno, fosse Sir Andrew o Tom Ashdown, avesse cambiato idea. Le sembrava impossibile che Ashdown se ne andasse e la vita a Chalk Hill riprendesse uguale a prima, non dopo tutto quello che era successo. Eppure la notte precedente era sembrato inevitabile.

Fuori era buio, e quel brutto tempo dava poche speranze che la giornata sarebbe andata a migliorare. I rami spogli luccicavano bagnati, e tra le chiome aleggiavano brandelli di nebbia. La camera era fredda, il camino a corto di legna. Doveva ricordarsi di dirlo a Susan.

Voleva lavarsi, ma l'acqua nella ciotola di porcellana bianca era rosa per il sangue della notte. Rimase inorridita e si girò. Gli occhi le caddero sul vestito poggiato sulla sedia. Le macchie di sangue asciutto sembravano ruggine.

Si vestì, prese l'abito sporco e scese di corsa in cucina. Calda e con un piacevole odore di caffè e pane appena sfornato.

«Susan, dovresti lavarmi questo vestito.»

La domestica la guardò con occhi sgranati. Era stata troppo brusca?

«È sangue, spero che vada via. E il lavabo, su in camera...» Fece un respiro profondo.

«Dovrebbe mangiare qualcosa e bere un tè caldo» le disse

all'improvviso la cuoca con le mani puntate sui fianchi. «Sembra provata.»

In quel momento, entrò Mrs. Evans. «Buongiorno Miss Pauly.»

«I signori sono già in piedi?»

«Sì, stanno facendo colazione. E la pregano di unirsi a loro.»

«Grazie.»

Charlotte uscì da quella cucina confortevole sentendosi addosso gli sguardi delle tre donne. Davanti alla porta della sala da pranzo, per un attimo chiuse gli occhi, poi bussò ed entrò.

Sir Andrew si sollevò dalla sedia, senza alzarsi del tutto. Il suo primo sguardo, però, fu indirizzato a Ashdown: sembrava stravolto, si era trascinato fuori dal letto solo per senso del dovere.

«Buongiorno.» Charlotte rimase immobile, in piedi vicino al tavolo.

«Prego, si sieda» disse Sir Andrew.

«Mr. Ashdown, come si sente?»

Lui mise giù la tazza e sorrise. «Sa, la malerba non muore mai. Mi sentivo già meglio, ma questo caffè mi sta rimettendo al mondo. Di solito preferisco l'Earl Grey, ma in casi estremi...»

«Mr. Ashdown vorrebbe farci una proposta» lo interruppe brusco il padrone di casa.

Charlotte colse il guizzo divertito di quegli occhi scurissimi, che parevano guardare solo lei.

«Certo, in una simile situazione le mie preferenze sulle bevande della colazione passano in secondo piano.»

Lei dovette reprimere un sorriso, meravigliandosi della rapidità con cui quell'uomo aveva cambiato faccia. Si versò un tè e prese una fetta di pane con il burro. «Prego, la ascolto.»

«Come ho già detto a Sir Andrew, se lui non ha più bisogno dei miei servigi io tornerò a Londra. Dove potrò confrontarmi anche con i miei colleghi della *Società*. A ogni modo – è questo quello che intendevo proporre a entrambi – credo sia meglio che Emily per un po' lasci questa casa, a prescindere dal fatto che io continui o meno a occuparmi di lei. Questa casa, infatti, e tutto ciò che la circonda, nascondono per lei troppi ricordi dolorosi, quindi credo sia necessario portarla via di qui il prima possibile.

«E dove pensava di portarla?» domandò Sir Andrew. «Data la stagione, al mare non mi sembra il caso. E i miei impegni politici purtroppo non permettono un viaggio più lontano.»

«Pensavo a Londra. Se non sbaglio, lei una volta mi ha accennato di avere una casa lì. Credo sarebbe interessante osservare come cambia il comportamento di Emily in un contesto completamente nuovo. Miss Pauly può farle lezione anche lì, e la sera lei potrebbe stare con sua figlia. E, se le fa piacere, io sono disposto a continuare ad assisterla.»

Charlotte sentì subito crescere dentro di sé una smania quasi incontrollabile. Londra! Aveva sentito parlare così tanto di quell'incredibile metropoli, ancora più grande e potente di Berlino. Tuttavia, anche mettendo da parte quel pensiero egoista, la riteneva comunque una buona idea, perché nessuno meglio di lei sapeva che Emily non poteva restare a Chalk Hill. Qualunque cosa si nascondesse in quella casa, infatti, costituiva senz'altro un pericolo e fin quando la piccola fosse rimasta lì non le avrebbe dato pace.

Sir Andrew guardò la sua tazza pensieroso. «Non è una cattiva idea farle cambiare aria. Emily non conosce per niente la città e potrebbe anche visitare dei musei a scopo educativo.» Guardò l'istitutrice. «Come suggerito da Mr. Ashdown, lei verrebbe con noi, ammesso che sia disposta a farsi carico anche del lavoro di Nora. La mia casa di Londra è grande, ma non abbastanza anche per una bambinaia.»

Charlotte cercò di dominare la propria eccitazione. «Certo

che sono disposta.» Notò un fugace ammiccamento da parte di Ashdown e arrossì un po'. «Quando vorreste partire?»

Sir Andrew rifletté. «Dopodomani, insomma lunedì. Così avremo due giorni interi per i preparativi. Manderò subito un telegramma alla mia governante di Londra per annunciarle il nostro arrivo.» Poi diede un'occhiata al suo ospite. «Tornerà a Londra con noi? Se vuole, Wilkins passerà a ritirare le sue valigie a Dorking. E comunque le consiglio di far vedere la sua ferita a un medico. L'accompagnerà Wilkins, dopo che mi avrà portato a Norbury Park.»

Ashdown sorrise, ma si vedeva che faceva fatica a stare dritto sulla sedia. «Grazie Sir Andrew, accetto volentieri.»

«Perché vuole andare in cantina?» domandò Mrs. Evans.

«Perché di notte, più volte, ho sentito rumori strani per le scale della torre. Ma la porta di sotto era chiusa. In questa casa succedono cose strane, e non andrò a Londra senza prima aver dato un'occhiata.»

Mrs. Evans annuì, ma controvoglia. «La cantina ha due accessi, uno dalla cucina, quello utilizzato più spesso, e uno dal retro della casa.»

«Preferirei entrare dall'accesso meno utilizzato.»

«Sir Andrew... è al corrente di questo suo proposito?»

Charlotte scosse la testa. «Non voglio farlo agitare senza motivo.»

«Bene.» Mrs. Evans guardò pensierosa il grande mazzo di chiavi che portava legato alla cintura. «È un proposito alquanto bizzarro, ma del resto sono tempi piuttosto strambi anche per questa casa.» Sfilò dal mazzo una grande chiave di metallo e la porse a Charlotte. Poi sollevò una mano, come ad ammonirla: «Però non ci andrà da sola, andrà con Wilkins. Dopo quello che è successo stanotte, non voglio che corra pericoli».

Si avvicinò alla porta del giardino e chiamò il cocchiere. «Accompagna Miss Pauly in cantina, deve fare una cosa. Porta una lampada.»

Lui borbottò, poi prese una lampada dalla rimessa e accompagnò l'istitutrice sul retro, dove alcuni gradini coperti di muschio scendevano verso una porta di legno. Il legno ingrigito cadeva a pezzi, ma la chiave entrò senza problemi.

«Stia attenta, Miss… si scivola.»

Le tenne aperta la porta e illuminò l'interno. C'era puzza di umido e di muffa, e Charlotte fu felice di non essere sola.

«Per favore, mi mostri l'accesso che, da qui, porta alla torre.»

Wilkins la guidò per una serie di stanze, tra cui un'officina e diverse dispense, fino a quando non si fermarono davanti a una porta. Charlotte abbassò la maniglia… chiuso.

«Questa porta è sempre chiusa. Non ci passa nessuno, mai.»

«Wilkins, per favore, mi passi la lampada.» Charlotte fece luce nella direzione da cui erano venuti. Per terra c'erano grumi di terra, e anche qualche foglia secca. Proprio come quella che aveva trovato sulle scale della torre, davanti alla propria stanza. Il cuore le prese a battere più velocemente.

«Guardi, la terra è asciutta, vuol dire che è qui da un po'. Queste impronte… non sono nostre.»

Il cocchiere si grattò la testa e tirò su col naso. «Sì, Miss, forse ha ragione. Ma chi…»

«È quello che vorrei tanto sapere anch'io.»

Terminato il suo giro di perlustrazione, Charlotte tornò in salotto da Ashdown.

«Ho appena fatto una cosa che avrei dovuto fare da tempo.»

«Stiamo pensando la stessa cosa, ancora una volta… vero?» replicò lui impaziente.

«Se quello che pensa è che c'è qualcuno che entra in casa senza scassinare nulla, quindi o con una chiave o grazie all'aiuto di una persona che ci vive, e che probabilmente è stata questa persona ad aggredirla... allora sì, stiamo pensando la stessa cosa.»

«Deve assolutamente riparlare con Nora» disse lui. «Semmai si sbottonerà, lo farà con lei, non certo con me, un estraneo. Se non darà i suoi frutti, chiederò a Sir Andrew di parlarci.»

«Pensa che sappia qualcosa?»

L'uomo annuì. «Nessuno è così in confidenza con Emily. La conosce meglio del proprio padre. Se c'è qualche segreto intorno alla scomparsa di Lady Ellen, Nora sicuramente lo sa.» Esitò. «Secondo me quando è entrata strillando, quella notte, voleva mettere in guardia la persona che si trovava in giardino.» Si passò una mano sulla fasciatura, lo sguardo assente. «Dannazione, e io che credevo fosse una buona idea, partire per Londra.»

«Adesso... non più?»

Lui si strinse nelle spalle. «Per il bene di Emily, senz'altro. Ma qui stanno succedendo cose...» Ammutolì.

«Be', abbiamo tempo fino a lunedì» replicò Charlotte. «Intanto parlo con Nora, poi vediamo.» Diede un'occhiata al braccio dell'uomo. «Come va la ferita?»

«Mah, diciamo che va. Ecco, non è proprio semplice fare tutto con una sola mano. Per esempio, chiudersi i bottoni della camicia. Un cameriere personale sarebbe utile...»

«Dovrebbe comunque farsi vedere da un medico.»

Lui tacque e la scrutò. «Se crede.»

«Eccome se lo credo. Mi ha fatto prendere un grosso spavento, ieri.»

Un'espressione divertita gli comparve sul volto. «E qui ha parlato l'istitutrice. Farò il bravo, glielo prometto.»

«Emily, puoi andare a giocare. Devo parlare con Nora e poi inizierò a impacchettare le cose che non mi serviranno fino a lunedì. Ci vediamo dopo.»

Charlotte si avvicinò alla porta della camera e la bambina la guardò titubante. «Io... io non riesco a trovare Pamela. L'ho cercata già prima di colazione.»

Quelle parole la colsero impreparata. Si era completamente dimenticata della bambola nascosta nel cassetto. Con il cuore pesante, si avvicinò alla bambina e le accarezzò i capelli. «Ecco, stanotte c'è stato un incidente.»

Lei la guardò spaventata. «Cosa è successo?»

«Pamela è caduta dal davanzale. E... e si è rotta la testa.»

Emily si guardò le mani, abbandonate inermi in grembo come stelle sbiadite. «È messa molto male?»

«Temo di sì. Forse però possiamo farle fare una testa nuova. A Londra.»

«Posso vederla?»

«Certo.»

Charlotte si avvicinò alla cassettiera e tirò fuori la bambola. Uno spettacolo raccapricciante.

Emily la prese con dolcezza e passò una mano sul buco, come se volesse guarirla.

«Non me ne sono neanche accorta.»

«Be', stavi dormendo.»

«E come ha fatto a cadere?»

«Eri alla finestra. Forse le hai dato una spinta, senza accorgertene.»

Emily annuì. «Lei era lì, per questo sono andata alla finestra.» La piccola la guardò con una faccina supplicante. «Possiamo portarla con noi, e magari andare all'ospedale delle bambole! Ho sentito che esistono, e insomma Londra è una grande città.»

«Ma certo che possiamo portarla con noi» disse Charlotte sollevata, temendo che la piccola sarebbe scoppiata in un pianto disperato. Poi si rese conto di aver quasi ignorato le prime parole di Emily... forse perché ormai dava per scontato che la bambina vedesse la madre morta. Ma era davvero come pensava?

«Cos'è successo a Mr. Ashdown?»

Charlotte sussultò. «È inciampato, nel buio, e si è ferito. Ma adesso sta già meglio. E tu, sei contenta che andiamo a Londra?» aggiunse un attimo dopo per cambiare argomento.

«Sì...» rispose Emily annuendo.

«Ma?»

La bambina si era seduta sul letto. Teneva la testa china e continuava a mordersi un labbro. Charlotte le mise un dito sotto il mento e lo sollevò, piano.

«Che c'è?»

«Ho paura che la mamma non mi trovi più, se me ne vado.»

Charlotte si sedette accanto a lei e le mise un braccio intorno alla schiena. «La tua mamma sarà sempre con te, anche se te ne vai. Basta che pensi a lei. Anche a Londra.»

Ma Emily restò zitta. E Charlotte sapeva fin troppo bene che non era quel tipo di vicinanza che Emily intendeva.

Aveva chiesto a Nora di raggiungerla nell'aula; voleva interrogarla dalla sua cattedra. «Siediti.»

Charlotte indicò il banco. Nora esitò, sapendo che in quel modo avrebbe assunto una posizione di inferiorità, ma ormai l'istitutrice aveva perso la pazienza.

«Nora, adesso ti farò alcune domande, e mi aspetto che tu mi risponda, e soprattutto che mi dica la verità. So quanto sei affezionata a Miss Emily, ma ho l'impressione che tu stia nascondendo qualcosa. E questo segreto non fa bene a Emily.»

«Miss, non so di cosa parla» rispose la bambinaia con un filo di voce, continuando però a fissare il pavimento.

«Per esempio il fatto che non mi hai detto di essere la nipote di Tilly Burke. E poi perché ti sei messa a strillare in quel modo assurdo quando Emily era alla finestra, pur sapendo che poteva essere molto pericoloso. Ormai è da un po' che lavori per questa famiglia e conoscevi molto bene la madre di Emily...» A queste ultime parole, la bambinaia di colpo alzò la testa. «Quindi sono convinta che tu sappia dell'altro, che finora non mi hai raccontato. Nora, devi dirmi tutto, adesso, ne va della vita di Emily.»

Charlotte si appoggiò alla cattedra, gli occhi fissi sulla donna in silenzio davanti a lei. Poi infilò una mano nella tasca della gonna.

«Questo l'ho trovato nella mia camera, la camera che per lungo tempo è appartenuta a Lady Ellen.» Poggiò la boccetta di emetico sul banco di Nora. «Tu ne sai qualcosa?»

«No, Miss.»

Charlotte la vide deglutire a fatica. «Non ti credo. È antimoniltartrato di potassio, una sostanza che induce il vomito. Cosa ci faceva sotto l'asse del pavimento?»

Nora serrò i denti, con visibile sforzo. «Non lo so.»

Charlotte sferrò un pugno contro il piano della cattedra con una tale forza che Nora sussultò.

«Tu mi hai raccontato che Sir Andrew non voleva che il dottor Pearson continuasse a occuparsi di Emily. Ripeto, sono sicura che sai dell'altro. Perché ha deciso così?»

Charlotte doveva obbligarla a parlare, a tutti i costi. L'aveva già minacciata, e se necessario era pronta a rifarlo.

«Tu hai il diritto di non rispondere, ovvio. Ma devi pensare a Emily. Non resisterà a lungo in queste condizioni, lo sai, presto scoppierà. E se tu mi racconti tutto, forse potrai aiutarla. Altrimenti...»

Le spalle della donna iniziarono a tremare. Una lacrima cadde sul banco.

«Il dottor Pearson... ha detto... ha detto che era stata *lei*. Che era tutta colpa sua.»

«Di chi?» Charlotte rimase completamente spiazzata.

Nora la guardò negli occhi. «Il dottor Pearson ha detto a Sir Andrew che era Lady Ellen a far ammalare Emily.»

«Ma come avrebbe potuto?»

Nora indicò la boccetta, agitata. «Quello, l'emetico! Ha detto che era lei a darglielo. E la febbre... il mal di pancia... tutto... Ma insomma, che razza di madre potrebbe... Nessuno potrebbe fare una cosa del genere!»

Charlotte respirò profondamente. «Se ho capito bene, il dottor Pearson ha insinuato che Lady Ellen dava questa sostanza a Emily, ed è per questo che è stato bandito da Chalk Hill. È andata così?»

La bambinaia annuì. «Lei amava troppo Emily... era la madre migliore del mondo. Sempre al suo fianco... la curava, le dava le medicine, le metteva le pezze di acqua fresca sulla fronte... Non la lasciava mai sola...»

Com'era possibile? Era una cosa mostruosa.

«Ma come può aver detto una cosa del genere? Avrà avuto i suoi motivi, e delle prove...»

Nora si strinse nelle spalle. «Questo non lo so. Io... io ero dietro la porta e ho sentito tutto. Ma poi è arrivata Mrs. Evans e mi ha portato via... Mi ha rimproverata perché stavo origliando.»

Charlotte era impietrita. Che storia assurda! All'improvviso sentì l'urgente necessità di parlare con Ashdown, aveva bisogno dei suoi modi ironici ma calorosi, della sfumatura divertita presente in quasi tutto quello che diceva.

Nora scosse la testa. «No, non è possibile. È stata sempre così buona con Emily. Per favore, non lo dica a nessuno! Sir Andrew… lui mi…»

Charlotte sospirò. «Puoi andare, grazie. Ma ne riparleremo, questo è poco ma sicuro. Per quanto riguarda Sir Andrew, per ora non gli dirò nulla, tranquilla.»

Nora si asciugò le lacrime con il palmo di una mano e annuì. «Grazie, Miss. Ma lei non deve crederci. Nessuna madre farebbe una cosa del genere. Lady Ellen era un angelo. La madre migliore che si possa immaginare.»

Dopo aver parlato con Nora, Charlotte tornò in camera. In poco tempo, la valigia fu pronta. Quando si ritrovò tra le mani la boccetta di emetico, se la passò dall'una all'altra per un po' e alla fine la infilò nel beauty-case da viaggio.

Poi si guardò intorno, pensierosa. L'ambiente aveva ripreso l'aspetto, intonso, del giorno del suo arrivo, la sua presenza cancellata in un quarto d'ora. Rifletté un istante. Qualunque cosa le riservasse il futuro, doveva andarsene da quella casa prima che la fantasia si appropriasse del tutto del suo buonsenso. Nei suoi lavori precedenti spesso aveva desiderato più avventure e qualche cambiamento, annoiata dalle lunghe e monotone giornate in classe, ma Chalk Hill, coperta da così tante ombre, ormai le faceva paura.

Afferrò il suo blocchetto dalla tasca e prese posto al tavolo, per annotare la conversazione avuta con Nora. Quando finalmente alzò gli occhi, vide che nella stanza era calato il buio. Guardò l'orologio. Già le quattro. Dov'era finito Tom Ashdown?

Poi, come una risposta, sentì dei passi sulle scale, quindi dei colpi alla porta. «Sì?»

«Posso?»

L'uomo comparve all'ingresso della stanza, sfinito. Gli occhi segnati da profonde rughe.

«Certo, entri, si sieda. Ha un aspetto terribile.»

Gli indicò una poltrona.

Lui si accomodò e chiuse gli occhi.

«Cos'ha detto il medico?»

Ashdown fece un gesto con la mano, come a voler minimizzare la cosa. «Ah, niente di grave. Solo quattro punti. Anche se il sangue che ho perso...» Ammutolì.

Lei gli versò un bicchiere d'acqua e glielo porse.

«Grazie.» Bevve un sorso e la guardò. «Che succede? Sembra... agitata.»

«Sono stata piuttosto brusca, con Nora» rispose Charlotte.

«E ne è valsa la pena?»

Ecco, lo sapevo che avrebbe detto così, pensò Charlotte. Poi si mise seduta accanto a lui e gli raccontò quello che aveva saputo dalla bambinaia.

Lui mise giù il bicchiere in silenzio, si passò una mano tra i capelli e disse, piano: «*Chapeau.* Non dev'essere stato facile tirarglielo fuori». Una pausa. «Sembra impossibile...»

Charlotte non riusciva a capire se era così scosso per la confessione di Nora, o se semplicemente soffriva per la ferita.

«Il dottor Pearson potrebbe dirci qualcosa di più, ma non infrangerà mai il suo segreto professionale. E il dottor Milton, il medico di Dorking con cui ho parlato di Emily, poco fa, mi ha detto le solite cose: "Povera bambina, che brava madre".» Si allentò il colletto della camicia e fece un respiro profondo.

Charlotte lo guardò preoccupata. «Forse è meglio se si mette a letto...»

Lui scosse la testa. «No, mi faccia riflettere.» Si appoggiò allo schienale, unì le punte delle dita davanti al viso e chiuse gli occhi.

Poi, quasi sussurrando, disse: «Mettiamo che il dottor Pearson avesse ragione. Quale potrebbe essere il motivo di un comportamento così assurdo?».

«È quello a cui sto pensando anch'io, da quando ho parlato con Nora» disse Charlotte. «Mai sentita una cosa del genere. Se una madre arriva a fare una cosa simile al proprio figlio, vuol dire che è tremendamente infelice, disperata. Ma che motivo poteva avere, Lady Ellen, per essere così disperata? Forse il suo matrimonio. Forse si è sposata con Sir Andrew perché lo volevano i genitori, oppure gli stessi sposi dopo un po' si sono resi conto di non andare d'accordo.»

«Sì, possibile» disse Ashdown con gli occhi chiusi. «Vada avanti.»

«Ecco, e una moglie infelice vorrebbe passare meno tempo possibile con il proprio marito. Certo, aveva una figlia, ma le signore della sua posizione di solito delegano queste responsabilità alle bambinaie o alle istitutrici. Eppure lei aveva deciso di occuparsene personalmente.»

Tom Ashdown aprì gli occhi e la scrutò intensamente. «Giusto, molto giusto. Però aveva bisogno di una scusa per sottrarsi alla compagnia del marito e alle serate di gala senza compromettere il buon nome della famiglia.»

«Sì, ma… questo non significa necessariamente che facesse ammalare intenzionalmente la figlia. Insomma, è un passo piuttosto estremo» osservò Charlotte. «Che proprio non riesco a spiegarmi.»

Ashdown sollevò una mano. «Aspetti un attimo. Lei ha ragione, ma questo se parliamo di una donna con una sensibilità normale e capace di pensare in maniera razionale. Ma se supponiamo che Lady Ellen non lo fosse, e che il suo unico pensiero e scopo fosse evitare il marito… evitarlo senza sollevare pettegolezzi, ovvio.»

«Non basta comunque» insisté Charlotte. «Se anche volessimo

credere alle affermazioni del dottor Pearson, dobbiamo avere prove inconfutabili.»

Si guardarono. Un silenzio assoluto era sceso nella stanza.

«Forse è stato un caso» disse infine Ashdown. «Mettiamo che Emily si sia ammalata, come succede a molti bambini. Lady Ellen coglie l'occasione per occuparsi di lei personalmente. Questo le fa guadagnare rispetto e riconoscimenti, impedendole allo stesso tempo di accompagnare il marito a Londra e di rispettare i suoi impegni sociali.»

«Sì» commentò Charlotte «ho capito dove vuole arrivare. Perché le cose non cambiassero, la bambina doveva ammalarsi spesso, molto spesso. Era come se Emily fosse il simbolo del suo matrimonio infelice, ma anche una via di uscita. Chi si occupa di un figlio malato, e per questo si ritira dalla vita sociale, compie un sacrificio guadagnando rispetto e stima.»

Non riusciva più a stare seduta e iniziò a camminare avanti e indietro, la testa china, una mano davanti alla bocca, come se volesse impedirsi di continuare a parlare. Quello che entrambi stavano pensando ad alta voce era terribile, ma aveva un senso. Spiegava molte delle cose che finora erano sembrate inspiegabili: il divieto categorico di Sir Andrew di parlare di Lady Ellen, lo stretto legame tra madre e figlia e non da ultimo anche la guarigione relativamente rapida di Emily dopo che la donna era morta.

«L'antimoniltartrato di potassio» disse Ashdown all'improvviso. «È la prova di tutto.»

Charlotte aprì il beauty-case e tirò fuori la boccetta.

Lo sguardo di lui disse più di qualunque risposta.

31

Londra, novembre 1890

Dopo aver lasciato Waterloo Station, quando ormai erano seduti nella carrozza che li avrebbe condotti alla casa londinese di Sir Andrew, Charlotte finalmente poté godersi la vista sulla città. In treno, infatti, i suoi pensieri avevano continuato a vorticare intorno alle cose che le aveva detto Nora. Nient'altro. Ogni tanto aveva guardato Ashdown, ma lui aveva volutamente ignorato i suoi sguardi e aveva parlato del più e del meno con Sir Andrew e scherzato con Emily. Alla stazione, poi, si era congedato per raggiungere il suo appartamento di Clerkenwell.

Adesso, però, in quella carrozza, l'entusiasmo di Charlotte prese il sopravvento, anzi stava quasi per scoppiare in grida di gioia. Questo lo fece Emily, la quale almeno durante quel tragitto parve dimenticare la sua paura di abbandonare Chalk Hill. Quando la carrozza passò il Westminster Bridge, la piccola indicò eccitata alla loro sinistra il Parlamento affacciato sul Tamigi.

«Guardi, Fräulein Pauly! Quella è la torre dell'orologio del Big Ben di cui mi ha tanto parlato papà! È quasi l'una… quindi fra poco suonerà, giusto?»

Il padre annuì. Emily fu fortunata, in quel momento sul ponte c'era un gran viavai, un ingorgo di mezzi di ogni tipo, quindi procedettero a passo d'uomo e nel momento esatto in cui passarono sotto la famosa torre iniziarono i rintocchi. La bambina era raggiante.

Sir Andrew rispose con pazienza a tutte le domande della piccola, aggiungendo spiegazioni per Charlotte. Lontano da Chalk Hill e dai suoi brutti ricordi anche lui sembrava più rilassato, come se quella città immensa e brulicante riuscisse a distrarlo dalle preoccupazioni.

Già in treno Charlotte si era fatta una prima impressione delle incredibili dimensioni di quella metropoli che allungava i suoi sobborghi come tentacoli sulle campagne circostanti e sembrava alimentata da fiumi di persone che ogni giorno, grazie alla ferrovia, si riversavano da ogni direzione verso il centro del Moloch. La città, comunque, non li accoglieva con un aspetto minaccioso; anzi, era come se li assorbisse, e lei desiderò tanto iniziare a camminare e smettere solo quando i suoi piedi non avessero più retto.

Passarono accanto al St. James' Park e a Buckingham Palace, dove la piccola sgranò gli occhi e chiese se la regina fosse in casa.

«Sì, c'è» rispose Sir Andrew rilassato.

«Come fai a saperlo?» domandò Emily, gli occhi ancora più sgranati.

«Vedi quella bandiera lassù? Quello è lo stendardo della famiglia reale britannica. I tre leoni d'oro inglesi, il leone rosso rampante della Scozia, e l'arpa irlandese. Quando sventola, vuol dire che la regina è in casa.»

«Be', mi sembra molto pratico, così la gente sa subito se la trova» rispose Emily. «Anche a me piacerebbe avere una bandiera così.»

«Be'» intervenne Charlotte. «Potresti disegnare uno stemma della tua famiglia e farne un bel quadretto a punto croce.»

«Ottima idea» commentò Sir Andrew.

«Mr. Ashdown ci verrà a trovare, visto che vive qui a Londra, no?» chiese Emily, forse per smettere di parlare del lavoro di cucito.

Charlotte scrutò Sir Andrew. Anche a lei sarebbe piaciuto sapere cos'avesse in mente il deputato. Forse prima voleva aspettare di vedere le reazioni di Emily al nuovo ambiente. A ogni modo, Ashdown le aveva dato il suo biglietto da visita e detto di avvisarlo con un telegramma, se fosse successo qualcosa d'importante. Ma ora lei non aveva più nessuno con cui condividere gli avvenimenti, e si sentiva abbandonata. Guardò Emily, chiedendosi se la bambina – qualora il dottor Pearson avesse avuto ragione – fosse stata al corrente dei propositi della madre. E, in quel caso, se fosse pienamente consapevole di quello che la madre le aveva fatto. No, pensò tra sé e sé, non doveva saperlo, almeno questo no! Fece un intenso respiro, per frenare l'ondata di paura che sentiva montare dentro di sé.

Al mattino, al momento dei saluti, Nora ed Emily avevano pianto. Forse la ragazza aveva capito che i suoi giorni da bambinaia ormai erano agli sgoccioli. Aveva preso da parte Charlotte e, in tono supplichevole, le aveva detto: «Non deve credergli, Miss, quello che ha detto il dottor Pearson non era vero! Lady Ellen non avrebbe mai fatto una cosa del genere, era la migliore madre del mondo!».

Charlotte le aveva messo una mano sulla spalla. «Va bene, non ti preoccupare.»

«E adesso cosa ne sarà di me? Quando tornerà Emily? Qui non servo più, è evidente. Sir Andrew ha detto che nel frattempo devo occuparmi di mia nonna. Ma io non so...»

«È una buona idea. Sarà felice di avere un po' di compagnia.»

Tuttavia, l'aveva lasciata lì con un senso di vuoto nello stomaco.

Charlotte sapeva che Sir Andrew era un uomo abbiente, ma quando arrivarono a destinazione restò comunque sorpresa: palazzi eleganti, ingressi fiancheggiati da colonne, piazze alberate. D'estate, il contrasto tra quel bianco abbagliante e il verde acceso delle foglie doveva essere meraviglioso.

«Papà, che bello!» disse Emily. «Qui ci vivono i duchi e i conti, vero?»

«No, no» rispose lui scuotendo la testa. «Non solo.»

«Però anche i duchi e i conti?»

«Sì, Emily, anche loro.»

Chester Square era una piazza stretta e lunga, al centro un fazzoletto verde delimitato da una ringhiera in ferro battuto. Su un lato del rettangolo, una chiesa in pietra chiara e un campanile a punta.

«È proprio bellissimo.»

Sir Andrew guardò Charlotte sorridendo. «Piace molto anche a me, è una specie di oasi nel cuore della città. Certo, non così maestosa come Eaton o Belgrave Square, ma in compenso più tranquilla.»

Nelle sue parole risuonò una nota di orgoglio, e Charlotte si chiese se lì fosse felice in tutto e per tutto o sentisse la mancanza della moglie. A un tratto si rese conto di quanto quell'uomo le fosse ancora estraneo. Mentre con Tom Ashdown era entrata in confidenza dopo poche ore, Sir Andrew era una di quelle persone barricate dietro il silenzio e la cordialità.

La carrozza si fermò e il cocchiere l'aiutò a scendere. Il palazzo, di cui l'appartamento di Sir Andrew occupava il primo piano, aveva un intonaco color crema. Vicino all'ingresso c'erano dei gradini con un corrimano nero lucido che conducevano in una specie di seminterrato, con piante di erica poggiate sul davanzale.

«Lì vive Mrs. Clare che si occupa della casa quando io sono qui in città. Poi ci sono una cameriera e una donna delle pulizie» spiegò prima di suonare alla porta. Il cocchiere trascinò dentro le valigie, Sir Andrew gli aveva dato una ricca mancia perché le portasse fino al primo piano.

Mrs. Clare era una donna robusta intorno alla cinquantina, la faccia arrossata per il tanto tempo trascorso all'aria aperta. Sembrava più la moglie di un contadino che una donna di città.

«Benvenuto Sir Andrew. Così questa è la sua incantevole figlia?»

«Sì, Mrs. Clare. Questa è Emily. E questa è la sua istitutrice, Fräulein Pauly.»

«Molto lieta, Miss. È la prima volta che viene a Londra? Allora immagino vorrà vedere molte cose, è un posto unico al mondo.»

La governante sembrava un tipo loquace, *meno male*. «Lei è proprio londinese di nascita?» domandò Charlotte per fare conversazione.

«Sì, Miss, e ne vado molto fiera. Anche del fatto, in realtà, di non essermi mai allontanata dalla mia città più di dieci miglia. Il mio Eddie, che Dio l'abbia in pace, mi proponeva spesso di andare a Brighton, ma io dicevo sempre che…»

Sir Andrew le rivolse un'occhiataccia.

«Mi scusi, Sir, parlo troppo. Prego, da questa parte.»

Chiuse la porta e precedette il padrone su per i gradini, fino al primo piano: pareti color crema, tappeti rosso scuro, il corrimano di un giallo miele luccicante, un lampadario di cristallo che scendeva dal soffitto in pendagli che creavano meravigliosi giochi di luce. C'era odore di limone e tabacco di buona qualità.

Emily salendo le scale si guardava intorno con occhi pieni di meraviglia, e Charlotte pensò subito a quanto quella casa, chiara e accogliente, fosse diversa da Chalk Hill, chiusa tra il bosco fitto e scuro e il folto e rigoglioso giardino. *Qui forse Lady Ellen sarebbe stata più felice?*, si chiese. Poi però le venne in mente che era cresciuta in campagna, e rimasta lì per suo desiderio, dopo le nozze con Sir Andrew.

La bambina sembrava a suo agio, e Charlotte sperò che in quel posto, in cui non c'era nulla che le ricordasse la madre, potesse ritrovare la pace.

Era un appartamento grande, luminoso ed elegante almeno quanto il resto del palazzo. Mobili delicati, rivestimenti e tappezzerie color crema o verdi, niente che sembrasse esagerato o troppo maschile. Se non avesse conosciuto la situazione, avrebbe senz'altro pensato a una mano femminile.

Sir Andrew si era già ritirato nella sua stanza. Mrs. Clare guidò Charlotte per un lungo corridoio aprendole tutte le porte.

«Questa è la camera di Miss Emily, la prossima è la sua. Accanto c'è il salotto, in cui potrete fare anche lezione.»

A Charlotte non dava alcun fastidio che non avessero uno spazio tutto loro, e il fatto di dormire vicino a Emily le andava benissimo. Così se fosse successo qualcosa, di notte, lo avrebbe notato subito.

«Mrs. Clare, avrei un favore da chiederle» disse all'improvviso. «Per caso conosce una bottega o un negozio di giocattoli in cui riparano bambole?»

«Sa, la mia Pamela ha bisogno di una nuova faccia» intervenne Emily.

La donna sorrise. «Così, su due piedi, non mi viene in mente, ma chiederò in giro. Sono sicura che troveremo un bravo dottore per Pamela.»

Charlotte si sentì travolta da uno strano, ma piacevole calore, che non aveva nulla a che fare con quella casa ben riscaldata. Quella donna aveva un atteggiamento materno e sincero, era completamente diversa da Mrs. Evans, e parve guadagnarsi subito la fiducia della piccola. Forse dopo la morte della moglie Sir Andrew avrebbe dovuto portare la bambina a Londra più spesso. Quanto le sembrava freddo, umido e buio Chalk Hill in confronto con quell'appartamento! Quanto le sembrava tetra la casetta della folle Tilly Burke, e inquietante la foresta dei druidi in cui quei tassi nodosi avevano allungato i loro rami verso di lei! Forse era un paradosso, ma proprio Londra, famosa per la sua puzza e la sua nebbia, le pareva una specie di paradiso. Non poté fare a meno di sperare che ci rimanessero a lungo.

«Mio Dio, Ashdown, ma cosa le è successo?» domandò Henry Sidgwick preoccupato dopo che Daisy lo ebbe condotto in salotto. «Ha un aspetto terribile.»

Tom si alzò e gli porse la mano. «Be', diciamo che sono la conferma vivente che lo studio di fenomeni soprannaturali può essere strettamente legato a pericoli assolutamente naturali» rispose lui sorridendo e offrendo al suo ospite una poltrona vicino al camino.

«Su, racconti, il suo telegramma mi ha oltremodo incuriosito» lo sollecitò il professore.

«Gradisce un brandy? Ci sta bene, con questo tempo ostile» replicò impassibile per poi rifiutare con un gesto l'offerta di Sidgwick che voleva aiutarlo con il bicchiere e la caraffa. «Ce la faccio.»

Il suo ospite prese il bicchiere. «Adesso però si sieda. Mi innervosisce vederla camminare con questo braccio appeso.»

Tom sprofondò nella poltrona ridendo e lo guardò con occhi vivaci e luminosi. «Innanzitutto volevo ringraziarla, Henry. Per avermi coinvolto in questa incredibile avventura.»

«Be', all'inizio non sembrava. Su... mi dica!»

Tom bevve un grosso sorso e iniziò il suo rapporto. Mentre parlava, gli occhi di Sidgwick continuavano a dilatarsi; si chinò in avanti come a non voler perdere nemmeno un dettaglio. A un certo punto, Tom si alzò di nuovo e prese a camminare avanti e indietro, sottolineando i passaggi più importanti con un gesto del braccio sano. Alla fine si appoggiò al camino e guardò Sidgwick pieno di aspettative.

«Allora, cosa ne pensa?»

«Ha ragione. È proprio incredibile.»

«Ah, ovviamente non serve che le dica che la storia va trattata con il massimo riserbo. Nessun estraneo alla nostra cerchia deve saperlo. Glielo devo, a Sir Andrew. Anzi, soprattutto alla bambina.»

«Certo. Ma...»

«Non ho risolto il caso. È questo che intende?»

«Vede, Tom, noi non siamo la polizia, ma ammetto che era questo che intendevo. Sir Andrew le ha detto se intende proseguire?»

Tom sollevò la spalla sana. «Forse vuole prima aspettare di vedere gli sviluppi delle condizioni di Emily qui a Londra. Magari è ancora convinto che si tratti di sonnambulismo, insomma che in un nuovo contesto, privo di ricordi dei tragici eventi passati, tutto si risolva da solo. Sa, è una di quelle persone che preferisce ignorare le difficoltà, invece di guardarle in faccia.»

«Però lei non crede a una soluzione così facile, non è vero?» domandò subito Sidgwick.

«No.» Tom si sedette e iniziò a picchiettarsi un pollice contro i denti. «Ripensi a quello che le ho appena raccontato. Che i sospetti del dottor Pearson fossero o meno fondati... quel che è certo è che la bambina ha riportato dei danni psicologici. Ma se continuiamo a formulare ipotesi non corroborate da fatti non andremo da nessuna parte.»

«E le sue ipotesi sarebbero...?»

«In sostanza le possibili spiegazioni sono due: o Emily vede davvero i fantasmi, oppure c'è una spiegazione razionale, e le sue sofferenze sono solo di natura psicologica. A ogni modo, la chiave di tutto è la morte di Lady Ellen.»

«Allora provo a fare l'avvocato del diavolo» propose Sidgwick. «Come la mettiamo con la lettera di addio della quale la piccola in teoria non avrebbe dovuto sapere nulla? E della sciarpa ritrovata sulle rive del fiume?»

Tom rifletté. «Forse la lettera l'ha vista da qualche parte. Oppure ha sentito parlare qualcuno della sciarpa. Anche se Sir Andrew ha vietato ai domestici qualsiasi riferimento alla tragedia, è comunque possibile che ci siano stati dei pettegolezzi. I domestici potrebbero averlo raccontato a qualcuno che, a sua volta, lo ha riferito a Emily.

Per esempio Nora, la bambinaia. Che svolge comunque un ruolo strano, nell'intera faccenda. In questo caso, la *Società* sarebbe fuori dai giochi, ovvio.»

Sidgwick inarcò un sopracciglio, prese il portasigari dalla tasca della giacca e ne offrì uno a Tom, che rifiutò a favore di una sigaretta. «Quindi abbandonerà il caso?»

«Non ci penso nemmeno» replicò Tom indignato. «È troppo interessante.»

«E anche l'istitutrice, vero?»

Tom si girò di scatto, per nascondere il volto paonazzo. «In che senso, scusi?»

Il professore aspirò con gusto il suo sigaro e si guardò le mani curate. «Be', anch'io ho giocato un po' al detective e tratto qualche conclusione. E insomma… il nome Pauly ricorre diverse volte…»

«Ma è naturale, è molto legata a Emily.»

«Tanto da portarla a prendere il tè?»

«Rispettando però tutte le regole del decoro.»

«Mi sembra abbia condiviso con lei informazioni e teorie che a Sir Andrew non avrebbe rivelato neanche sotto tortura…»

«Perché avevo i miei buoni motivi.»

«E ha permesso che venisse a svegliarla nel cuore della notte, e a sua volta ha bussato alla porta della sua camera…»

«Va bene, Henry, lo ammetto, è una donna… interessante.» Lanciò un'occhiata di sfida al suo ospite.

«Peccato che non ci sia la mia cara Eleanor. Lei è una grande intenditrice dei meandri dell'animo umano.»

«Le dispiace se adesso torniamo al vero argomento della nostra conversazione?» disse Tom, a disagio.

«Ma certo. Anzi mi scusi se ho esagerato.»

Con un cenno della mano Ashdown gli fece capire che la cosa era già dimenticata.

«Da un punto di vista medico, la domanda è se il dottore avesse ragione, con le sue supposizioni. E, se è così, se Lady Ellen non soffrisse di una malattia mentale.»

Sidgwick incrociò le braccia davanti al petto e guardò Tom pensieroso. «Chiederò ai miei amici medici se una simile malattia esiste, o perlomeno se è ipotizzabile. E lei aspetterà di vedere come si comporta la bambina nel nuovo contesto.»

«Il problema è che non sono mai stato bravo ad aspettare» disse Tom sorridendo. «Tra qualche giorno andrò a Chester Square per dare il benvenuto ufficiale alla piccola Emily a Londra.»

Dopo che Sidgwick se ne fu andato, Tom prese posto allo scrittoio e passò in rassegna la posta che Daisy gli aveva lasciato sul vassoio. Dopo aver sbrigato la posta – tra cui un telegramma del suo caporedattore che chiedeva impaziente della prossima recensione – si versò un altro bicchiere di brandy. Gli prudeva la ferita, forse un primo segno di guarigione. Allungò le gambe, si appoggiò comodamente allo schienale e lasciò vagare lo sguardo per la stanza.

Sentì un'agitazione che non riusciva a definire meglio e che, ne era sicuro, non aveva nulla a che fare con il caso Clayworth. Guardò l'angolo di Lucy, come se potesse trovarvi una risposta. Poi si ricordò della lettera di Sarah Hoskins, che aveva ricevuto in hotel e a cui non aveva mai risposto. Non ne aveva avuto voglia e le indagini, come le chiamava tra sé e sé, avevano richiesto la sua completa attenzione. Era per questo che si sentiva agitato? Avrebbe dovuto rispondere aggiungendo qualche riga amichevole per Emma Sinclair? No, non gli andava, per nulla.

Tom si alzò, si sfilò la fasciatura, la buttò su una sedia e iniziò a muovere il braccio, piano. Stava meglio. Poi iniziò a camminare per la stanza, con una sigaretta in mano, si fermò e guardò fuori dalla finestra. Sentiva la mancanza di qualcosa. Forse della tensione degli ultimi giorni, la sensazione di essere a caccia e avvicinarsi sempre di più alla preda? Che confronto assurdo! Eppure…

Gli occhi tornarono all'angolo di Lucy, sempre buio e abbandonato. Però stavolta guardandolo sentì risuonare dentro di sé le parole di Sidgwick – *E anche l'istitutrice, vero?* – e ripensò al loro scambio di battute in proposito. Sulle sue labbra affiorò un sorriso.

32

Le prime notti filarono lisce. Il giovedì mattina Sir Andrew fece colazione presto con Charlotte, mentre Emily ancora dormiva.

«Desidero che oggi ricominci le sue lezioni con Emily, la sua vita deve riprendere una routine normale. Gli sconvolgimenti dell'ultimo periodo non le hanno fatto bene.»

Charlotte lo guardò oltre il bordo della sua tazza di tè. «Certo. E oggi pomeriggio faremo un'altra passeggiata, come negli ultimi giorni. L'aria fresca sembra giovarle.»

«Non ho nulla in contrario, se prima è stata diligente» disse lui.

Charlotte, in realtà, era agitatissima. Il fatto che nelle ultime notti Emily non avesse avuto problemi sembrava confermare la speranza di Sir Andrew che un viaggio in treno di venti, trenta miglia avrebbe risolto tutto. Da una parte si sentiva sollevata, dall'altra non poteva dimenticare quello che era successo a Chalk Hill e le parole di Nora. Pensava spesso a Tom Ashdown chiedendosi quando sarebbe venuto a trovare Emily. Oppure Sir Andrew gli aveva comunicato che non c'era più bisogno di lui, visto che la bambina si era rimessa?

Questo pensiero la preoccupò.

Dopo che Sir Andrew fu uscito Charlotte svegliò Emily dicendole che Mrs. Clare aveva davvero chiesto in giro riguardo a un ospedale per le bambole e ne aveva trovato uno a Chelsea.

«Una signora molto brava, dicono che lavori benissimo» le

aveva detto la governante. «Miss, credo che possiamo spedirle la bambola della piccola Emily.»

Alla buona notizia, Emily saltò fuori dal letto. «Fräulein Pauly, non possiamo andarci noi, insieme? Così posso scegliermi una testa che mi piace. Io... io vorrei che Pamela riavesse quella di prima, ecco.»

Charlotte rifletté. «Ti faccio una proposta. Se oggi e domani farai la brava, ci andiamo domani pomeriggio. Oggi faremo un'altra passeggiata.»

Emily inclinò la testa di lato e annuì. «Allora mi sbrigo a vestirmi, così iniziamo subito con la lezione.»

Charlotte la lasciò sola. Non le avrebbe fatto male prendere l'abitudine di vestirsi senza l'aiuto della bambinaia. Andò in salotto, preparò un tavolo di lavoro per la bambina e poggiò le sue cose su un tavolino più piccolo. Lo spazio non era molto adatto, ma sarebbe andato bene comunque. Continuava ad avere la paradossale impressione che in quell'appartamento nel cuore di una metropoli potesse respirare in maniera più libera che in mezzo alle foreste del Surrey.

Prese il mappamondo messole a disposizione da Sir Andrew e mentre cominciava a sistemare i suoi libri su un ripiano Emily spuntò sulla porta, raggiante. Si era fatta le trecce da sola, le erano venute benissimo. «Eccomi!»

«Oh, Emily, stai diventando proprio una brava signorina.»

La bambina entrò e si guardò intorno. «È bello, qui. Cominciamo?»

Mrs. Clare era davvero molto più loquace di Mrs. Evans, e Charlotte decise di approfittarne. Dopo pranzo, diede a Emily un compito da ricopiare e andò a fare due chiacchiere con la donna.

«Emily è una bambina stupenda» disse Mrs. Clare. «Peccato

averla conosciuta solo ora. Il povero Sir Andrew è stato sempre così in pena per la sua salute.»

«Ne parlava spesso?»

«No, in realtà no, ma io lo vedevo che aveva il cuore pesante. Un uomo per bene, sempre gentile e mai fuori luogo.»

«Ha conosciuto anche la moglie?»

Mrs. Clare annuì. «Dopo il matrimonio sono venuti qui per qualche giorno, lui sembrava molto innamorato.»

Charlotte notò che aveva usato il singolare e si chiese quanto potesse chiedere senza sembrare un'impicciona. Fu Mrs. Clare a decidere per lei.

«La moglie era molto silenziosa, forse per timidezza. Che è una cosa normale, quando uno... Insomma, era ancora molto giovane.» La governante si zittì e si pulì le mani sul grembiule. «Mi scusi, non volevo essere indiscreta.»

«Ma no, io sono sempre felice di parlare con persone che conoscevano la madre di Emily» la rassicurò subito Charlotte. «Mi aiuta a capire meglio la bambina.»

«Certo» rispose la donna sollevata. «È solo che il mio defunto marito diceva sempre che parlavo troppo. A volte mi faccio prendere dal discorso, è più forte di me. Comunque, Sir Andrew amava molto la moglie, si vedeva lontano un miglio. Quando lo invitavano da qualche parte sembrava sempre triste che lei non potesse accompagnarlo, anche se in mia presenza non ha mai detto nulla, ovvio. E quando era lui a invitare qualcuno, quasi sempre colleghi della politica, pareva a disagio di non avere al suo fianco una donna che facesse gli onori di casa.»

«Sì, immagino» disse Charlotte, sempre più stupita dalla loquacità della donna. «Dev'essere stato ancora più difficile per lui perderla dopo che avevano passato così poco tempo insieme.»

Parlo come un romanzo di bassa lega, pensò Charlotte divertita, chiedendosi subito dopo cosa avrebbe pensato Tom Ashdown.

«Ha ragione» commentò la governante seria. «Ma è bello vedere che adesso la piccola sta bene. Era sempre preoccupato, sul serio. Sarà una grande consolazione per lui.»

«Emily è una bambina molto speciale» replicò Charlotte. Avrebbe voluto tornare all'argomento Lady Ellen, ma non voleva sembrare troppo invadente. Così disse: «Le dispiacerebbe presentarmi la domestica, così la conosco?».

«Certo, Miss.»

Uscì dalla stanza e tornò poco dopo con una ragazza rotondetta che fece un inchino. «Questa è Lizzie. Su, Lizzie, presentati.»

Charlotte fece fatica a capire la ragazza che parlava in dialetto londinese.

«Per favore, sforzati di parlare un inglese decente, sai quanto ci tiene Sir Andrew.»

«Sì, Miss. Sì, Mrs. Clare.»

Charlotte sorrise. «Per favore, fai in modo che il salotto sia sempre ben riscaldato, prima della lezione, al mattino.»

«Certo, Miss.»

Dopo che Emily ebbe finito i suoi compiti, verso le tre e mezzo si vestirono e si prepararono per la loro passeggiata. Charlotte voleva tornare in tempo per il tè, anche perché faceva freddo e buio presto. Stavano per uscire, quando arrivò un telegramma.

«Per lei, Miss.»

Charlotte guardò un po' stupita la domestica che le porgeva il telegramma su un vassoio d'argento.

«Grazie.» Lo aprì e lo lesse tutto d'un fiato, il volto illuminato da un sorriso.

Bella zona per gli amanti della letteratura. Mary Shelley viveva lì a due passi. Consiglio *Frankenstein* come lettura della buonanotte, se non mette troppa paura. Domani mi permetto di passare per una visita.

Saluti,

T.A.

Quell'uomo è un chiaroveggente, pensò. Aveva sentito parlare di quel romanzo, ma non lo aveva mai letto. Forse era arrivato il momento.

Fuori furono travolte da un vento forte, che sollevava le foglie secche in una strana danza e faceva tremolare le sciarpe. Emily saltellava dietro i mulinelli su un piede solo e Charlotte ebbe di nuovo la sensazione che lì a Londra la bambina fosse più felice, come se si fosse liberata da un peso.

Pochi passi e si fermarono davanti al palazzo con il civico 24, molto simile a quello che ospitava l'appartamento di Sir Andrew, ma con un piano in meno.

«Cos'ha di speciale questo palazzo?» domandò Emily curiosa.

«Qui viveva una famosa scrittrice» rispose Charlotte. «Purtroppo non so molte cose di lei.»

«Ci vive ancora?»

«No, è morta. Ma ha scritto un libro su uno scienziato che costruisce un uomo artificiale.»

«Oddio che paura. Ma è vero o è una favola?»

Charlotte sorrise. «Chissà. Diciamo che è una favola per adulti. Appena capita l'occasione me lo compro.»

Il prato verde al centro della piazza in quel periodo dell'anno aveva un'aria mesta, ma le aiuole, i praticelli e gli alberi davano un'idea di quanto dovesse essere bello nelle altre stagioni.

«Fräulein Pauly, dobbiamo assolutamente tornarci con la bella stagione, per sederci su quella panchina lì, vede? Io lavoro a maglia, e lei mi racconta una storia.»

«Se tu ti offri spontaneamente di fare un lavoro a maglia, come faccio a dire di no? Vediamo quanto restiamo.»

«Be', io a Natale vorrei essere a casa» disse Emily con un filo di voce guardandosi le scarpe.

Charlotte proseguì in silenzio. Mancava ancora un mese e mezzo alle feste, le prime trascorse lontano dalla sua patria.

Raggiunsero la pomposa Eaton Square e tornarono indietro.

«Mrs. Clare ci preparerà un bel tè caldo, e mi ha promesso anche dei biscotti!» disse Charlotte vedendo che la bambina si era fermata all'improvviso. La guardò, ma lei era da tutt'altra parte. Fissava il vuoto, come se ascoltasse una vocina dentro di sé.

«Che c'è?» domandò preoccupata.

«Niente. Io... io pensavo...» Si zittì.

Charlotte sentì un groppo in gola. «Che è successo?» insisté. «Hai visto o sentito qualcosa?»

Emily scosse la testa. «No.» Proseguì a passo lento. «No.»

I biscotti avevano un bell'aspetto, ma sapevano un po' di segatura. Charlotte masticò bene ogni boccone e lo mandò giù per non far rimanere male Mrs. Clare, mentre Emily mangiò di gusto. Charlotte la stava osservando, sembrava tranquilla, nessun segno di paura o agitazione. La bambina non si era accorta di aver fatto preoccupare la sua istitutrice.

Era stato solo un momento, ma in quell'attimo Emily era sembrata assente, come a Chalk Hill, quel pomeriggio, mentre bevevano il tè.

Charlotte desiderò che Ashdown venisse quel giorno stesso, non il seguente. Viveva a poche miglia di distanza, ma per lei era come se fosse all'altro capo dell'Inghilterra.

«Buoni, vero?»

Alla domanda di Emily, Charlotte ebbe un sussulto.

«Ne ho mangiati già tre... posso prenderne un altro?»

«Scusa Emily, ero un po' distratta.» Guardò le briciole sul piatto della bambina. «Tre, hai detto?»

Emily annuì con un po' di vergogna.

Charlotte si schiarì la voce. «Un altro, ma poi basta, altrimenti poi ti senti male.»

Emily prese il quarto biscotto raggiante.

«Ma dimmi, cos'è successo, prima, per strada? Quando ti sei fermata all'improvviso...»

La bambina masticò e deglutì. «È stato strano, come se sentissi una voce. Sembrava la mamma. Sicuramente mi sta cercando.»

Non fu facile per Charlotte esprimere i suoi timori in poche parole. Quando finì, chiamò la domestica Lizzie.

«Potresti spedire questo telegramma per me?»

«Certo, Miss.» Lo prese e fece un inchino.

Charlotte le diede un po' di soldi, una cifra che le sembrò sufficiente.

Poi restò di nuovo sola con i suoi pensieri. Si chiese se raccontare a Sir Andrew dell'episodio accaduto per strada, e provò quasi compassione per lui. Si era illuso di essersi lasciato alle spalle le ombre che aleggiavano su Chalk Hill. Ma non sarebbe servito a nulla, doveva dirglielo.

Cercò di distrarsi iniziando a disegnare con Emily lo schema della bandiera britannica da realizzare a punto croce.

Poi, a un certo punto, sentì la voce di Sir Andrew in corridoio.

«Tuo padre.»

Emily girò subito il disegno che aveva tra le mani. «Dev'essere una sorpresa!» Poi alzò gli occhi verso la porta, impaziente.

Ma lui non entrò. Lo sguardo deluso della bambina trafisse Charlotte come una pugnalata.

Dopo cena l'istitutrice bussò allo studio del padrone di casa ed entrò.

«Posso parlarle cinque minuti?»

«Certo» rispose lui alzando gli occhi dalle carte. «Prego, si sieda.»

L'istitutrice raccontò l'episodio avvenuto in strada e ciò che aveva detto Emily poco dopo durante il tè. Lui impallidì.

«Cosa ne pensa?»

Prima di rispondere, lei rifletté qualche secondo. «Direi che la spiegazione del sogno o del sonnambulismo vanno escluse.» Esitò. «Forse ha pensato tanto alla madre preoccupandosi per la partenza che si è immaginata di sentire la sua voce. È possibile.» Cercò di essere rassicurante, e il volto di lui piano piano riacquistò colore.

«Sì, è possibile.»

Charlotte si sforzò di mantenere la calma e di mostrarsi convinta delle parole che aveva appena detto. Del resto, cosa avrebbe potuto dirgli? Che la figlia soffriva di allucinazioni o parlava con i fantasmi?

«Se dovesse accadere di nuovo, per favore mi avvisi. Devo sapere subito cosa succede a mia figlia. Non si faccia problemi, non mi risparmi nulla.» Come se avesse capito quanto fosse stata combattuta, prima.

Stava per alzarsi quando bussarono alla porta. Lizzie entrò con un telegramma. Sir Andrew stava già per prenderlo ma la domestica si girò verso Charlotte. «Per lei, Miss.»

Charlotte non osò nemmeno guardare il padrone, lo prese e si avviò verso la porta con il cuore in gola.

Era un telegramma breve, ma dallo stile inconfondibile.

> Tenga duro. Io mi preparo per un *Amleto*. Speriamo bene. A domani, T.A.

La notte trascorse tranquilla, ma Charlotte dormì male, svegliata di continuo da sogni strani. Se ne ricordò solo uno: una donna che scendeva giù da un tasso millenario del Druid's Grove e con voce mielosa la attirava verso il fiume.

33

Sir Andrew pregò Charlotte di ricevere Tom Ashdown.

«Io sarò in Parlamento tutto il giorno e le lascio carta bianca» disse a colazione. «Gli racconti pure l'episodio della strada, anche se… ieri sera eravamo d'accordo che potrebbe avere cause naturali, spiegabili, no?»

Non proprio, pensò Charlotte, *non eravamo proprio d'accordo.* Lei gli aveva prospettato una possibile spiegazione, che lui aveva prontamente accettato, ma questo non voleva dire che lei la condividesse.

Per tutta la mattina dovette richiamarsi all'ordine per concentrarsi sulla lezione. Con suo grande sollievo, Emily sembrò non notare che la maestra era distratta, e lavorò di buona lena.

Poco dopo mezzogiorno il cielo si rabbuiò. Si guardarono, poi Emily saltò in piedi e corse alla finestra. «Fräulein Pauly, venga a vedere, il cielo… è giallo!»

Charlotte si avvicinò. Era vero, la piazza era stata avvolta da una luce sulfurea: le case, gli alberi e i lampioni sembravano finti.

«Ma cosa succede?» domandò la bambina.

In quel momento sentirono un rimbombo, il vento si alzò, piegò anche i rami più grossi e appiattì gli steli d'erba al centro della piazza. Le foglie secche salirono vorticando fino ai tetti, quasi a confondersi con il cielo giallo.

«Un temporale.»

«In questa stagione?»

«Certo, può capitare anche in questa stagione. Dài, guardiamo che succede... adoro i temporali.»

«Speriamo che Mr. Ashdown sia al riparo» disse la bambina.

Speriamo che venga comunque, pensò Charlotte.

«Ma certo che è al riparo. Secondo me non è ancora uscito, aspetterà che passi il temporale.»

Così restarono fianco a fianco incollate alla finestra a guardare il vento diventare più impetuoso e scuotere gli alberi, creando mulinelli di cartacce sul vialetto. I tuoni diventarono più forti, il cielo fu attraversato dai primi lampi.

«Però a me i temporali piacciono più d'estate, perché dopo c'è quel buon profumo di polline» disse Emily.

«Sì, e poi arriva il frescolino. A me però piacciono anche d'inverno, quando scoppiano all'improvviso. Sai cosa succede, quando arriva un temporale?»

«Non bene.»

Charlotte ne approfittò per farle una breve lezioncina di fisica.

«E dove devo andare per mettermi al riparo?» domandò Emily. «Posso andare sotto un albero, o no?»

«Mai sotto alberi isolati. Perché i lampi colpiscono i punti più alti. Da noi in Germania c'è un detto che dice: "Stai lontano dalla quercia, cerca riparo sotto il faggio". Ma è sbagliato, gli alberi sono tutti uguali. La cosa migliore è cercare un avvallamento e stare in un posto basso. Per esempio sotto un ponte.»

Nel frattempo il cielo si era fatto scuro come la notte, il giallo era diventato blu. In pochi minuti il parco e la strada furono ricoperti da un manto di grandine bianca. Charlotte aprì un po' la finestra.

«Dammi la mano.»

Qualche chicco di grandine gelata entrò.

La bambina li toccò con la punta delle dita, poi se li appoggiò a una guancia. E quindi in bocca. «Mmm... buoni!»

Charlotte sorrise. All'improvviso si ricordò di quando, da bambina, buttava la testa all'indietro e con la lingua cercava di prendere i fiocchi di neve che cadevano.

Finita la grandinata, comparvero i primi domestici che cercavano di liberare i vialetti d'ingresso dei palazzi da quel fango ghiacciato.

«Eccolo!» strillò Emily all'improvviso indicando la strada.

Un uomo in soprabito nero e cappello, il collo avvolto in un'ampia sciarpa, che camminava rapido verso la casa. Poco dopo sentirono suonare, qualcuno andò ad aprire.

Charlotte stava quasi per dire «Avanti» ancora prima che bussassero.

I capelli umidi, il volto arrossato dal freddo. Tom Ashdown guardò Emily divertito.

«Dopo il terribile *Amleto* di ieri sera, è bello incontrare due giovani donne così intelligenti! Che piacere!»

«Non sarei mai dovuto andarci, mi avevano anche avvertito» disse Ashdown scaldandosi le mani con la tazza del tè. «L'attore che faceva Amleto era terribile, un eroe attempato in calzamaglia, che si è dimenticato metà del testo. Il fantasma del padre doveva ricordargli le battute di continuo. E anche Ofelia, la quale a un certo punto gli ha suggerito "Va' in un convento" a voce così alta che l'hanno sentita fino in piccionaia. Certo, avrebbero potuto risparmiargli questa tortura accorciando il testo, ma il regista voleva riproporre a tutti i costi la versione integrale di cinque ore.» Scosse la testa. «Così dopo il terzo atto ho levato le tende.»

«Fräulein Pauly, me lo fa leggere?» disse Emily. «Sembra bello!»

«Forse è un po' troppo presto» rispose l'istitutrice dubitando che la storia del principe danese fosse adatta per una bambina di otto anni così sensibile come Emily.

«Se vuoi te lo racconto. E prima o poi lo leggerai. Sai, è scritto in un inglese difficile» disse Ashdown entusiasta iniziando a raccontare la trama in maniera così avvincente che anche Charlotte si sentì coinvolta, nonostante la conoscesse a memoria.

Mentre erano lì, quasi dimenticò il motivo per cui gli aveva scritto preoccupata quel telegramma. Doveva parlarci assolutamente a quattr'occhi.

«Emily, ti dispiacerebbe lasciarci soli per qualche minuto?»

La bambina la guardò stupita. «Ma Mr. Ashdown voleva raccontarmi del re e delle tre figlie e...»

«Riprenderete dopo.» Lo disse in tono gentile ma più deciso del solito, e la sua alunna capì subito che era una cosa seria. Si alzò, fece un inchino e uscì dal salotto.

Ashdown guardò l'istitutrice un po' interdetto. «Certo che... per niente al mondo vorrei essere un suo allievo indisciplinato! Con lei non si scherza.»

Charlotte si chiese se prenderlo come un complimento. «Lei non ha idea di cosa succede, in certe classi. Possono diventare un inferno, se uno non sa prendere i bambini. Non può immaginare che pene abbiano passato alcune istitutrici trovandosi contese tra i padroni, che comunque le guardavano dall'alto in basso, i domestici che le evitavano e i bambini che non le apprezzavano o addirittura le odiavano!» disse in un tono che non ammetteva repliche.

Lui restò di stucco. «Mi scusi, non sapevo avesse alle spalle esperienze così spiacevoli.»

«Non mi riferivo a me» rispose subito lei. «Io sono stata fortunata, quasi sempre. Ma conosco istitutrici di una certa età, malate e invecchiate anzitempo, che adesso conducono una vita misera perché non possono o non vogliono più fare il loro lavoro.»

Lui la guardò contrito. «Allora le chiedo scusa un'altra volta. Le donne come lei spesso vengono considerate fortunate, insomma uno crede che facciano la bella vita perché vivono in posti come questo, ma non si pensa mai che…»

«… che non hanno un cuore di pietra?» Charlotte tornò a sorridere.

«Be', forse mi sarei espresso in altri termini ma sì, il senso è quello.»

«Con Emily, comunque, non devo usare quasi mai quel tono. È una bambina molto affettuosa e diligente. Anzi, quando la riprendo spesso è perché è *troppo* diligente. Ma non è di me che dovremmo parlare.»

«Certo. Il suo telegramma. Mi dica… Mi spieghi cos'è successo ieri.»

Charlotte gli raccontò l'episodio con la maggior dovizia di particolari possibile.

«Tutto qui?»

«Sì. Comunque durante il tè si era già ripresa. Era di nuovo di buonumore, spensierata. Come se l'ombra che si era posata su di lei fosse già svanita. Secondo lei ha davvero sentito qualcosa? Non posso crederci.»

Ashdown la guardò pensieroso. «Ecco, io non sono un esperto di queste cose. Ho fatto rapporto sul caso al dottor Henry Sidgwick e lui non vi vede alcuna traccia di soprannaturale.» Esitò. «In tutta sincerità, io credo che la soluzione sia a Chalk Hill o nelle sue immediate vicinanze. Ci sono così tante questioni aperte, che vanno ben oltre le visioni di Emily, o come ci piace chiamarle. Ma fin quando Sir Andrew si ostinerà a non voler affrontare la cosa per quello che è, non troveremo risposte. Francamente, le confesso che il mio sapere è a un punto morto.»

Charlotte lo guardò angosciata. Se nemmeno lui sapeva cosa fare, chi poteva saperlo? All'improvviso l'idea di tornare a Chalk

Hill con Sir Andrew ed Emily e continuare la vita di prima le fece paura.

«Non si sente bene?» domandò Ashdown preoccupato.

«Scusi, è stato solo… un giramento di testa.»

L'atmosfera, nella sala, era cambiata, gli occhi di lui si erano fatti serissimi. «Miss Pauly, lei ha paura.»

La donna guardò per terra. «Io… io non so se ce la faccio ad andare avanti così.» Respirò profondamente. «Se Sir Andrew deciderà di tornare a casa – insomma, presto sarà Natale – e tutto ricomincerà come prima…» Si morse un labbro, per non mostrarsi debole. «Io non voglio piantare in asso Emily, ma non so se ho la forza per continuare a vivere in quella casa. Sentendo passi di notte. Avendo paura del bosco. O che prima o poi Emily davanti alla finestra aperta…»

Sentì il tocco di lui, e alzò gli occhi. Si era avvicinato e le aveva posato una mano sul braccio, con dolcezza.

«Parlerò con Sir Andrew, gli dirò tutto, tutto quello che penso.»

«Ma se lo fa, lui… lui licenzierà Nora!»

«Forse avrebbe dovuto farlo da tempo» rispose lui calmo.

«Perché? Secondo lei…»

«Diciamo che sono quasi certo che Nora abbia a che fare con gli strani episodi notturni. Soprattutto dopo che è entrata gridando in quel modo quando Emily era alla finestra.»

«Ma perché dovrebbe volere il male di Emily?»

«Infatti, probabilmente non lo vuole. Al contrario, forse vuole solo il meglio, per la piccola» rispose lui in tono provocatorio.

L'appartamento era grande, ma le pareti erano molto meno spesse rispetto alla casa del Surrey, e Charlotte di certo non si tappò le orecchie. Le concitate voci dei due uomini non lasciavano presagire niente di buono.

«Ma che diavolo sta dicendo? È inammissibile!» sbraitò Sir Andrew. «Come osa dire una cosa così ripugnante? Io ho avuto i miei buoni motivi per bandire il dottor Pearson da casa mia!»

Le risposte di Ashdown non si sentivano bene. Charlotte dovette indovinarle.

«Certo che è una bugia! Sia stramaledetto il giorno in cui le ho chiesto di venire a Chalk Hill! Non ha risolto nulla, solo creato maggiore scompiglio! Se osa avvicinarsi di nuovo a questo appartamento, o a mia figlia, chiamerò la polizia!»

Quando la porta si spalancò e Ashdown uscì, Charlotte si appiattì contro la parete. La porta si richiuse. Lui si passò una mano sulla manica, come se volesse scrollarsi di dosso della sporcizia, e si girò verso l'uscita. Poi la sentì, e si voltò.

«Miss Pauly.» Un sorriso triste. «Purtroppo non sono riuscito a convincere Sir Andrew.»

«L'ha cacciato via, vero?» disse lei con un filo di voce.

«Sì, direi di sì. Non mi capitava dai tempi del college.»

«Perché deve sempre buttarla sul ridere?» domandò lei quasi arrabbiata.

«Perché certe cose si riescono a sopportare solo così» rispose lui con un'alzata di spalle.

Lei annuì. «E adesso?»

«Non lo so.»

Stava per dire qualcosa, quando all'improvviso si sentì un grido, come Charlotte non ne aveva mai sentiti.

Si precipitò in camera di Emily. La bambina, con gli occhi sgranati, era rannicchiata contro la testata del letto. Charlotte nemmeno si accorse che Tom Ashdown l'aveva seguita.

«Che succede? E lei, che ci fa ancora in casa mia?»

Sir Andrew si fece largo tra i due per avvicinarsi. «Cosa è successo a mia figlia?»

«Sono arrivata in questo momento» disse l'istitutrice per poi sedersi accanto alla piccola.

«Emily, cos'hai?»

Le prese la mano.

Ashdown era ancora sulla porta. All'improvviso sulla stanza era calato il silenzio, come se tutti stessero trattenendo il fiato. Poi Emily iniziò a parlare con una voce strana, che non era la sua.

«Mamma voleva portarmi con sé. Mi ha cercato, ma io non c'ero. Ha pensato che non sarei più tornata. Allora è salita nella stanza della torre e ha preso un lenzuolo. Lo ha fatto a pezzi, li ha annodati e...»

Emily ebbe un sussulto.

«Dobbiamo chiamare un medico» disse Sir Andrew.

«Me ne occupo io» rispose subito Ashdown. «Mi scriva l'indirizzo.»

Sir Andrew lo annotò su un foglietto volante e glielo passò. Non disse nulla, ma annuì grato.

Poi si girò verso Charlotte. Sembrava disperato, e lei provò compassione per lui, una compassione sincera.

Lei coprì Emily con una coperta e le sentì il polso. «Credo sia svenuta, ma non mi sembra niente di grave.»

«Niente di grave?» Lo disse così forte che lei lo prese per un braccio e lo trascinò fuori dalla stanza. «Ha sentito che cosa ha detto?»

Charlotte annuì. «Sì, ho sentito. Credo che qualcuno dovrebbe andare a Chalk Hill.»

«Ma stava parlando a vanvera!»

«Forse, ma bisognerebbe comunque controllare. Non l'avevo mai vista così.»

«Io non posso certo lasciarla sola. E non è in condizioni di mettersi in viaggio.»

«Allora vado io, con Mr. Ashdown» rispose Charlotte decisa.

Sir Andrew la guardò sconcertato.

«Sono sicura che non è un sogno, che non stava parlando a vanvera. Nella sua casa stanno succedendo cose strane, lo sa meglio di me. Ed Emily ne soffre. Se questa storia non finirà, presto si ammalerà seriamente. E io già temo per il suo intelletto.»

Dalla sua espressione sembrava che per la prima volta anche il padre se ne rendesse conto. Charlotte proseguì a parlare prima che lui potesse sollevare obiezioni.

«Chiederò a Mr. Ashdown di accompagnarmi. Ci sono treni per Dorking, stasera?»

Lui la guardò allibito. «Vuole partire *adesso*?»

«Sì, Sir, con il suo permesso…»

Se necessario, anche senza, aggiunse tra sé e sé.

34

Westhumble, novembre 1890

In treno finalmente Charlotte riuscì a respirare. L'ora precedente era sfilata via in un vortice di immagini e impressioni: la lite tra Sir Andrew e Tom Ashdown, la crisi di Emily, la sua decisione spontanea di andare subito a Chalk Hill, la profonda preoccupazione che l'aveva travolta senza più lasciarla.

«È molto pallida. Vuole un sorso?»

Ashdown aveva tirato fuori una fiaschetta dalla tasca del cappotto e gliela porse. «Whisky.»

Charlotte non rifletté a lungo. Il liquido le scivolò giù lasciandole un piacevole bruciore che si propagò fino allo stomaco. Notò il suo sguardo sorpreso.

«Nemmeno un colpo di tosse.»

«Perché?»

«Ah, era per dire.» Si riprese la bottiglietta e se la rinfilò in tasca. «Meglio?»

Lei annuì. «Io... io sto cercando di capire cosa diavolo ci faccio qui.»

«Be', è seduta in treno con un gentiluomo per scoprire se una bambina sta per perdere il senno. Con la speranza che non sia così.»

La sua analisi, tanto breve quanto pertinente, le fece venire un groppo in gola. «E secondo lei questa speranza... esiste?»

Lui si strinse nelle spalle. «Secondo lei?»

Silenzio.

«Le possibili spiegazioni sono tre. La prima – sonnambulismo e fantasticherie – in realtà l'abbiamo già esclusa. La seconda sarebbe che Emily in qualche modo è davvero in contatto con un mondo che noi, con i nostri sensi, non percepiamo.»

«E la terza?»

«Be', penso che lei la sappia già, ma la ritiene così improbabile che non ha nemmeno il coraggio di prenderla in considerazione.»

Di più non disse.

Charlotte si appoggiò allo schienale. Sir Andrew aveva spedito un telegramma perché Wilkins li venisse a prendere in stazione, ma dubitava che avrebbe fatto in tempo. Nella peggiore delle ipotesi sarebbero andati a piedi.

Per fortuna aveva smesso di piovere, ma appena scesero a Dorking furono travolti da un vento gelido che scosse vestiti e cappelli. Ashdown si avvicinò a Charlotte per proteggerla fino a quando non entrarono nell'edificio. Di Wilkins nessuna traccia. All'hotel, però, trovarono una carrozza a nolo. Ashdown andò a chiamarla di corsa e tornò a bordo di essa, per poi aiutarla a salire.

«Chalk Hill, sulla Crabtree Lane. In fretta, per favore.»

Non ebbe nemmeno il tempo di terminare la frase che la carrozza partì a tutta velocità. Nell'oscurità la zona aveva un aspetto ancora più tetro, ancora meno familiare del giorno del suo arrivo. Charlotte sentì le ombre allungarsi verso di lei, e un senso di pesantezza che si aggravava. Ripensò al primo tragitto dalla stazione a Westhumble e quasi provò compassione per la Charlotte di allora, ignara dei misteri che il suo nuovo mondo teneva in serbo per lei. Ripensò anche alla bambina, e alla madre che aveva fatto quelle cose indicibili, alla boccetta sotto il pavimento della stanza in cima alla torre e all'aggressione notturna a Ashdown. Quando la carrozza giunse all'ingresso di Chalk Hill, finalmente si riprese.

Ashdown la aiutò a scendere. «Nessuno è al corrente del nostro arrivo.»

Lei annuì. «Allora sbrighiamoci.»

Lui pagò il cocchiere, poi corsero verso la casa, nel buio. Tom bussò con forza. Nessuna risposta. Bussò di nuovo e strillò: «Aprite! È urgente!».

Attraverso la porta a vetri videro accendersi una luce, poi comparve Susan.

«Ah, ma siete *voi*! Ma non eravate...»

Charlotte e Ashdown entrarono. In quel momento arrivò Mrs. Evans in vestaglia con i capelli sciolti, un'espressione interrogativa in volto.

«Mrs. Evans, lo so che è tardi, ma Mr. Ashdown e io dobbiamo andare immediatamente nella mia stanza. Susan, prendi una lampada.»

La governante annuì confusa, la domestica si affrettò a ubbidire. Poi guardò Charlotte e disse: «Avrebbe la compiacenza di spiegarmi cosa sta succedendo?».

Mamma voleva portarmi con sé. Mi ha cercato, ma io non c'ero. Ha pensato che non sarei più tornata. Allora è salita nella stanza della torre e ha preso un lenzuolo. Lo ha fatto a pezzi, li ha annodati e...

«Non ancora.» Quasi strappò la lampada di mano a Susan e si affrettò su per le scale, seguita da Ashdown. Davanti alla porta della stanza, si fermò e fece un respiro profondo.

«Faccia andare me per primo» disse lui con dolcezza.

Charlotte si fece da parte e gli passò la lampada. Tom abbassò la maniglia piano, aprì e illuminò la stanza.

Charlotte si portò le mani alla bocca.

In casa regnava il caos totale. Susan piangeva a dirotto in cucina, assistita dalla cuoca, mentre Mrs. Evans aveva letteralmente buttato

Wilkins giù dal letto. Il cocchiere era all'ingresso, ancora mezzo addormentato e guardava la governante allibito.

«Vai subito a Dorking a chiamare la polizia. Il commissario capo Jones in persona. Tanto sai dove abita, no? Lo so che è tardi… ma sbrigati!» Sembrava pallida e provata, ma ce la stava mettendo tutta per non perdere la calma.

Tom Ashdown era appoggiato a una parete, in corridoio, le mani affondate nelle tasche del cappotto. Era pallido quasi quanto nella notte in cui Charlotte lo aveva soccorso sanguinante nell'ingresso.

«Io… io non posso spostarla» disse con un filo di voce. «Prima che la veda la polizia…»

«Certo, ha ragione.» Charlotte continuava a respirare con gli occhi chiusi, per sopprimere la nausea che le cresceva dentro.

Mrs. Evans aveva dimostrato un autocontrollo incredibile quando l'avevano chiamata perché identificasse la donna che si era impiccata al soffitto, a un gancio del lampadario. Né lei né Ashdown, infatti, avevano mai conosciuto di persona Lady Ellen Clayworth.

Nessuno dei due pensò di scendere in salotto. Restarono lì, immobili, nel gelido corridoio da cui si accedeva alla torre, come sentinelle.

«Ma come…?»

Lui alzò gli occhi. «Tilly Burke. Lei deve aver saputo che era ancora viva. Forse la nascondeva addirittura in casa sua. Lady Ellen sapeva che nessuno avrebbe preso sul serio le chiacchiere di una vecchia pazza. E invece queste chiacchiere contenevano una marea di verità!»

«Già.» Charlotte chiuse gli occhi. «E Nora deve averla aiutata. È rimasta fedele a Lady Ellen, continuava a supplicarmi di non credere alle accuse del dottor Pearson. E comunque Tilly è sua nonna.» Lo guardò sconvolta. «Capisce? Lei per tutto il tempo si è aggirata intorno a Emily, e io non me ne sono neanche accorta.»

«Nessuno se n'è accorto» la corresse lui brusco. Per poi mordersi un labbro. «Dobbiamo avvertire Sir Andrew.»

«E cosa ci scriviamo nel telegramma?» domandò Charlotte angosciatissima.

Lui aggrottò la fronte. «Lo devo scrivere comunque. Però l'ufficio postale riaprirà domattina presto. E adesso non ci sono più treni per Londra.» Poi scosse la testa e sospirò un istante. «È morta. Lasciamo a Sir Andrew ancora queste poche ore prima di...»

Charlotte lo vide stringere i pugni. C'era qualcosa di strano, nella sua reazione. Per quanto fosse stato sconvolgente, era comunque una donna a lui estranea.

«... Forse... dovremmo scendere? Ha l'aspetto di qualcuno che berrebbe volentieri un whisky.»

Il commissario capo Jones era un uomo robusto con folti capelli grigi, che trasmetteva un senso di pace. Dopo aver esaminato il cadavere, accettò l'offerta di Tom e bevve anche lui un whisky.

«Scusate, anch'io ho bisogno di riprendermi.» Guardò prima Ashdown e poi Charlotte. «Insomma... non me lo aspettavo... Lady Ellen era data per morta, e adesso questo...»

Prese un grosso sorso e con il bicchiere ancora in mano li guardò entrambi, serio. «Credo che mi dobbiate delle spiegazioni.»

Raccontarono, a turno, le cose che erano successe a Chalk Hill. Tacendo, come per un comune accordo segreto, sul sospetto che Lady Ellen avesse fatto ammalare la figlia.

Quando ebbero finito, il commissario capo li guardò sospettoso e Charlotte capì che aveva notato i buchi nella loro storia. Eccome se li aveva notati.

«Signora, signore, in realtà io dovrei parlare di persona con Sir

Andrew, ma sono ben consapevole che oggi non sarà possibile. Sposteremo il cadavere e lo metteremo al freddo, prima che venga ritirato domattina dall'uomo dell'obitorio.» Sollevò una mano. «Ma ho ancora alcune domande per la famiglia, senza le quali il caso non può essere chiuso.»

Charlotte si schiarì la voce. «Io sono preoccupata per i danni che potrebbe riportare Emily Clayworth se l'intera vicenda diventasse di pubblico dominio. Ha già sofferto tanto e...»

«Miss Pauly, la polizia si muoverà nella maniera più discreta possibile, ma esistono delle leggi, e vanno rispettate. Un suicidio va chiarito, in ogni dettaglio, tanto più se la defunta era considerata morta da quasi un anno.»

«Si può tenere fuori la stampa?» domandò Ashdown, appoggiandosi al camino. «Nell'interesse della famiglia.»

Il commissario capo Jones lo guardò con aria interessata. «Faremo tutto il possibile, ma non posso assicurarle nulla. Sarà difficile mantenere segrete le indagini ufficiali.» Posò il bicchiere e si alzò. «Al resto penseremo domani. Adesso pensiamo al cadavere. Ecco, Mrs. Evans... dovrebbe mostrarci un posto in cui poterla lasciare, possibilmente freddo.»

La governante li guidò in una stanza non utilizzata al secondo piano, in cui c'erano solo un letto e un armadio. Poi il commissario capo guardò Ashdown. «Se potesse darmi una mano...»

Charlotte li scrutò entrambi incerta e poi decise di aspettarli in salotto. Non aveva le forze per tornare in quella camera.

Quando si sedette sul divano, vide Mrs. Evans alla porta, le mani che torturavano la gonna.

«Si sieda» la invitò Charlotte. «È un grande shock per tutti.»

Mrs. Evans si accomodò su una sedia, il capo chino. «Io... io non posso crederci, Miss Pauly. Era qui, in casa! E io non me ne sono accorta. È impossibile, non posso crederci.»

«Non se lo aspettava, Mrs. Evans, ma del resto come avrebbe potuto? Tutti noi eravamo convinti che fosse annegata.»

La governante scosse la testa decisa. «Ma sono successe cose strane. L'aggressione a Mr. Ashdown. L'agitazione, di notte. Lei, per esempio, aveva sospettato che qualcuno potesse essersi introdotto in casa...»

«Nessuno, però, poteva immaginare che fosse Lady Ellen.» Mentre cercava di fare coraggio alla donna, sempre così sicura di sé, lei lentamente si calmò. «Io credo che quando tutto sarà finito, qui a Chalk Hill finalmente tornerà la pace.»

«Secondo lei Sir Andrew vorrà continuare a vivere qui?»

Charlotte non voleva darle false speranze. «Mrs. Evans, questo non glielo so dire. Se pensa che ancora non sa che la moglie...»

La governante alzò la testa, di scatto. «Ma voi come sapevate che era successo qualcosa? Lei e Mr. Ashdown siete venuti qui, di sera, da Londra, senza motivo...»

Proprio in quel momento, la porta del salotto si aprì, e Charlotte ne fu felice. Un pallidissimo Tom Ashdown entrò. Il commissario capo Jones si congedò dicendo che sarebbe tornato il giorno successivo, all'ora di pranzo.

«Spero che per quell'ora Sir Andrew sarà arrivato.»

«L'accompagno» disse Mrs. Evans alzandosi.

Quando gli passò il bicchiere, Charlotte vide che la mano di Ashdown tremava.

«Posso farle una domanda?»

«Mia moglie è morta tre anni fa.»

Charlotte si sedette, ma stava annaspando.

«Da allora non ho più visto persone morte. Tanto meno toccato.» Buttò giù il resto del suo whisky in un solo sorso. «Era questo che voleva chiedermi?»

«In realtà no.» Esitò. «Ma mi perdoni se le ho ricordato cose di cui ovviamente non vuole parlare.»

«Non oggi. Magari un'altra volta.»

Per un po' restarono seduti in silenzio. Poi Charlotte lo guardò e disse: «Lei già lo sapeva, vero? Aveva già capito che Lady Ellen era ancora viva...».

«Be', era l'unica spiegazione logica per la mia aggressione» disse con circospezione. «Ero sicuro che fosse una donna, che aveva lottato con la forza della disperazione... o della follia. Altrimenti chi poteva essere stato? Anche se sembrava assurdo, lo so.»

«Questo, ovvio, spiega le cose che Emily sentiva e vedeva di notte. Non erano né sogni né visioni... banalmente, era la madre che s'introduceva di nascosto in casa, o aiutata da qualcuno. E quando non ci riusciva, Emily era alla finestra sperando che arrivasse. Un sacco di spiegazioni razionali, quindi, per cui potremmo trovare anche le prove. Ma...» Deglutì. «Ma questo non cambia il fatto che è stata Emily, stasera, a mandarci qui. Sapeva cos'era successo a Chalk Hill.»

Lui tacque, Charlotte iniziò a pensare che non avrebbe mai risposto.

«Quando ho accettato quest'incarico» disse invece dopo un po', «non credevo che avrei davvero vissuto cose che il mio cervello non sarebbe riuscito a spiegare. E per lungo tempo ho creduto che tutto quello che stavamo vivendo qui avesse una causa. Fino a oggi. Charlotte, mi sbagliavo.»

35

Deposizione di Nora Burke, Mickleham, in data 15 novembre 1890, raccolta dall'ispettore Williams, Centrale di Dorking.

Il mio nome è Nora Burke, sono nata il 2 marzo 1865 a Mickleham. Per otto anni ho lavorato come bambinaia di Emily Clayworth. È stata la madre, Lady Ellen Clayworth, ad assumermi, perché conosceva bene mia nonna, che un tempo era ai suoi servigi.

Ho sempre avuto un buon rapporto con la signora. È stata sempre gentile e mi affidava la piccola quando lei non era in casa. A volte per rendermi felice mi regalava fermagli per capelli o un bel nastro. Con Sir Andrew ho avuto poco a che fare, essendo deputato era spesso a Londra per lavoro.

Emily era una bambina in salute, ma da quando ha compiuto un anno ha iniziato ad ammalarsi facendoci preoccupare molto. Soffriva di febbre, vomito, crampi, eruzioni cutanee. La signora si è rifiutata di prendere un'infermiera, si è sempre occupata di persona della figlia. Io l'aiutavo. Era la madre migliore del mondo.

Nella zona all'inizio si erano diffusi pettegolezzi sul perché non assumesse personale come le altre signore, ma per Lady Ellen era scontato prendersi cura della sua unica figlia.

Emily era molto attaccata alla madre e la seguiva ovunque. Quando la signora si assentava per qualche impegno sociale, piangeva, così lei ha iniziato a uscire ancora meno, restava quasi sempre con la bambina.

Se lei e Sir Andrew conducessero un buon matrimonio non saprei dirglielo, ma lui non vedeva di buon occhio questo suo comportamento, lo so per certo. Io non volevo origliare, ma loro strillavano così forte quando litigavano. Lui pretendeva che lei lo accompagnasse a Londra, non voleva mostrarsi sempre senza la moglie, ma la signora insisteva per restare a Chalk Hill con Emily. Soffriva di questi litigi con il marito, ma niente la rendeva più felice dello stare con la figlia.

Se ne intendeva di medicine. Aveva letto molti libri per curare Emily nel modo giusto. Il dottor Pearson le faceva sempre i complimenti dicendo che era brava e che sapeva esattamente quello che andava fatto.

Sì, poi Sir Andrew ha cacciato il dottor Pearson, ma è successo molto dopo, pochi mesi prima dell'incidente di Lady Ellen. Era un incapace, e quindi non doveva più occuparsi di sua figlia, ha detto così.

Sì, l'ho sentito con le mie orecchie. Il dottore ha detto – è terribile, se potessi non ve lo racconterei – che era Lady Ellen a far ammalare la figlia. Una cosa del genere io non l'ho mai sentita. Che razza di madre potrebbe fare una cosa simile?

Dopo, niente è stato più come prima. Sir Andrew non ha più lasciato sola Lady Ellen con Emily. Di notte, quando lui era fuori per lavoro, voleva che ci restassi io. A Mrs. Evans e ai domestici ha detto che era troppo stancante, per la moglie, occuparsi della bambina. Una cosa molto crudele. La teneva come prigioniera in casa sua. Lei è diventata sempre più pallida e triste. Non capiva perché lui la punisse in maniera così malvagia.

A volte andava da mia nonna, a Mickleham, che tutti considerano pazza. Ma lei vede cose che gli altri non vedono, dovete credermi. Lady Ellen conosceva una strada per raggiungere la sua casa che passava attraverso la foresta e il Mole, e faceva sempre quella. Non voleva che la gente sapesse dove andava, si fidava della Granny, fin da piccola.

Una volta, tornando da Londra, Sir Andrew ha comunicato a Lady Ellen la sua decisione: doveva andarsene da Chalk Hill, le avrebbe comprato una casa dove preferiva, ma non a Dorking, nemmeno nel Surrey. Me lo ha detto lei stessa. Era disperata. La voleva mandare via, così ha detto. Se non obbediva, avrebbe chiesto il divorzio, e lei si sarebbe presa la colpa. E non avrebbe mai più rivisto Emily.

Non mi ha mai accennato nulla del suo piano. L'ho saputo solo dopo. Io ho davvero creduto che fosse morta. Che si fosse tolta la vita, anche se è peccato mortale. Tutti dicevano che era stato un incidente, ma io sapevo che non era vero. Io sapevo che aveva paura di suo marito e delle sue minacce. Hanno cercato, hanno cercato dappertutto senza trovare nessun corpo, ma si sa quanto è insidioso il Mole. Calmo e piatto, e poi all'improvviso straborda dagli argini e si porta via tutto. La scorsa primavera era particolarmente agitato.

Una volta al mese io vado a trovare la mia Granny, lei è sempre felice di vedermi. Un giorno, quest'estate, quando eravamo da lei, ha iniziato a parlare di Lady Ellen, del fatto che volesse venire a prendersi la figlia. Io non capivo, come avrei potuto? E poi all'improvviso è comparsa nella stanza... Lady Ellen, intendo. E il mio cuore per qualche attimo ha smesso di battere.

Lei ha sollevato una mano e ha detto: «Nora, non aver paura. Non sono un fantasma. Puoi fidarti di me».

«Sì, signora» ho risposto io. «Ma come ha fatto?»

Lei mi ha raccontato di aver lasciato la sciarpa sul Mole e di aver raggiunto a nuoto la sponda opposta, senza farsi vedere da nessuno. Che era entrata nella casa della Granny e si era nascosta lì. Che prima di uscire di casa aveva infilato sotto la porta della camera di Sir Andrew una lettera di addio in cui spiegava quanto amasse lui e la figlia, ma che non poteva continuare a vivere in quel modo.

Quando sono tornata a Chalk Hill io ero sconvolta, ma per fortuna non se n'è accorto nessuno. Da quel momento in poi, ogni sera ho aspettato, timorosa, che succedesse qualcosa. Lei mi aveva detto di avere un piano e che aveva bisogno del mio aiuto. Poi un giorno mi è arrivata una lettera, via posta. Mrs. Evans mi ha guardato in modo strano, perché io non ricevo mai posta, ma io le ho detto che era mia cugina. In un certo senso avevo la sensazione che la cosa non la riguardasse.

Infatti era così. Naturalmente era di Lady Ellen. Scriveva di avere con sé una chiave della cantina e che sarebbe venuta, di notte, per vedere Emily. La cosa mi metteva a disagio, ma la signora mi faceva pena, insomma... dopo tutte le cose brutte che le aveva detto Sir Andrew...

Ed è venuta davvero. Ha iniziato poco prima che arrivasse la nuova istitutrice. Quando lo ha saputo la signora si è spaventata, temeva che potesse notare qualcosa. Infatti così è stato. Miss Pauly è intelligente, e ha iniziato a insospettirsi quasi subito. Così la signora ha deciso, con il cuore pesante, di non dire a Emily che non era annegata nel Mole e che viveva dalla Granny. La bambina credeva che fosse un fantasma, ne sono sicura. Mi dispiaceva, ma perlomeno così Lady Ellen poteva vederla.

Che fosse pazza? Come la mia Granny, dite? All'inizio no, altrimenti non avrebbe mai potuto escogitare un piano simile. Ma credo che alla fine tutto questo fosse diventato troppo per lei, se capite cosa intendo. Nascondersi, avere sempre paura, andare in giro di notte come un fantasma, non poter parlare con nessuno, era troppo. Come se fosse invisibile. Poi a casa è arrivato questo Mr. Ashdown. Io l'ho messa in guardia da lui. Era un tipo curioso e molto sveglio. E lei ha quasi smesso di venire, di notte. Una volta lui l'ha inseguita nel bosco e lei lo ha aggredito. Con un coltello. O almeno credo. Può essere stata solo lei.

L'ultima volta che l'ho vista è stato quando Sir Andrew è partito con la figlia. Sono andata dalla mia Granny e le ho confessato la mia paura che Emily potesse non tornare più. Lui infatti non aveva detto quando sarebbero tornati e se aveva ancora bisogno di me.

Sì, forse alla fine era diventata pazza. Ma è stata una brava madre, questo continuerò a pensarlo finché muoio. Ha amato la figlia al punto da non poter vivere senza di lei. E per questo ha sacrificato la sua anima. Come può essere peccato?

36

Gli ultimi giorni erano stati per Charlotte come ondate di immagini e parole che l'avevano travolta lasciandole a malapena il tempo di respirare. Sir Andrew aveva lasciato Emily a Londra, con Mrs. Clare; per niente al mondo avrebbe mai riportato la piccola a Chalk Hill. Dopo la chiusura delle indagini da parte della polizia e l'accertamento dell'impiccagione come causa ufficiale del decesso, finalmente il corpo di Lady Ellen era stato deposto nella sua tomba al cimitero di Dorking. All'alba, alla presenza di Sir Andrew, Charlotte e i Morton. Nessun altro. Il becchino aveva giurato di mantenere il massimo riserbo sulla sepoltura.

Sir Andrew aveva assistito con uno sguardo di pietra, Charlotte non riusciva neanche a immaginare cosa stesse provando: rabbia, dolore, incredulità? Lì, in quel cimitero buio sulla collina, il cappotto sferzato dal vento di novembre, sentì la mancanza di Tom, ma Sir Andrew aveva specificato che la sua presenza non era gradita, né a Chalk Hill né al cimitero. Così Ashdown gli aveva fatto le sue condoglianze, si era congedato ed era tornato a Londra il giorno prima.

Nonostante gli sforzi per mantenere la massima discrezione, ci furono comunque molti pettegolezzi. Erano in troppi a saperlo: la servitù di Chalk Hill, Nora Burke, la polizia… prima o poi tutto sarebbe venuto a galla. Così Sir Andrew, subito dopo la cerimonia, comunicò a Charlotte di voler tornare a Londra quello stesso pomeriggio, per decidere con calma del suo futuro e di quello di Emily.

La donna aveva assistito con angoscia al momento in cui il padrone aveva ordinato a Mrs. Evans di licenziare tutte le domestiche e di tenere solo una donna delle pulizie che mantenesse in ordine la casa, mentre Wilkins si sarebbe occupato dei lavori di manutenzione del giardino e della rimessa.

Alla sua domanda preoccupata su quando lui e Miss Emily sarebbero tornati, Sir Andrew non aveva dato alcuna risposta.

In treno, seduto davanti a Charlotte, non disse una sola parola. A un certo punto lei, non riuscendo più a sopportare quel silenzio, diede voce al quesito che le bruciava in petto da quando con Ashdown avevano aperto la porta della stanza nella torre.

«Cosa racconterà a Emily?»

I suoi occhi ebbero un fremito, come se con i pensieri fosse lontano miglia e miglia. Sospirò. «Non lo so.»

«Mi scusi, ma qualcuno dovrà spiegarle perché siamo venuti a Chalk Hill. E per quanto riguarda la sua… la sua visione…»

All'improvviso lui si raddrizzò. «Mia figlia non ha avuto nessuna visione» replicò imperioso. «Basta con queste idiozie. Ne ha già passate abbastanza.» Si guardò le mani e si strinse nelle spalle. Quanto doveva essere difficile per lui ammettere la propria impotenza davanti a un'istitutrice?

«Qualcosa però deve spiegarle. Glielo chiedo per favore.»

A quel tono supplicante, lui alzò gli occhi. «Io… io non ce la faccio. Lo so, non sono stato molto bravo come padre…» Lei sentì quanta fatica gli costassero quelle parole. «Non avrei mai dovuto affidare Emily a quella ragazzina dopo che la madre… ma mi sono ripromesso di essere un padre migliore, in futuro.» Deglutì. «Però… non saprei proprio cosa dirle. Se potesse farlo lei…»

Charlotte vide sgretolarsi il muro alzato da Sir Andrew intorno a sé e al suo dolore, e per la prima volta si sentì vicina a quell'uomo. Una parte di lei, però, si opponeva a farsi carico di quel compito ingrato, perché, in quanto padre, stava a lui parlare con Emily.

«Io sono solo la sua istitutrice.»

«Ma Emily ha fiducia in lei, lo sa benissimo.» E poi aggiunse un'osservazione tanto logica quanto egoistica. «Se glielo dico io, lei collegherà per sempre la brutta notizia a me. Ogni volta che penserà alla morte della madre, con i suoi occhi vedrà me. Come può nascere qualcosa di nuovo, qualcosa di buono da tutto questo?»

Considerando la questione in modo razionale, aveva ragione da vendere. Lei in fondo era solo una presenza passeggera nella vita della bambina, mentre lui sarebbe rimasto per sempre.

Guardò fuori dal finestrino, le gocce che si opponevano alla forza di gravità sfrecciavano di traverso sul vetro. Non poteva non dire a Emily che la madre era morta, morta davvero. Ma nemmeno raccontarle cosa fosse successo veramente. Poi le venne un'idea. Annuì in silenzio. Sì, forse così poteva funzionare.

Tom Ashdown quasi non aveva chiuso occhio. Sentiva nelle ossa gli eventi degli ultimi giorni e anche il bisogno, nonostante fosse ancora presto, di un bel whisky. Dovette ammettere che la morte di quella donna sconosciuta lo aveva turbato più di quanto immaginasse. Forse però non era solo la morte, ma anche il pensiero degli eventi che l'avevano tormentata nei mesi e negli anni prima che lui e Charlotte trovassero quel corpo impiccato.

Quando Sir Andrew era entrato nella stanza in cui avevano depositato il cadavere, lui era lì, aveva aspettato sulla porta, con discrezione. Sapeva cosa significasse perdere una persona amata... ma cosa si provava quando l'amore di un tempo si era trasformato in qualcos'altro, qualcosa di oscuro che aleggiava come un'ombra sui ricordi felici? Sir Andrew aveva perso la moglie tre volte: quando aveva capito cosa stesse facendo alla figlia – Tom infatti era convinto che egli avesse creduto al medico, altrimenti non avrebbe cercato di allontanare madre e figlia – quando l'aveva creduta annegata nel Mole e adesso, definitivamente, impiccata nella stanza della sua infanzia. Era rimasto lì immobile, in silenzio, per un'eternità. O almeno così era sembrato a Tom.

Poi era uscito ed era tornato con un coltello. Aveva iniziato a tagliare gli stracci annodati, ancora stretti intorno alla gola della donna. Aveva respirato a scatti, i capelli davanti al viso, mentre continuava a tagliare, fin quando la stoffa non aveva ceduto e la gola era stata di nuovo libera. Il cappio improvvisato era caduto per terra, lui si era pulito le mani sui pantaloni e se n'era andato.

Tom aveva richiuso la porta, piano, e lo aveva seguito. Era una grande consolazione, per lui, che i suoi ricordi di Lucy non fossero adombrati da nulla, che lui avesse perso lei, ma non l'amore che provava per lei. Aveva sentito un brivido e si era stretto nella redingote.

Il whisky gli procurò un piacevole bruciore in gola. Continuava a camminare avanti e indietro per lo studio, prendeva un libro a caso e lo rimetteva giù, guardava verso l'angolo di Lucy, ma nemmeno lì trovava pace. Poi gli occhi si posarono su una lettera che Daisy gli aveva lasciato sulla scrivania.

Grato per quella distrazione, si avvicinò alla finestra e la aprì.

Mio caro Ashdown,
come promesso ho fatto alcune ricerche su una possibile malattia mentale di E.C. Nella letteratura medica vengono descritti da decenni disturbi in cui le persone si definiscono malate o si rendono malate assumendo, per esempio, sostanze nocive alla loro salute. Si pensa che lo facciano per attirare l'attenzione o

suscitare compassione, cosa che lascia presumere uno stato mentale seriamente disturbato.
Un caso come quello da lei descritto, in cui simili danni vengono inflitti a una terza persona, perlopiù una bambina, finora non è mai stato analizzato. Ma questo, come mi hanno assicurato diversi colleghi del settore, non significa che sia una cosa impensabile o da escludere a priori. Certo, quando si tratta di esaminare danni inflitti da adulti a bambini ci sono grosse remore, ma questo è dovuto a un concetto di decoro a mio avviso inappropriato.
Mi rammarico di non poterle dare una risposta più chiara di questa: è un fenomeno insolito, ma non impossibile. Purtroppo si tratta di un'idea ancora così inaudita che ci vorrà molto prima che la scienza possa avere la precedenza sulla tutela dell'infanzia, per lo stesso bene dei bambini.
Cordialmente,
il Suo H. Sidgwick

«Ho deciso di fare un viaggio con mia figlia» annunciò Sir Andrew poco dopo l'arrivo a Chester Square. Aveva chiamato Charlotte nel suo studio, prima ancora che lei potesse parlare con Emily. «Capirà, credo, il mio desiderio di mettere distanza tra noi e questi tragici eventi. Spero che mia figlia, distratta da nuove esperienze, possa riacquistare la piena salute mentale. Stavo pensando all'Italia.»

«Sarebbe senz'altro una cosa buona, per Emily» disse Charlotte mentre lui rimaneva zitto, come in attesa della sua opinione.

«E sto anche pensando, alla fine del nostro viaggio, di trasferirmi a Londra, in modo che Emily possa iniziare una nuova vita lontano dai brutti ricordi di Chalk Hill.»

In cui non ci sarà posto per me, pensò Charlotte. Non era un'ipotesi, ma una certezza, cresciuta dentro di lei con incredibile rapidità e chiarezza. Sir Andrew non l'avrebbe portata con loro in Italia, e al ritorno non l'avrebbe tenuta come istitutrice. Niente era stato detto, ma Charlotte sentiva che ormai erano prossimi all'addio.

Deglutì, sentendo affiorare sulla lingua un retrogusto amaro.

«Faccio bene a dedurre che lei non avrà più bisogno dei miei servigi?» Scelse apposta una formula che suonasse il più impersonale possibile, per cercare di rimandare giù le lacrime che sentiva salire agli occhi.

«Sì, è così, Fräulein Pauly, sebbene con profondo rammarico da parte mia, deve credermi. Con mia figlia ha svolto un lavoro eccellente, e le darò referenze altrettanto eccellenti con le quali non le dovrebbe essere difficile trovare un altro lavoro degno di lei. Inoltre, riceverà ancora tre mesi di stipendio, in modo che abbia tutto il tempo per cercare con calma.»

Lei abbassò la testa. «Quando pensava di partire?»

«Il prima possibile. Nell'interesse di Emily. Prima di Natale.»

Lui si zittì. Lei sentì quanto fosse combattuto, ma dopo il momento di debolezza mostrato in treno adesso aveva indossato di nuovo la sua maschera di inavvicinabilità.

«Io ho già portato via tutte le mie cose da Chalk Hill e posso lasciare questo appartamento quando lo desidera.»

«Fin quando siamo qui, può restare.»

Charlotte annuì e si alzò. «Adesso vado da Emily.»

Quando bussò alla porta della camera della bambina sentì il cuore terribilmente pesante. Non immaginava che quella difficile conversazione sarebbe stata il primo passo verso l'addio.

Emily era seduta su una poltrona vicino alla finestra, una bambola accanto a lei sul bracciolo, e stava leggendo. Appena la vide si alzò e le andò incontro.

«Guardi, Fräulein Pauly, l'amica di Mrs. Clare ha riparato Pamela! Sì, non è bella come prima, ma forse… forse per questo adesso le voglio ancora più bene!»

La testa era stata sostituita, la faccia più variopinta, meno delicata, ma i capelli erano lunghi e setosi, ed Emily sembrava felice. Era questa la cosa più importante.

«Emily, siediti. Ti devo parlare.»

La bambina la guardò incuriosita e tornò a sedersi sulla poltrona, con le gambe accavallate. Charlotte non la rimproverò.

«Ti sarai chiesta perché io e il papà siamo andati via.»

Emily annuì.

«Ecco, siamo dovuti andare a Dorking. È… è successa una cosa che richiedeva la presenza di tuo padre. Non mi riesce facile raccontartelo, ma voglio che tu lo sappia.»

«C'entra la mamma?»

Charlotte sussultò. «Perché dici così?»

«Be', siete andati via così di fretta dopo che io avevo visto come lei…»

«Sì, Emily. C'entra tua madre. Ma non è andata come credi tu. Tu sai che è caduta ed è annegata nel Mole, no?»

Emily annuì. Era impallidita, ma sembrava calma.

«Ecco, finalmente hanno ritrovato il corpo. Lungo il fiume, un po' più a valle.» Sapeva che era un tentativo azzardato e sperava che Emily le credesse, mettendo da parte, per una volta, la sua razionalità e intelligenza. «L'abbiamo sepolta. Al suo posto, nel cimitero di Dorking, in cima alla collina con la vista su Box Hill.»

La bambina restò zitta. Poi, con un filo di voce, disse: «Ma lei era lì! Veniva a trovarmi di notte! Era vera!».

«Ci sono cose che non possiamo spiegare. A volte sentiamo un collegamento con una persona molto lontana. Tu hai amato molto la tua mamma ed è come se questo legame, in qualche modo, ne avesse ritardato la morte. Ma ora è morta, Emily, e non tornerà più.»

Sentì gli occhi in fiamme, si morse un labbro. *Dannazione*, pensò arrabbiata, *perché non poteva occuparsene suo padre?*

«E il lenzuolo? Gli stracci annodati? Perché li ho visti?»

Charlotte rifletté. Doveva trovare una spiegazione, a tutti i costi. Se Emily le avesse creduto, avrebbe ritrovato la pace, perché ormai Ellen Clayworth era morta, morta davvero, e non sarebbe più tornata a molestarla. Le venne in mente una bugia, una bugia intelligente.

«Tu hai detto di averla vista nella sua vecchia camera della torre, dove dormiva da bambina. Forse una volta ti ha raccontato di aver stracciato un lenzuolo e di aver annodato i pezzi in una corda per giocarci. Forse conosceva la favola di Raperonzolo.»

Emily la guardò scettica. Charlotte si stava muovendo su un terreno estremamente insidioso: al primo passo falso sarebbe caduta.

«Raperonzolo, la ragazza che viveva in una torre, che fece una treccia dei suoi capelli perché un principe potesse salire su a salvarla. Forse tua madre da bambina giocava a essere Raperonzolo, e te l'ha raccontato. Tu hai pensato a lei, ti sei ricordata di questo fatto e l'hai vista come nella sua storia.»

«Non so, Fräulein Pauly... Davvero lei crede che sia andata così?»

Il cuore di Charlotte batteva così forte da sentirne il rimbombo. «Forse. Nessuno può sapere cosa succede nel profondo del cuore di un'altra persona. Però di una cosa sono sicura: che ti amava moltissimo.»

«Sì.» Emily abbracciò la sua bambola.

Nessuno poteva sapere cosa avrebbe portato il futuro, se la bambina avrebbe creduto alla spiegazione di Charlotte o se avrebbe fatto ulteriori indagini e scoperto la verità, maledicendo l'istitutrice che le aveva mentito. Le bugie bianche restavano comunque bugie. Ma certo lei non poteva raccontare a una bambina di otto anni cosa avesse fatto la madre, prima a lei e poi a se stessa. Poteva solo sperare che il tempo l'avrebbe aiutata a dimenticare. E che Sir Andrew diventasse più affettuoso.

Già, proprio lui.

«Emily, c'è un'altra cosa che devo dirti. Prima ho parlato con tuo padre...»

Quando si ritirò nella sua camera, si sentiva distrutta. Se Emily era stata forte quando le aveva raccontato della sepoltura della madre, all'imminente separazione da Charlotte aveva reagito in maniera inconsolabile. Aveva pianto a lungo, poi si era addormentata tra le sue braccia. Lei l'aveva portata da Sir Andrew come un rimprovero vivente, come se volesse ricordargli i suoi doveri. Lui si era seduto vicino al camino con la piccola e lei li aveva lasciati soli.

La lettera, l'aveva trovata sul letto. Appena riconobbe la calligrafia provò, per la prima volta quel giorno, qualcosa di simile alla gioia.

Mia cara Charlotte,
spero che il viaggio di ritorno a Londra sia andato bene. Sarei felice se, nei prossimi giorni, volesse passare da me per un tè. Vorrei mostrarle una lettera. L'aspetterò tutti i giorni, alle cinque.
Tom

P.S. L'indirizzo è 54, Clerkenwell Green.

37

Il lunedì successivo Charlotte andò all'agenzia che le aveva procurato l'impiego da Sir Andrew. La proprietaria, Mrs. Manning, la accolse con freddezza, perché Charlotte aveva lavorato solo pochi mesi a Chalk Hill, cosa che lasciava pensare a un padrone insoddisfatto. Quando però capì che Sir Andrew Clayworth sarebbe partito per un lungo viaggio all'estero per motivi personali lasciandole ottime referenze, diventò più gentile.

«Bene, Miss Pauly, allora la reinseriremo nei nostri archivi. Ci faremo vivi appena riceveremo una richiesta adeguata o verremo a sapere di un posto vacante per un'istitutrice con le sue competenze. Che indirizzo devo segnare?»

Charlotte esitò. «Potrebbe consigliarmi una pensione in cui affittare una stanza, mentre aspetto? Sir Andrew partirà presto, quindi ho bisogno di un nuovo alloggio.» Quelle parole le tornarono difficili. All'improvviso sentì delle resistenze a rimettersi sul mercato in quel modo, anche se ormai era una procedura molto comune.

«Dunque...» La signora la guardò oltre la montatura degli occhiali a mezzaluna. «Londra, come immagino saprà, è una città molto costosa. Però conosco alcune affittacamere che offrono una sistemazione per signore in cerca di un impiego, a un prezzo adeguato. C'è un posto qui vicino, può dire che la mando io.» Prese un foglietto e vi annotò un nome e un indirizzo a Brixton, un quartiere, spiegò, a sud del Tamigi.

«Le stanze sono piccole, ma pulite. Per il prezzo, parli direttamente con Mrs. Farley. Se non si fa viva, dedurrò che sia raggiungibile a quell'indirizzo.»

Charlotte si alzò. «Bene, la ringrazio molto.»

Poi uscì e si avviò lungo il corridoio in penombra, illuminato solo dalla luce invernale che filtrava pallida attraverso i vetri colorati. Uscì e si guardò intorno. Aprì la sua nuova cartina della città e cercò la strada appena indicatale dalla signora. Sì, era proprio a due passi.

Il palazzo non affacciava sulla strada, ma era un po' nascosto dietro un cancello in ferro battuto. Con i suoi mattoni anneriti dalla fuliggine aveva un aspetto sinistro e respingente. Ripensando all'appartamento accogliente e luminoso di Chester Square che stava per lasciare, Charlotte sentì il cuore pesante. Così tanti addii… serrò i denti.

Ma non sarebbe tornata in Germania, no, non ci aveva pensato neanche per un minuto. Era riuscita a trovare un buon posto in Inghilterra, e ci sarebbe riuscita per la seconda volta, non aveva dubbi. Piuttosto, si stava chiedendo se era quello che voleva.

Raggiunta la casa si fermò, per riprendersi. Avrebbe avuto tempo sufficiente per riflettere dopo aver detto addio a Emily e a suo padre. Allora avrebbe davvero preso coscienza di cosa aveva vissuto negli ultimi mesi e cosa avrebbe significato per il suo futuro.

Così aprì il cancello del giardino e si diresse a passo deciso verso la pensione.

I giorni seguenti li passò quasi tutti insieme a Emily. In ogni storia che le leggeva, in ogni immagine che guardavano insieme, in ogni canzone che cantavano si respirava un'atmosfera di addio. Non ne parlarono quasi mai, ma Charlotte notò che la bambina cercava la sua vicinanza, appoggiandosi a lei o toccandole un braccio.

Le faceva male, ma ricambiò quelle tenerezze, per quanto le fosse concesso dal suo ruolo di istitutrice.

«Posso scriverle?» domandò Emily la sera prima della partenza. Le valigie di Charlotte erano già pronte in corridoio, il giorno successivo avrebbe lasciato per sempre quell'appartamento. Mrs. Clare girava per casa da giorni con gli occhi arrossati, sebbene non sapesse nulla dei tragici eventi del Surrey, ma era una donna buona che empatizzava con il dolore altrui.

«Oh, mi farebbe molto piacere. Se tuo padre è d'accordo» rispose Charlotte. Poi annotò l'indirizzo dell'agenzia su un foglietto. «Ancora non so dove lavorerò. Ma se mandi le tue lettere qui, le riceverò comunque. E appena troverò una nuova famiglia, ti scriverò l'indirizzo.»

Emily prese il foglietto e lo infilò nel vestito di Pamela. Il posto più sicuro: quella bambola l'avrebbe seguita fino in capo al mondo.

«Mi dispiace» disse la bambina.

«Cosa… ti dispiace?» domandò Charlotte sorpresa.

«Di lasciarla sola.»

Fece un respiro profondo e accarezzò la bambina sulla testa. «Ma non è mica colpa tua! Esistono cose che non si possono cambiare. Le persone intelligenti lo capiscono e lo accettano. E risparmiano le loro forze per quelle che si possono cambiare.»

Emily la guardò pensierosa. Poi d'un tratto s'illuminò. «Ma lei non è sola, qui a Londra!»

«Non sono sola?»

«C'è Mr. Ashdown!»

Charlotte sorrise. Gli aveva risposto dicendo che avrebbe accettato volentieri il suo invito dopo la partenza dei Clayworth. Fino a quel momento, voleva godersi più tempo possibile con la piccola Emily.

Il mattino successivo arrivò il momento dell'addio. Rimasero in tre, sul vialetto davanti casa. Sir Andrew aveva pagato a Charlotte una carrozza a nolo che la portasse al suo nuovo alloggio, accanto c'era quella che avrebbe condotto lui ed Emily alla stazione. Charlotte strinse la mano all'uomo, e lui la ringraziò con incredibile calore.

Poi si girò verso Emily, abbandonò ogni remora e la strinse forte a sé. Sentì le sue manine aggrapparsi alle maniche, e si morse una guancia per non piangere.

«Ti voglio bene» le sussurrò in un orecchio.

«Anch'io. Le scriverò. Prestissimo» sussurrò la piccola di rimando.

«Emily, adesso dobbiamo andare» disse Sir Andrew, e Charlotte si sciolse da quell'abbraccio, non senza un certo sollievo. Non avrebbe potuto trattenersi più a lungo.

Fece un cenno al cocchiere di aspettare ancora qualche minuto, e con lo sguardo accompagnò la carrozza di Emily fino a quando non scomparve dietro un angolo.

Una domestica – così pallida e smagrita che Charlotte si sentì in colpa – trascinò la valigia al primo piano, mentre definiva gli ultimi dettagli con l'affittacamere.

«Per due mesi, quindi.»

«Sì, Mrs. Farley. Confido che bastino per trovare un impiego.»

La donna la squadrò. «Lei è straniera, ma viene su raccomandazione di Mrs. Manning, quindi le concedo di pagare in anticipo un solo mese. L'acqua calda è su richiesta. Nessuna visita dopo le nove. E nessuna visita maschile. Può avvertire la sera prima se il mattino seguente desidera o meno la colazione. In camera è vietato mangiare.»

Charlotte annuì. All'improvviso si sentì una bambina rimproverata da una madre severa e chiudendosi alle spalle la porta della sua stanza, poco dopo, provò un gran sollievo. La prima volta che aveva incontrato Mrs. Farley, la donna le aveva detto che si vedeva costretta ad affittare camere a causa della prematura morte del marito. Come se nell'affittare camere ci fosse qualcosa di male.

La stanza era pulita, ma piccola e piuttosto buia. Dava su un minuscolo cortile chiuso, con due sedie e un alberello rinsecchito in un grande vaso. Quella vista la rese ancora più triste di quanto già non fosse.

Disfece la valigia, tirando fuori solo lo stretto necessario, non ci teneva a sentirsi a casa in quel buco. Appese i vestiti nell'armadio e accarezzò con aria trasognata il suo abito migliore, quello in velluto verde scuro, che aveva indossato raramente. Poi lo sfilò dalla stampella e lo distese sul letto: era il vestito giusto per un invito a prendere il tè.

Visto che Sir Andrew era stato così generoso, si concesse una carrozza a nolo, invece del famoso Hansom Cab: Mrs. Farley le aveva spiegato che lo usavano solo "donne di dubbia moralità".

Durante il lungo tragitto ammirò la città. Attraversarono il Vauxhall Bridge e proseguirono lungo il Tamigi, fino a quando non cominciò a vedere Westminster Abbey e il Parlamento. Ripensò al giorno del suo arrivo, quando era passata sul Westminster Bridge con Emily e il padre, e alla sua prima impressione di quella metropoli, ma rimosse subito il ricordo, per non guastarsi la gioia di quella traversata.

Non sapeva in quale direzione stessero andando, nella calca aveva perso qualunque riferimento. Intuiva qualcosa solo quando passavano vicino a un palazzo o a una piazza che aveva visto su un libro: la colonna di Nelson di Trafalgar Square, per esempio, o la cupola di St. Paul in lontananza. Ma il cocchiere proseguì, e lei pensò timorosa che presto sarebbe iniziata la campagna. Quella città sembrava non finire mai.

Poi finalmente entrarono in una piazzetta delimitata da belle casette, con un'aiuola verde al centro. Un campanile bianco si stagliava tra gli edifici. Lì tutto sembrava piccolo, e la piazza era simile a quella di un paesino finito per sbaglio in mezzo alla metropoli. Il cocchiere si fermò davanti a una casa di mattoni rossi, il cui piano terra era verniciato di bianco. La porta era laccata di azzurro, con un lucidissimo battiporta di ottone.

«Miss, siamo arrivati.» L'aiutò a scendere, e lei gli porse tre scellini. Mentre la carrozza se ne andava, alzò gli occhi verso la facciata e si rese conto che il cuore le batteva all'impazzata.

Durante il tragitto si era concentrata sul brulichio delle strade e sulla maestosità dei palazzi, ma adesso, in quel vialetto silenzioso, tutto a un tratto si sentì terribilmente nervosa. Prima di perdere del tutto il coraggio, si avvicinò e afferrò il battiporta.

Ad aprirgli fu una giovane domestica sorridente. «Desidera, Miss?»

«Sono venuta a trovare Mr. Ashdown. Mi sta aspettando» aggiunse decisa.

«Prego, entri.» Nell'ingresso, rivestito di mattonelle bianche e nere, c'era un bel tepore, odore di lucido per il legno e cera d'api. Quando passò cappotto e cappello alla ragazza, nel guardaroba notò due soprabiti da signora. Sentì salire l'angoscia dentro di sé, ma poi una porta si aprì e comparve Tom Ashdown.

«Charlotte! Che piacere! Ma… perché quel faccino imbronciato?»

Lei rise vergognandosi un po'. «Niente, tutto bene. Anche per me è un piacere.»

La condusse in una sala da pranzo con un tavolo apparecchiato per il tè. Poi, volgendosi verso la porta, oltre la quale s'intravedevano delle librerie e una scrivania, esclamò: «Ehi, voi tre! Avreste la compiacenza di venire qui a salutare la mia ospite speciale? In fondo è solo un banalissimo teschio!». Guardò Charlotte divertito. «Il teschio di Yorick, un accessorio di scena che mi ha regalato un regista anni fa. Non l'originale, o almeno credo. Anche se effettivamente potrebbe esserlo.»

Un momento dopo comparvero due donne e un uomo.

«Procedo con le presentazioni: Sarah e il dottor John Hoskins, di Oxford, due amici di vecchissima data. Ed Emma Sinclair, la sorella di Mrs. Hoskins. Questa invece è Charlotte Pauly, dalla Germania. Insieme ne abbiamo passate di tutti i colori.»

Charlotte notò subito l'occhiataccia della ragazza: un'espressione sorpresa, un principio di disapprovazione. Poi sorridendo le porse la mano. Era minuta e bionda, occhi azzurri, quasi troppo grandi per il suo viso. La sorella le assomigliava, ma era più robusta e aveva un'aria amichevole. L'uomo con gli occhiali di metallo e la giacca di tweed con le toppe di cuoio sulle maniche, invece, sembrava un vero erudito.

«Molto lieta» disse Charlotte sentendo una morsa al petto che la irritò. «Io... io non volevo disturbare.» Lanciò un'occhiata a Tom Ashdown, in cerca di aiuto.

«Charlotte, i miei amici si sono presi la libertà di autoinvitarsi per il tè, mentre io l'avevo invitata espressamente da giorni. Però non ho avuto cuore di lasciarli sulla porta con questo tempaccio.»

«Sei incorreggibile» disse Mrs. Hoskins avvicinandosi al tavolo. «Insomma, per quanto tempo ancora vuoi privarci di queste leccornie?»

Charlotte sorrise e si guardò intorno. «Però... è davvero una bella casa questa... Tom.» Anche se chiamarlo per nome non le risultò affatto facile.

«Prego, sedetevi» disse lui offrendo le sedie alle due ragazze.

Gli altri ospiti furono gentili e le fecero domande sulla sua terra d'origine e sul suo lavoro, ma Charlotte fu un po' a disagio, visto che in quel momento era disoccupata e non poteva rivelare nulla sulla sua precedente occupazione. A un certo punto sentì Tom sfiorarle un braccio, per farle coraggio.

«E tu? Cosa hai fatto, negli ultimi tempi?» domandò all'improvviso Mr. Hoskins all'amico. «Il tuo braccio sinistro ha qualcosa che non mi convince. Sei rimasto coinvolto in qualche zuffa? Un duello con un attore offeso o con il mecenate di una diva che hai esposto al pubblico scherno con una recensione? Una scaramuccia da bar, forse?»

Charlotte vide affiorare un certo rossore sul volto di Tom.

«Ma che dici! Banalmente, me lo sono slogato cadendo dalle scale. E ti ringrazio per aver espresso sospetti così lusinghieri al cospetto di queste due signorine. Se tu sei un buon amico, allora dai nemici cosa devo aspettarmi?»

«Ma noi sappiamo già che lei è un uomo d'onore» intervenne Miss Sinclair dando una rapida occhiata a Charlotte.

«Sai, Emma resterà a Londra per un po'. Vivrà da un'amica e frequenterà una scuola d'arte» disse Mrs. Hoskins *en passant*, ma guardando Tom con occhi pieni di aspettative.

Tutto a un tratto Charlotte sentì un caldo soffocante, quasi non riusciva più a respirare. Le sembrò di essere finita in uno spettacolo teatrale, la cui trama era nota a tutti tranne che a lei, i cui attori erano amici da una vita e si suggerivano le battute a vicenda. Le sue mani strinsero lo spigolo della sedia così forte da farle male.

«Ecco, Emma sarebbe felice se ogni tanto potessi dare un'occhiata ai suoi quadri e offrirle qualche consiglio» aggiunse John Hoskins.

Charlotte si alzò, anche se non aveva idea di come congedarsi.

«Io... scusatemi, ma proprio non posso restare.» Di più non riuscì a dire. Voleva solo uscire da quella stanza, fuori, nel gelo invernale.

38

Si era scusato con i suoi ospiti ed era uscito di corsa, per la strada, indossando sciarpa e cappotto mentre camminava. Quasi finì contro un venditore di caldarroste, poi fece un cenno a un cocchiere.

«Chester Square, il più in fretta possibile.»

L'uomo lo guardò con compassione. «A quest'ora, Sir... Faccio del mio meglio, ma come vede...» Con il frustino indicò la coda di carrozze e altri mezzi di ogni tipo, che stavano intasando la strada.

Tom si avvolse nella coperta poggiata sul sedile e si preparò al lungo tragitto. Guardò fuori, per strada, senza realizzare davvero cosa stesse vedendo. Le persone muovevano la bocca, ma alle sue orecchie non giungeva alcun suono: né le grida dei bambini, né le urla di due cocchieri che si erano scontrati a un incrocio e se ne stavano dicendo di tutti i colori. Sentiva solo le ultime parole di Charlotte e il rumore della porta che si chiudeva dietro di lei.

Charlotte, a sua volta, non aveva idea di come fosse salita su quella carrozza, ma in quel momento era seduta al caldo e riuscì a chiudere gli occhi. Il viaggio verso Clerkenwell, durante il quale aveva guardato fuori così affascinata, le sembrò un ricordo lontano.

Sei troppo sensibile, si rimproverò. Tom aveva visite, amici che lo conoscevano da molto prima di lei. Era un suo diritto. Loro erano stati gentili e lei invece si era comportata in maniera ridicola. Era scappata via senza nemmeno congedarsi, aveva fatto una specie di scenata, perso il controllo, mentre nei mesi passati, con tutto quello che era successo, aveva sempre mantenuto la calma. Non era da lei. Forse era l'effetto della tragedia cui aveva assistito, finalmente le paure represse stavano venendo a galla. Forse...

Serrò le labbra e guardò fuori, nel gelo invernale. Tutto a un tratto la città le sembrò fredda e ostile, e si chiese come mai si fosse sentita benvenuta in un posto simile. Non c'era nulla che la trattenesse a Londra, era un'estranea e tale sarebbe rimasta. Anche se avesse trovato un nuovo impiego, niente sarebbe stato più come prima. Si era rotto qualcosa, la sua voglia di avventure, l'euforia del nuovo inizio quando era partita da Berlino, era perduta per sempre. Ripensò alla traversata per Dover, a come aveva allungato la testa contro il vento sperando di avvistare presto la costa. Al tragitto da Dorking a Chalk Hill, il primo incontro con Emily, la magia che quella casa e la foresta avevano esercitato su di lei i primi giorni.

Tutto questo era passato. E lei era rimasta a mani vuote.

Ma c'era dell'altro, anche se preferiva non pensare al nocciolo del problema, a ciò che le faceva più male. Se avesse cercato dentro sé, nel profondo, non ci sarebbe stato ritorno, ed era questo a metterle più paura di qualunque altra cosa. Se si fosse abbandonata a quei sentimenti, sarebbe stata perduta.

La governante lo guardò sorpresa. «Sir, la famiglia è partita per un periodo imprecisato. Stavo infatti per chiudere l'appartamento.»

«Lo so, io volevo solo... Per caso sa dove posso trovare Miss Pauly?»

Mrs. Clare sorrise. «Che ragazza deliziosa, non è vero? Emily sarebbe stata così felice se fosse partita con loro, andavano molto d'accordo.»

«Per favore, ha un indirizzo?» domandò in tono ancora più insistente.

«Mi scusi, io mi perdo in chiacchiere, mentre lei invece ha fretta. Un attimo.» Scomparve dentro l'appartamento e tornò con un foglietto in mano. «Ecco, è tutto quello che ho.» Gli porse un biglietto da visita.

Era l'indirizzo di un'agenzia di collocamento per insegnanti qualificati, così almeno c'era scritto.

«Nient'altro? Nessun indirizzo privato?»

Mrs. Clare scosse la testa. «No, mi dispiace. Ma so che ha lasciato quest'indirizzo anche a Miss Emily. Quindi non sbaglia se va a chiedere lì.» Gli occhi le luccicarono, pieni di partecipazione.

«La ringrazio. Posso?» Si appuntò l'indirizzo e restituì il biglietto alla governante. «Le auguro una bella serata.»

Una volta fuori, controllò l'orologio. Pochi minuti alle sei e mezzo. Probabilmente non avrebbe trovato nessuno all'agenzia, ma doveva provare lo stesso. Si avvolse la sciarpa intorno al collo, fece un cenno a una carrozza e proseguì la sua ricerca.

La camera le sembrò ancora più desolata di prima, e appena richiuse la porta Charlotte finalmente diede sfogo alle lacrime. Pianse per Emily, che aveva preso così a cuore; per sua madre, che aveva cercato una via d'uscita da un matrimonio infelice in maniera così disperata da arrivare a distruggere la sua famiglia; per Sir Andrew, così barricato nel suo dolore e nella vergogna da non poter dare alla figlia l'affetto e la vicinanza di cui aveva bisogno; addirittura per Tilly Burke, che aveva amato tanto Lady Ellen ed era stata soltanto usata; per Nora, la cui devozione alla nonna e alla sua padrona l'aveva resa cieca alle sofferenze di quella povera bambina.

E poi, alla fine, si concesse di piangere anche per se stessa. Era seduta sul letto, il capo chino, le lacrime che gocciolavano ininterrottamente sulle mani, sul vestito.

Per consolarsi cercò di trovare dentro di sé un residuo del calore che aveva sentito fin dall'inizio vicino a Tom. Ma non lo trovò.

Aveva scarsa esperienza in questo genere di cose, ma l'occhiata della ragazza non lasciava dubbi. Chi, come lei, viveva ai margini della società senza esserne parte era sensibile a certi segnali.

Quella donna aveva guardato Tom Ashdown come se lo rivendicasse per sé. Anzi, come se già le appartenesse.

Mentre si accorgeva di avere sempre più freddo, sentì un rumore, di sotto.

La voce di Mrs. Farley era così acuta che Charlotte si alzò e aprì la porta di uno spiraglio.

Un attimo dopo sentì l'affittacamere dire: «Nessuna visita maschile, Sir. Non sono ammesse eccezioni. Tanto meno a quest'ora».

Appena riconobbe l'altra voce, il cuore iniziò a batterle all'impazzata.

«Non è mia intenzione infrangere le regole, Mrs. Farley. Però potrebbe farmi la gentilezza di chiedere alla signorina di scendere e riferirle che un signore deve parlarle con la massima urgenza?»

«Be'...» disse Mrs. Farley esitando. «Lei mi sembra un uomo per bene. Quindi le concederò di conversare per qualche minuto nel mio salotto con Miss Pauly.»

«È molto generoso da parte sua,» rispose quella voce ironica a lei così familiare «ma preferisco non importunarla oltre. Quando Miss Pauly sarà pronta per uscire, toglieremo il disturbo.»

«Bene, allora salgo ad avvertirla» concluse Mrs. Farley.

«Non è necessario» disse Charlotte comparendo in cima alle scale. Aveva il cappotto in mano. Si mise il cappello e scese con passo deciso.

Guardò Tom negli occhi. E in quegli occhi trovò tutte le risposte. «Sono pronta.»

Postfazione

Come per gli altri miei libri, anche per *I misteri di Chalk Hill* ho avuto diverse fonti di ispirazione. La più importante è stata senz'altro la lettura di *Ghost Hunters: William James and the Search for Scientific Proof of Life After Death* (Cacciatori di fantasmi. William James e la ricerca di prove di una vita dopo la morte) di Deborah Blum. A seguire, le altre fonti a cui sono debitrice.

Anni fa, per la mia tesi di dottorato, mi sono occupata della traduzione del famoso romanzo di Charlotte Brontë *Jane Eyre*, dove un'istitutrice arriva nella casa di una nobile famiglia inglese e resta coinvolta in strani misteri. È un motivo già ripreso da molti autori e autrici prima di me. Ho cercato di mantenerne un'eco modernizzando un po' la storia – *Jane Eyre*, infatti, è ambientato qualche decennio prima – e cercando di giocare con le aspettative delle mie lettrici e lettori. Visto che immagino leggerete quest'epilogo per ultimo, non vi sto rivelando niente che non abbiate già capito. Ammetto comunque che *Jane Eyre* è un romanzo che mi sta molto a cuore e che consiglio a tutti coloro che non lo avessero ancora letto.

Un'altra fonte d'ispirazione sono senz'altro le favole che ritornano spesso nella storia, con diverse funzioni. Non a caso sono favole tedesche che, per così dire, Charlotte ha portato con sé in valigia e che racconta spesso e volentieri alla sua allieva. Servono come consolazione o distrazione, e sono il simbolo di cose che non possono essere espresse in maniera esplicita.

Un ruolo importante è svolto dalla foresta che circonda la casa assumendo a volte un aspetto minaccioso. Anche questo è un motivo molto tedesco, che viene ripreso in *Cuore freddo*, la favola di Wilhelm Hauff che Charlotte racconta a Emily.

Lo scioccante comportamento di Lady Ellen non è una mia invenzione, ma è documentato scientificamente. Sebbene sia molto raro, è noto come Sindrome di Münchhausen per procura (MSP) o Sindrome di Polle (il nome ha origine dalla famosa serie di bugie raccontate dal barone di Münchhausen, il cui figlio, Polle, morì in circostanze misteriose). Le persone colpite – in genere madri – inventano la malattia dei figli o addirittura la provocano per attirare l'attenzione.

Come accade nel mio romanzo, in casi come questo i disturbi dei figli diminuiscono se il bambino viene separato per un periodo prolungato dal genitore. Da cui si deduce che il soggetto non fosse affatto malato: infatti i sintomi spariscono grazie all'allontanamento perché non vengono più provocati da terzi in maniera artificiale.

Questo disturbo è stato descritto per la prima volta nel 1977 dal pediatra inglese Roy Meadow nella rivista di settore *The Lancet*, cosa che ovviamente non esclude che si fosse presentato in precedenza, senza che nessuno lo riconoscesse o lo documentasse scientificamente.

Adesso però veniamo al tema che costituisce il vero nucleo del romanzo e che è così tipico del periodo in cui è ambientato: verso la fine del XIX secolo, infatti, si registrarono un allontanamento dalla religione e dalla fede nella Creazione e un conseguente anelito a trovare risposte scientifiche per le domande più elementari.

In questa corrente rientrano, per esempio, le ricerche di Charles Darwin. Allo stesso tempo, però, soprattutto in Gran Bretagna, si diffuse uno spasmodico interesse per i fantasmi, le sedute spiritiche, la telepatia, la telecinesi, i medium, l'apparizione di scritture sulle lavagne e molto altro. Le persone, in pratica, insoddisfatte delle spiegazioni puramente scientifiche, volevano sapere cosa si nascondesse al di là dei fenomeni spiegabili e misurabili.

Come prodotto di queste due tendenze opposte nacque nel 1882 la *Society for Psychichal Research* (Società per la ricerca psichica), tuttora attiva (http://spr.ac.uk). Di essa fanno parte studiosi delle discipline più disparate che, con l'aiuto di metodi empirici dimostrabili, verificano l'esistenza di fenomeni soprannaturali. Alcuni membri compaiono nel mio romanzo:

- Henry Sidgwick, uno dei fondatori, professore di Filosofia morale all'università di Cambridge;
- Eleanor Sidgwick, sua moglie, matematica e rettore del Newnham College di Cambridge;
- Sir Oliver Lodge, fisico;
- Frederick Myers, poeta, critico e saggista;
- Richard Hodgson, giurista.

Anche la medium Leonora Piper è un personaggio realmente esistito, ed è vero che nessuno è mai riuscito a dimostrare che fosse una truffatrice.

Durante una mia visita a Londra ho assistito a una dimostrazione della Spiritualist Association of Great Britain (http://sagb.org.uk), che non mi ha convertito allo spiritismo, ma in vari momenti mi ha lasciata a bocca aperta.

Nel romanzo non fornisco una risposta definitiva alla fatidica domanda se esistano o meno i fantasmi. Personalmente, non ci credo. Però ritengo possibile che non tutte le esperienze siano spiegabili con la sola ragione, esperienze che potremmo definire presentimenti o intuizioni. Parlando con amici e conoscenti mi sono imbattuta spesso in fenomeni simili. A ogni modo, William Shakespeare ha espresso al meglio una risposta mettendo in bocca al suo scettico Amleto le famose parole:

> *Ci sono più cose in cielo e in terra, Orazio, di quante ne sogni la tua filosofia.*

A PASSEGGIO PER LONDRA

Se capitate a Londra e avete voglia di ripercorrere la strada fatta da Tom Ashdown dopo la cena al Savoy, vi riporto qui l'itinerario.

Partite dal Savoy Hotel, a voi la scelta se cenare lì o meno.

Dall'hotel andate verso destra e proseguite lungo The Strand. È la vecchia strada che collegava la City of London alla City of Westminster, ed è piena di edifici importanti come la Somerset House, le Royal Courts of Justice e la chiesa di St. Clement, costruita dal grande Sir Christopher Wren.

A un certo punto la strada si biforca circondando, come fosse su un'isola, la chiesa di St. Mary-le-Strand. The Strand sbocca quindi in Fleet Street, il vecchio quartiere della stampa.

Adesso, se girate nella stradina alla vostra destra, Milford Lane, vi sentirete ripiombare nel passato. Nel Temple, la vecchia zona dei Templari, da più di settecento anni lavorano gli avvocati di Londra. Ecco, qui il tempo sembra davvero essersi fermato. Facciate di intonaco bianco e mattoncini rossi, stradine di acciottolato, piazzette alberate, la chiesa del Tempio, con la caratteristica pianta circolare, (che ha raggiunto un discutibile successo grazie al *Codice Da Vinci*). Chi ha tempo, farebbe bene a fare un giretto e godersi questo silenzio inusuale. Alla fine di Milford Lane, passando sotto un grande arco, si arriva al lungofiume Vittoria e quindi al Tamigi, da cui potrete ammirare la vista sul Parlamento e sul ponte di Westminster.

Se non avete occasione di andarci di persona, sulla mia pagina Facebook troverete delle foto scattate da me durante questa passeggiata.

La vostra Susanne Goga

RINGRAZIAMENTI

Come al solito sono molte le persone che con la loro competenza, pazienza ed esperienza hanno contribuito a questo libro. Un grazie particolare a:

Axel, Lena e Felix Klinkenberg, Hanne Goga, Rebecca Gablé, Ruth Löbner; Kathy Atherton, del Dorking Museum del Surrey, per le fondamentali informazioni storiche su Dorking e i suoi dintorni; Robert Bartlett, per le foto delle piene del Mole e le sue sconfinate conoscenze sulla storia della polizia del Surrey; Tom Ruffles della Società per la ricerca psichica; Lealah Kay della Spiritualist Association of Great Britain.

FSC
www.fsc.org
MISTO
Carta da fonti gestite in maniera responsabile
FSC® C023419

Stampato presso Lego S.p.A.
Stabilimento di Lavis